BASTEI
LÜBBE

ROBERT WARD

DER KAKTUSGARTEN

Aus dem Englischen von
Eva Malsch

BASTEI LÜBBE

BASTEI-LÜBBE-TASCHENBUCH
Band 12 793

Deutsche Erstveröffentlichung
Titel der amerikanischen Originalausgabe:
The Cactus Garden

Printed in Great Britain März 1998
Einbandgestaltung: Gisela Kullowatz
Satz: hanseatenSatz-bremen, Bremen
Druck und Bindung: Cox & Wyman, Ltd.
ISBN 3-404-12793-5

Der Preis dieses Bandes versteht sich einschließlich
der gesetzlichen Mehrwertsteuer.

Für Larry Sullivan, den klugen, liebevollen Freund

DANKSAGUNG

Viele Leute halfen mir, dieses Buch zu schreiben, in erster Linie Special Agent Ralph Lochridge vom DEA. In jeder Hinsicht ging er weit über die bloße Pflichterfüllung hinaus, arrangierte wichtige Interviews, zeigte mir die Grenze in San Diego und brachte mir bei, wie man ein Maschinengewehr abfeuert. Danke, *amigo*, du bist der Beste.

Außerdem danke ich Special Agent John Marsala und Special Agent Sal Leyva, beide vom Los Angeles DEA.

In El Paso bin ich Travis Kuykendall, Special Agent und Leiter des El Paso District Office zu Dank verpflichtet, Group Superviser Jeff Atkinson, Special Agent Earl Hewitt und Special Agent John Moring.

In San Diego danke ich Special Agent Jack Hook, der mich zu einem besonders unheimlichen Ort führte.

Was die Zivilisten betrifft, stehe ich in der Schuld einiger Freunde – des Roman- und Drehbuchautors Mike Perry, meiner klugen Lektorin Jane Rosenman und ihrer beiden tüchtigen Assistenten Donna Lynne Ng und Matthew Futterman.

Außerdem danke ich William Grose, Cheflektor von Pocket Books, und meiner außergewöhnlichen Agentin Esther Newberg für ihre Hilfe.

Schließlich bin ich meiner Frau Celeste Wesson dankbar, die mir während meiner dreijährigen harten Arbeit liebevoll zur Seite stand und mir emotionale Unterstützung gewährte.

1

Charlotte Rae Wingate brauste voran, über zerbrochene Dixie-Tassen, alte L.-A.-*Times*-Ausgaben, »dringende Bulletins« der Scientology-Kirche, drei Häufchen Hundekot und einen 1976er-Barbie-Puppenkopf hinweg, der zerbrochen in der Sonnenglut des Hollywood Boulevards lag. Sie chauffierte einen perfekt restaurierten apfelroten 1965er T-Bird, ihr blondiertes Haar und die Brüste (Oberweite 97) wippten im Takt donnernder Guns 'n' Roses-Klänge.

Zwei Autolängen weiter hinten fuhr ein schwarzer Dodge Ram Charger. Jack Walker musterte sie durch ein marineblaues Fernglas, und C. J. Jefferson, übers Lenkrad gebeugt, sah aus wie ein Kunstspringer, der sich gerade von einer Acapulco-Klippe ins Meer stürzen wollte.

Grinsend strich Walker mit der linken Hand über sein Kinn. »Ich liebe sie. Wie perfekt sie ist! Völlig durchgestylt. Das alte Auto, das wasserstoffblonde Haar, die tollsten Silicontitten, rosa Lippenstift mit Silberglanz, Jackie-Kennedy-Klamotten, beschissener musikalischer Geschmack.«

»Stehst du nicht auf Axl, Mann?« fragte Jefferson. »Ich dachte, alle weißen Jungs finden Axl geil.«

»Axl ist ein affektiertes Arschloch mit Tuntenfalsett. Die anderen Typen sollten ihm ein paar Gesangsstunden bei Al Green bezahlen.«

Jefferson murrte. »Was für ein Snob du bist! Aber ich verzeihe dir, weil du jemanden aus meiner Generation magst.«

»Trotzdem könnte ich ihren Geschmack bei einer Flasche Wein verbessern.«

»Nein, du lernst Charlotte Rae erst kennen, wenn wir sie anmachen.«

Wenn Jefferson lächelte, blitzte sein Goldzahn auf. Seufzend spähte Jack wieder durchs Fernglas. »Überleg doch mal! Eine Mieze, die so aussieht! In jeder anderen Stadt wäre sie ein Star. Hier draußen ist sie nur eine von vielen schlechten Schauspielerinnen, die keine neuen Nuttenrollen kriegen.«

C. J. schüttelte den Kopf. »Ist das nicht tragisch? Ich erinnere mich, daß ich sie in zwei Filmen bewundert habe. ›Stirb, Schabe, stirb‹ und ›Die Braut des schleimigen Monsters‹. Wenn man diese bildschönen Mädchen sieht, versteht man vielleicht besser, warum sie so wild auf Drogen sind.«

»Ja, den zweiten Film hab' ich gesehen. Diese Schleimflitterwochen waren wirklich ein Hammer. Ob sie mal überlegt, welchen Scheiß sie da macht?«

»Nein. Und da kommt die Metal-Musik ins Spiel.«

»Wie das?«

»Wenn sie sich mit diesem Lärm zudröhnt und genug Pillen schluckt, glaubt sie, daß sie keine abgehalfterte Schauspielerin ist, die nach Hause gehen muß, zu Buddy Wingate.«

Nun fuhr Charlotte Rae Wingate an drei ernsthaften jungen Scientologen vorbei, die ihre blauweißen imitierten Navy-Uniformen trugen und im Gleichschritt die Straße entlangmarschierten – bereit, die Arbeit ihres verblichenen Anführers L. Ron Hubbard zu übernehmen. Sie schaute zu ihnen hinüber und verzog spöttisch die Lippen. Dann griff sie nach ihrer mexikanischen Aktentasche aus einer rotschwarzen handbestickten Decke und mexikanischem Wildleder mit Patina. Als sie das Man's Chinese Theater erreichte, drosselte sie das Tempo und starrte das gigantische Clint-Eastwood-Plakat an. Buddy hatte gesagt, bald würden sie ihn treffen. Clint ... Clint ... Der Klang dieses Namens gefiel ihr, erinnerte sie an Steine, reimte sich auf Flint. Etwas Starkes, Stabiles, an dem sich ein Mädchen festhalten konnte ... Sie wartete, bis der Mann mit dem Weltuntergangsschild die Straße überquerte. Nur drei Schritte war er von ihr entfernt, mit rostrotem, knielangem Bart. Er roch wie ein Büffel, und ein langer Riß am Hosenbein entblößte einen rotbehaarten, räudigen Schenkel.

Verdammt, warum beeilte er sich nicht? Sie hatte zu tun. Ungeduldig riß sie die Axl-Disc aus dem CD-Player und rammte Pearl Jam hinein. Als sie den Apparat auf volle Lautstärke drehte und das Lenkrad packte, spürte sie plötzlich was Kaltes an ihrer perfekten Starlet-Stupsnase. Sie hob den Kopf und entdeckte einen Schwarzen, eins neunzig groß und zweihundertfünfzig Pfund schwer, mit einem Gesicht, das eine permanente Grimasse schnitt. Auf der Wange war ein Halbmond tätowiert. »Steig aus der Karre, Miststück.«

»O Gott, schießen Sie nicht!« flehte Charlotte Rae.

Er entsicherte seine .38er Colt Halbautomatik und grinste. Aber er machte keinen fröhlichen Eindruck. »Hör mal, ich brauche einen T-Bird. Wenn du jetzt ganz langsam und normal aussteigst, wird dein hübsches weißes Gesicht vielleicht nicht so aussehen wie eine explodierte Pizzafabrik.«

»Oh, mein Gott! Bitte!«

Hinter ihr stoppte der schwarze Lieferwagen vor der Highland-Ampel. Walker hielt den Atem an, aufmerksam lauschte er seinen Kopfhörern. »Unerwartete Gesellschaft, C. J.«

»O Mann! Das gibt Ärger.« Jefferson riß das Lenkrad nach rechts. Kreischend stoppte der Dodge vor dem Hollywood-Wachsfigurenkabinett.

Jack sprang aus dem Wagen und sah einen Charlie-Chaplin-Pantomimen am Eingang stehen. Mehr schlecht als recht imitierte er die Szene aus »Goldrausch«, wo Charlie einen Schuh verspeist. Jack blinzelte und beobachtete, wie der Typ eine Melone auf der Spitze seines Spazierstocks kreisen ließ.

Dann drehte er sich zu Jefferson um. »Der macht sie fertig, C. J. Ich geh' mal hin.«

»Warte, Mann!«

»Vertrau mir, Partner.« Jack stürmte auf die Straße, zu dem großen Schwarzen, der Charlotte Rae bereits aus dem T-Bird gezerrt hatte und am Steuer saß. In seinem schimmernden Schießeisen spiegelte sich die Morgensonne. Sehr poetisch.

»Jetzt wirst du der weißen Welt einen Abschiedskuß geben, Baby«, verkündete der Autodieb grinsend.

»He, Freundchen, laß den Quatsch!« schrie Jack, schnellte empor, flog durch die smoggeladene Luft übers Heck des kleinen T-Bird und rammte seinen Unterarm in den Nacken des Mannes. Er hörte ihn stöhnen, als der Kopf gegen die Windschutzscheibe prallte, und eine Kugel raste in den Himmel.

Eigentlich müßte es jetzt vorbei sein, dachte Jack. Aber das war's nicht. Viel zu schnell rollte das Auto nach rechts, und er sah den schweren Fuß des Diebs auf dem Gaspedal stehen. Als er zur Straße schaute, erblickte er den Weltuntergangstyp, der schreiend auf den Hintern fiel. Und dann tauchte ein riesiger, verkrümmter roter Drache über dem Auto auf.

Die Fahrt nahm ein dramatisches Ende. Denn das Auto krachte in den gläsernen Eintrittskartenschalter des Man's Theater, wobei die Stirn des Schwarzen die Windschutzscheibe durchbrach. Die Wucht des Aufpralls schleuderte Jacks Kopf gegen das fashionabel restaurierte Armaturenbrett aus Chrom und Leder.

Überall funkelten Glasscherben wie Diamanten, die Windschutzscheibe war grotesk verbogen, und hinter ihnen zeigte das Gesicht des Weltuntergangstyps ein wissendes Lächeln. Ja, dies war der Tag, auf den er gewartet hatte, der Tag des Jüngsten Gerichts. Gelobt sei der Herr. Verblüfft starrte er den roten, zwölf Meter hohen chinesischen Drachen an, der vom Schalter herabgestürzt und auf der verbeulten Motorhaube gelandet war. Zwanzig Schritte weiter unten an der Straße verfolgte C. J. Jefferson die Ereignisse in ungläubigem Staunen. Lautlos formten seine Lippen das Wort »Scheiße«, während der kleine Chaplin-Clown verdattert dastand und weißbehandschuhte Finger auf den rotbemalten kreisrunden Mund preßte.

Im zertrümmerten T-Bird stemmte sich Jack gegen den kahlen, tätowierten Kopf des Diebs, kroch nach hinten über den Deckel des Kofferraums und sank neben dem linken Hinterreifen zu Boden. Dann wandte er sich zu Charlotte Rae, die zögernd zu ihm ging, wie ein schlafwandelndes Kind. »Oh, mein Gott«, sagte sie monoton. »Oh, mein Gott ... Oh, mein Gott ...«

Jack brachte ein schiefes Grinsen zustande und strich über seine blutige Stirn, wo er interessante Dellen betastete – Löcher an den Stellen, die gegen verchromte Radioknöpfe geknallt waren. Von den Augenbrauen tropfte Blut. »Guten Tag. Sind Sie okay?«

»Ja, aber Sie ... Oh, mein Gott, Sie haben mir das Leben gerettet.«

Jack nickte und musterte das Autowrack, das zerstörte Hollywood-Markenzeichen. Direkt vor ihm lag der Drachenkopf. Er bückte sich und tätschelte ihn freundschaftlich. »Ein nettes Biest. Aber es sieht ein bißchen hungrig aus.«

»Oh, mein Gott, Sie haben mir das Leben gerettet«, wiederholte sie.

»Nun, ich weiß nicht recht ... Wenn man bedenkt, wie drastisch der Wiederverkaufswert Ihres Autos gesunken ist, hätte ich den Kerl vielleicht in Ruhe lassen sollen.«

»Nein. Sie haben mir das Leben gerettet. Gerade wollte er feuern. Ohne jeden Zweifel. Das sah ich in seinen Augen. O Gott!« Charlotte Rae brach an seiner Seite zusammen, ihre Arme schwangen umher wie Nudeln, die man zu lange gekocht hatte.

»Holen Sie tief Luft«, empfahl Jack. »Atmen Sie ganz langsam ein und aus. Den Autodieb haben Sie überlebt, also werden Sie auch das Publikum schaffen.« Er musterte den armseligen, gaffenden Pöbel, und der Weltuntergangstyp schenkte ihm ein zahnloses Lächeln. O ja, ja, ja, das war ein Zeichen. Stocksteif standen die drei Scientologen in ihren Pseudouniformen da, die sauber geschrubbten Gesichter verwirrt und nachdenklich. Irgendwas müßten sie tun. Jede Katastrophe bot eine Gelegenheit, der Kirche zu dienen und ein paar Anhänger zu werben, die dem großen Führer L. Ron folgen würden. Aber in diesem Fall wußten sie nicht recht, wie sie das Chaos zu ihrem Vorteil nutzen sollten. An ihrer Seite grinsten zwei stinkende, zerlumpte Tramps das Tableau an, als würde das Weihnachtsfest in diesem Jahr früher stattfinden.

Charlotte Rae schluckte krampfhaft und legte eine weiche Hand auf Jacks Finger. »O Gott – die Stadt der gefallenen Engel!« Sie begann zu weinen, und er mußte sich sehr beherrschen, um sie nicht an seine Brust zu drücken. Trotz des Standard-Malibu-Make-ups war sie umwerfend schön.

Nun rannte der Manager aus dem dunklen Kino, ein dicker kleiner Armenier mit schlechtem Teint und großen Eulenaugen. In der Mitte seiner Stirn hatte er das schwarze Haar zu einer perfekten Spitze gekämmt, wie Nero. Er trug einen glänzenden blauen Anzug, das Man's-Emblem auf der Tasche, und die Hosenbeine, fünf Zentimeter zu kurz, enthüllten orangegelbe Socken in grauen, fleckigen Hush Puppies, die an Haferschrot erinnerten. »Schauen Sie, was Sie mit meinem Drachen gemacht haben!« kreischte er.

»Zum Teufel mit dem Drachen«, sagte Jack.

»Zum Teufel mit dem Drachen?« Wäßrige Augen starrten in sein Gesicht.

»Genau«, bestätigte Charlotte Rae. »Und weil wir schon dabei sind – zum Teufel mit Ihrem Drachen und Ihnen!« Strahlend lachte sie den Manager an.

»Sie wissen ja gar nicht, was Sie angerichtet haben!« jammerte der unglückliche Mann. »Dieser Drache ist ein historisches Markenzeichen.«

»Jetzt nicht mehr«, erwiderte Jack, was den Manager zum

Schweigen brachte. Seufzend wanderte er um die gefallene Bestie herum, streichelte sie und schüttelte den Kopf.

»Wie haben Sie's geschafft?« fragte Charlotte Rae. »Wo waren Sie?«

»Hinter Ihnen«, erklärte Jack. »Mein Kumpel und ich fuhren im Lieferwagen da drüben. Heute haben wir unseren freien Tag, und wir wollten zum Strand. Ah, da ist er.«

Calvin joggte zu ihnen und grinste. »Hurensohn! Ich wußte ja, daß du mal Football gespielt hast, Jackie, aber das war ein Profitreffer. Bist du okay?«

»Nur wenn ich Blut raushuste, tut's ein bißchen weh«, entgegnete Jack und spuckte auf die Straße.

»Jack?« fragte Charlotte Rae. »Jack – wer?«

»McKenna. Und Sie?«

»Charlotte Rae Wingate«, stellte sie sich vor und errötete ein wenig. »Freut mich, Sie kennenzulernen. Freut mich sehr.« Sie beugte sich hinüber, küßte ihn auf die Wange, und er spürte, wie seine Haut brannte.

»Und das ist mein Freund Larry Washington«, verkündete Jack und zeigte auf Jefferson.

»Hallo, Larry. Sagen Sie Ihrem Freund, daß er sofort ins Krankenhaus muß.«

»Da hat sie recht, Jackie«, meinte Jefferson. »Dein Blut tropft auf Joan Crawford.«

Jack musterte Joan Crawfords Fußabdruck zu seiner Linken. Im großen maskulinen J bildete sich eine hübsche kleine Blutlache. »Keine Kleiderbügel aus Draht. Mit Plastik können wir die Kids genausogut verprügeln.«

»Ist er immer so?« fragte sie Jefferson.

»Ja. Wenn er nicht schläft.«

»Sehr gut. Kommen Sie jetzt.« Und sie schaute Jack mit ihren blauen Augen an, so daß er gern etwas länger geblutet hätte.

Er wandte sich zu dem großen Burschen, der immer noch

am Steuer saß, den Kopf in der zertrümmerten Windschutzscheibe, und zu schnarchen schien. Zweifellos einer von Salazars Jungs. Das war kein normaler Autoklauer. »Vermutlich wollen sich die Bullen erst mal mit uns unterhalten. Das gute alte L. A. Police Department. Ein paar Häuserblocks weiter heulen schon die Sirenen, also müßten sie morgen hier sein.«

»O Gott«, stöhnte Charlotte Rae. »Müssen wir mit den Polizisten reden? Die sind so dumm und begriffsstutzig. Und Sie werden noch verbluten.«

Jack stand auf und spürte, wie der Boden unter seinen Füßen schwankte. »Wirklich, ich bin okay. Niemandem könnte es bessergehen als mir.« Und dann kippte er in ihre Richtung. Jefferson mußte ihn an der Schulter festhalten.

»Jetzt bringe ich Sie ins Krankenhaus«, sagte sie in fast mütterlichem Ton.

Aber da verstummten die Sirenen, und drei schwarzuniformierte Darth-Vaderesque-LAPD-Bullen bahnten sich einen Weg durch die Menge.

»Hier kommt der Stolz von L. A, um Ihren Angreifer zu verhaften«, bemerkte Jack, spuckte noch etwas Blut aus und fühlte sich ziemlich schwach in den Armen. Vielleicht hatte eine gebrochene Rippe ein Loch in seine Lunge gebohrt. So ein Pech konnte nur er haben. Endlich mal eine Atempause nach einem Job, und sobald es aufwärtsging, mußte er sterben.

»Was ist hier los, Miss?« fragte ein großer Bulle mit einem Gesicht wie ein Wendy Burger.

»Die haben meinen Drachen ermordet!« blökte der Kino-Manager. »Das ist hier los!«

»Jetzt tropft dein Blut auf Sidney Poitier«, informierte Calvin seinen Freund.

»Dafür muß jemand zahlen«, betonte der Manager. »Das ist ein historischer Scheißdrache.«

»Hüten Sie Ihre Zunge vor dieser Lady, Sir, oder ich schlage Ihnen die Zähne ein«, warnte der Cop.

»Darum wird sich mein Mann kümmern, Officer«, versprach Charlotte Rae. »Dieser Gentleman hat mich vor dem Widerling da drüben gerettet. Übrigens, ich bin mit Buddy Wingate verheiratet. Sicher will er sich erkenntlich zeigen.«

»Meinen Sie Buddy Wingate, den Möbelkönig vom TV?« fragte der Bulle, sichtlich beeindruckt, und Jack empfand kalte Verachtung.

»Genau«, stimmte Charlotte Rae zu. »Und nun bringe ich diesen Mann ins Krankenhaus.«

»Die Ambulanz ist schon unterwegs«, erklärte ein anderer Polizist. »Erzählen Sie uns inzwischen, was hier passiert ist. Wir müssen einen Bericht schreiben.«

Lachend flüsterte sie in Jacks Ohr: »Ich rede wahnsinnig gern mit Bullen. Da kommen so witzige Dialoge zustande.«

Als er ihr Parfüm roch, fühlte er sich noch ein bißchen schwächer. Sie legte einen Arm um seine Taille, und er lehnte sich an sie. Dabei schaute er zu Jefferson hinüber, der den Kopf schüttelte. »Was zuviel ist, ist zuviel. Ein toller Badetag.«

Immerhin konnte Jack darüber lachen. Dann trugen ihn die Beine nicht mehr, und er setzte sich auf den Drachenkopf.

2

Er spürte ihren Blick, während Dr. Ravi Whani sein blutgetränktes Hemd aufschnitt, und war froh, daß er in den letzten zwei Wochen nur Sushi gegessen und im Fitneßcenter der Agency trainiert hatte. Hinter ihr, im Gedränge auf dem Flur, sah er Calvin, der sich an eine farbige Schwester von der Notaufnahme ranmachte – ein großes Mädchen mit füchsischen Zügen, etwa zehn Jahre jünger als er. Keine gute Idee, dachte Jack. C. J. hatte ohnehin schon Eheprobleme, und die

Situation würde sich nicht bessern, wenn er's mit anderen Frauen trieb. Aber es war sinnlos, ihn drauf hinzuweisen. Das hatte Jack schon mehrmals versucht und zu hören bekommen, er solle sich um seinen eigenen Kram kümmern.

»Tut's sehr weh, mein Held?« fragte Charlotte Rae und zuckte mitleidig zusammen, als der Doktor eine enge Bandage um Jacks Brustkorb wickelte.

»Die Rippen sind okay, aber die zerquetschte Aorta macht mir zu schaffen.«

»Lachen Sie nicht, Sir«, mahnte Dr. Whani. Seine dunklen Augen funkelten belustigt. »Ein Glück, daß kein lebenswichtiges Organ verletzt wurde! Der Fahrer hat vielleicht einen Gehirnschaden erlitten.«

»Den hatte er schon vor dem Unfall«, meinte Charlotte Rae.

Jack lachte. Welch eine erstaunliche Frau ... Das hatte er nicht erwartet, als er mit Jefferson hinter ihr hergefahren war. Schlagfertig, witzig, cool auf melodramatische Art – ein Mädchen, das für Zoff sorgen und mit den Bad Boys mithalten konnte. Es war besser, wenn man die Leute mochte, die mit einem Fall zu tun hatten. Dann mußte man nicht dauernd schauspielern.

»Nun, Sir Galahad, woher kommen Sie?« fragte sie und strich mit einem Finger über ihre Lippen.

»Aus dem Osten. Big Apple. Seit Januar bin ich hier.«

»Welch ein Glück für mich!« rief sie und klimperte kokett mit den Wimpern. »Sie müssen mir erzählen, was Sie machen. Oder ist das top-secret?«

»Nun, ich tue, was ich kann, um die Miete zu bezahlen. Als ich in einer Bar jobbte, lernte ich ein paar Filmleute kennen und dachte, vielleicht versuch' ich's mal mit der Schauspielerei.«

»Ah, dann hat Sie's also auch gepackt.« Seufzend schüttelte sie den Kopf. »Das ist schlimmer als Drogensucht. Glauben Sie einem Mädchen, das Bescheid weiß.«

»Sie auch? Ooooh!« stöhnte Jack, während der Arzt den Verband noch fester zusammenzog.

»Tut mit leid«, beteuerte Dr. Whani. »Aber Sie brauchen diese Stütze. Und bitte – unterdrücken Sie in Zukunft Ihre heroischen Impulse.«

»Keine Bange. Wenn ich wieder mal den unwiderstehlichen Drang verspüre, jemanden zu retten, dann ruf' ich Sie vorher an, Doc.«

»Ich erlaub's ihm ohnehin nicht mehr«, sagte Charlotte Rae und fuhr mit ihrem Zeigefinger über Jacks Unterarm. »Weil er mein persönlicher Held ist. Und ich hab' nie gelernt, irgendwas mit anderen Leuten zu teilen.« Sie legte ihre Hand in seine, und seine Haut kribbelte wie elektrisiert. »Sind Sie arbeitslos?«

»Nein, ich spiele wieder mal Barkeeper.«

»Klingt grauenhaft. Mein Mann produziert gerade einen Film, eine Low-budget-Action. Vielleicht beschafft er Ihnen einen Job, für ein paar Tage. Begleiten Sie mich doch nach Hause, wenn hier alles erledigt ist. Er möchte sicher mit Ihnen reden.«

»O nein«, protestierte der Doktor. »Mein Patient muß schlafen und darf keinen Besuch empfangen. Morgen wird er höllische Schmerzen in den Armen kriegen.« Er grinste, als würden ihn diese Aussichten beglücken, und ging zu einem Mann, der gerade auf einer Bahre hereingerollt worden war. Aus seiner Brust ragte der Perlmuttgriff eines Messers. Wie der leere Blick verriet, spürte er keine Schmerzen mehr. Drei Schwestern schoben ihn hinter einen blutbespritzten Vorhang.

»Ist er nicht reizend?« bemerkte Jack. »Hören Sie, ich weiß Ihr Angebot zu schätzen, aber ich will kein Almosen. Lieber behalte ich meinen Job in der Bar, bis ich einen Vertrag für drei Filme auf einmal bekomme.«

»Kumpel, Sie haben keine Ahnung«, erwiderte sie und lachte über einen Witz, den nur sie verstand. »Das wäre kein Almosen.«

Jetzt schlenderte C. J. zu ihnen und stopfte einen Zettel in seine Hosentasche. Zweifellos die Telefonnummer der Krankenschwester. »Wie fühlst du dich, Baby?«

»Als ob dich das interessieren würde!« erwiderte Jack. »Ich ertrinke in meinem eigenen Blut. Und du machst draußen im Flur eine Schwester an.«

C. J. grinste. »Da du hier bestens betreut wirst, dachte ich, warum soll dieser attraktive schwarze Junge nicht mithelfen, verklemmte Mittelklasse-Krankenschwestern zu emanzipieren?«

»Wer immer das auch gesagt hat – ich gebe ihm recht«, warf Charlotte Rae lachend ein. »Alle Männer sind Schweine.«

»Und wer hat's gesagt?« fragte C. J.

»Jeder«, entgegnete Jack. »Das wurde so oft gesagt, daß es mittlerweile eine Redewendung ist, so wie ›Ruhe vor dem Sturm‹ oder ›Je größer sie sind ...‹«

»›... desto dümmer werden die Kinder‹«, ergänzte Charlotte Rae. »Hören Sie, Jack, Sie müssen Buddy unbedingt kennenlernen. Ich bestehe drauf. Sicher will er Ihnen persönlich danken.« Ein Killerlächeln verlieh diesen Worten Nachdruck.

»Wieso habe ich das Gefühl, daß mir nichts anderes übrigbleibt?« seufzte er und lächelte zurück.

»Weil man Buddy keinen Korb gibt und lange genug lebt, um die Story zu erzählen.«

»Tu lieber, was sie sagt«, riet C. J. »Der Mann hat die beste Werbung in der Glotze, und die wird auch im Kino gezeigt. Übrigens, hab' ich Sie nicht in ein paar Filmen gesehen?« Charlotte Rae mimte tödliche Verlegenheit und krümmte sich, als wollte sie im Erdboden versinken. »Klar, ich hab' Sie gesehen«, fuhr Jefferson fort. »Und da hatten Sie fast nichts an. O Gott, o Gott, o Gott, wie uns das Schicksal heute verwöhnt ...« Er grinste boshaft, und sie schüttelte den Kopf.

»Jetzt bin ich wohl eines Verbrechens überführt. He, ich bin Schauspielerin, okay? Wir drehen grade in Burbank, direkt am Fluß. Wollen Sie hinkommen?«

»Nur wenn Sie einen Bikini tragen«, erwiderte Jack.

»Bedaure. Dieser Streifen ist sogar für mich ein bißchen zu Low-budget. Ich versuche mich als Produktionsassistentin. Aber kommen Sie trotzdem. Es ist ein Actionthriller, mit dem Titel ›Das Kabinett des Präsidenten‹. Und Sie werden sich bestimmt amüsieren.« Sie öffnete ihre Aktentasche mit den Wildlederfransen, nahm eine Visitenkarte und einen überdimensionalen mitternachtsblauen Kugelschreiber mit aufgemalten goldenen Sternchen heraus.»Da! Um sieben beginnen die Dreharbeiten, aber wir sind den ganzen Tag da.«

In diesem Moment kehrte der Doktor zurück, mit einem Päckchen für Jack. »Kodein und Tylenol. Wird Ihnen guttun. Wenn Sie das Zeug schlucken, glauben Sie, alles wäre nur ein Traum gewesen.«

»Vielleicht glaub' ich das schon jetzt.« Jack sah Charlotte Rae an. Diesmal hielten ihre Blicke einander fest, und er hatte das Gefühl, ein Schatten würde zwischen ihnen schweben. Dann schaute sie rasch weg. Zusammen mit C. J. half sie ihm, vom Untersuchungstisch herunterzusteigen.

Sie verfrachteten ihn in einen Rollstuhl, und C. J. schob ihn zur Schwingtür. Als Charlotte an seiner Seite ging, streifte ihre Hand seinen Nacken. »Sagen Sie, daß Sie kommen werden.«

Nun hatte sich ihr Tonfall verändert – ein verängstigtes kleines Mädchen flehte um Hilfe. Die Verwandlung geschah so abrupt, daß Jacks Atem stockte. Offenbar konnte sie tatsächlich schauspielern. »Okay, ich seh' mir das alles mal an«, versprach er leichthin. »Wenn ich nicht auftauche, würden Sie mich Tag für Tag verfolgen, für den Rest meines Lebens.«

»Also haben Sie's gecheckt.« Jetzt erinnerte ihn ihre Stimme an weiche Butter.

Jeffersons Lieferwagen parkte auf der anderen Straßenseite und schmorte in der Mittagshitze. Plötzlich drehte sich Jacks Magen um. Den Tatort hatten sie in der Ambulanz verlassen. Wenn Charlotte jetzt nach Hause gebracht werden wollte ... Sie beugte sich herab und küßte seine Wange. »Danke, daß Sie mir das Leben gerettet haben. Ich stehe tief in Ihrer Schuld. Und so was vergesse ich nie.«

Ohne eine Antwort abzuwarten, ging sie davon. Jack blinzelte und entdeckte eine schwarze Limousine, die am Straßenrand wartete.

»O Jesus, was für eine Frau!« stöhnte C. J.

»Ja, wie wär's mit ihr?« Jacks Mund fühlte sich trocken an, und er merkte, wie er sie anstarrte, sah sich selber im Rollstuhl sitzen, die sonnengebräunten Beine begaffen, den Hintern, der sich aufreizend unter dem knappen Rock bewegte. Beim Auto angekommen, wandte sie sich zu ihm, warf das blonde Haar in den Nacken, stieg ein, entblößte muskulöse braune Schenkel und schloß die Tür. Während die Limousine den George Burns Boulevard hinabrollte, pfiff er leise vor sich hin. Der Doc hatte recht. Schon jetzt jagten die Rippen stechende Schmerzen durch seinen ganzen Körper. Aber das störte ihn nicht sonderlich, wenn er an ihr Gesicht und ihre Figur dachte.

»Los, Kid!« Jefferson schob den Rollstuhl ins Sonnenlicht. »Vergiß das Ganze. Wir müssen den Direktor anrufen und plausible Erklärungen abgeben.«

3

Also, Walker, Sie erzählen diesem Komitee, Sie hätten die Karre ins Man's Chinese Theater rammen und den Kartenschalter zerstören müssen? Ganz zu schweigen von dem antiken Drachen ...«

Jack saß mit C. J. am Ende des langen Konferenztisches und rieb sich die Schläfen. Am liebsten wäre er aufgestanden, um die Sitzung zu verlassen und aus dem sterilen grauen Raum zu fliehen. Wegen seiner schmerzenden Rippen konnte er kaum atmen, sein Kopf fühlte sich an wie eine zerquetschte Honigmelone, und er war es leid, als Assistenzdirektor Ted Michaels ihn unentwegt auf seine übereifrige Art anstarrte. Seit der ersten Begegnung standen Jack und Michaels auf Kriegsfuß miteinander. Manchmal dachte Jack, sie besäßen völlig gegensätzliche Temperamente – er selber ging gern aus sich heraus und neigte zu spontanen Aktionen, während Michaels, der vorsichtige Insider, seine Manöver sorgsam plante. Offensichtlich machte es ihm großen Spaß, Jack zu ärgern, als wollte er den anderen beweisen, der Kerl hätte nicht das Zeug zum Agenten.

»Walker, ich habe Ihnen eine Frage gestellt«, betonte Michaels.

»Ja, ich weiß«, erwiderte Jack. »Und es war wirklich eine brillante Frage, Ted.«

Zu seiner Rechten seufzte C. J. Jefferson tief auf. Zweifellos würden sich Probleme ergeben.

Michaels biß in seine dünne Unterlippe. »Glauben Sie vielleicht, Sie könnten sich rauslavieren, wenn Sie den Klugscheißer spielen? Da täuschen Sie sich ganz gewaltig, Walker.«

»Seien Sie doch barmherzig«, ächzte Jack.

»Sicher hat Jack versucht, das Auto vom Gehsteig fernzuhalten, Ted.«

Nun ergriff der zweite Assistenzdirektor, Richard Brandau, das Wort, ein Experte für den amerikanischen Drogenhandel. Seit einer brutalen Scheidung vor vier Jahren, tröstete er sich mit leiblichen Genüssen und nahm unaufhaltsam zu. Früher Hinterfeldspieler im Notre Dame, sah er jetzt aus wie viele arme Teufel um die Vierzig – aufgedunsen, mit rotem Gesicht, ein perfekter Kandidat für Herzattacken. Vor einiger Zeit hatte der exzessive Alkoholkonsum seine Karriere und seine Gesundheit bedroht. Aber neuerdings riß er sich zusammen. Diese wunderbare Renaissance schrieb Jack der charmanten neuen Freundin Brandaus zu, Suzie Chow, eine Gerichtsstenographin, die ihn aus seinen Depressionen riß. Suzie, in ihrer Freizeit aufstrebende Drehbuchautorin, hatte seine Lebensgeister wiedererweckt. Während ihrer seltenen Rendezvous besuchten sie Vernissagen, Clubs und Restaurants. Jack freute sich, daß der gutmütige Brandau die Scheidung überwunden hatte. Ein paar Monate lang war's ziemlich prekär gewesen.

Seine Aufgaben in der Agency gehörten zu den schwierigsten. Die Hälfte seiner Zeit verbrachte er damit, Drogenlieferanten innerhalb der US-Grenzen zu stoppen, und während der restlichen Stunden versuchte er, Lehrern, Familien und Lokalpolizei beizubringen, wie man Drogenhändler davon abhielt, ein bestimmtes Gebiet zu unterwandern. Wie jedermann wußte, war letzterer Job vergebliche Liebesmüh. Die armen Leute nahmen Drogen, weil sie sich hilflos fühlten, die Reichen, weil sie sich langweilten, und beide Gruppen handelten damit, weil sie dadurch mühelos ans schnelle Geld herankamen. Daran würden Moralpredigten, Patrouillen und Einschüchterungstaktiken nichts ändern. Aber Jack respektierte Brandaus herkulische Bemühungen, seinen scheinbar unerschöpflichen Optimismus – und die Unterstützung, die er ihnen bei solchen Einsatzbesprechungen gewährte.

»Freut mich, daß Sie sich da so sicher sind, Richard«, entgegnete Michaels. »Aber ich gewinne eher den Eindruck, Walker würde sicher dauernd über die Politik unserer Agency hinwegsetzen – ohne Rücksicht auf die negative Publicity, die uns erheblichen Schaden zufügt.«

»Entschuldigen Sie!« stieß Jack ärgerlich hervor. »Aber der Macker bedrohte Miss Wingates hübsches Gesicht mit einem Schießeisen, und ich hatte keine Zeit, um der Agency einen Einsatzplan vorzulegen.«

Das entlockte Bob Valle, dem Geheimdienstleiter der West Coast DEA, ein heiseres Gelächter. Er war Anfang Vierzig, ein kleiner, aggressiver Sizilianer mit groben Gesichtszügen. Normalerweise ein Witzbold und Schwätzer, hatte er in letzter Zeit seinen Humor verloren. Jack betrachtete ihn als Freund und versuchte immer wieder, herauszufinden, was ihn bedrückte. Aber ohne Erfolg.

Michaels Blick schien Bob Valle zu durchbohren. »Was finden Sie denn so komisch? Das verstehe ich nicht. Ich mein's ernst.«

»Tut mir leid.« Sofort trat Valle den Rückzug an. »Ich wollte Ihnen nicht auf die Füße treten, Ted.«

»Dann hören Sie sich an, was ich zu sagen habe.«

»Oh, ich bin ganz Ohr, Ted. Und ich brauche keine Lektionen von Ihnen. Okay?«

Valles feindseliger Tonfall verblüffte Jack. Seit er Charlotte Rae beschattete, hatte er ihn kaum gesehen. Aber nun spürte er, daß der Mann immer noch von heißem Zorn erfüllt war, den er nur mühsam bezähmte.

»Regen Sie sich ab, Bob.« Nun mischte sich George Zampas sarkastisch ein. »Bringen wir die Sache doch einfach zu Ende.«

Seufzend nickte Valle. »Genau das versuche ich.«

Jack fühlte, wie die Spannung im Raum wuchs, aber Zampas ignorierte Valles schlechte Laune. Er leitete den Geheimdienst der Agency an der Westküste. Hoch aufgerichtet saß er am anderen Ende des Tisches, mit massivem Schädel und dichten schwarzen Locken. Sein Lebenshunger war legendär. Er kochte großartig, verschlang erstaunliche Mengen, trank zuviel Ouzo, liebte Jazz, Autos und Cigarette-Schnellboote. Da ihn die Frauen unwiderstehlich fanden, kursierte das Gerücht, seine langjährige Ehe mit der ehemaligen Schauspielerin Ronni Hart würde demnächst scheitern.

Die Zuneigung zwischen Jack und Zampas ging weit über ein gutes Arbeitsverhältnis hinaus. Schon seit Jacks Kindheit kannten sie sich, denn sein Vater war Zampas' Freund und Lehrer gewesen. Jack hatte Zampas seine ersten Basebälle zugeworfen und mit dem großen Griechen die Spiele der Lakers besucht. In mancher Hinsicht hatte Zampas ihm nähergestanden als sein Vater Dan Walker. Und nach dem Tod der Mutter war es ihm leichtgefallen, mit Zampas über seinen Kummer zu reden.

Doch das alles nützte ihm nichts bei diesen Versammlungen. Die Freundschaft mit dem Direktor schadete ihm sogar. Zampas war ein freundlicher, überaus fairer Boss, der niemanden bevorzugte. Teilweise stimmte er sogar mit Michaels überein. Jack liebte das Risiko, ein Typ, ohne den die Agency nicht auskam, aber ein Agent, der sorgsam kontrolliert werden mußte.

Nun goß Zampas funkelndes Mineralwasser in ein Glas und schüttelte den Kopf. »Ted, das hier ist kein Tribunal. Und du, Jack, beantwortest einfach die Fragen, ohne dich aufzuspielen. Okay?«

»Okay.«

»Wissen Sie, was mir Sorgen bereitet, Jack?« fragte Brandau.

Jack hob den Kopf. »Was denn, Richard?«

»War es vielleicht eine abgekartete Sache?«

»An diese Möglichkeit dachte ich bereits, aber es kommt mir unwahrscheinlich vor – aus mehreren Gründen. Erstens, C. J. und ich fingen erst vor fünf Tagen an, das Mädchen zu beschatten. Selbst wenn sie uns am zweiten oder dritten Tag bemerkt hätte – so was Kompliziertes konnte Wingate in dieser kurzen Zeit nicht inszenieren.«

»Genau«, stimmte C. J. zu. »Warum sollte er auch? Nein, das war echt. Darauf wette ich meine Pension.«

Michaels seufzte. »Nein, ich glaube auch nicht, daß es arrangiert war. Das ist es nicht, was mich beunruhigt, sondern Jacks Cowboy-Spiel. Ich verstehe noch immer nicht, warum Sie über den Kerl hergefallen sind.«

»Moment mal, Mann!« rief C. J., um seinen Freund zu verteidigen. »Hätte er untätig zuschauen sollen, wie das Mädchen abgeknallt wird?«

Michaels starrte ihn erbost an. »Aber er wußte doch gar nicht, ob der Autodieb Miss Wingate erschießen würde. Ihr beide hattet nur den Auftrag, sie zu beobachten. Und nun könnte dieser Zwischenfall die ganze Operation Cactus gefährden.«

Kampflustig rutschte Valle auf seinem Stuhl umher. Dann zeigte er mit seinem dicken Finger auf Michaels. »Vielleicht hätte Jack für eine großartige Gelegenheit sorgen können. Haben Sie das schon mal bedacht, verehrter Meister?«

»Genau das habe ich auch getan«, erklärte Jack. »Morgen soll ich zu Wingates Set kommen. Und da könnte ich ein paar interessante Dinge rausfinden.«

Seufzend schüttelte Michaels den Kopf. »Das war nicht als Undercover-Operation gedacht. Noch nicht.«

»Und warum ändern Sie den verdammten Plan nicht?« fragte Valle.

Normalerweise wußte Jack seine Unterstützung zu schätzen. Aber Valles Zorn – der gewiß nicht mit dem aktuellen Thema zusammenhing – würde Jacks Interessen wahrscheinlich eher schaden als nützen.

»Hören Sie, Ted«, begann Jack, »bei allem nötigen Respekt – Wingate ist ein vorsichtiger Mann. Mit den üblichen Methoden kann man ihn nicht drankriegen. Er läßt sich nicht mit den neuen Drogendealern ein, und deshalb haben wir bisher erfolglos versucht, ihn festzunageln.«

»Genau«, stimmte Valle zu. »Das ist ja Wingates Stärke – er wickelt seine Geschäfte nur mit alten Kontaktleuten ab.«

»Nun, das trifft nur bis zu einem gewissen Grad zu«, erwiderte Michaels. »Nächsten Monat wollen wir eine neue Strategie anwenden, um ihn zu schnappen.«

»Ja«, sagte Jack rasch und schaute Zampas flehend an. »Aber in der Zwischenzeit könnte er seine große Nummer abziehen. Lassen Sie's mich doch versuchen! Vielleicht ist der Discount-King dankbar, weil ich den süßen Arsch seiner Mieze gerettet habe, und läßt mich in seiner Nähe rumhängen. Da könnte ich was über seinen nächsten Deal rauskriegen. Bei solchen Ermittlungen ergeben sich manchmal neue Chancen, und wenn man sie nicht nutzt, verläuft alles im Sand.«

»Da ist was dran«, bemerkte Valle.

»Auch ich stehe auf Jacks Seite, Ted.« Lächelnd klopfte Brandau seine Pfeife im Aschenbecher aus. »Hätte er nicht eingegriffen, würde das Mädchen jetzt im Leichenschauhaus liegen. Und ich glaube, wir alle wissen, daß das kein gewöhnlicher Autodiebstahl war. Wahrscheinlich hat der Kerl mit Pedro Salazars Jungs zusammengearbeitet. Die versuchen schon seit sechs Monaten, bei Wingates Aktivitäten mitzumischen.«

»Vielen Dank, ich kenne die Story«, entgegnete Michaels. »Aber wenn ich Sie daran erinnern darf – der Typ hat diese Connection nicht zugegeben. Wir wissen nicht einmal, ob er zu Salazars Crew gehört.«

»Kommen Sie schon!« fauchte Jack. »Salazar will Wingate eine Scheißangst einjagen, um ihm die großen Deals abzuluchsen.«

Valle nickte und zupfte am Ärmel seines neuen Sportjacketts. »He, Ted, vergessen wir nicht, daß erst letzte Woche eine Brandbombe in Wingates Studio City-Laden geworfen wurde. Und der Verdacht fällt eindeutig auf Salazars Crew. Das ist genau sein Stil. Zuerst Einschüchterungstaktik, dann Meuchelmord.«

Als Zampas sich räusperte, schauten ihn alle an. »C. J., was halten Sie davon?«

»Also, ich finde, Jack hat recht. Salazars Leute erhöhen jede Woche den Einsatz. Vielleicht wird Wingate allmählich nervös. Holen wir uns den Ball, und laufen wir damit los. Schicken wir Jack dahin, und warten wir ab, was er an Land zieht.«

»Damit bin ich einverstanden.« Brandau blies besänftigenden Tabakqualm in die Luft.

»Nun, ich nicht!« verkündete Michaels. »Nach meiner Ansicht wäre das kein kluger Schachzug. Wir versuchen, uns über Wingates gesamte Operation zu informieren, wollen soviel wie möglich über seine Kuriere, seine Zusammenkünfte mit Kontaktleuten und alles andere erfahren. Erstmal sondieren wir die Lage ... dann ...«

»Und in der Zwischenzeit wickelt er einen weiteren gigantischen Drogendeal ab«, fiel Jack ihm ins Wort. »Unsere Jungs vom Geheimdienst haben uns erzählt, er würde irgendwas mit Eduardo Morales aus Kolumbien planen, und das soll in allernächster Zukunft passieren. Das können wir verhindern, wenn ich meinen Plan durchführe. Diese Chance dürfen wir nicht verpassen.«

»Offengestanden, Walker, ich zögere, Sie dahinzuschicken, weil Sie noch nie mit einem Typ wie Buddy Wingate zu tun hatten.«

»Nein, noch nie. Aber das haben Sie über José Benvenides auch gesagt.«

»Genau das meine ich. Den haben Sie erschossen – einen der größten Bonzen im internationalen Drogenhandel, einen Mann, den wir dringend gebraucht hätten, den wir verhören wollten.«

Mühsam bezwang Jack seine Wut. »Wirklich, tut mir leid, Ted. Als der gute alte José seine Magnum auf mich richtete, hätte ich ihm seine Rechte vorlesen müssen.«

»Soweit hätte es gar nicht kommen dürfen. Aber Sie mußten ja unbedingt Cowboy spielen und alles vermasseln.«

Jack legte seine Handflächen auf den Tisch. »Falsch! *Sie* haben's vermasselt, weil ich ihn ohne Verstärkung festnehmen mußte, die Sie mir leider nicht geschickt hatten.«

»Was für ein beschissener Unsinn!« zischte Michaels.

»Jetzt reicht's, Jungs«, sagte Zampas. »José Benvenides ist Schnee von gestern. Entscheiden wir lieber, was wir hier und jetzt tun sollen.« Seufzend stand er auf und streckte sich. Er hatte die Figur eines Ringers, stämmig und muskulös. »Also, es geht um folgendes. Wahrscheinlich wird Eduardo Morales demnächst kolumbianisches weißes Heroin an Buddy Wingates Jungs liefern. Und Wingate will die Ware in Kalifornien,

Arizona und New Mexico vertreiben. Das haben Bob Valle und ich mit unseren Mitarbeitern in Mexico-City gecheckt, eine Stunde vor dieser Besprechung. Zeit und Ort der Übergabe konnten sie nicht eruieren. Wenn Morales diesen Deal hinkriegt, wirft uns das um fünf Jahre zurück. Dieses neue kolumbianische Zeug ist reiner und mörderischer als alles, was die Asiaten zu bieten haben. Und das bedeutet, daß noch mehr Leute süchtig werden, vermutlich ein paar Millionen. Schon jetzt versuchen die Gangster reinzupfuschen. Also wird's auf den Straßen noch öfter knallen. Ganz zu schweigen von der Tatsache, daß diese weiße Scheiße bei den coolen jungen Hollywood-Schauspielern, -Regisseuren und -Produzenten wieder hoch in Mode ist. Die nehmen den Mist selber, verherrlichen ihn in ihren verdammten Filmen, und eine weitere halbe Million Kids bohrt sich Löcher in die Arme. Um kein Blatt vor den Mund zu nehmen – die neue Connection wird eine beispiellose Katastrophe heraufbeschwören. Wir müssen verhindern, daß die Straßen mit diesem Dreck überschwemmt werden. Okay, vielleicht ist es riskant, Jack in Wingates Dunstkreis einzuschleusen. Aber wir müssen die Chancen nutzen, die wir kriegen. Allmählich läuft uns die Zeit davon.«

Zampas schlenderte zu Jack und schaute ihm in die Augen. »Okay, du gehst hin und bist verdammt vorsichtig, verstanden? Wingate führt sich wie ein Blödmann auf. Trotzdem ist er ein gefährlicher Hurensohn. Und unseren Informationen zufolge ist das Mädchen nicht besser. Sieh zu, daß du an Buddy rankommst, aber übertreib's nicht.«

»Klar, ich hab's begriffen.« Unter dem Tisch trat Jack gegen Jeffersons Schienbein, nur ganz leicht.

»Du mußt regelmäßig Bericht erstatten, Jack.« Zampas strich durch seine dichten schwarzen Locken. »Und behalt deinen Schwanz in der Hose.«

Alle lachten, nur Michaels nicht, der seine schriftlichen Unterlagen anstarrte, als wollte er sie durchlöchern.

»Also gut, Gentlemen«, fügte Zampas hinzu. »Wenn's sonst nichts mehr zu besprechen gibt – ich hab' noch was anderes zu tun.«

Die Agenten packten ihre Notizen in die Aktentaschen und standen auf. Als Jack zu Michaels hinüberschaute, kehrte ihm der Assistenzdirektor den Rücken und ging zur Tür, den Aktenkoffer aus Krokodilleder unter den Arm geklemmt. Jack spürte Jeffersons Hand im Nacken. »Sieht gut aus, Baby. Jetzt wirst du diesen Scheich festnageln.«

»Ja, Buddy Wingate und seine Crew müssen dran glauben.«

»Viel Glück, Jack«, sagte Valle mit gepreßter Stimme. »Wenn Sie was brauchen, geben Sie mir Bescheid, und ich halte Sie auf dem laufenden.«

»Danke, Bobby. He, Mann, sind Sie okay?«

Valle ging davon, aber Jack hörte ihn tief Luft holen. »Natürlich.«

»Sind Sie sicher?«

Da blieb Valle stehen und drehte sich um. Seine Lippen wirkten verkniffen. »Ich sagte doch, ich bin okay.«

»Gut, aber wenn Sie drüber reden wollen, melden Sie sich bei mir.«

Valle nickte kaum merklich, dann verließ er den Konferenzraum. Offensichtlich stimmte was nicht mit ihm. Doch darum konnte sich Jack vorerst nicht kümmern. Er hatte andere Sorgen.

Im Flur holte er Zampas ein, der sein Büro ansteuerte. Sie betraten das Vorzimmer, und Jack begrüßte Jane Hawkins, die hübsche junge Sekretärin des Direktors. Wenn sie ihn auch anlächelte – sie hatte nur Augen für ihren Boß. »Ein Anruf vom FBI, einer von der Sondereinheit und einer von deiner Frau.«

»Ah, sehr gut«, seufzte Zampas.

Jack fand, daß Janes sanftes Lächeln nicht nur Sympathie ausdrückte, und folgte Zampas ins Büro, ein großes Eckzimmer, das einen atemberaubenden Ausblick auf die City von Los

Angeles bot. Durch das breite Fenster starrte Jack auf die klaren Linien des neuen Otani Hotels. Zampas inspizierte die Briefe, die auf seinem Schreibtisch lagen, und griff nach einer Autobroschüre. »Wie gefällt dir das?«

Interessiert betrachtete Jack die grellen Farbfotos von einem neuen Lexus. »Nicht schlecht für fünfzig Riesen.«

»Vielleicht kriege ich Rabatt.«

»Eigentlich wäre es noch besser, wenn wir so einen Dienstwagen bekämen.«

Zampas grinste und stöhnte. »Da hast du recht, Jackie. Und ich sehe auch keine andere Möglichkeit, diesen Schlitten an Land zu ziehen. Gestern abend sprach ich mit Ronni drüber – nicht über ein neues Auto, um Himmels willen, sondern über ein altes. Und da ging sie fast die Wände hoch.«

»Wer braucht denn einen Luxusschlitten? Je größer der Wagen, desto größer das Arschloch, das drinsitzt.«

»Genauso hat dein Dad auch immer geredet«, bemerkte Zampas lachend.

Jack lächelte wehmütig. Zwanzig Jahre lang waren sein Vater und Zampas die besten Freunde und Partner gewesen, bis zu Dan Walkers tödlichem Herzinfarkt vor fünf Jahren. Und der Sohn konnte noch immer kaum glauben, daß das zähe Rauhbein nicht mehr lebte.

Als er sich umdrehte, sah er Jane Hawkins am Türrahmen lehnen. Sie trug ein enges, schwarzseidenes T-Shirt und warf ihrem Boss sinnliche Blicke zu. Lässig schlenderte Zampas zu ihr und legte einen kraftvollen Arm um ihre Schultern. »Janey hält mich immer noch für Superman.«

»Weil du's bist«, behauptete sie, und er drückte einen väterlichen Kuß auf ihren Scheitel. Trotzdem beobachtete Jack eine gewisse Leidenschaft in dieser Geste. Wenn man den Gerüchten glauben durfte, trafen sich die beiden manchmal nach Dienstschluß. Sie erwiderte die Umarmung und zwinkerte Jack zu. »Sogar Superman muß rechtzeitig zur Besprechung mit dem FBI gehen.«

»Das stimmt«, bestätigte Zampas. »Fast hätte ich's vergessen. Was würde ich nur ohne dich machen, Jane?«

»Keine Ahnung. Finden wir's lieber nicht heraus.« Sie schenkte ihm ein betörendes Lächeln und kehrte ins Vorzimmer zurück.

»Jesus, sie ist einfach zauberhaft«, schwärmte Zampas.

»O ja«, sagte Jack lahm.

»Ich muß sie nur anschauen, und schon fühle ich mich jünger«, gestand der Direktor versonnen. Dann schien er einen Tagtraum abzuschütteln. »Vergiß den Zwischenfall vor dem Kino, Jack. Du hast das Richtige getan. Und vergiß auch den Quatsch, den du heute bei der Besprechung gehört hast. Wir müssen Wingate und Morales zur Strecke bringen. Sicher wirst du's schaffen.« Die alte Zuneigung erwärmte Jacks Herz, als er in Zampas' breites Gesicht und die dunklen Augen blickte. »Aber sei bloß vorsichtig, verstanden?«

»Natürlich.«

»Wingate ist schlimm genug. Aber die Typen, mit denen er zusammenarbeitet – Morales und seine Freunde, sind noch gefährlicher. Die haben viel zu verlieren. Politische Karrieren, eine ganze Menge Geld. Sollten sie dir auf die Schliche kommen, kannst du von Glück reden, wenn sie dich töten.«

»Aber sie werden mich nicht erwischen.«

»Gewiß nicht. Da wäre noch etwas. Hör auf, Michaels zu ärgern. Der hat viele Freunde im Kongreß, und wir brauchen ihn auf unserer Seite. *Comprende*?«

»Ja, okay. Ich war nur sauer, weil er soviel Unsinn über José Benvenides geredet hat. Glaub mir, ich wollte den Jungen nicht erschießen. Leider ließ er mir keine Wahl.«

»Das weiß ich. Michaels hat sich eben aufgeführt wie Michaels. Also kannst du ihn ignorieren.«

»Das versuche ich ja. Aber Teddy erzählt einfach zuviel dummes Zeug.«

Unwillkürlich lachte Zampas. »Jedenfalls wirst du verdammt

gute Arbeit leisten.« Er gab ihm einen Klaps aufs Ohr, und Jack verließ das Büro. Dabei erinnerte er sich an die Rams-Spiele, die er mit seinem Dad und Zampas besucht hatte. Manchmal war Dan Walker vor Aufregung zusammengeklappt, und sie hatten ihn zum alten Chevy tragen müssen.

Zampas' wachsende Angst vor dem Alter bedrückte Jack, und er fand, sein Freund müßte besser auf sich aufpassen. Nicht nur sein Übergewicht schien ihn zu belasten. Er sah oft müde aus, und irgendwas schien ihn zu quälen. Vermutlich war sein Eheleben kein Honiglecken. Dazu kam noch der Streß im Büro.

Nachdenklich strich Jack über sein Kinn. Wenn Zampas etwas zustieß ... Aber mit solchen Problemen konnte er sich jetzt nicht befassen. Erst vor fünfundvierzig Minuten hatte Michaels ihn wegen des Autounfalls zur Schnecke gemacht, und jetzt würde er den größten Undercover-Job seines Lebens übernehmen. Plötzlich fiel ihm ein, was sein Vater einmal über Karrieren gesagt hat. Manche Typen schufteten zwanzig Jahre lang und bekamen niemals einen Klassefall. Nur lauter kleine Scheißjobs. Andere warteten ein Leben lang, und kurz vor dem Ruhestand, wenn's ihnen nichts mehr nützte, bot sich endlich eine Chance. Und dann gab's die wenigen glücklichen Agenten, denen die interessanten Fälle gleich am Anfang ihrer Karriere in den Schoß fielen.

Seit drei Jahren arbeitete Jack als Agent, und das Schicksal hatte es gut mit ihm gemeint. Letztes Jahr die Benvenides-Eskapade, diesmal Wingate. Ein Fall, der ihm zu legendärem Ruhm verhelfen oder ihn um ein Jahrzehnt zurückwerfen konnte. Es beglückte und erschreckte ihn zugleich. Einfach irre.

Weiter unten im Flur wartete C. J., an die Wand gelehnt. »He, Baby, hat's da drin Ärger gegeben?« fragte er und zog einen Zahnstocher aus dem Mund.

»Überhaupt nicht.«

»Also legen wir los, Kid?«

»Darauf kannst du Gift nehmen.« Ihre Hände klatschten aneinander, und Jack hoffte, der Partner würde nicht merken, wie kalt sich seine Finger anfühlten.

4

Cut! Nein, nein, nein, das haut nicht hin, Jules. Wo bleibt die Intensität? Das sieht ja so aus, als wollte er sie nicht bumsen, sondern umbringen.«

Am Rand des Burbank Studios postiert, beobachteten Charlotte Rae und Jack, wie Buddy Wingate zum Set stürmte. Er trug einen schwarzen Business-Anzug im Dallas-Cowboy-Stil, Nicona-Stiefel für sechshundert Dollar und am kleinen Finger einen Ring, der Bill Clintons Gesicht zeigte, aus Diamanten, Rubinen und Smaragden geformt. Mit den dicken Schuhsohlen war er etwa eins siebzig groß, und er bewegte sich wie ein Wirbelwind, mit heftig rudernden kurzen Armen und stampfenden Schritten. Nach Jacks Ansicht wirkte der Mann eher komisch – bis man seine großen Hände mit den knotigen Fingern bemerkte, die offenbar schon mehrmals gebrochen waren.

Nun stürzte sich dieses Bündel aus Elektrizität, Gier und Ambitionen auf Jules Furthman, den jungen Drehbuchautor und Regisseur, der zu den Bogenlichtlampen zurückwich. Dabei fiel ihm die Dodgers-Baseballkappe vom Kopf.

»Hören Sie jetzt gut zu, Jules, denn ich sag's nur einmal. In dieser Szene geht's um Liebe, nicht um Tod. Der Präsident verrät der Frau, die er liebt, seine gottverdammten Geheimnisse. Aber er will sie nicht ermorden. Er hat sie hierhergeholt, um ihr alles anzuvertrauen, kapiert?«

»Klar, Buddy. Wir sollen uns nicht sklavisch an den Text halten und irgendwas machen, das den Film vom gewöhnlichen

Action-Schund unterscheidet. Das hab' ich begriffen, und ich bin ganz Ihrer Meinung.«

»Braves Kerlchen, Jules. Übrigens, ich bin ganz versessen auf diese Schuhe.« Jack musterte Furthmans Turnschuhe, an deren Fersen rote Lämpchen blinkten.

»So realistisch wie möglich, Jules«, betonte Wingate. »Mann, wenn Sie sich weiterhin so anziehen, werden Sie bald für die Brothers arbeiten.«

Furthman wurde rot, und Wingate schlug ihm auf die Schulter. Dann drehte er sich zu Jack um. »Hallo! Das muß dein großer Held sein, Darling.«

Lächelnd griff Charlotte Rae nach Jacks Arm und zog ihn zu ihrem Mann. Er schüttelte Wingates Hand und spürte den Druck kraftvoller Finger.

»Freut mich, Sie kennenzulernen, mein Sohn«, sagte Wingate. »Lassen Sie sich nicht von meinem rüden Ton beirren. Das ist nun mal meine Art. Kommt davon, wenn man sich mit zu vielen Arschlöchern rumplagen muß. Ehrlich gesagt, für mich sind Sie ein echter Held. Sie haben meine Frau gerettet, und ich werd's nicht vergessen.«

»Oh, ich tat eben, was ich konnte«, erwiderte Jack, cool wie Gary Cooper.

»Dann will ich Ihnen mal alles zeigen. Vielleicht kennen Sie ein paar Leute.« Wingate führte Charlotte Rae und Jack zur anderen Seite des Studios, wo ein Schauspieler und eine Schauspielerin in Klappstühlen aus Segeltuch saßen. Leise unterhielten sie sich und wurden sofort lebhafter, als Buddy näher kam. Er winkte ihnen grinsend zu, wie ein eifriger kleiner Junge, der eben erst in den Häuserblock gezogen ist und die Straße entlangläuft, um neue Freunde zu finden. »Hallo, Leute! Wie geht's?«

»Oh, ganz phantastisch!« versicherte die Frau. »Marky will mir grade einreden, ich soll draußen im Wohnwagen mit ihm bumsen.«

»He, das würde uns enger miteinander verbinden!« erklärte Marky. »Wirklich, ich denke nur an die Arbeit.«

Jack zuckte zusammen, während die anderen nervös lachten.

»Nun, vielleicht könntest du ihm wenigstens einen blasen, Kaye«, schlug Buddy vor. »Aber ich fürchte, damit wird er sich nicht zufriedengeben.«

Wieder erklang nervöses Gelächter, und Jack erkannte die beiden. Kaye Williams war in den siebziger Jahren ein B-Moviestar gewesen und dann zu einer Mom in der Fernsehserie »Rondas Gang« avanciert. Als die Sendung angelaufen war, hatte sie in ihrem Jaguar einen spektakulären Unfall gebaut. Sie kam im Los Virgines Canyon von einer regennassen, kurvenreichen Straße ab, und später wurde sie neben ihrem toten Liebhaber gefunden, dem achtzehnjährigen Pool-Boy-Akteur Louie Salvado. Beinahe wäre Kaye gestorben. Aber sie hatte überlebt und mehrere Operationen über sich ergehen lassen, zum Beispiel eine Lebertransplantation. Und mit der künstlichen Hüfte war sie so gut wie neu. Die Eltern des Jungen hatten sie verklagt, dreißig Millionen Dollar Schmerzensgeld verlangt und sich dann – einem Gerücht zufolge – bei einer außergerichtlichen Einigung mit der Hälfte begnügt. Nach dieser kleinen Episode war Kaye als TV-Mom erledigt, litt unter Depressionen, verfiel dem Alkohol und landete in mehreren Anstalten, die sich nicht mit Betty Fords hübscher Klinik messen konnten. Jack und das restliche Amerika verfolgten ihre Karriere, indem sie die Serie »Wo sind sie jetzt?« im Magazin *People* lasen. Ein paarmal war Kaye wegen Ladendiebstahls verhaftet und drei- und viermal nach einer Überdosis Tabletten ins Cedars gebracht worden. Jetzt, nach zehnjähriger Abwesenheit, agierte sie in einer Buddy-Wingate-Produktion.

Die Story des Hauptdarstellers klang genauso trist. Vor einiger Zeit hatte Marky Martin in einer erfolgreichen TV-Serie – »Lernen Sie Mr. Assistent kennen« – den Assistenten eines berühmten Detektivs gespielt und die Fälle auf eigene Faust gelöst. Mit einem großen, gummiartigen Körper und einem dämlichen Country-Boy-Grinsen ausgestattet, gewann er die Herzen aller Amerikaner. Der *TV Guide* nannte ihn »die Antwort der Glotze auf Jimmy Stewart«. Dann verschwand auch er von der Bildfläche. Seit fünfzehn Jahren hatte Jack nichts mehr von ihm gehört. Nun zeigten sich zahlreiche Falten und geplatzte rote Äderchen in seinem Country-Boy-Gesicht, die Wingates Maskenbildner mit Puder und Schminke zu übertünchen versucht hatten.

»Mach dir das klar, Marky«, mahnte Wingate. »In dieser Szene geht's wirklich um Liebe. Klar, später erstichst du sie, aber erst mal liebst du sie.«

»Kein Problem«, versicherte Marky. »Um mich inspirieren zu lassen, muß ich nur an meine dritte Frau denken.«

Auch dieser Scherz wurde mit unsicherem Gelächter belohnt. Wingate führte Jack und Charlotte Rae aus dem Studio, zu dem silbernen Airstream-Wohnwagen, der auf dem dampfenden Schotter parkte. »Also, das müßte ein toller Film werden«, sagte er und grinste Jack an. »Der Präsident lädt sein Kabinett ins Oval Office ein und erklärt den Leuten, er will ihnen historische Schätze zeigen. Aber was sie nicht wissen – da drin verwahrt er abgehackte Köpfe, Hände und andere Körperteile.«

»Klingt großartig«, meinte Jack.

»Genial!« seufzte Charlotte. »Vielleicht verstehen Sie jetzt, warum ich da nicht mitspiele.«

»Ah, die grandiose Künstlerin!« Wingate lächelte ihr gönnerhaft zu. »Glauben Sie mir, Jack, dieser Film wird ein irrer Erfolg. Und wissen Sie, warum? Weil das Drehbuch gut ist. Können Sie feststellen, ob ein Drehbuch was taugt?«

»Nein.« Jack mimte den naiven Jungen. »Wann denn?«

»Ich finde, ein gutes Skript muß eine Frage beantworten. Und hier lautet die Frage: Was würde passieren, wenn der Präsident der Vereinigten Staaten ein Serienmörder wäre? Wie leicht würde er davonkommen – wo er doch so mächtig ist ...«

»Oh, das hatte ich gar nicht bedacht.«

Charlotte Rae lachte und drückte Jacks Arm.

»Warum sollten Sie auch?« erwiderte Wingate. »Aber eins sag' ich Ihnen, dieser kleine Regisseur, Jules Furthman, ist gar nicht so übel. Klar, er fällt einem schrecklich auf den Wecker mit seinen beschissenen Beverly-Hills-Klamotten. Und neulich erzählte er mir, früher sei er bei den Gangs im South Central rumgelungert. Aber ich gebe zu, er hat was auf dem Kasten. Kaye ist auch okay. Aber Marky ist ein Problem. Würde mich interessieren, ob er lange genug ohne diese Scheiße auskommt, um sie zu panschen.«

»Nimmt er Drogen?« fragte Jack.

»Ja. Eigentlich müßte er's besser wissen. Er hat schon eine ganze Serie geschmissen und sich die Nase gebrochen. Dann ging er zu einem drittklassigen plastischen Chirurgen, der ihm einen gräßlichen Zinken verpaßte. Später mußte sich Marky noch zweimal operieren lassen. Aber dieses Arschloch verschwindet immer noch drei- oder viermal pro Tag im Klo.«

Nun erreichten sie die Stufen des Wohnwagens. »Warum haben Sie ihn engagiert?« wollte Jack wissen.

»Weil er auf den Philippinen und in der Dritten Welt sehr beliebt ist. Dort glauben die Leute, er wäre immer noch der verdammte Mr. Assistent. Darin liegt das Problem unserer Branche. Man muß auf den Geschmack dieses schlitzäugigen Abschaums Rücksicht nehmen und kann sich's nicht leisten, gute Filme zu drehen. Kommen Sie rein, *amigo*, wir haben eine Menge zu besprechen.«

Die Wände in Buddy Wingates Wohnwagen waren mit Fotos von seiner Lieblingsperson tapeziert – ihm selbst. Da spielten Buddy, in einer rosafarbenen, mit Elefanten bedruckten Hose, und Arnold Palmer Golf; Buddy, in einem blauen Hemd voller Hummer, dinierte mit Jack Lord. Beide hatten die Haare hochgekämmt und sahen aus wie Venusbewohner in einem Science-fiction-Film aus den fünfziger Jahren. Und dann gab es mehrere Bilder von Buddy mit seinem Idol, William Shatner. Die schaute sich Jack besonders aufmerksam an. Buddy lächelte geschmeichelt. »Das bin ich an Bord der *Enterprise*. Letztes Jahr nahm ich an einem Wohlfahrts-Tennisturnier für die Kolitis-Stiftung teil. Unter dieser Krankheit leide ich selber. Und Bill nahm mich mit aufs Deck. Ich trage Mr. Sulus Hut.«

»Mein Gemahl, der Trekkie«, warf Charlotte Rae ein und schüttelte den Kopf.

»Die beste Serie, die je gedreht wurde. Da kann man sich ›Deep Space Nine‹ in den Hintern schieben. Alle tragen Spandex-Sachen, aber an Captain Kirk kommen sie niemals ran.«

»Wie recht du hast!« bemerkte Charlotte Rae und verspottete ihn ein bißchen. Er lächelte sie fast zärtlich an, und sekundenlang glaubte Jack zu beobachten, was sich zwischen den beiden abspielte, wenn Buddy nicht den proletarischen Produzenten mimte.

Weil es dem Mann solchen Spaß machte, studierte Jack noch ein paar Fotos. Da waren Buddy und Charlotte Rae zu sehen, mit Ricardo Montalban und Herve Villechaize auf dem Set von »Fantasy Island«. Um die Hälse der Wingates hingen Blumengirlanden. Charlotte Rae saß auf Buddys Schoß und grinste albern, fast glücklich. Zu einem Röckchen aus Grashalmen trug sie ein schulterfreies, mit Tümmlern bedrucktes Top. Aber sie sah nicht dumm aus, sondern strahlend.

Buddy öffnete das Gefrierfach des Minikühlschranks und nahm eine blaue Skyy-Wodkaflasche heraus. »Wollen Sie mal probieren?« fragte er Jack. »Das Zeug ist absolute Spitze.«

»Nein, danke. Für mich ist's noch ein bißchen zu früh.«

»Wie Sie meinen.« Buddy füllte ein großes Glas und nahm einen Schluck, dann betrachtete er wieder die Fotos. »Ah, was für Erinnerungen! In dieser ›Fantasy‹-Folge war Charlotte Rae der Gaststar.«

»Ja«, bestätigte sie, »und das wird in die Annalen der großen Dramen eingehen, zusammen mit dem ›A-Team‹.«

Jack lachte, und Buddy drohte ihr mit dem Finger. »He, so darfst du nicht reden, Darling.« Was soll ich bloß mit ihr machen, besagte seine Miene, als er sich zu Jack wandte. »Das ist ja ihr Problem. Ihr fehlt der Glaube an sich selbst. Zufällig war diese ›Fantasy‹-Episode ziemlich öde. Klar, die Sendung kann sich nicht mit ›Hawaii Five-O‹ vergleichen. Aber welche Show schafft das schon? In dieser Folge spielte Charlotte eine Frau, die an Krebs stirbt. Sie treibt's mit einem Tümmler und findet ewigen Frieden. Eine echt mystische Scheiße.«

»O ja.« Charlotte Rae verdrehte die Augen. »Quark mit Tiefgang.«

»Immerhin gab dir dieses Skript die Chance zu wilden Gefühlsausbrüchen«, betonte Buddy. »Bei einer Szene ließ sich die ganze Crew zu spontanem Applaus hinreißen.«

»Weil du jedem fünfzig Dollar gegeben hast.«

»Das ist eine Lüge. Darling, du solltest dich nicht so herabwürdigen.«

»Natürlich nicht. Zum Glück versuchst du immer wieder, mein Selbstvertrauen zu stärken.«

Buddy ignorierte die Stichelei, packte Jack eifrig am Arm und zerrte ihn zu einem Foto, auf dem Charlotte und er selbst aus dem Fahrerhaus eines Sattelschleppers hingen. Beide waren wie Lastwagenfahrer gekleidet, in Flanellhemden, schmutzige Jeans und zerkratzte Stiefel. Neben dem Vehikel stand ein Schauspieler, den Jack nicht kannte, und drückte einen putzigen Schimpansen an seine Brust. »Das war wirklich ein Hit. Charlotte spielte eine Anhalterin, die von BJ und dem Bären aufgelesen wird. Eigentlich dachte ich, dafür würde sie einen Emmy kriegen. Aber das war leider ein Irrtum. Den Emmy haben sie Glenn Close gegeben, weil sie eine ramponierte Lesbe spielte, die ihren Mann erschießt.«

»Was für Bastarde!« meinte Jack.

Charlotte brach in lautes Gelächter aus, und Buddy starrte ihn ausdruckslos an. »Also, dieser verdammte Schimpanse war ehrlicher als die meisten Menschen«, erklärte er und goß sich noch einen Drink ein. »Aber das ist eine traurige Geschichte. Zwei Jahre lang war die Show wirklich populär, dann hatte das Publikum die Schnauze voll davon, und so wurde sie eingestellt. Der Schimpanse fand keinen Job mehr. Deshalb brachte man ihn in den Zoo zurück. Dort findet er sich nicht mehr zurecht. Klar, nachdem er dauernd geschminkt und von der Presse gebeten wurde, sein Vokabular aufzusagen, über fünfzig Wörter, nachdem er in den Pausen Scotch trank und Zigaretten rauchte – am liebsten mochte er Larks – nun, da kann er sich eben nicht mehr an das rohe Gemüse und die Bananen im Zoo gewöhnen. Ganz zu schweigen vom Käfig, in dem er eingesperrt ist, wie ein ganz gewöhnliches gottverdammtes Tier. Eines Tages besuchte ihn Lance, sein Trainer, und da hing der Schimpanse teilnahmslos in seinem Autoreifen. Für die Show lernte er, wie man Knoten macht, um BJ zu retten, und so legte er sich selber eine Schlinge um den Hals. Krrrr, und er war *finito*. Kaputt. Können Sie das glauben? Aber ich kann's ihm nachfühlen. Lieber wollte er wie ein Mensch sterben als wie eine Affe leben.«

»Das ist aber wirklich traurig«, sagte Jack.

»Schauen Sie mal da rein!« Buddy öffnete die Tür eines kleinen Badezimmers in Rosa und Schwarz. An der Wand hingen Fotos von Buddy Wingate mit dem Präsidenten der Vereinigten Staaten, Bill Clinton. »Wie gefällt Ihnen das?«

»Ein Geschäftsfreund?«

»Mein Kumpel aus alten Zeiten. Wir kannten uns schon daheim. Glauben Sie mir, ich habe in Dallas und Nashville und Paris gelebt, aber es gibt nur ein Arkansas. Und es gibt nicht viele Jungs aus dem Finnwalstaat, die's zu was gebracht haben. Mit diesem Mann fühle ich mich eng verbunden.«

»Weiß er das?«

Wingate schaute ihn lächelnd an. »Und ob er das weiß! Immerhin hat er meinen Scheck akzeptiert, nicht wahr? Damals mischten wir bei diesem Wahlkomitee mit. He, Schätzchen, das war phantastisch, was?«

»O ja, Buddy.« Charlotte Rae bemühte sich, einen sarkastischen Ton anzuschlagen, aber Jack hörte den Stolz aus ihrer Stimme heraus.

»So ist das nun mal, die Leute aus Arkansas vergessen einander nicht«, verkündete Buddy und schwenkte theatralisch seine Arme. »Bald wird mich Bill Clinton aus dem Oval Office anrufen. Und wenn mein Telefon klingelt, bin ich bereit, ihm zu dienen.«

»Glauben Sie nicht, er wird sich übers ›Kabinett des Präsidenten‹ ärgern?« fragte Jack.

»Keineswegs. Er wird's als Huldigung auffassen. Aber vielleicht ist die alte Hillary nicht so begeistert.«

»Unsensibles Biest«, seufzte Charlotte, und Jack lachte.

Buddy blinzelte ihn an. »Klar, ich weiß, Sie finden mich ein bißchen verrückt. So dachten alle, bis ich zu dieser gottverdammten Amtseinführung eingeladen wurde.«

»Das war wunderschön«, sagte Charlotte.

»Im Grunde seines Herzens ist er immer noch ein Finnwalstaatler und weiß die anderen Finnwalstaatler zu schätzen. Wissen Sie, was ich meine, Jackie?«

»Natürlich.«

Lächelnd trat Buddy vor den Spiegel und rückte seine schmale Krawatte zurecht.

Jack wandte sich zu Charlotte Rae. »Gratuliere.«

»Wozu, bitte?«

»Nun, Sie haben ein Genie geheiratet.«

Da lachte sie und legte einen Arm um Buddy. Zu seiner eigenen Verblüffung empfand Jack heißen Zorn. Als hätte sie ihm ins Gesicht geschlagen. Die Intensität dieser plötzlichen unwillkommenen Gefühle schockierte ihn.

Und dann schenkte ihm Wingate ein berechnendes, spöttisches Lächeln. Genüßlich demonstrierte er seine Macht über Charlotte Rae und drückte sie an sich. Mit einiger Mühe hielt Jack seinem Blick stand. Weder seine Augen noch die Kopfhaltung oder der Zug um seine Lippen durften verraten, daß er Charlotte Rae am liebsten aus Wingates Armen gerissen hätte.

»Hast du nicht was vergessen, Buddy?« fragte Charlotte Rae, als sie die Badezimmertür schloß.

»Ach ja, natürlich.« Wingate tätschelte die Wange seines Gastes, und Jack mußte sich sehr beherrschen, um seinen Abscheu zu verbergen. »Keine Bange, ich hab's nicht vergessen. Sie haben das Leben meiner Frau gerettet. Leider leben wir in einer Welt, wo niemand seinen Mitmenschen helfen möchte. Und Sie greifen furchtlos ein, bringen sich selber in Gefahr. Offen gestanden, das erstaunt mich, und ich bin Ihnen dankbar. Woher kommen Sie, Jack?«

»Jetzt lebe ich in Hollywood. Ich bin in Manhattan aufgewachsen.«

»Ah, was für eine City! Dort findet ein Junge alles, was er braucht, um sich in ernsthafte Schwierigkeiten zu bringen.«

»Nun, du mußt es ja wissen«, bemerkte Charlotte Rae.

Buddy wandte sich zu ihr, sichtlich erbost, und sekundenlang glaubte Jack, der Mann würde Charlotte Rae schlagen. Offenbar dachte sie das auch, denn obwohl er sich nicht rührte, zuckte sie zusammen und sprang zurück, als wollte sie einem unsichtbaren Schlag ausweichen.

»Hör mal, Darling«, erwiderte er, »es wäre besser, wenn du nicht alles kommentieren würdest, was ich sage. Okay?«

»Tut mir leid, Buddy«, sagte sie kleinlaut und schien zu schrumpfen. Fünf Schritte von den beiden Männern entfernt sank sie auf ein Sofa. Grinsend setzte sich Buddy und verschwand beinahe in einem riesigen, mit einer Indianerdecke aus Santa Fé drapierten Lehnstuhl. Dann bot er Jack Platz an. »Also haben Sie Blut geleckt und wollen sich als Schauspieler versuchen?«

»Ja, aber bis jetzt hatte ich keine Chance.«

»So ist diese Branche nun mal. Hart und grausam. Haben Sie einen Agenten?«

»Noch nicht«, antwortete Jack und versuchte, in möglichst unterwürfigem Ton zu sprechen.

»Ohne den läuft gar nichts. Vielleicht können wir Ihnen da helfen. Wie wär's, Baby?« Liebevoll lächelte Buddy seine Frau an, als wäre die Konfrontation, die sich vor wenigen Sekunden abgespielt hatte, bereits Schnee von gestern.

»Ja, natürlich.« Sie hatte es nicht vergessen, ihre Stimme zitterte und klang seltsam förmlich. »Vielleicht sollte ich ihn mit Elliot bekannt machen.«

»Elliot Minsner«, erklärte Wingate, »ein hartgesottenes kleines Arschloch, aber er kann einiges für Sie tun.«

»He, das wäre wunderbar!« rief Jack. »Aber ich möchte Ihnen beiden nicht zur Last fallen. Sie wissen ja nicht einmal, ob ich mich zum Schauspieler eigne.«

»Irgendwie habe ich das Gefühl, es müßte klappen.«

»Tatsächlich?«

»Klar, ich mein's ernst. So, wie Sie aussehen ... Bei seinem Anblick müßten die Mädchen nasse Höschen kriegen, was, Charlotte?«

»Wie gewählt du dich ausdrückst, Buddy!« erwiderte sie. Offenbar hatte sie die bedrohliche Szene weggesteckt und zu ihrer Ironie zurückgefunden.

Lachend winkte er ab. »Ja, die Filmbranche ist ein knochenhartes Geschäft.«

»Das weiß ich«, sagte Jack. »Manchmal bin ich mir gar nicht sicher, ob ich's wirklich versuchen soll. Ich will nicht mit Fünfzig als Sicherheitsbeamter in einem Studio landen.«

»Kann ich verstehen.« Wingate beugte sich vor und schaute ihn eindringlich an. »Um kein Blatt vor den Mund zu nehmen, mein Sohn – nur wenige Schauspieler werden Stars. Die meisten finden schon nach kurzer Zeit keine Arbeit mehr. Und manche jobben als Marktschreier in den Kaufhäusern und plärren ins Mikrophon: ›Ladies und Gentlemen, heute gibt's mexikanischen Käse und fettfreie koschere Salami!‹ Verdammt, ein paar von diesen Möchtegern-Mel-Gibsons habe ich in meinen Möbelgeschäften engagiert.« Er lachte heiser, dann schüttelte er den Kopf. »Jedenfalls bin ich froh, daß ich mich nie zum Schauspieler berufen fühlte. Übrigens, wovon haben Sie in Big Apple gelebt, Jack?«

»Ich war Barkeeper – und der Begleiter eines gewissen Joey Rizzo.«

Sowohl Wingate als auch Charlotte Rae erstarrten. Dann schauten sie sich an, und ein paar Sekunden lang gewann Jack den Eindruck, alles würde im Zeitlupentempo ablaufen.

»Meinen Sie Joey Rizzo, den Medienzar?« fragte Charlotte Rae.

»Genau. Das ist eine lange Story. Joey war ganz wild aufs Boxen und kam regelmäßig in Gleesons Trainingscenter am Union Square. Schließlich wurde ich sein Trainer, und nach einer Weile freundeten wir uns an.«

»Das ist aber wirklich interessant«, meinte Wingate. »Hoch interessant. Wie ich höre, ist Joey bei ausgezeichneter Gesundheit.«

»O ja. Dreimal pro Woche trainierte ich mit ihm und setzte ihn auf eine fettfreie Diät. Wir waren oft zusammen.«

»Nun spucken Sie's schon aus!« drängte Buddy. »Sie waren sein Leibwächter, nicht wahr?«

»Eher sein Begleiter – so hat's Joey ausgedrückt.«

»Okay, sein Begleiter. Ein sehr nettes Wort. Richtig Klasse.«

»Also, hat mich wirklich gefreut, Sie kennenzulernen, Mr. Wingate ...«, begann Jack.

»Nennen Sie mich Buddy!« Wingate sprang auf und versperrte ihm den Weg zur Tür, aber auf nette Art. »Wohin gehen Sie, mein Junge?«

»O Jack, Sie müssen uns wirklich noch nicht verlassen«, betonte Charlotte Rae.

»Leider doch. Ich jobbe drüben im Toppers' am Las Palmas als Barkeeper. Bald fängt meine Schicht an.«

»Natürlich wollen wir nicht, daß Sie zu spät zur Arbeit kommen«, sagte Buddy. »Aber hören Sie mir noch eine Minute zu, ja? Demnächst habe ich vielleicht eine Stelle zu vergeben, für die Sie geeignet wären. Sie müßten nicht schauspielern, sondern eher hinter den Kulissen agieren, aber Sie hätten gute Zukunftsaussichten.«

»Wirklich?«

»Ich meine, wenn Sie das Angebot interessiert.«

»Je nachdem. Im Toppers' schiebe ich eine ruhige Kugel. Ich kann kostenlos billigen Rotwein trinken, in rauhen Mengen, und die bezahlen es auch, wenn ich mir im Krankenhaus den Magen auspumpen lassen muß.«

Grinsend reckte Wingate seine kurzen, muskulösen Arme hoch. »Wann es soweit ist, kann ich noch nicht sagen. Aber wenn wir wissen, wo wir Sie erreichen können, müßte es klappen.«

»Klingt phantastisch.« Jack gab ihm eine Visitenkarte von Toppers' Restaurant. »Dort bin ich meistens anzutreffen.«

»Sehr schön. Also, ich melde mich bald. Und nochmals vielen Dank, weil Sie meinen Liebling gerettet haben.«

»War mir ein Vergnügen.«

Wingate warf seinen rechten Arm um die Taille seiner Frau, und Jack hätte ihn gern auf den Kehlkopf geboxt. Statt dessen brachte er ein Lächeln zustande, nickte den beiden lässig wie ein Cowboy zu und öffnete die Tür des Wohnwagens. Draußen war es mörderisch heiß, aber er schluckte den Smog hinunter wie Ambrosia. Sogar schlechte Luft war besser als gar keine.

5

Das Topper's war eine Bar aus grobem schwarzem Leder am Sunset Boulevard. In diesem Lokal gab es Pizza, Tequila, Stripperinnen und Tänzerinnen. Früher war es das Eigentum eines dreihundert Pfund schweren Drogendealers namens Topper Glasby gewesen, der mexikanisches Essen geliebt, viel Blödsinn geredet und mit allem möglichen gehandelt hatte, von gestohlenen Wertpapieren bis zu minderwertigem Kokain. Vor zwei Jahren war er vom DEA geschnappt worden, und die Agency hatte das Topper's konfisziert. Irgendwann würde die Regierung den Schuppen übernehmen, verkaufen und das Geld in den Superschmiergeld-Fonds stecken, der den Bau neuer Gefängnisse finanzierte.

In der Zwischenzeit betrieb die Agency das Restaurant und benutzte Topper als Strohmann. Die Kellner und Barkeeper waren lauter DEA-Agenten. Bisher hatte sich die Bar als Goldmine erwiesen. Dealer und Käufer aller Dope-Kategorien frequentierten den Laden, wegen der vielen hübschen Mädchen, der lauten Musik, und weil Topper, ein fröhlicher, extrovertierter Typ, für Stimmung sorgte. Immerhin konnte die Agency schon zwei Festnahmen verbuchen, und ein paar schwebende Verfahren berechtigten zu gewissen Hoffnungen.

Seit sechs Monaten benutzten Jack und Calvin Jefferson ihre Cover-Jobs im Topper's, um Drogendeals zu beobachten und große Macker an der Theke zu treffen.

An diesem Nachmittag warteten sie auf die Rückkehr Toppers, der bei einem Prozeß aussagen mußte, und Jack lächelte Angel Morrison an, eine junge Stripperin. Halbnackt schlenderte sie über die Bühne. Erst vor drei Monaten war sie geschnappt worden, und nun arbeitete sie für die Agency als Informantin. Sie besaß eine großartige Figur, aber sie regte Jacks

Phantasie nicht an. Wenn sie sich nicht auszog oder vor kreischenden, zugedröhnten Rockern und Kongreßbesuchern von auswärts tanzte, stemmte sie Gewichte im Hollywood YMCA. Ihre muskelbepackten Arme und Beine gefielen Jack nur, nachdem er zuviel getrunken hatte.

Jetzt lächelte sie ihn an und schaltete die Stereoanlage ein. Bob Seger tönte aus den Lautsprechern – »Against the Wind« – und Angel begann, mit ihrer monotonen Kleinmädchenstimme zu singen.

»Scheiße, dreh das ab, Babe!« rief Calvin Jefferson, während er die *L. A. Times* las.

»Oh, was ist los mit dir, Mann?« fragte sie. »Stehst du nicht drauf? Ich hab's nur laufenlassen, weil's aus deiner alten Scheißergeneration stammt.«

Jack lachte, und C. J. grunzte. »Von Bob Seger hatte ich die Nase voll, als er mit dieser Autoreifenwerbung anfing. ›Like a rock.‹ Du meine Güte!«

»Magst du's nicht?« Angel zuckte die Achseln und leckte sich über die Lippen. »Meine Lieblingswerbung!« Sie vollführte eine erotische Pirouette, sprang auf die kreisrunde Theke, rutschte an der vergoldeten Stange in der Mitte hinab und sang aufreizend: »Like a rooock. Ooooh, Baby, you are like a rooock.«

Grinsend überlegte Jack, ob er sich vielleicht doch für weibliche Bodybuilder begeistern könnte. Dann erinnerte er sich an Charlotte Rae Wingate und spürte, wie irgendwas mit ihm passierte. Etwas, das ihn beunruhigte. Seufzend ging er in die Küche, packte die Pizzaschaufel und öffnete den glühendheißen Backofen. Er schnitt eine Grimasse und zog Calvins Lunch hervor, eine Pizza mit Ananasscheiben, Pinienkernen und Smithfield-Schinken. »Großer Gott!« jammerte er, als er seinem Partner die Pizza servierte. »Das ekligste Zeug, das ich je gesehen habe.«

»Na und?« C. J. stopfte sich ein Stück in den Mund, während er den Immobilienteil der Zeitung studierte. »Du mußt es ja nicht essen. Also, da möchte ich jetzt sein. Unten am Laguna Beach. Ein hübsches Plätzchen im Sand, spazierengehen, die Möwen füttern ...«

»Klingt ganz nett, bis man an die Strandhütten denkt«, erwiderte Jack und kehrte hinter die Theke zurück. »Ich hatte mal eine Freundin von da unten, und wir feierten Partys mit diesen bekifften Typen. Alles war super und der absolute Hammer und ätzend. Tut mir leid, aber in dieser Szene kann ich mir dich nicht vorstellen.«

Calvin blickte auf, und Jack blinzelte erstaunt, als er die ärgerliche Miene seines Freundes sah. »Da unten sind nicht alle so.«

»Nein«, stimmte Jack lachend zu. »Das sind die netteren Leute. Die anderen gehören zum Ku-Klux-Klan oder zu den Skinheads. Ganz zu schweigen von den vietnamesischen Gangs. Mit diesen Jungs kannst du Leichen grillen. Klar, das wird dir gefallen, C. J.«

Da nahm Calvin seine Brille ab. Offensichtlich fühlte er sich elend. »He, zum Teufel, Jack, das sind doch nur liberale Klischees. Du hast keine Ahnung.« Nun ärgerte er sich ernsthaft, und Jack wußte, er müßte klein beigeben.

Aber seine eigenen Nerven flatterten, weil er zuviel Kaffee getrunken hatte und zu oft an Charlotte Wingate dachte. »He, ich meine doch nur, daß ein Schwarzer da unten nicht lange überleben würde.«

Wütend sprang C. J. auf, ging zu Jack und durchbohrte die Luft mit seinem Zeigefinger. »He, Mann, wir sind Partner, aber gib keine Kommentare über die Rassenunterschiede ab, okay? Davon hast du nämlich keine Ahnung.«

»Nein? War ich noch nie bei dir zu Hause? Habe ich nicht bei dir und deiner Familie rumgehangen? Komm schon, C. J. Fall mir nicht auf die Nerven!«

C. J. setzte seine Brille wieder auf. »Das gefällt mir. Weiße Jungs hören ein paarmal pro Monat Jazz in der Catalina Bar und glauben schon, sie wüßten, wie die Schwarzen in dieser Welt leben.«

»Moment mal!« Jack versuchte zu grinsen und die Situation ins Lächerliche zu ziehen. »Das habe ich nie behauptet.«

»Aber du glaubst es. Nun, dann laß dir mal was sagen. Du weißt es nicht und wirst es niemals wissen, also erklär mir nicht, was mir Spaß macht und was ich tun soll, klar?«

»Du lieber Himmel!« Angel strich mit einem Finger über ihre Augenbrauen. »Und ich dachte, ihr beiden mögt euch.«

»Geh doch zum Teufel, Angel!« fauchte C. J., kehrte zu seiner Zeitung zurück und starrte sie an, als wollte er mit seinem Blick ein Feuer entfachen.

Angel schmollte und tanzte weiter, obwohl die Musik verstummt war. Seufzend schüttelte Jack den Kopf und begann, ein paar Gläser zu spülen. C. J. hatte offensichtlich mal wieder Probleme zu Hause. Darüber wollte Jack mit ihm reden, mußte aber warten, bis sein Freund sich beruhigte.

Plötzlich schob jemand den schwarzen Vorhang am Eingang beiseite, Licht strömte in den dunklen Raum. Jack blickte auf und sah sie. Charlotte Rae in einem schwarzen T-Shirt und schwarzen Levi's mit dünnen rosa Hosenträgern. Ihr blondes Haar spiegelte den Sonnenschein auf der Straße wider, eine getönte Brille verlieh ihr noch mehr Glamour. »Hi, Larry«, sagte sie zu C. J. »Was für eine süße Kneipe!«

»Schätzchen, wir brauchen keine Tänzerinnen«, erklärte Angel und vollführte einen Spagat auf der Bühne.

»Regen Sie sich ab, Mädchen, das alles habe ich schon hinter mir«, entgegnete Charlotte Rae.

Jetzt hob C. J. den Kopf und knipste automatisch seinen Charme an. »Also, wenn das nicht die Drachen-Lady höchstpersönlich ist! Ich hab' gehört, die Leute vom Man's Chinese suchen Sie händeringend.«

Jack bewunderte seinen Partner, der seinen Frust und Zorn so meisterhaft verbarg.

»Dann müssen sie eben weitersuchen«, sagte Charlotte Rae lächelnd. »Von jetzt an werde ich diesen Laden wie die Pest meiden.«

Verblüfft hielt Jack den Atem an. Irgendwas machte sie mit ihm, und davon hatte er in der Schule nichts gelernt. Was mochte es sein? Sex, offensichtlich, aber noch was anderes. Vielleicht die charmante, geistreiche Ironie, mit der sie ihre Verzweiflung übertünchte.

»Hi, Jack!« Langsam wanderte sie zu ihm.

»Hi, was treiben Sie denn hier?«

»Eigentlich wollte ich Sie anrufen.« Ihr Zeigefinger fuhr über die Theke. »Aber dann hatte ich Angst, Sie würden mich nicht in die Bar einladen. Und so lud ich mich selber ein. Hoffentlich ist das okay.«

»Sogar sehr okay.« Manchmal staunte er über seine Fähigkeit, wie jemand anderer zu reden, sich buchstäblich in einen anderen zu verwandeln. Jetzt schaffte er es nicht. Sie wühlte ihn viel zu sehr auf, und das schwächte sein Selbstvertrauen.

»Oh, wir freuen uns immer, wenn wir ein menschliches Wesen in diesem Schuppen sehen.« C. J. stand auf und kam zur Theke. »Obwohl wir solchen Leuten empfehlen, nicht lange zu bleiben.«

Auf dem Weg zur Garderobe schlenderte Angel an ihnen vorbei. »Ich trainiere noch ein bißchen da hinten«, verkündete sie und lächelte Charlotte Rae an. »Wissen Sie, ich studiere gerade einen neuen Tanz zu Snoop Doggy ein. Da werden Sie ganz von den Socken sein.«

»Ich kann's kaum erwarten.«

»Offenbar sind Sie ihr sympathisch«, meinte Jack, als Angel hinter der Bühne verschwunden war.

»Nein, ich glaube, sie mag *Sie*. Warum auch nicht?«

»Dafür fallen mir fünfzig Gründe ein«, bemerkte Calvin.

»Ja, die Väter sind immer am strengsten zu ihren Söhnen«, sagte Charlotte, und C. J. lachte, als wäre er überrascht.

»Diese Frau ist nicht nur schön, sondern auch klug, Jack. So was kann einen alten Kerl wie mich furchtbar erschrecken.«

»Also, ich wette, Sie machen alle Frauen verrückt.« Charlotte Rae lächelte, und Jack beobachtete, wie Calvins Augen aufleuchteten.

»Jetzt gehe ich nach hinten und kümmere mich um die Pizza. Hat mich gefreut, Sie wiederzusehen, Kindchen. Und seien Sie nett zu Jackie, der ist doch nur ein armer, cooler weißer Junge.« C. J. schlenderte zur Küche, mit federnden Schritten, die seinem Partner sofort auffielen. O ja, Charlotte Rae konnte einen Mann wirklich aufmuntern.

»Wollen Sie was trinken?« fragte Jack.

»Nein, danke. Ich bin auf dem Weg zum Fitneßcenter. Übrigens, ich besuche Sie nicht ohne Hintergedanken. Wollen Sie an diesem Wochenende mit Buddy und mir verreisen? Wir fliegen zu unserem Haus in Tahoe. Dort besitzen wir hundert Morgen Land, etwa vierzig Minuten von der Stadt entfernt. Völlig abgeschieden. Und da gibt's den schönsten See, den Sie je gesehen haben – Lake Echo.«

»Sie und Buddy, eh?«

»Ehrlich gesagt, ich hatte Angst, Sie würden sich nicht mit ihm verstehen. Manchmal kann er ziemlich arrogant sein. Vor allem, wenn er nervös ist. Aber er mag Sie wirklich. Er will Ihnen das Haus zeigen, und ich möchte mit unserem wundervollen See angeben.« Jetzt klang ihre Stimme etwas weicher, und sie hatte ihre Sonnenbrille abgenommen. Als sie ihn anschaute, glaubte er, unter seinen Füßen würde sich der Boden drehen.

»Erzählen Sie mir die Wahrheit. Was hält Buddy von mir?«

»Er mag Sie. Und er wird Ihnen sicher helfen.«

»So? Ist das gut?«

»Sehr gut«, erwiderte sie lächelnd. »Sie geheimnissen da viel zuviel hinein. Natürlich ist er dankbar, weil Sie mich gerettet haben, und er möchte Ihnen eine Freude machen. Tagsüber können wir auf dem See Boot fahren, und abends gehen wir ins Kasino. Kommen Sie doch mit uns! Sie brauchen ein bißchen Abwechslung, einen Tapetenwechsel.« Beschwörend griff sie nach seiner Hand. Er bezweifelte nicht, daß ihr Mann sie hierhergeschickt hatte. Trotzdem fühlten sich ihre Finger warm und verführerisch an.

»Okay. Zufällig habe ich am Wochenende frei.«

»Das weiß ich.«

»Tatsächlich?« Jack erwiderte ihr Lächeln. »Haben Sie meinen Dienstplan gecheckt?«

»Mhm. Bin ich ein sehr schlimmes Mädchen?« Sie zog einen Schmollmund, dann lachte sie leise. »Aber ich werde Sie dafür entschädigen. Ganz bestimmt.« Sie setzte ihre Sonnenbrille wieder auf. »Oh, das hätte ich fast vergessen. Geben Sie mir Ihre Adresse?«

Er notierte seine Anschrift auf einer Visitenkarte von der Topper's Bar, und Charlotte Rae steckte sie in ihre Ledertasche.

»Gut. Seien Sie um sieben fertig. Dann schicke ich Ihnen das Auto.«

»Das Auto?«

»Unsere Limousine. Jack, ich glaube, ich kenne Ihr Problem. Sie haben zu wenig Spaß im Leben. Und das wollen wir ändern.« Sie beugte sich vor, küßte seine Wange, und er spürte, wie sich etwas in ihm regte – ein völlig unerwartetes Gefühl. Schon bei der ersten Begegnung hatte sie ihn verzaubert. Welcher Mann, der halbwegs bei klarem Verstand war, würde sie nicht begehren? Aber da war noch etwas anderes – etwas Kühles und zugleich Scheues in diesem Kuß, das ihn entzückte. Und als er dann in ihr Gesicht schaute, las er wieder die Angst – Angst und eine süße Verletzlichkeit. Er gewann den Eindruck, sie würde ihn flehend bitten, mit ihr übers Wochenende zu verreisen. Und ihre Augen schienen ihm zu bedeuten: Jack, Sie müssen mitkommen, weil ich's nicht ertrage, mit ihm allein zu sein.

Doch dann erlosch der ausdrucksvolle Blick, und sie lächelte wieder, cool und selbstsicher. »Bis bald, Jack, Sie werden's nicht bereuen.«

Sie wandte sich ab, und nachdem sie die Bar verlassen hatte, sank er schwerfällig auf den Stuhl hinter der Theke. Alles Licht schien zu verglimmen.

Eigentlich müßte er triumphieren. Es klappte großartig, die Wingates hatten auf den Köder angebissen. Aber er empfand keine Genugtuung, sondern etwas anderes. Hing es mit ihr zusammen? Da war er sich nicht sicher, aber irgend etwas bewog ihn, die Zähne zusammenzubeißen. Beim Lunch würde er einen Drink brauchen – oder vielleicht zwei.

6

Brandau stand auf einem Stapel Frachtcontainer, eine Meile von den San-Pedro-Docks entfernt. Durch sein Nikon-Fernglas schaute er zum Pier 23 hinüber, von dem ihn eine gute Meile trennte. Dort waren die neuesten Aktivitäten der Drogenschmuggler beobachtet worden. Seinen Informanten zufolge sollte Wingates großer Deal auf diesem Pier abgewickelt werden. Und Brandau mußte herausfinden, ob Wingates Crew irgendwelche Vorbereitungen traf.

Aber er war mit seinen Gedanken woanders. Beim Lunch. Vielleicht würde er im Louise's ein Grillhähnchen Caesar essen oder ins Valley fahren und ins Nozawa gehen. Das Lokal war zwar verdammt teuer, doch da servierte man das beste Sushi von der Welt. Zum Teufel, er war zweiundvierzig Jahre alt, und für was anderes gab er sein Geld nicht aus. Außerdem konnte sich seine neue Freundin Suzie einiges leisten. Sie entstammte einer reichen Familie aus Hongkong.

O Mann, war er hungrig ...

Eigentlich war er in letzter Zeit immer hungrig. Nach jahrelangen Bemühungen, Diät zu halten, fit zu bleiben, täglich fünf Meilen zu laufen, hatte sich seine Psyche auf subtile Weise verändert, was er nicht ganz verstand. Wahrscheinlich hing es mit der Psychiaterin zusammen, die er wegen seiner gescheiterten Ehe konsultierte.

Glücklicherweise hatte er Dr. Terri Bascomb aufgesucht. Das war nicht seine, sondern Suzie Chows Idee gewesen. Mit Händen und Füßen hatte er sich gegen den Gedanken gewehrt, sein Geld einem »gottverdammten Seelenklempner« in den Rachen zu werfen. Hätte Suzie nicht gedroht, ihn zu verlassen, wäre er niemals hingegangen.

Er hätte seinen Kummer weiterhin im Alkohol ertränkt, sich die Nächte um die Ohren geschlagen, seine Frau aus Telefonzellen angerufen, stumm den Hörer umklammert, wie ein Ungeheuer in einem Horrorfilm, und ihrer Stimme gelauscht.

»Hallo! Hallo! Wer ist da? Bist du das, Richard, du Arschloch? Morgen rufe ich meinen Anwalt und dein verdammtes Büro an und rede mit Zampas und vielen anderen Leuten. Aber nicht mit dir, du Scheißkerl!«

Dann knallte sie den Hörer auf die Gabel, und Brandau kicherte wie ein Freak. Bald begriff er, daß er Hilfe brauchte, sonst würde er sich das Gehirn aus dem Schädel pusten. So einfach war das gewesen.

Und so erschien seine Seelenklempnerin auf der Bildfläche – die schwarzhaarige, charismatische Sexbombe Dr. Terri Bascomb mit den vollen Lippen – und brachte ihm eine andere Lebensart bei. Sie überwältigte ihn geradezu. Und weil er ein altmodischer Typ war, fürchtete er, sie würde wie eine Sonntagsschülerin über ihn herfallen und ihm klarmachen, daß er sich in seiner Ehe wie ein Trottel benommen hatte.

Sie sah wunderschön aus, und sie zeigte ihm eine ganz neue Lebensperspektive. Das fand er erstaunlich und phantastisch.

Endlich erkannte er, daß er zu wenig für sich selbst tat und immer nur versuchte, seine Mitmenschen zu beglücken. Mit seinen Eltern, die einander ständig an die Kehle fuhren und ihn zwangen, den Schiedsrichter zu spielen, hatte es angefangen, mit seinen Beziehungen zu den Jungs im Studentenwohnheim an der UCLA war es weitergegangen, dann in der Agency und in seiner Ehe.

Jahrelang hatte er die Talkshows verabscheut, in denen prominente Leute, praktisch mit Schaum vorm Mund, von ihren lebensrettenden Therapien erzählten. Jetzt verstand er diesen fast religiösen Enthusiasmus. Weil Terri ihn gelehrt hatte, alles mit neuen Augen zu sehen, freute er sich an seiner Persönlichkeit, an seinem Potential. Sollten die anderen Cops doch lachen, wenn er New-Age-Bücher las! Zum Teufel mit ihnen, sie kapierten überhaupt nichts. Die steckten immer noch im alten, mörderischen Bullenmorast, wo nichts anderes zählte, als zu saufen und die Bürger zu hassen.

Was für ihn am wichtigsten war – er hatte ein Recht auf die angenehmen Dinge des Lebens und auf sein Glück. Was er auch unternahm, es lief genauso, wie er's wünschte. Er hatte Suzie, großen Einfluß in der Agency und eine aussichtsreiche Zukunft. Und er ließ sich genug Zeit, um das Leben zu genießen. Gelegentlich ging er essen, und die paar Pfunde, die er zugenommen hatte, störten ihn nicht.

Natürlich wollte er kein Fettsack werden, aber deshalb machte er sich nicht verrückt. Zur Hölle mit dem Grillhähnchen Caesar! Heute brauchte er ein saftiges Steak.

Nach der Observation würde er ins Palm gehen, ein Steak mit Zwiebelringen essen und ein gutgekühltes Bier trinken. Vielleicht traf er Parker Morton, den Filmregisseur, mit dem Suzie ihn neulich in Babe N. Rickeys Blues Club bekannt gemacht hatte. Parker aß dort öfter zu Mittag, und er hatte erklärt, er würde Brandau gern wegen eines Films konsultieren. Sehr schön. Noch ein Beispiel für die erfreulichen Dinge, die einem widerfuhren, wenn man Selbstvertrauen entwickelte.

Er ließ das Fernglas sinken und grinste vor sich hin. Hier würde vorerst nichts passieren. Höchste Zeit für den Lunch. Er kletterte von den Containern herunter und ging über den Schotter zu seinem Wagen.

Als er die Meeresluft spürte, holte er tief Atem. Ja, das Leben war wunderbar. Wirklich. Er setzte sich ans Steuer, legte das Fernglas auf den Beifahrersitz und fuhr davon.

Eine halbe Meile entfernt, senkte ein Mann ebenfalls sein Fernglas und stieg in seinen Wagen. Er war wie ein Hafenarbeiter gekleidet. Über seinem Overall trug er einen alten, formlosen braunen Pullover. Agent Brandau steuerte die 405 an. In wenigen Minuten würde der Verfolger ihn einholen.

7

Jack Walker wohnte im Château des Roses – in den zwanziger Jahren ein phantastisches Hotel, jetzt ein halbverfallenes neugotisches Gemäuer in der Gegend von Franklin und Cherokee, wo Gewaltverbrechen und Drogendeals die Atmosphäre prägten. Weiter unten am Hang lag Mussos und Franks Restaurant, im schäbigsten Teil des Hollywood Boulevards.

Seit zehn Monaten hauste Jack im Château, und jedesmal, wenn er dem Hausherrn, einem schwarzen jamaikanischen Astrologen namens Dorian »Toots« Riley, die Miete zahlte, schwor er, es würde das letzte Mal sein. Aber der knochendürre Rasta-Typ strich lässig durch seine Zöpfchen und über seinen Ziegenbart. »Ich werde Sie noch sehr, sehr lange sehen.«

»Wie lange?« hatte Jack einmal gefragt und trotz seiner wachsenden Panik gelächelt.

Riley wandte sich ab, schlurfte über die hellblauen Terrazzofliesen der grandiosen alten Eingangshalle und lachte leise. »Sehr lange, mein Junge.«

»Sagen Sie mir doch, wie lange, verehrter Prophet«, bat Jack in beiläufigem Ton.

»Bis der Kaiser zurückkehrt und seinen Thron besteigt. Bis der Löwe von Juda wieder brüllt.«

»Aber der Kaiser ist tot.«

»Nehmen Sie's doch nicht so genau.« Grinsend hatte Toots die Tür seiner Wohnung geschlossen, aus der Sinsemilla-Rauch und Bob Marleys rauhe visionäre Klänge gedrungen waren.

Seit diesem Wortwechsel stellte Jack ihm keine Fragen mehr. Riley war ein bißchen verrückt, hatte aber mehrere Stammkunden, die ihn aufsuchten, um sich die Zukunft weissagen zu lassen oder Dope zu kaufen. Wahrscheinlich beides. Eigentlich hätte Jack ihn festnehmen können, doch er gab sich nicht mit solchen Bagatellen ab. Außerdem mochte er Riley, und es gefiel ihm, daß im Apartment seines Vermieters allabendlich Partys stattfanden, daß sich auf diesem verkorksten Planeten immer noch jemand amüsierte.

Trotzdem fanden einige Jungs in der Agency seinen Wohnort höchst anrüchig, ein Haus im verrufenen alten Hollywood, inmitten unzähliger Gauner und Dealer, die er verhaften müßte. Die meisten DEA-Leute lebten im Valley oder in Pasadena, ein paar Lateinamerikaner in Silverlake; aber niemand außer Jack in dieser dubiosen Gegend. Dadurch machte er sich verdächtig, vor allem in Michaels' Augen, der ihn für einen Wilden hielt.

Genauso wollte Jack betrachtet werden. Vor einem Wilden nahm man sich nicht besonders in acht.

Außerdem hatte er vor der Übersiedlung ins Château versucht, ein normales Leben zu führen, und zwei Jahre lang mit einer Maskenbildnerin namens Elaine Swanson zusammengewohnt, einer klassischen, blauäugigen blonden Schönheit aus

Iowa. Während der ersten sechs Monate bewunderte er ihre Stabilität und genoß die Begegnungen mit ihren Freunden aus dem Showbiz, all den Schauspielern und Regisseuren und Drehbuchautoren.

Aber nach einem Jahr fielen ihm Elaine und ihre Szene auf die Nerven. Die hysterische Begeisterung ihrer Freunde für diverse Film- und TV-Projekte begann ihn ebenso zu langweilen wie das endlose Geschwätz – wer wickelte diesen oder jenen Deal ab, wer belog wen, wer aß mit wem, wer schlief mit wem. Als ob das alles von welterschütternder Bedeutung wäre. Auf Elaine übte das Showbusineß eine endlose Faszination aus. Sie hielt sich für eine erfolgreiche Frau, die ihre Midwestern-Wurzeln abgestreift hatte und die Karriereleiter hinaufkletterte. Jack fand das Showbusineß heuchlerisch und ärgerte sich, wenn sie erklärte, er müsse einen bestimmten Film unbedingt sehen, weil das Drehbuch oder die schauspielerischen Leistungen »einsame Spitze« seien. Unweigerlich war's ein Cop-Drama oder ein Action-Abenteuerstreifen und von Anfang bis Ende völlig idiotisch. Das sagte er ihr, worauf sie ihm vorwarf, er würde alles verachten, was nicht zu seiner Welt gehöre.

Und dann nagelte sie ihn mit ihrer wirksamsten Trumpfkarte fest. »Für dich besteht die Menschheit aus zwei Kategorien, Bullen und Bazillen, und deshalb seid ihr alle, du und deine heiligen Brüder, viel engstirniger, eitler und egozentrischer als irgend jemand im Showbusineß.«

Er war ihr die Antwort schuldig geblieben. Warum drüber reden, wenn er ihr mehr oder weniger recht geben mußte? Er besaß tatsächlich ein aufgeblasenes Ego, war seiner Welt in leidenschaftlicher Haßliebe verbunden, und für was anderes gab's nicht viel Platz darin. Trotzdem wollte er nicht so sein.

In manchen Nächten, wenn er im Bett lag und Hollywoods halluzinatorische Lichter vor dem Fenster glitzerten, dachte er an seine Mutter Ruth Ann, ihre schlanke Kalifornien-Figur, ihre Liebe zum Tanz, ihr Klavierspiel, ihren grünen Daumen, der den Garten im Laurel Canyon üppig gedeihen ließ (Eiskraut, Bougainvillea, Paradiesvogelblumen). Er erinnerte sich an Abende, wo er auf den hohen Stufen der Veranda mit den Luftballons und Laternen gesessen und seine Eltern Cha-Cha-Cha tanzen sehen hatte. Anmutig schwebte seine Mom zwischen den hohen Eukalyptusbäumen dahin, während Bobby Darin »Mack the Knife« jaulte, und Dad stolperte glücklich hinter ihr her. Die anderen Cops und ihre Frauen gesellten sich lachend hinzu.

Wenn Jack den beiden zuschaute und der Musik lauschte, fand er, die Welt wäre in Ordnung.

Dann erkrankte seine Mutter. Krebs, flüsterten die Ärzte. Erzählt's dem Jungen nicht, sagten die Verwandten, als könnte er sie nicht hören, als wüßte er nicht, daß sie ihn belogen, wenn er nach Moms Zustand fragte. Wie er sie alle haßte – seinen Vater, seine Onkel, sogar Zampas, während sie verstohlen wegschauten und behaupteten, es gehe ihr besser. Kein Grund zur Sorge, mein Junge. Bald wird sie wieder gesund.

Sechs Monate später starb sie. Jack war fünfzehn und erwartete, er würde sich beim Begräbnis elend fühlen. Statt dessen empfand er überhaupt nichts. Im selben Jahr avancierte er zum Starläufer im Footballteam seiner Schule, war bei den Mädchen beliebt und bekam gute Zensuren. Abends, in seinem Zimmer, legte er manchmal die alten Sinatra-Platten auf, die seine Mutter so geliebt hatte, und redete mit ihr. »Ich bin okay, Mom. Siehst du's? Du mußt keine Angst um mich haben. Alles in Ordnung.«

Seltsamerweise glaubte er's wirklich, obwohl es natürlich eine Illusion war. Aber es gab auch etwas anderes, das tiefer ging als schlichte Trauer – die Erkenntnis, daß echtes Glück so lange dauerte wie eine Cha-Cha-Cha-Platte oder die kurze Blütezeit einer Pflanze.

Über diese Gefühle war er nie hinweggekommen, das wußte er jetzt. Und sein Beruf konnte sie nicht verscheuchen.

Aber selbst wenn das alles stimmte, er wollte kein Zyniker sein. Er hatte es satt, immer nur den knallharten Bullen zu mimen, den rasantesten, coolsten, wildesten. Im Grunde seines Herzens haßte er diese Schauspielerei. Die wird mich umbringen, dachte er hin und wieder, schneller als der Job.

Doch das warf ein Problem auf. Er konnte viel zu gut schauspielern. Womit sollte er diese Kunst ersetzen? Sollte er heiraten und ins Valley ziehen? Auf Grillpartys rumhängen? League-Spiele anschauen? Das paßte nicht zu ihm, so verlockend er's auch fand, wenn er um Mitternacht allein im Château war.

Oder sollte er wie C. J. einen wundervollen mythischen Ort erträumen (Orange County, um Himmels willen), wo er sich wie ein normaler Bürger fühlen würde? Nein, einen solchen Ort hatte er noch nicht entdeckt und nicht festgestellt, wer er sein würde, wenn er kein Cop mehr wäre. Also blieb er vorerst wohl besser im Château, bei den anderen Schattengestalten. Hier bewohnte er sein Einzimmerapartment im zweiten Stock mit den vergitterten Fenstern, die merkwürdigerweise die Atmosphäre eines Films über ein Alpenhotel erzeugten. (»Heidi wird ein Junkie.«)

Trotzdem war's beinahe ein Zuhause, und für einen weiteren Vorteil sorgten die anderen Mieter, lauter ausgeflippte Typen, in deren Nähe er sich normal vorkam. Außer Riley wohnten noch Ona und Rita im Erdgeschoß, Models und Schauspielerinnen und Nutten, die nackt durch den kleinen, ummauerten Bonsaigarten wanderten. Katsu, ein japanischer Performancekünstler, befreite sich von giftigen Substanzen, indem er regelmäßig Blutegel auf seine Handgelenke setzte. Dazu wollte er auch Jack veranlassen, und er erbot sich sogar, ihn seinem »lieben Freund und Mentor, dem Blutegelmann«, vorzustellen. Höflich lehnte Jack ab. Im vierten Stock hauste sein liebster Mitbewohner, Anton LeRoy, der sich als »ehemals besten Hollywood-Regisseur«, bezeichnete, »nun vom Schicksal gezwungen, Pornos zu drehen«. Das war eine

Showbiz-Figur, für die sich Jack erwärmen konnte. Allein schon die Liste von Antons Filmhits entlockte ihm ein liebevolles Lächeln. »Starhuren«, »Thelma frißt Louise« und das neueste Low-budget-Meisterwerk »Forest Hump«.

Aber so extravagant und sympathisch die Hausgemeinschaft auch war – in manchen Nächten, wenn er im Zimmer umherschlenderte und auf die gequälten Palmen am Hollywood Boulevard hinabschaute, vermißte er jemanden, den er lieben konnte. Oder er fiel in einen unruhigen Schlaf, litt unter eisblauen Alpträumen von José Benvenides, von der mißglückten Festnahme letztes Jahr im Trail's End Motel in Tucson, wo der Bursche eine .44er Magnum (im Traum tausendfach vergrößert, eine Kanone aus dem neunzehnten Jahrhundert) unter dem schwarzen Armani-Jackett hervorgezogen, auf Jacks Kopf gezielt und lachend gefeuert hatte. In jedem Traum spürte Jack, daß seine Seele aus dem durchlöcherten Körper schwebte.

Und dann der eigentliche Schock ... Die Ladehemmung ... Ohne zu wissen, wie er's schaffte, stürzte er sich auf José und zerkratzte ihm das Gesicht. Sie wälzten sich über den Linoleumboden, stießen gegen den Tisch mit den imitierten Frederic-Remington-Cowboy-Lampen und das verwanzte Bett, rissen die Pastellzeichnung des einsamen Apachen auf seiner geheiligten Grabstätte von der Wand.

Ein Mündungsblitz, ein Knall, und Josés linker Kiefer flog von der zerschmetterten, blutigen Nase weg. Erstaunlicherweise war es Jack, der am Leben blieb, von bösen Erinnerungen verfolgt. Während der ersten sechs Monate hatte ihn dieser Traum etwa dreimal pro Woche geplagt. Schreiend wachte er auf, in kaltem Schweiß gebadet. Nicht er war tot, sondern Benvenides. Er lebte. Warum zitterte er dann immer noch am ganzen Körper, wenn er mitten in der Nacht aus dem Schlaf emporfuhr und glaubte, er hätte jemanden an seiner Tür vorbeihuschen sehen?

Willkommen an der »einsamen Spitze«, Elaine. Willst du das? Stehst du drauf?

Aber trotz aller Probleme, die diese Beziehung überschattet hatten, in solchen Nächten wünsche Jack, er könnte Elaine wieder in den Armen halten – oder jemand anderen. Er stellte sich die ideale Geliebte vor – cool und witzig, eine Frau, die seine Katerstimmungen verstehen und ihn zum Lachen bringen würde.

Eine Frau wie Charlotte Rae Wingate.

Seit der dramatischen Begegnung vor dem Man's Chinese dachte er unentwegt an sie, nicht nur an ihre Haut und an ihre Brüste, ihr Haar und ihre Augen, sondern an die Art, wie sie sich ausdrückte, wie er diesen oder jenen Satz gar nicht beenden mußte, weil sie's schon begriffen hatte. Wenn er zudem noch bedachte, daß er sie niemals haben konnte, wurde sie unwiderstehlich.

*

In der Nacht vor dem Flug nach Tahoe träumte Jack, er würde es mit Charlotte Rae in der Männertoilette des Jets treiben. Der Traum war so lebhaft, daß er sie beinahe riechen konnte. Mit heftigen Schmerzen in der Lendengegend erwachte er. O Gott, er begehrte sie, mehr als irgendwas anderes in den letzten Jahren.

Wie sich herausstellte, verlief die Flugreise nach Tahoe ziemlich turbulent, aber nicht wegen erotischer Genüsse. Statt dessen brach eines der seltenen Sommergewitter über L. A. herein. Ohrenbetäubende Donnerschläge und grelle Blitze attackierten das Flugzeug. Charlotte Rae saß neben Wingate, den Kopf an seine Schulter gelehnt. Während des ganzen Fluges rührte sie sich kaum. Auf der anderen Seite des Mittelgangs hatte Jack Platz genommen, allein mit seiner *Sports Illustrated*. Schweiß rann an seinen Armen hinunter. Am liebsten wäre er abgesprungen. Komisch. Wenn er mit fünf hartgesottenen Dopedealern in einem Zimmer war, die ihn mit ihren Schießeisen bedrohten oder sein Herz herausschneiden wollten, nur so zum Spaß, fühlte er sich völlig okay. Aber in einem Flugzeug, das von Gewitterstürmen umhergeschleudert wurde, fürchtete er sich wie ein Kind. Um halbwegs bei Verstand zu bleiben, las er einen Artikel von einem Sportpsychiater namens Dr. Arnie Mazur, der in gräßlichen Einzelheiten darlegte, warum zahlreiche Profisportler unter Depressionen litten. (»Oft fühlen sie sich den gigantischen Summen, die sie verdienen, nicht würdig«, schrieb der gute Doktor.)

Jack schüttelte den Kopf und überlegte, wie er eine solche Depression verkraften würde. Dann fiel ihm ein, was C. J. vor zwei Tagen gesagt hatte. Er konnte es sich nicht leisten, seinen Sohn auf eine anständige Privatschule zu schicken und die einzige andere Schule in seiner Nachbarschaft wurde neuerdings von Drogendealern frequentiert. Erst vor zwei Tagen hatte ein Zwölfjähriger Calvins Sohn Demetrius gefragt, ob er gern mit Speed dealen und sich ein bißchen Geld für Comics verdienen würde. Calvin schickte zwei Bullen rüber, die den Jungen festnahmen und ihm so lange zusetzten, bis er seinen Dealer verpfiff – einen zwanzigjährigen arbeitslosen Anstreicher, der in seinem »Ferientrailer« in Palmdale einen speziellen Muntermacher produzierte. Als die Cops den Wohnwagen durchsuchten, fanden sie noch was anderes – die Gebeine eines Dreizehnjährigen, der von daheim weggelaufen war.

»Das könnte mein Kid sein«, hatte C. J. bemerkt.

So sah die Welt der Bullen aus. Gutbewachte Wohngebiete wie Bel Air konnten sie sich nicht leisten, aber man erwartete, daß sie ihr Leben für Leute riskierten, die nicht mal im Traum dran denken würden, mit ihnen essen zu gehen. Ja, dachte Jack, ich würde mich sehr gern minderwertig fühlen, wenn ich dafür so viel Geld bekäme wie Shaquille O'Neal.

Erschrocken wackelte er auf seinem Sitz herum, als ein gewaltiger Ruck durch das Flugzeug ging. Sollten die Drogendealer doch scharenweise über ihn herfallen – wenn er endlich aus dieser verdammten Maschine steigen könnte.

*

Jack stand im Nieselregen und beobachtete, wie seine Reisetasche von einem Gepäckträger im Kofferraum von Wingates schickem silbergrauen Geländewagen verstaut wurde. Dann wollte er hinten einsteigen. Aber Charlotte kam ihm zuvor und kletterte rasch hinein. »Cowboy, ich hab' Kopfweh«, erklärte sie und versuchte, einen witzigen Ton anzuschlagen. Doch er hörte was anderes heraus. Wieder diese Angst. An Bord hatte er geglaubt, sie wäre so schlecht gelaunt, weil sie sich vorm Fliegen fürchtete. Aber das hing sicher nicht mit ihrer jetzigen Stimmung zusammen, und diese Erkenntnis bedrückte ihn.

»Setzen Sie sich zu mir nach vorn«, schlug Wingate lächelnd vor. Jack zuckte die Achseln und gehorchte. »Schnallen Sie sich an, mein Junge, und machen Sie sich auf eine irre Fahrt gefaßt.« Neugierig schaute Jack ihn an, und Buddy klemmte sich grinsend hinters Steuer. »Warten Sie ab, bis der Verkehr nachläßt.« Entschlossen umklammerte er das Lenkrad. »Ich weiß, was Sie denken. Daß der alte Buddy einer von diesen vertrottelten Geschäftsleuten ist, die sich einen Geländewagen kaufen, nur weil sie manchmal ein bißchen auf Sandstraßen herumfahren.« Statt einer Antwort lächelte Jack unverbindlich. »Nun, dann habe ich eine kleine Überraschung für Sie, mein Sohn. Dieses Vehikel stammt aus einer speziellen Monsterzucht. Wenn's auch wie ein ganz gewöhnlicher Vorortschlitten aussieht. Darin liegt sein besonderer Reiz. Gleich werden Sie's merken. Ich steige mit dem linken Fuß fest auf die Bremse. Und jetzt trete ich mit dem rechten aufs Gaspedal und quetsch' das Baby richtig aus. Verstehen Sie, was ich meine?«

Jack nickte und klammerte sich instinktiv an der Armstütze fest. »Sehr eindrucksvoll.«

»Nicht wahr? Jetzt passen Sie mal auf!« Plötzlich nahm Wingate den linken Fuß von der Bremse, gleichzeitig beschleunigte er mit dem rechten, und der Typhoon schoß aus der Parklücke, als wäre er von einer kosmischen Schleuder abgefeuert worden. Während der Wagen gefährlich schlitterte und an zwei Autos auf der rechten Fahrspur vorbeiraste, konnte Wingate ihn kaum unter Kontrolle bringen.

»Hurensohn!« stöhnte Jack, und sein Magen drehte sich um.

»Gib doch acht, Buddy!« kreischte Charlotte Rae.

Dicht vor ihnen wanderten zwei reiche Indianerinnen dahin, mit Saris, violetten Parkas und hellroten Schneestiefeln bekleidet. Entsetzt sah Jack, wie sie schreiend die Arme hochwarfen und dann stehenblieben, wie gelähmt vor Angst. Nur durch einen glücklichen Zufall sauste der Typhoon um Haaresbreite an ihnen vorbei. Buddy stieß eine Cowboyruf aus, als der Wagen über das Gras am Straßenrand rutschte und dann beinahe mit einem Shell-Tankwagen zusammenprallte.

»Du verdammter Narr!« schimpfte Charlotte Rae. »Halt sofort an!«

Das war alles. Jack hatte genug. Energisch packte er das Lenkrad.

»Was machen Sie denn da, mein Junge?«

»Sie verrückter Bastard! Treten Sie auf die Bremse!« Obwohl er vor Wut brüllte, bemühte er sich, nicht aus der Rolle zu fallen. Offenbar wollte Wingate ihn testen und herausfinden, wieviel er ihm zumuten durfte.

»Hören Sie mal, Buddy«, begann er, nachdem er den Typhoon erfolgreich zum Straßenrand gesteuert hatte. »Wie Sie die Jungs behandeln, die für Sie arbeiten, ist mir egal. Aber spielen Sie nicht mit mir rum! Haben Sie kapiert, Partner? Danke für den Trip, aber hier steige ich aus.« Er öffnete die Tür, schnallte sich los und sprang auf den Asphalt.

»He, so warten Sie doch mal!« japste Wingate. »Ich wollte doch nur Spaß machen!«

»Ja, ich weiß. *Sie* hatten Ihren Spaß – ich nicht. Klappen Sie mal den Deckel vom Kofferraum hoch! Ich hol' mein Zeug raus.«

»Nein, Jack, nicht ...«, bat Charlotte Rae.

Aber er wich ihrem Blick aus.

»Geben Sie mir meine Sachen, Buddy, oder ich zerre Sie auf die Straße und stopfe Sie in Ihr eigenes Arschloch. *Comprende*?«

Wingates kleiner Mund klappte auseinander, wie eine Falltür mit gebrochener Angel. »Haben Sie nicht alle Tassen im Schrank? Wie können Sie so mit mir reden?«

»Machen Sie endlich den Kofferraum auf, Buddy. Und zwingen Sie mich nicht, bis fünf zu zählen.«

»He, he, he!« Wingate breitete die Arme aus. »Was verlangen Sie denn von mir? Soll ich niederknien und um Verzeihung bitten? Okay, tut mir leid. Das war dumm von mir, und ich sehe jetzt ein, daß das nicht Ihr Stil ist. Kommen Sie schon, Kumpel, steigen Sie ein. Tut mir ehrlich leid.«

Jack unterdrückte ein triumphierendes Grinsen. Also hatte sein kleiner Trick gewirkt. Wingate versuchte ihn einzuschüchtern, aber Jack hatte den Spieß herumgedreht und vorerst die Oberhand gewonnen. Wortlos kletterte er in den Typhoon zurück und spielte immer noch den Beleidigten. Mit der Zeit würde er Buddy erlauben, ihn aufzutauen. Ganz langsam.

Sie fuhren in die Berge hinauf, und Jack schaute aus dem Fenster, betrachtete die hohen Douglastannen und tiefhängenden Kiefernzweige, die massiven schwarzen Felsen am Rand der kurvenreichen Straße. Hier oben war der Himmel blauer, die Luft frisch und klar, und er entspannte sich ein wenig. Wingate bog in eine Sandstraße, und sie polterten zwischen den Bäumen dahin, durch breite Schlaglöcher. Dann hielten sie vor einem Tor. Wingate stieg aus und sperrte es auf. »Willkommen in meinem kleinen Versteck!« rief er und kletterte wieder ins Auto.

Obwohl Jack von der herrlichen Landschaft und Wingates luxuriösem Feriendomizil überwältigt war, fand er keine Gelegenheit, das zu sagen. Buddy verbrauchte den gesamten verfügbaren Sauerstoff, um seinen Besitz selber zu lobpreisen. »Haben Sie so was schon mal gesehen, mein Junge? Sicher dachten Sie, dieser alte Countryboy hätte sich was Protziges aus Glas und dicken Balken hingestellt. Aber ich wollte was haben, das mich ans frühe Amerika erinnert. Genauso wie in meiner Werbung. So was muß eine gewisse Patina haben, sonst gefällt's mir nicht. Natürliche Schönheit, eine Veranda, auf der man einfach nur sitzen und nachdenken kann, Schäfchenwolken wie im Kino und rundherum gottverdammte Bäume, die vor Glück fast bersten. Verstehen Sie, was ich meine, Jack?«

»Ich wette, er hat's begriffen«, bemerkte Charlotte Rae, und Buddy warf ihr einen vernichtenden Blick zu.

Aber Jack beteuerte hastig: »Wie Fantasy Island, Buddy. Wirklich.«

Da schenkte Wingate ihm ein Vierzig-Karat-Grinsen, und sie fuhren die Kiesstraße zum Haus hinauf. Es war erstaunlich geschmackvoll eingerichtet, im rustikalen Stil, mit einer Eßekke aus Eichenholz, kreisrund geflochtenen Teppichen und einem imposanten steinernen Kamin.

»Sehen Sie das alles?« tönte Buddy. »Echtes Amerika, so wie ich's mag.«

»Um die Wahrheit zu gestehen«, warf Charlotte ein und lächelte voller Zuneigung. »Ich mußte ihn praktisch umbringen, damit er das Haus so läßt, wie's ist. Und keine Finnwale an die Wände hängt.«

»Ich bin nun mal ein alter Finnwal aus Arkansas«, erklärte Buddy. »Haben Sie die Viecher schon mal schnauben gehört, Jack?«

»Nein, bisher ist mir das leider entgangen.«

»Buddy!« mahnte Charlotte Rae.

»Still! Wenn's Bubba Bill gefällt, mußt du's auch ertragen, Baby. Aufgepaßt!« Er ging ein bißchen in die Knie, streckte den Bauch raus und formte mit seinen Händen einen Trichter vor dem Mund. Seufzend hielt sich Charlotte Rae die Ohren zu. »Ooooh!« brüllte er in einer Lautstärke, die genügt hätte, um Porzellan zu zertrümmern. Jack blinzelte ungläubig, und Buddy lachte glücklich. »Verdammt, das tut einem Mann gut, so was rauszulassen. Unten in Little Rock erzählen sich die Leute, der alte Bubba hätte das immer gemacht, wenn er sich mit seinen Miezen im No-Tell-Motel traf.«

»Ja, die Jungs aus Arkansas sind wirklich tolle Typen«, sagte Charlotte Rae. »Jetzt ziehen wir uns alle um, und dann führen wir Jack zum Lake Echo. Dort kann *ich* mich am besten entspannen.«

»Nein, geht ihr beiden nur allein hin.« Buddy wanderte zum antiken Telefon, das an der Eßzimmerwand hing. »Inzwischen erledige ich ein paar Geschäfte. Aber kommt zurück, bevor es dunkel wird! Ich habe uns Plätze im Harrah's reservieren lassen.«

»O Buddy, schon am ersten Abend?« protestierte Charlotte Rae.

»Zum Teufel, ja! Immerhin bin ich hergekommen, um mich zu amüsieren. Spielen Sie oft, Jack?«

»Das überlasse ich lieber den Profis.«

»Sehr gut. Offensichtlich sind Sie ein kluger Mann. Nur Idioten spielen. Aber man braucht nun mal ein paar Laster.« Fröhlich zwinkerte Buddy seinem Gast zu. Jacks Magen krampfte sich zusammen, und plötzlich erkannte er, daß dieser Undercover-Job viel schwieriger war als erwartet. Wenn ihm auch keine unmittelbare Gefahr drohte – er konnte dem Bedürfnis, Wingates überdimensionalen Schädel in eine Mülltonne zu stopfen, nur mühsam widerstehen. Viel lieber beschattete er Leute, die er wenigstens ein kleines bißchen mochte. Das vereinfachte die Schauspielerei.

»Nehmen Sie Ihre Tasche, ich zeige Ihnen Ihr Zimmer«, sagte Charlotte Rae. Gehorsam griff er nach seinem Gepäck, folgte ihr und versuchte, seinen Blick von ihrem Körper loszureißen, als sie anmutig wie eine Tänzerin die Treppe hinaufstieg.

*

Sie wanderten über eine Wiese voller blauer und roter Feldblumen oberhalb des Lake Echo. Als die Sonne unterging, wurde es kühl. Charlotte Rae trug einen Pullover in leuchtenden Indianerfarben. Behende kletterte sie den steinigen Weg hinauf, und Jack konnte kaum mit ihr Schritt halten.

»Was ist los mit Ihnen, Jack? Sind Sie nicht in Form?«

»Wie hoch oben sind wir denn?«

»Nur dreitausend Meter. Heute abend werden Sie hier wie eine Bergziege herumhüpfen. Kommen Sie!« Immer steiler führte der Zickzackpfad bergauf, und Charlotte Rae schien emporzuschweben. Jack versuchte, ihr auf den Fersen zu bleiben, verlor den Halt, und ein paar Schrecksekunden lang rutschte er rückwärts. Aber sie stand über ihm, reichte ihm eine Hand, und er ließ sich nach oben ziehen. Sie besaß erstaunliche Kräfte.

»Danke«, sagte er und schaute zu den scharfkantigen Felsen hinab. »Leider habe ich noch keinen Flugschein gemacht.«

Sie lächelte ihn an und hielt seine Finger länger fest als nötig. Dann stiegen sie noch weiter hinauf und setzten sich auf einen großen weißen Felsblock am Westende des Sees. Charlotte Rae öffnete ihren Picknickkorb, und Jack rang nach Luft, froh über die Erholungspause.

»Hier gefällt's mir«, erklärte sie, während sie eine Flasche Pinot Grigio, französisches Brot, Käse, Birnen und ein Schälmesser auspackte. »Man hat das Gefühl, die restliche Welt würde nicht existieren.«

»Ja, einfach wundervoll«, sagte Jack und öffnete die Weinflasche.

»Meinen Sie das ernst?«

»Klar. Warum?«

»Sie kommen mir so vor wie ein eingefleischter Großstädter. Wenn Sie länger als einen Tag hierbleiben müßten, würden Sie durchdrehen. Genau wie Buddy. Letztes Jahr führte ich ihn hier herauf. Er schaute sich alles an und sagte: ›Da unten könnten wir einen hübschen kleinen Hafen bauen, vielleicht mit einem Hubschrauberflugplatz. Und ein Restaurant, Buddy's Lakefront.‹«

»Buddy, Buddy ...«

»Okay.« Sie warf ihm einen kurzen Blick zu. »Fragen Sie. Irgendwann tun sie's alle.«

»Warum sind Sie mit ihm zusammen. Nicht, daß es mich was anginge ...«

»Aber Sie sind ein bißchen neugierig. Finden Sie, Buddy und ich würden nicht zueinander passen?«

»Das möchte ich nicht sagen. Hinter seiner Proletenfassade steckt ein verdammt schlauer Kopf.«

Sie hob die Brauen, leckte ihren Zeigefinger ab und malte eine imaginäre Eins auf eine unsichtbare Tafel. »Klasse! Eins zu null für Sie! Die meisten Leute sehen nur den groben Verputz, und deshalb kann er sie so leicht austricksen. Nun will ich Ihnen was über uns beide erzählen. Ich wuchs in einem texanischen Waisenhaus auf, Army and Navy Home for Orphans genannt. Das konnte man nicht gerade mit den ›Glocken von St. Marien‹ vergleichen, obwohl die Oberschwester Jane uns diesen Film jedes Jahr zu Weihnachten vorführte. Offenbar schwärmte sie für Ingrid Bergmann.« Charlotte Rae blickte zum See hinab und warf einen Stein ins klare blaue Wasser. »Leider entwickelte ich mich etwas schneller als die anderen Mädchen. Ich sah, wie mich die Nonnen anschauten. Aber sie konnten den Kampf nicht gewinnen. Nein, ich wurde dreimal vom Gemeindepfarrer vergewaltigt, und er drohte, wenn ich's irgend jemandem erzähle, würde der Satan ihn zwingen, mir die Zunge herauszuschneiden.«

»Großer Gott«, flüsterte Jack.

Sie lächelte wehmütig und nippte an ihrem Wein. »Mit vierzehn hatte ich genug von diesem gemütlichen Waisenhaus und den gütigen Schwestern. Also rannte ich davon, zu meiner einzigen Verwandten, Tante Clara, die in Houston lebt. Ich dachte, vielleicht würde ich meine Mutter finden. Und das schaffte ich tatsächlich. Tante Clara machte mich mit meiner lieben, netten, süßen, mit Dope vollgepumpten Mom bekannt, die mich weggegeben hatte. Damals war sie Kellnerin in einer Fernfahrerkneipe gewesen. Aber sie hing meistens mit den Kerlen in ihren Lastern rum. Das brachte ihr viel mehr ein als die Brathühner und Steaks, die sie zwischendurch servierte. Und mein Alter war einer von vielleicht fünfzig Fahrern, die dort vorbeikamen. Ich hatte schon immer eine Schwäche für Tankwagen ...« Abrupt verstummte sie und schien ihre Gedanken zu ordnen. Dann trank sie noch einen Schluck Wein, brach ein Stück Brot ab und bestrich es mit cremigem Ziegenkäse. »Französischer Wein und dieses köstliche Essen! Wer hätte gedacht, daß ich jemals so ein Leben führen würde?«

»Was ist passiert, als Sie Ihre Mutter getroffen haben?«

»Da hatte sie sich schon halb zu Tode gesoffen. In der Kneipe wurde sie nicht mehr beschäftigt, und sie durfte sich auch nicht mehr auf dem Parkplatz herumtreiben. Drei Monate nachdem ich sie gefunden hatte, gab ihre Leber den Geist auf.«

»Haben Sie miteinander geredet?«

»Sie meinen, ob wir einen jener magischen Momente genießen konnten – wie in gewissen TV-Filmen, wo die Mutter ihre Tochter in den Arm nimmt und beteuert: ›Ich habe dich immer geliebt, aber ich fühlte mich nicht würdig, mein Baby zu behalten.‹ – Nein, bedauerlicherweise nicht. Aber sie gab mir zwei gute Ratschläge. Wenn ich den Männern einen blase, tun sie alles für mich. Und ich soll meinen Scotch immer mit Eis trinken, dann werde ich nicht blau.« Sie seufzte tief auf und betrachtete wieder den See. »Jedenfalls kam ich gerade noch rechtzeitig, um sie zu begraben. Bei der Beerdigung ließ sich kein einziger Fernfahrer blicken. Nur meine Tante und ich standen am Grab.«

»Tut mir leid ...«

Jetzt rannen Tränen über Charlotte Raes Wangen, und sie griff nach Jacks Hand. Es war keine sinnliche Geste, eher die stumme Bitte eines liebesbedürftigen Kindes.

»He, wenn Sie nicht drüber reden wollen, ist das völlig okay«, versicherte er und drückte ihre Finger.

»Nein, irgendwie hilft es mir. Danach fuhr ich mit dem Bus nach Dallas und begann, in Bars zu tanzen. Ich trank und nahm genug Kokain, um *Apollo* zum Mond zu schießen. Und ich lernte Jungs kennen. Sehr viele Jungs.« Zögernd beobachtete sie ihn, als erwartete sie einen Tadel. Aber er zuckte nicht mit der Wimper. »Da war ein gewisser Billy Tatum. Der entschied, ich müßte seine Freundin werden, obwohl ich ihm sagte, er soll abhauen. Natürlich stank ihm das ganz gewaltig. Eines Abends, als alle schon vollgetörnt waren, feierte das Personal eine Privatparty in der Bar. Da schleppte er mich in ein Hinterzimmer und schlug mich grün und blau.«

»Dieser Hurensohn!« Nun mußte Jack keine Show abziehen.

»Zwei Tage später verließ ich den Club durch den Hinterausgang. Und da wartete er auf mich. Er sagte, er würde mir noch eine letzte Chance geben.« Neue Tränen rannen über ihre Wangen, und Jack wischte sie weg. Als sie den Kopf an seine Brust legte, roch er ihre Haut – so rein und frisch wie das Wasser des kristallklaren Sees.

»Was in mich gefahren ist, weiß ich nicht. Jedenfalls schickte ich ihn zum Teufel. Und dann sah ich, wie sich sein gemeines, kleines Gesicht verzerrte. Es gab keinen Zweifel – er würde mich irgendwohin schleppen und umbringen. Er wollte mich packen, und dann tauchte plötzlich dieser kleine fette Kerl auf. Wie durch Zauberei. Ein dicker Märchenprinz ... Und er trat zwischen Tatum und mich und sagte ganz ruhig: ›Verschwinde, Billy, oder ich steck' dich da drüben in den Mülleimer und schieb' dir deinen kurzen, kleinen Schwanz ins Maul.‹ Klar, das klang nicht besonders poetisch, aber mir kam er vor wie Sir Lancelot. Tatum war es nicht gewöhnt, daß man so mit ihm redete, und er schaute richtig schockiert drein. Dann griff er in seine Tasche und zog ein Messer hervor, ein Schnappmesser mit einer fünfzehn Zentimeter langen Klinge. O Gott, ich zitterte am ganzen Körper ... Aber er hatte keine Chance. Buddy verpaßte ihm einen Karateschlag, direkt auf den Kehlkopf. Würgend und gurgelnd ging Tatum zu Boden und hielt sich den Adamsapfel. Dann trat Buddy ihn noch dreimal in die Rippen, nur zur Sicherheit. Drei Monate lang lag dieser Hurensohn im Krankenhaus, und jetzt behauptet er immer noch, er hätte Kehlkopfkrebs. So lernte ich Buddy Wingate kennen, und seither bin ich mit ihm zusammen.«

»Eine tolle Story. Behandelt er Sie gut?«

»Ja.« Sie schaute auf ihre Hand hinab, die er immer noch festhielt. »Sehr gut.«

Sie belog ihn, das hörte er aus ihrer Stimme heraus. Aber vorerst wollte er sie nicht bedrängen. »Stoßen wir miteinander an? Trinken wir auf die Ritter in schimmernder Rüstung und komplizierte Beziehungen!«

Da hob sie den Kopf und lächelte ihn schüchtern an. Leise klirrten die Gläser, und die Sonne verschwand hinter den grünen Bergen.

8

Die grellen Lichter von Tahoe bildeten einen krassen Kontrast zum stillen, beschaulichen Lake Echo. Während Jack mit den Wingates den überfüllten Highway entlangfuhr, fand er es geradezu pervers, daß diese Stadt inmitten einer Landschaft lag, die zu Gottes herrlichsten Schöpfungen zählte. Er schaute aus dem Fenster, sah die knallbunte Beleuchtung des Harrah's, die abgeschlafften Gäste, die aus ihren alten Autos stiegen, die Gesichter von jahrelanger harter Arbeit gezeichnet. Hier suchten sie ihre große Chance, und dann fuhren sie nach Hause, mit billigem Fusel vollgepumpt und leeren Taschen. Spieler sind die Zwillingsbrüder der Junkies, dachte er, die einen so bedauernswert wie die anderen.

Seufzend schüttelte er den Kopf. Dieses beklemmende Mitleid mußte er abschütteln, denn er sollte sich doch mit seinem guten Kumpel Buddy-Boy amüsieren. An diesem Abend war Wingate bis aufs Messer gestylt, in einem Cowboyanzug aus schwarzem Leinen, mit einer hübschen Krawattennadel aus Perlmutt und einem breitrandigen schwarzen Hut. Dazu trug er Cowboystiefel aus Schlangenleder. Klapperschlangenköpfe schmückten die Zehenspitzen. Hingegen bevorzugte Charlotte Rae elegantes Understatement, in einem schwarzen Dior-Kleid mit schlichter Perlenkette und schwarzen Manolo-Blahnik-Pumps. Die Schöne und das Biest!

Als der Parkplatzwächter den Autoschlüssel übernommen hatte, ergriff Buddy den Arm seiner Frau. In der Linken hielt er ein teures Ledertäschchen, mit Hundertdollarscheinen und einem Zehn-Millimeter-Glock-Revolver gefüllt. Zwanzig Meter vor dem Haupteingang des Harrah's bog er ab, umrundete einige Tannen und stieg ein paar Stufen zu einer roten Kellertür hinab. Ein uniformierter Portier ließ sie eintreten und verneigte sich ehrerbietig. »Freut mich, Sie wiederzusehen, Mr. und Mrs. Wingate.«

»Ganz meinerseits, Don«, erwiderte Buddy. »Das ist ein guter Freund.«

Jack folgte den Wingates durch einen kurzen Flur und eine gläserne Doppeltür in den Spielsalon mit einer kleinen Bar und Blackjack-Tischen.

»Haben Sie schon mal Blackjack gespielt, mein Junge?« fragte Buddy.

»Mehr schlecht als recht«, erwiderte Jack. »Karten sind nicht mein Fall.«

»Nun, Buddy kann's auch nicht«, bemerkte Charlotte Rae. »Aber das hält ihn nicht davon ab.«

Wingate drehte sich um und musterte sie mit schmalen Augen. Dann kaschierte er seinen Zorn mit einem Scherz. »In Wirklichkeit bin ich ein Blackjack-Genie«, verkündete er und schlenderte zu einem Tisch. »Aber in letzter Zeit hatte ich eine Pechsträhne. So was passiert den besten Spielern.«

Da sagte sie nichts mehr und wandte sich zu einer attraktiven blonden Kellnerin, die an den Tisch kam, um die Bestellung entgegenzunehmen. Jack entschied sich für Wodka pur, Charlotte Rae wählte Champagner und Buddy einen doppelten Jack Daniel's. »Einfach ideal, wenn man sich auflockern will. Und das Zeug treibt mein Blut schneller durchs Kleinhirn.«

In diesem Moment erklang ein Freudenschrei. »Buddy!« Der Boss des Etablissements, etwa fünfundfünfzig Jahre alt, trug einen Smoking, das schüttere Haar glatt zurückgekämmt, so daß sich eine Art Hahnenkamm über der Stirn gebildet hatte.

»Enzio!« Jovial drückte Buddy den Mann an seine Brust.

»Am Tisch ist der übliche Platz für dich reserviert.«

»Hoffentlich bringt er mir heute abend Glück.« Buddy grinste eine blonde Bankhalterin an, die sehr sexy aussah.

»Hier werden die Mädchen immer jünger«, meinte Charlotte

Rae. »Bald werden sie sogar Woody Allen an den Spieltisch locken.«

»Glauben Sie nicht, daß man mit diesen hübschen Ladys die Spieler ablenken will?« fragte Jack lachend.

»Vielleicht. Und das wäre schlimm für Buddy, weil er sich mit aller Macht konzentrieren muß.«

Jack beobachtete, wie Wingate die gebündelten Banknoten aus seiner Tasche zog. »Sicher ist er nur hergekommen, um zu spielen.«

»Mal sehen ...« Sie nippte an ihrem Champagner und seufzte tief auf.

Während Wingate das ganze Geld zu der Blondine hinüberschob, rief er: »Da, Schätzchen! Einhunderttausend Riesen. Und jetzt hätte ich gern meine Chips, wenn's recht ist. Übrigens, was für einen Namen haben Sie von Ihrer Mama bekommen, Darling?«

»Lu Anne Philips, Mr. Wingate.« Ihr Lächeln schien ihm viel mehr zu versprechen als ein paar Spielkarten.

»Fangen wir mit der Eins an. Irgendwie hab' ich das Gefühl, das ist heute abend meine Zahl.«

Die Geberin legte das Geld in ein Fach, das seitlich am Tisch befestigt war. Sofort erschien ein bewaffneter, uniformierter Sicherheitsbeamter, um es zu entfernen.

»Was für tüchtige Leute ...«, bemerkte Charlotte Rae, und Buddy starrte sie an.

»Eigentlich könnte ich ein bißchen Unterstützung gebrauchen.«

Statt zu antworten, legte sie ihre rechte Hand auf seine Schulter.

Jack musterte die Gäste, die ihre Tische verlassen hatten, um zu beobachten, wie Wingate im großen Stil loslegte. Da stand eine dicke Frau in einem dünnen roten Kaftan, unter dem sich all ihre unansehnlichen Rundungen abzeichneten. Der Gemahl an ihrer Seite maß ohne seine Plateausohlen höchstens eins sechzig. Angesichts seines kurzärmeligen Hemds aus billigem Kunststoff überlegte Jack, wie schnell der Mann in Flammen aufgehen würde, wenn man ihn mit einem brennenden Streichholz berührte. Neben ihm stand ein kleiner Bursche mit hochfrisierten Haaren, die an schwarze Spaghetti erinnerten. Sein Grinsen glich eher einer schmerzlichen Grimasse. Das war Wingates Publikum, eine groteske Galerie voller sensationslüsterner Mienen. Und alle rochen so penetrant nach Schweiß und Neid und Gier wie Moschusochsen nach ihren Drüsen.

Eifrig feuerten sie Buddy an. Aber Jack vermutete, daß es sie nicht im mindesten interessierte, ob er gewann oder verlor. Sie hatten sich nur versammelt, weil sie Action brauchten, jede Art von Action, weil sie sehen wollten, wie die Karten umherflogen, wie das Geld den Besitzer wechselte, weil sie die Spannung am Spieltisch genossen.

Während Jack die Leute betrachtete, die geduckt hinter Wingate lauerten, empfand er körperlichen Widerwillen. Und noch etwas. Grauen. Denn so bizarr sie auch wirken mochten – unterschieden sie sich von ihm? Lauter Nachtmenschen, genauso wie er. Wahrscheinlich kämpften sie sich tagaus, tagein durch ihre Jobs wie er durch seinen Papierkram, in halber Trance. Und sie warteten auf den Thrill am Blackjack- und Roulettetisch, so wie er auf den Geruch des Todes. Nur um am Leben zu bleiben, mußten sie hierherkommen. So wie er. Und alle zusammen gehörten derselben Kategorie an – Junkies der Nacht.

Der erste Einsatz betrug fünftausend Dollar, und Jack beobachtete, wie Lu Anne sich selber eine verdeckte und eine offene Karte gab, während Buddy zwei offene bekam. Noch ehe das Spiel richtig begonnen hatte, war es vorbei. Mit Buddys As und seiner Dame konnten es die Sechs der Bankhalterin und die verdeckte Karte, die sich als Zehn entpuppte, nicht aufnehmen.

Wenig später heimste er siebentausendfünfhundert Dollar ein.

Das Publikum tobte, und Buddy steckte sich eine kubanische Zigarre an. »Baby, das läuft phantastisch!« Glückstrahlend drehte er sich zu seiner Frau und Jack um. Ein seltsamer Schleier trübte seine Augen, und er sah aus wie ein Mann, der völlig stoned war.

High vom Risiko, dachte Jack und schaute Charlotte Rae an. Ihr Blick und ihre Haut schimmerten, als hätte jemand eine Kerze in ihr entzündet.

Beim nächsten Spiel wuchs die Spannung. Buddys erste Karte war ein König, und er vergeudete keine Zeit. Ungeduldig grapschten seine Wulstfinger nach der nächsten. Eine Neun. Im ganzen neunzehn. Er drehte sich zu Charlotte Rae um. »Dabei bleiben wir. Wird schon hinhauen.«

Lu Anne lächelte und präsentierte ihre Vier. Nun standen Buddys Chancen besser denn je. Die Geberin zuckte die Achseln, als wäre alles verloren – aber warum sollte sie's nicht versuchen? Sie zog einen Buben und drehte ihr ganzes Blatt mit professioneller Gelassenheit um. »Tut mir leid, Mr. Wingate. Ihr Pech.«

»Zwanzig. Verdammt. Welche Chance hatten Sie, diese Karte zu kriegen?«

»Etwa drei zu eins«, erwiderte sie lächelnd.

Nach seinem Gewinn von zweitausendfünfhundert Dollar hatte er nun zwölftausend verloren. Charlotte Rae winkte der Kellnerin. »Lassen Sie mich nicht auf dem trockenen sitzen, wie der Spieler sagt. Champagner, bitte.«

Jack lehnte einen weiteren Drink ab und sah immer mehr Leute zum Tisch kommen. Allmählich geriet auch er in den Bann der Ereignisse. Bei seinem letzten Auftrag hatte er im Valley ein paar Pokerpartien mit hohen Einsätzen beobachtet, und erinnerte sich an einen Spieler namens Hector Cortez, der immer zu gewinnen schien. Am Spieltisch war der große Mann, der zur Gewalttätigkeit neigte, die Ruhe in Person. Jack hatte ihn gefragt, worauf sich sein Erfolg gründe, und die schlichte Antwort erhalten: »Gedächtnis und Instinkt. In dieser Reihenfolge. Ich merke mir jede Karte, die ausgespielt wird, und ich erkenne die Möglichkeit jeder Karte, die hier auftaucht. Der Instinkt macht sich bezahlt, wenn man die Person kennt, gegen die man spielt. Aber beim Blackjack kommt's hauptsächlich aufs Gedächtnis an. Und teilen Sie Ihre Karten nicht. Das tun nur Narren.«

An diesen Ratschlag dachte Jack jetzt, denn Buddy zog zwei Achter und beschloß, sie zu teilen. Diesmal setzte er nur fünftausend und nahm einen großen Schluck Whiskey. Seine funkelnden braunen Augen fixierten die Bankhalterin, die mit ihm flirtete. »Dann will ich mal auf eine Zehn hoffen, Süße.« Fasziniert schaute Jack zu, und unwillkürlich drückte er Buddy die Daumen.

Wingate bekam tatsächlich eine Zehn, und mit seinen Achtzehn hatte er gute Gewinnchancen. Aber das Glück stand wieder einmal auf Lu Annes Seite. Sie zog eine Zehn, und ihre verdeckte Karte war eine Neun. Neunzehn. Also hatte Buddy verloren. Er seufzte vernehmlich, und Jack beobachtete, wie er auf seinem Stuhl zusammensank, als hätte ihn jemand zwischen die Rippen getreten.

»Nun hast du schon zwanzigtausend verloren, Buddy«, mahnte Charlotte Rae. »Meinst du nicht, daß wir aufhören sollten? Oder gehen wir wenigstens an einen anderen Tisch.«

»Scheiße!« fauchte er. »Wir wollen diesen Schuppen auseinandernehmen! Haben Sie gehört, Lady?«

Wütend starrte er Lu Anne an. Sie schaute sich nach Enzio um, der Buddys Ankündigung gehört hatte und weltmännisch nickte.

»Ich setze fünf Riesen!« rief Wingate.

»Um Himmels willen, Buddy!« flehte Charlotte Rae. »Du bist geliefert!«

Da wandte er sich erstaunlich schnell zu ihr und ergriff ihr Handgelenk. »Sag so was nie wieder! Und jetzt halt den Mund,

Darling.« Er drückte ihren Arm zusammen, bis sie leise aufschrie, dann schob er einen großen Haufen Chips zur Tischmitte. Am liebsten hätte Jack ihn an der Kehle gepackt. Mit der Neugier eines Trauergastes, der eine guterhaltene Leiche inspiziert, verfolgte er das Spiel.

Buddy zog eine Dame, die aufgedeckte Karte der Geberin war eine sieben. Dann bekam er eine Neun und beschloß, keine weiteren Karten zu nehmen. Jack beobachtete, wie der Schweiß auf Wingates Oberlippe ausbrach, wie er sich angespannt vorbeugte, als Lu Anne noch eine Karte nahm. Eine Sieben. Insgesamt vierzehn. »Sieht nicht gut aus«, meinte sie. »Dann muß ich wohl noch eine ziehen ...« Eine Sechs. Damit hatte sie zwanzig – und ihren Gegner erneut geschlagen.

»Verdammte Scheiße!« fluchte er und griff nach seinem Drink.

»Tut mir leid, Sir«, beteuerte sie und rechte die Chips zusammen. »Vielleicht haben Sie nächstes Mal mehr Glück.«

Buddy schob seinen Stuhl zurück. Fünfundsiebzigtausend hatte er verloren. Vielleicht konnte er davongehen, ohne seine letzten fünfundzwanzig Riesen anzurühren.

»Komm, Buddy!« drängte Charlotte Rae. »Schauen wir uns eine Show an. Im großen Saal tritt Merle Haggard auf.«

»Zum Teufel mit Merle Haggard und seinem blöden Gaul!« lallte er. »Bestell mir noch einen Drink!« Seine Augen schimmerten glasig, obwohl er nur drei Jack Daniel's getrunken hatte. Und da merkte Jack, was mit dem Mann los war. Nicht nur der Alkohol setzte Buddy zu. Er nahm auch noch Downers. »Fünfundzwanzig auf das letzte Spiel, und ich wette, ich schaff' den irrsten Coup seit Buffalo Bill.« Lässig schob er das Geld nach vorn, jetzt nicht mehr angeberisch – eher nebenbei, als handelte es sich um eine reine Formalität.

Wenige Minuten später war alles vorbei. Buddy hatte siebzehn. Statt den Rat aller Anwesenden zu befolgen, nahm er noch eine Karte und stieg mit fünfundzwanzig aus. Die Geberin gewann, und er wollte alle ihre Karten sehen. Bereitwillig zeigte sie ihm die Vier, die gut zu ihrer Zehn paßte. Mit zwei Karten, die zusammen nur vierzehn ausmachten, hatte sie gewonnen.

Schwankend stand Buddy auf und trank einen großen Schluck Whiskey. »Macht's Spaß, Jackie?«

»Und wie! Haben Sie immer soviel Glück?«

»Normalerweise schon. Aber es gibt immer noch mehr Kohle, Jackie. Immer noch mehr.« Dann brach Buddy in schrilles Gelächter aus, trat einen Schritt vor und fiel beinahe hin. Jack hielt ihn fest. »Gehen wir! Wenigstens können wir uns immer noch bei den Shows amüsieren. Und hier gibt's Drinks, soviel wir wollen. Heute will ich mich mal so richtig zudröhnen.« Einen Arm um Jacks Schultern geschlungen, torkelte er zur Bar.

Jack drehte sich zu Charlotte Rae um und sah ihr starres Gesicht, eine Maske voller Kummer und tiefster Verlegenheit.

*

Als sie das Harrah's verließen, wankte Wingate wie ein ausgelaugter Marathonläufer zum Ausgang, stolperte über einen Würfeltisch und stieß einen dunkelhäutigen kleinen Mann mit vernarbter Wange beiseite. Wie alle im Club, schien er Buddy zu kennen. Aber seine Stimme klang unfreundlich. »Passen Sie auf, wohin Sie treten!« warnte er und rückte seine Krawatte zurecht. »Langsam werden Sie alt.«

Jack erwartete, sein Gastgeber würde sich auf den Burschen stürzen. Aber Buddy reagierte seltsam passiv. »Tut mir leid. Jetzt geh' ich nach Hause.«

»Gute Idee«, meinte der Kleine, und Jack starrte ihn an. »Mafia« stand dem Mann ins Gesicht geschrieben, und nicht einmal Wingate konnte sich's leisten, diese Leute zu ärgern.

»Kommen Sie, Kumpel.« Jack umfaßte seine Schultern und führte ihn zum Parkplatz, wo das Auto wartete.

»He, nun werde ich kutschiert, das gefällt mir.« Kichernd ließ sich Buddy auf den Rücksitz verfrachten, und Jack übernahm das Steuer.

Charlotte Rae sank auf den Beifahrersitz und lächelte ihn an. »Wie praktisch, daß Sie uns begleitet haben ...«

»Allerdings!« bestätigte Buddy. »Bringen Sie den Schlitten unbeschadet heim. Inzwischen schlafe ich ein bißchen.«

»Angenehme Träume!« Jack startete den Motor, hörte ihn kraftvoll aufheulen, und die Scheinwerfer warfen ihr helles Licht auf den Highway. Aus dem Fond drangen röchelnde Schnarchgeräusche nach vorn. »Morgen wird er einen schrecklichen Kater haben.«

»Nein«, erwiderte Charlotte Rae. »Er behauptet, er sei nie verkatert, weil ihm immer irgendwas helfen würde – Fusel, Pot, Pillen. Manchmal auch was anderes.«

Aha. Sie hatte es ausgesprochen. Jack grinste, als hätte sich sein Verdacht soeben bestätigt. »Und was ist seine Lieblingsdroge? Lassen Sie mich raten. Downers?«

»Jetzt haben Sie einen Amana-Gefrierschrank gewonnen.« Erstaunt hob sie die Brauen. »Wieso wissen Sie das?«

»Er ist ständig aufgedreht, und solche Typen brauchen weder Coke noch Speed.«

»O Gott, früher hat er Coke genommen«, erklärte sie mit zitternder Stimme. »Sie hätten ihn sehen sollen, wenn er high war. Da verwandelte er sich in einen gefräßigen Wolf.«

»Während er jetzt ein sanftes Lamm ist. Was mag er denn? Tuinals oder Secs?«

»Gelegentlich. Eine Zeitlang besorgte er sich geschmuggeltes Quaaludes. Aber das ist jetzt schwer zu bekommen. Außerdem hat er es satt, wie ein Luftballon rumzulaufen. Nein, jetzt nimmt er ab und zu was Leichtes.«

Ab und zu – das gefiel Jack. Es hörte sich an wie ein Wochenendhobby, zum Beispiel Gartenarbeit. »Jedenfalls macht's ihm Spaß, gefährlich zu leben. Spielen Sie da mit?«

»Ein paarmal hab' ich's probiert. Aber das ist schon ziemlich lange her.«

»Ist Buddy süchtig?«

»Nein. Selbst wenn er öfter ausflippt, er ist sehr klug. Übrigens, es gibt viele Leute, die nicht süchtig sind und sich trotzdem mal zuknallen.«

»Ja, das stimmt.« Er gab Gas, und der Typhoon schoß vorwärts wie ein Kufenflugzeug auf den Bonneville Salt Flats. Schwarze, tiefhängende Äste bildeten einen dunklen Baldachin, und Jack spürte Charlotte Raes sinnliche Ausstrahlung, roch ihr dezentes Parfüm.

»Sie sagen's zwar, aber Sie meinen's nicht so.«

»Oh, da irren Sie sich. Ich mute meinem Körper keine Drogen zu, nur ein bißchen Alkohol. Aber was andere Leute treiben, ist ihre Sache. Damit habe ich keine Probleme.«

»Nein? Wären Sie nicht besorgt, wenn Sie sehen würden, wie ich mir irgendwas spritze?«

Er lachte kurz auf. Auf dem Rücksitz schnarchte Buddy wie ein glückliches Schwein. Im Augenblick war er völlig ungefährlich. »Ich schreibe den Leuten nicht vor, was sie mit ihrem Leben anfangen sollen. So was überlasse ich den Priestern. Und ich war schon lange nicht mehr in der Kirche.«

»Was für eine hübsche Antwort ...« Ihre Stimme war nur ein Flüstern. »Aber Sie sind meiner Frage ausgewichen, Jack.«

»O ja, ich weiß, was Sie gefragt haben. Vielleicht würde es mich ein bißchen stören. Aber nur, weil mir schlecht wird, wenn ich mit ansehen muß, wie jemand eine Nadel in sein Fleisch sticht.«

»Ist das alles?«

»Das ist alles. Müssen wir hier abbiegen?«

»Ja. Irgendwie find' ich's traurig.«

»Was?«

»Nun, ich dachte, ich hätte meinen Ritter in schimmernder Rüstung gefunden. Aber es ist ihm völlig egal, ob ich lebe oder sterbe.«

»Sie haben recht. Vielleicht ist das die traurigste Story von der Welt.« Aber bei diesen Worten lächelte er sie an.

*

Er bog in die steile, holprige Sandstraße, die zu Wingates Haus führte. Nach zwanzig Metern merkte er, daß irgendwas nicht stimmte. Zu seiner Linken blitzte etwas auf, Mondlicht spiegelte sich in Metall. »Runter!« befahl er und drückte Charlotte Raes Kopf hinab.

»Was machen Sie denn?«

»Auf den Boden! Sofort!« Tief übers Lenkrad gebeugt, trat er aufs Gaspedal.

Plötzlich krachten Schüsse in der Finsternis, Kugeln zertrümmerten die Windschutzscheibe. Glassplitter regneten auf Jack herab, zerschnitten sein Gesicht und die Hände. Bei der nächsten Salve hörte er das hintere Seitenfenster bersten. So schnell wie möglich fuhr er bergauf, um vor dem Kreuzfeuer zu fliehen. Doch er wußte, daß er den Heckenschützen nicht entrinnen konnte – nicht auf dieser schmalen, kurvenreichen Straße. Der Typhoon schlitterte nach links, und Jack konnte ihn kaum unter Kontrolle halten. Hinter ihm knallten noch mehr Schüsse, die Scheibe des Rückfensters zersprang in tausend Scherben.

»Buddy, das ist Salazar«, wisperte Charlotte Rae, die geduckt vor dem Beifahrersitz kauerte, die Augen vor Angst weit aufgerissen.

Also stimmte Jacks Vermutung. Das wußte er, nachdem sie es unwillkürlich ausgeplaudert hatte. Salazars Gang versuchte, Wingate auszubooten. Eine interessante Information. Nun mußte er nur noch lange genug überleben, um sein Wissen zu nutzen.

Im Fond erklang ein Stöhnen, dann schob sich Buddys breites, nach Whiskey stinkendes Gesicht über Jacks Lehne. »Hurensohn!«

»Sind Sie getroffen?«

»Noch nicht.«

»Dann ziehen Sie den Kopf ein, verdammt, sonst werden Sie bald was abkriegen.« Wieder explodierte Gewehrfeuer. Im Rückspiegel sah Jack zwei Scheinwerfer, zu seiner Linken entdeckte er eine Lücke zwischen zwei hohen Föhren. »Was ist da?«

»Der Bach«, erklärte Charlotte Rae, »und dahinter der Klippenweg, der zum Lake Echo führt.«

»Haltet euch fest!« Jack riß das Lenkrad nach links, das Vehikel krachte ins Unterholz.

»Heilige Scheiße!« ächzte Wingate.

»Angeblich ist dieser Schlitten ein Geländewagen«, entgegnete Jack. »Also wollen wir uns auf die amerikanische Werbung verlassen.«

Über zerklüftete Felsen polterten sie bergab. Zweige schlugen in die zerbrochenen Fenster. Jack sah einen umgestürzten Baumstamm, konnte ihm aber nicht ausweichen, und die Reifen des Typhoons prallten dagegen. Alle drei Insassen wurden emporgeschleudert, die Köpfe stießen ans Wagendach.

Aus Jacks Schläfe sickerte warmes Blut, aber er behielt den Fuß auf dem Gaspedal, und sie rasten weiter nach unten. Als sie eine Lichtung erreichten, justierte er den mittlerweile zerbrochenen Rückspiegel. Ein paar Sekunden lang durfte er erleichtert aufatmen. Nichts, nur zerschmetterte Äste und eine Staubwolke. Dann hörte er einen Motor dröhnen, sah zwei grelle Scheinwerfer.

»Bastarde ...« Mit aller Kraft trat er auf die Bremse des Typhoons und aufs Gaspedal. Kreischend legte der Turbolader los. Mit beiden Händen umklammerte Jack das Lenkrad, dann nahm er den Fuß von der Bremse. Der Motor heulte auf, das Vehikel schoß vorwärts, beide Vorderreifen hoben vom Boden ab. In Sekundenschnelle überquerten sie die Lichtung, rasten zwischen zwei mächtigen Föhren hindurch. Beinahe war die Lücke zu schmal. Wie Knochen kratzten die Zweige an den noch intakten Fenstern. Schmerzhaft hämmerte Jacks Herz gegen die Rippen. Aber es war noch einmal gutgegangen. Der Turbolader hatte die Verfolger abgeschüttelt. Im Rückspiegel waren keine Scheinwerfer mehr zu sehen.

»Geschafft!«

»Ja, aber wir sitzen immer noch in der Klemme«, erwiderte Wingate. »Direkt da vorn ist der Bach.«

»Wie nahe?«

»Etwa hundert Meter. Und dahinter geht's noch fünfzig Meter tiefer hinab, durch den Wald. Da kommt kein Auto voran.«

»Und wenn wir parallel zum Bach fahren? Vielleicht finden wir eine Straße, die zum Highway führt.«

»Ausgeschlossen. Wenn Sie nach links biegen, landen Sie in einem undurchdringlichen Dickicht. Und rechts wachsen noch mehr Bäume. Da können wir uns unmöglich hindurchkämpfen. Es gibt nur einen Weg. Wir müssen den Bach durchqueren, nach Norden fahren und über den Hängesteg zurück.«

Nach kurzem Zögern steuerte Jack nach rechts.

»Was zum Teufel ...«, begannWingate.

»Haltet euch fest!« Jack gab Gas, folgte dem Lauf des Bachs, und bald sah er eine dichte Baumgruppe, dazwischen eine schmale Öffnung. Ein perfektes Plätzchen, um den Typhoon zu parken. Jack riß das Lenkrad nach links, Charlotte Rae wurde in seinen Schoß geworfen, als die Reifen quietschend über den harten Boden schlitterten. Hastig trat er auf die Bremse, um eine Kollision mit einer riesigen Douglastanne zu vermeiden, die wie ein schweigender Geist emporragte. »Geben Sie mir die Pistole!«

Charlotte öffnete das Ledertäschchen, in dem kein einziger Dollar mehr steckte, und reichte ihm den Glock-Revolver.

»Raus!« befahl er. Sofort verließ sie den Wagen, und ihr Mann wankte hinter ihr her. »Können Sie gehen, Buddy?«

»Wie eine Eins! Nichts ernüchtert einen Mann so schnell wie kalte Todesangst.«

»Dann gehen Sie runter zum Bach.«

»Wollen wir fischen? Leider habe ich meine Angel daheim vergessen.«

»Nein, wir waten durchs Wasser – gleich da vorn!« Jack zeigte auf eine Stelle und hoffte, sie würden eine Untiefe finden. »Auf der anderen Seite klettern wir hinauf.«

»Dabei könnten sie uns schnappen«, wandte Buddy ein.

»Ja, aber da müßten sie uns erst mal sehen. Wenn wir da raufkommen, sind wir gerettet. Los!«

Sie rutschten die Böschung hinab, hielten sich an Wurzeln und Zweigen fest, an allem, was sie zwischen die Finger kriegten. Auf halber Höhe des Hangs hörten sie einen Laster dröhnen, jenseits der Baumgrenze.

»Duckt euch und geht weiter!« flüsterte Jack.

Charlotte Rae stolperte über einen Stein und fiel gegen Wingate, der sie mit seiner fleischigen Hand festhielt. Inzwischen hatten sie den Fuß der Böschung erreicht, kaltes Wasser rauschte an ihnen vorbei.

»Watet hinein und duckt euch!« drängte Jack. »Wenn sie zu feuern anfangen, taucht unter und schwimmt zum anderen Ufer. Seht ihr die Baumstämme da drüben? Dort gehen wir in Dekkung.« Jack stieg in den Bach, aber Charlotte Rae Wingate blieb stocksteif stehen. »Worauf zum Teufel wartet ihr?«

»Da gibt's ein kleines Problem, mein Sohn«, erklärte Wingate. »Ich kann nicht schwimmen.«

»So?« Jack kletterte wieder an Land und trat neben Buddy. Weiter oben hörte er Autotüren knallen, ein hektisches spanisches Stimmengewirr. »Dann wird's höchste Zeit, daß Sie's lernen, Kumpel.«

Blitzschnell gab er ihm einen Stoß, und Buddy fiel kopfüber

ins Wasser. Prustend tauchte er auf. »Verdammter Hurensohn! Wie kann man den lieben Daddy so schmählich behandeln?«

»Bedanken Sie sich später!«

Charlotte Rae warf einen Blick in die Richtung, aus der die Stimmen herabdrangen, und sprang ins Wasser. Entschlossen packte sie Wingates Hand und zerrte ihn zur Mitte des Bachs. Wenige Sekunden später watete Jack hinter den beiden her. Die eisige Kälte der Wellen überraschte ihn und raubte ihm fast den Atem.

Mondstrahlen fielen wie Suchscheinwerfer auf die drei hinab, und Jack wünschte, er könnte darauf schießen und das sanfte gelbe Licht löschen. Entnervend langsam durchquerten sie den Bach. Aber sie kamen voran. Plötzlich erklang ein Schrei hinter ihnen, oberhalb der Uferböschung. »Da unten! *Abajo. Enla agua.*«

»*Andale. Andale.*«

Jack sah sie zur Lichtung herabsteigen. Zwei Männer mit Gewehren. Ein dritter schien eine Pistole in der Linken zu halten, in der Rechten was anderes. Aber was?

Und dann beleuchtete ein greller Lichtkegel das Wasser. Großer Gott, eine Taschenlampe. Die Bastarde hatten an alles gedacht. Rasch drückte er Buddy in die Wellen hinab. »Tauchen Sie unter!«

Während er Wingates Arm festhielt und ihn zum anderen Ufer zerrte, hörte er Kugeln ins Wasser klatschen, nur einen halben Meter entfernt. Ein seltsames Gefühl – als sie harmlos versanken, wirkten sie wie Kugeln aus einem Spielzeuggewehr. Unter Wasser kamen sie nur langsam voran. Er drehte sich zu Wingate um, dessen angstvolle Augen beinahe aus den Höhlen traten. Zu seiner Rechten hatte Charlotte Rae bereits die Baumstämme erreicht und tauchte dazwischen empor, im Schutz eines Strauchs. Jack betastete die Brusttasche seines Jacketts. Angeblich war der Glock wasserfest. Möge mir der Himmel beistehen, wenn das nicht stimmt, dachte er.

Nur undeutlich sah er die Baumstämme, auf die er zusteuerte. Er tauchte auf, schöpfte Atem, und eine halbe Sekunde später erschien auch Wingates Kopf. Der Mann keuchte so qualvoll, als würden seine Lungen platzen.

Jack spähte zum Ufer zurück, das sie verlassen hatten. Dort ließen sich noch keine Verfolger blicken. Aber er wußte, daß sie denselben Hang hinabstiegen, über den er mit den Wingates zum Bach gelangt war. Also blieben ihnen nur wenige kostbare Minuten, bevor die Gewehrschützen das Ufer erreichen würden. »Los! Wir müssen auf diesen Hügel klettern.«

»Keine Chance!« japste Buddy. »Das kann ich nicht.«

»Scheiße, gehen Sie sofort an Land!«

»Ich sag's Ihnen doch, meine Junge, ich krieg' keine Luft mehr.«

Mühsam bezwang seine Jack seine Panik und schaute sich um. Stromabwärts ... »Okay, ihr zwei bleibt hier. Unter diesem Gebüsch. Rührt euch nicht.«

»Aber sie kommen!« protestierte Charlotte Rae.

»Allerdings«, bestätigte er, stieg die schlammige Böschung hinauf und spähte wieder stromabwärts. Am Wasserrand trieb ein Baumstamm, von Wurzeln oder einem Stein festgehalten. Er checkte die Ladung seiner Pistole. »Duckt euch!«

Die beiden zogen die Köpfe ein, und Jack warf ein paar Zweige auf sie. Dann rannte er zehn Meter stromabwärts und sprang wieder ins Wasser. Seine Vermutung bestätigte sich, der Baumstamm steckte in einer Felsenspalte. Wie lange schon, ließ sich nicht feststellen. So oder so, er mußte die Chance nutzen. Wenn er sich weiter oben am Hang versteckte, wären die Gegner außerhalb seiner Schußweite.

Nachdem er die Waffe entsichert hatte, setzte er sich auf den Stamm und wartete. Seine eiskalten Füße spürte er kaum noch. Er betrachtete den gespenstischen Mond und sehnte sich nach einer Decke und einem Drink. Wie unfair ... Womöglich starb er, während er die Leute schützte, die er zu verhaften hoffte.

Warum ließ er die beiden nicht von diesen Typen – zweifellos Salazars Gangster – umbringen? Dann wäre die ganze Sache erledigt. Bei diesem Gedanken grinste er und blickte über die dunklen Wellen hinweg.

Zwanzig Minuten später beobachtete er, wie die drei Männer langsam, vorsichtig und schweigend zum Bach herabschlichen. Der Anführer, der die Pistole und die starke Taschenlampe festhielt, spähte nach beiden Seiten. Dann richtete er den Lichtstrahl zum anderen Ufer, ließ ihn hin und her wandern. Kalte Angst krampfte Jacks Magen zusammen.

Das Licht glitt am Ufer entlang, wo sich die Wingates versteckten. Dort schien es eine halbe Ewigkeit zu verharren, bevor es sich stromabwärts bewegte, zu Jacks Baumstamm. Er holte tief Atem, tauchte unter Wasser, und der gelbe Strahl bildete eine Gloriole über seinem Kopf. Er wartete, seine Brust brannte. Beinahe fand er es amüsant, daß er völlig durchnäßt war und seine Lungen sich trotzdem so anfühlten, als stünden sie in Flammen. Bald mußte er Luft schnappen, sonst wäre alles vorbei. Und dann würden sie ihn mit ihren M-16s wegpusten.

Endlich ließ der Anführer den Strahl seiner Taschenlampe weiterwandern. Und Jack hörte, wie der Mann den anderen befahl: »Geht da rüber!«

Rasch tauchte er auf, schnappte nach Luft und blickte vorsichtig über den Baumstamm hinweg. Wenn er ihre Gesichter auch nicht sah, so erriet er doch ihre Gedanken. Wenn ihnen irgend jemand auflauerte?

Plötzlich erfaßte ihn neue Angst. Womöglich beschlossen sie, sich zu trennen, und einer würde den Bach an einer anderen Stelle überqueren. Dann wäre alles verloren. Er baute darauf, daß sie zusammenblieben. Eigentlich mußten sie annehmen, die drei Leute, denen sie folgten, würden in wilder Panik so weit wie möglich fliehen.

Jack wartete, die Pistole gezückt, und beobachtete zwei Männer, die in den Bach stiegen. Ungeschickt wateten sie heran, die M-16s über der Schulter. Als er sie im Visier hatte, wartete er immer noch, und der Geruch seiner eigenen Angst schnürte ihm fast die Kehle zu.

Während sie näher kamen, ließ der Anführer am gegenüberliegenden Ufer wieder den Strahl seiner Taschenlampe umherwandern. Jack wollte sich gedulden, bis sie nur mehr zehn Meter entfernt waren und die Wingates fast erreicht hatten. Aber wenn das Licht ihn traf, wäre er geblendet. Erledigt. Jetzt oder nie. Er zielte auf den ersten Mann, einen schwarzhaarigen kleinen Burschen mit langem Bart, zielte auf die Brust und feuerte. Ein Mündungsblitz, ein Schrei in der nächtlichen Stille, und der Mann fiel rücklings ins Wasser.

Für ein paar Sekunden geriet der andere in Panik und versuchte verzweifelt, sein Gewehr von der Schulter zu reißen. Jack sah den suchenden Lichtstrahl auf sich zugleiten und feuerte, aber er verfehlte sein Ziel.

Nun watete der Mann nicht mehr zu ihm, sondern floh in die Richtung, aus der er gekommen war. Der Anführer stand immer noch am anderen Ufer, hob seine Pistole, doch er zögerte, wirkte etwas verwirrt.

Und Jack wußte, daß er seine Chance nutzen mußte. Es genügte nicht, die beiden zu verscheuchen, denn sie würden einfach zwischen den Bäumen warten, bis die Wingates aus ihrem Versteck krochen. Also beschloß er, jetzt anzugreifen, solange ihm das Überraschungsmoment noch Vorteile verschaffte. Er richtete sich auf, watete dem Flüchtling nach und brüllte: »Heee! Duuu Schwwweeeiiin!«

Zutiefst erschrocken, drehte der Mann sich um und sah einen Irren auf sich zukommen, der eine Pistole umherschwenkte und unverständliche Laute von sich gab. Der Spanier stieß einen gellenden Angstschrei hervor, beschleunigte seine Schritte, aber ehe er das Ufer erreichte, schoß Jack ihn in den Rükken. Wenig später trug die Strömung den Toten davon. Nur der Anführer blieb übrig. Als er sah, was seinem zweiten Spießgesellen zugestoßen war, ließ er die Taschenlampe fallen und verschwand zwischen den Bäumen.

Jack tauchte unter und schwamm zu den Wingates. »Kommt heraus! Alle beide!«

»Hurensohn!« lobte Buddy. »Sie können beinahe so eindrucksvoll röhren wie ein Finnwal. Erstaunlich!«

»Danken Sie Bill Clinton in meinem Namen. Aber wir müssen immer noch zu Ihrem Haus hinaufklettern. Wie weit ist es bis zu dieser Brücke?«

»Etwa hundert Meter – in nördlicher Richtung«, antwortete Charlotte Rae. »Und wenn der andere ...?« Sie erschauerte, wirkte hilflos und verloren.

»Wahrscheinlich wird er uns in Ruhe lassen«, meinte Jack. »Für heute nacht ist die Bande erledigt. Gehen wir!«

Wingate schaute ihn an und schüttelte den Kopf. »Mein Junge, Sie haben mir das Leben gerettet. Haben Sie das alles als Rizzos Bodyguard gelernt?«

»Nicht alles. Eine Zeitlang war ich bei der Army – in der Ranger-Einheit.«

»Ah, und jetzt wissen Sie Ihre Fähigkeiten zu nutzen.« Wingate stieß einen leisen Pfiff aus. »Aber ich glaube, ich bin Ihnen eine Erklärung schuldig.«

»Heben Sie sich das für später auf. Erst mal müssen wir von hier verschwinden.«

Wingate nickte. Mittlerweile existierte das proletarische Rauhbein nicht mehr. Er wirkte ernst, stocknüchtern und sehr nachdenklich. »Okay, hauen wir ab!«

Geduckt kletterten sie die mondhelle Uferböschung hinauf und rannten zum Hängesteg.

*

Vierzig Minuten später erreichten sie das Haus. Bis auf die Haut durchnäßt, froren sie erbärmlich. In Jacks Stiefeln steckte

Schnee, seine Füße fühlten sich taub an. Als er die Socken auszog, sah er seine blauverfärbten Zehen.

Charlotte Rae drückte ihm ein Glas Cognac in die Hand, und die drei kuschelten sich vors Kaminfeuer. Nun trug sie statt ihres Dior-Kleids einen karierten Morgenmantel und Plüschpantoffel. In Wingates starke Arme geschmiegt, trank sie ihren Courvoisier, und unter dem Morgenmantel ragten ihre langen Beine hervor, bis zu den Schenkeln entblößt. Nach dem gefährlichen Abenteuer hatte Jack Kopfschmerzen. Aber das war gar nichts, verglichen mit seiner qualvollen Begierde.

»Vermutlich wollen Sie wissen, was der ganze Zirkus zu bedeuten hatte«, begann Wingate.

»Ja, eigentlich schon«, erwiderte Jack. Jetzt gefiel ihm der Klang seiner eigenen Stimme. Gelassen, kontrolliert. Vielleicht war er das auch.

»Dann will ich's Ihnen erzählen.« Wingate stand auf und ging mit federnden Schritten zum Barschrank in der Ecke. »Als ich Discount Rodeo gründete, hatte ich einen Partner namens Salazar. Ein lateinamerikanischer Junge – smart, ein Weiberheld. Damals hatten wir beide viel Spaß miteinander, hingen in Spielhöllen rum und stellten den Mädchen nach. Aber eines Tages merkte ich, daß der Bursche ernsthafte Drogenprobleme hatte und zu tief in unsere Kasse griff. Also sagte ich ihm, die Partnerschaft sei beendet. Natürlich wollte er das nicht. Dieser Laden war alles, was er hatte. Um eine traurige Geschichte abzukürzen – es kam zu häßlichen Streitigkeiten, bis ein äußerst unangenehmer Schlußstrich gezogen wurde. Salazar landete im Knast, schwor mir bittere Rache, und heute hat er's fast geschafft.« Seufzend schüttelte er den Kopf, als würde ihn die Niedertracht der Menschheit zutiefst bekümmern, ergriff die funkelnde Kristallkaraffe und füllte die Gläser noch einmal mit Cognac. »Vorhin haben Sie wirklich gute Arbeit geleistet, Jackie. So einen Jungen kann ich gebrauchen. Helfen Sie mir, diese Schwierigkeiten zu meistern. Immerhin machen Sie so was nicht zum erstenmal.«

»Ist Salazar aus dem Gefängnis geflohen?«

»Vor zwei Wochen. Nun, wie wär's? Sie würden ein Spitzengehalt beziehen.«

»So muß es auch sein«, meinte Charlotte Rae und lächelte Jack an.

Um den Schein zu wahren, erwiderte er das Lächeln. »Danke. Aber lieber nicht, Buddy.«

In echter Verblüffung runzelte Wingate die Stirn und fragte gekränkt: »Warum nicht, zum Teufel?«

»Das spielt keine Rolle.« Jack nippte an seinem Cognac. »Sagen wir einfach, der Job gefällt mir nicht.«

»Erzählen Sie mir bloß nicht, Sie hätten Angst! Heute nacht, da unten am Bach, konnte ich Sie genau beobachten. Sie haben nicht mal geschwitzt.«

Eindringlich schaute Charlotte Rae in Jacks Augen. »Ich glaube, er fürchtet sich vor gar nichts.«

»Nun, da irrt ihr euch beide. Ich war halb wahnsinnig vor Angst. Aber das ist nicht der Grund, warum ich das Angebot ablehne. Mittlerweile suche ich was Besseres als einen ›Begleiterjob‹. Als ich noch ein grüner Junge war, fand ich's okay. Aber irgendwann muß ein Mann vorankommen.«

Wingate grinste und schüttelte den Kopf. »Haben Sie was Interessanteres in Aussicht?«

»Nein, überhaupt nichts. Und genau darin liegt der Reiz meiner Situation. Solange ich nirgendwo festsitze, kann ich auf die Suche gehen.«

»Bis Sie Ihren letzten Cent ausgegeben haben«, konterte Wingate, aber in seiner Stimme schwang eine gewisse Bewunderung mit.

»Offensichtlich macht sich Jack nicht allzuviel aus Geld«, bemerkte Charlotte Rae. »Er wünscht sich was anderes. Was mag das sein?« Wieder lächelte sie ihn an, nahm einen Schluck Cognac, und Wingate nickte.

»Ja, das frage ich mich auch. Also, auf unsere neue Freundschaft und die Niederlage unserer Feinde. Falls Sie sich anders besinnen, Jack, kommen Sie zu mir.«

Jack stieß mit Buddy und seiner Frau an. Natürlich hätte er den Job sofort annehmen können. Aber irgend etwas hielt ihn davon ab. Jetzt noch nicht. Erst mußten sie ihn noch viel dringender brauchen. Alle beide. Und dann würde er sie schnappen. Wenn er sich nicht mit ihr einließ, wenn er cool blieb, würde es großartig klappen. Im Augenblick lief die Show genau nach Plan.

9

Zwei Tage später saß Jack in der Topper's Bar und erzählte C. J. von seinen Abenteuern.

»Mann, ein Glück, daß du noch lebst!« meinte C. J.

»Sag bloß nicht, ich würde dir fehlen.«

»Eigentlich nicht. Aber manchmal glaube ich, du gehörst zu den wenigen Weißen, die ein gewisses Potential besitzen.«

»Oh, ich fühle mich sehr geschmeichelt.«

»Was hält Zampas davon?«

»Er wollte wissen, warum ich den dritten Kerl nicht auch noch abgeknallt habe.«

Lachend spülte C. J. einen Pizzateller. »Er verwöhnt dich. Ohne jeden Zweifel. Jedenfalls bin ich froh, daß du keine neuen Löcher im Kopf hast, Partner.«

Als eine Hupe ertönte, wandten sie sich zum Eingang. »Mein Rendezvous«, erklärte Jack. »Wir treffen uns zum Lunch.«

»Paß auf, was du ißt!« mahnte C. J. »Windbeutel können sich fatal auswirken.«

Jack schaute durch die Tür und sah Charlotte Rae in ihrem roten 65er T-Bird sitzen. Am Morgen hatte sie angerufen und erklärt, sie würde das Auto aus der Werkstatt holen und ihn gern zu einer Fahrt an den Strand einladen. »Keine Bange, Partner. In dieser Woche ernähre ich mich ausschließlich von Vollwertkost.« Grinsend stellte er sein Glas ab und verließ die Bar.

*

»Seit dem Wochenende hab' ich Sie vermißt, Jack.« Sie saß in ihrem roten Schalensitz und drückte den Schaltknüppel wie ein alter Profi nach vorn, während sie den Sunset entlangfuhren.

»Wirklich? Und Buddy? Hat er mich auch vermißt?«

»Seien Sie nicht so streng mit ihm! Er ist Ihnen sehr dankbar.«

Belustigt schaute er sie an. Sie trug eine enge schwarze Jerseybluse und Levi's, die an ihren Beinen zu kleben schienen. »Komisch, ich hätte ihn nie für den dankbaren Typ gehalten.«

Sie lachte, aber es klang unsicher. »Dachten Sie, ich würde einfach in der Versenkung verschwinden?« In ihrer Stimme schwang ein schmerzlicher Unterton mit.

»Nun, ich nahm an, unsere Geschäfte wären erledigt«, entgegnete er kühl.

Langsam und sinnlich strich sie über ihren rechten Schenkel, als sie vor der Ampel beim Beverly Wilshire Hotel hielt. »Ich hatte gehofft, auch Sie würden mich vermissen.«

»Ja, vielleicht ein bißchen.«

Da sah sie ihn an und fuhr mit der Zunge über ihre Lippen. »Irgendwie kommen Sie mir nervös vor, Jack. Mache ich Sie nervös?«

»Nein, aber es könnte gefährlich werden, mit Ihnen rumzuhängen.«

»Eigentlich hatte ich den Eindruck gewonnen, Sie würden Herausforderungen lieben.«

»Die Gesellschaft von Leuten, die dem Tod ins Auge blikken, ist eine Herausforderung, die ich nur ungern annehme«, erwiderte er und beendete das erotische Geplänkel. »Vor allem, wenn sie nicht ehrlich zu mir sind.«

»Keine Ahnung, was Sie meinen ...«

»Natürlich wissen Sie's! Oder dachten Sie, ich würde Ihnen die Story vom gekränkten Geschäftspartner abkaufen, der Sie umlegen will, um sich zu rächen?«

Scheinbar verständnislos, schüttelte sie den Kopf. »Warum denn nicht? Die Discount-Branche ist ein knochenhartes Geschäft.«

»Genau wie die Organisation von Ferienlagern. Erzählen Sie mir eine andere Geschichte.«

»Seien Sie mir nicht böse.« Charlotte Rae lachte leise und tätschelte sein Knie. »Über die Deals meines Mannes diskutiere ich nicht. Man muß sich doch schrecklich fühlen, wenn man alle Leute verdächtigt.«

»Oh, ich verdächtige nicht *alle* Leute.«

Sie gab Gas, und der T-Bird brauste mit quietschenden Reifen um die Kurve an der UCLA, dann über die Bel-Air-Ampel. »Schauen Sie doch nicht so ernst drein, und greifen Sie mal nach hinten. Da hab' ich eine Überraschung für Sie, die Sie sicher aufmuntern wird.«

Als er den Rücksitz abtastete, spürte er was Kaltes. Er holte eine eisgekühlte Flasche Cristal nach vorn, und plötzlich erschien ihm Charlotte Raes Lächeln zauberhafter denn je. Offenbar war sie glücklich, weil sie ihm eine Freude machen konnte. Nachdem er die goldene Alufolie und den Draht vom Flaschenhals gelöst hatte, ließ er den Korken knallen. Champagner spritzte auf sein Hemd.

»Welch eine Verschwendung!« tadelte Charlotte Rae. »Da hinten finden Sie auch Gläser.«

Ein Eiskübel, zwei Gläser. Vorsichtig schenkte er den Champagner ein und reichte ihr einen Kelch.

Sie prostete ihm lächelnd zu. Im Kristall glänzten Sonnenstrahlen. »Auf neue Freundschaften!«

»Und damit man länger was davon hat – aufs Überleben.«

»Was für ein romantischer Trinkspruch!« spottete sie und zog einen Schmollmund.

»Romantische Beziehungen zu verheirateten Frauen verstoßen gegen die Regeln.«

»Ja, vermutlich.«

»Andererseits – vielleicht will ich ein paar Regeln vergessen.«

Während er ihr Glas nachfüllte, runzelte sie nervös die Stirn. Sie schüttelte den Kopf und nahm einen Schluck. »Manchmal glaube ich, daß ich nur in diese Situation geraten bin, weil ich die Regeln befolgt habe.«

Jack schüttete den Rest aus der Flasche in Charlotte Raes Kelch. Nun fuhren sie bergab, am Eingang des Will Roger State Parks vorbei. »Also, ich weiß nicht recht ... Ich habe schon schlimmere Gefängnisse gesehen.«

»Was wissen Sie schon davon, Sie böser Junge?«

Am liebsten hätte er ihr Handgelenk gepackt. Aber er durfte sich nicht verraten. Nicht jetzt. Niemals. »Wohin bringen Sie mich, schöne Taxifahrerin?« fragte er grinsend.

»Ins Fantasyland.«

»Tritt Buddy dort auf? Als liebestoller Märzhase?«

»Nein, er ist verreist. Ich wollte Ihnen unser Strandhaus zeigen.«

»Klingt nett. Nur eine einzige Frage – weiß Buddy, wo Sie sind?«

»Natürlich. Er hat mich doch zu Ihnen geschickt.«

Das warf ihn um Jahre zurück. Er hatte zwar damit gerechnet, aber nicht erwartet, daß sie's so schnell zugeben würde.

»Und er hat mir einen Auftrag erteilt. Ich soll Sie bitten, ihn noch mal zu besuchen, weil er Sie unbedingt engagieren will.«

»Dann vergeuden wir nur unsere Zeit.«

Lächelnd zuckte sie die Achseln. »Ja, es ist sinnlos. Das hab' ich ihm schon gesagt.«

»Warum sind Sie trotzdem zu mir gekommen?«

»Da bin ich mir nicht sicher«, erwiderte sie, wich seinem Blick aus, und sein Herz begann schneller zu schlagen. »Vielleicht, weil Sie so gut zuhören können. Ich hab' eine Schwäche für Männer, die meine Lebensgeschichte interessant finden.«

»Offensichtlich haben Sie viele Schwächen.«

Sie seufzte und strich über seine Wange. »Nach Buddys Meinung gibt mir das ein gewisses Flair.«

Eigentlich wollte er sagen, die Männer, die solche Wörter benutzten, seien Arschlöcher. Aber ihre Hand war zu heiß auf seiner Haut, und plötzlich konnte er kaum atmen.

*

Das Haus aus Redwood und Glas lag fünfundsiebzig Schritte vom Meer entfernt, und als Jack auf der Veranda saß, hatte er das Gefühl, in einer Miniserie mitzuwirken. »Früher hab' ich von so einem Schuppen geträumt, wo man die ganze Nacht das Rauschen der Brandung hört. Einfach phantastisch.«

»Und warum haben Sie sich anders besonnen?« Charlotte Rae, ging zu den Stufen, streifte ihre Sandalen ab und rannte zum Wasserrand.

»Das weiß ich nicht genau!« rief er ihr nach. »Vielleicht will man irgendwann nicht mehr von Dingen träumen, die man nicht haben kann. Sonst wird man verbittert. Nur Verlierer sind bitter.«

»Ich finde, nichts ist beklagenswerter als ein Mensch, der seine Träume aufgibt. Kommen Sie, gehen wir spazieren.«

»Da irren Sie sich.« Er ließ den Champagner stehen, folgte ihr, und sie wanderten so dicht an den Wellen vorbei, daß ihnen feine Gischt ins Gesicht sprühte. »Es gibt viel traurigere Dinge.«

»Welche denn, verehrter Philosoph?« Ihr aufrichtiger Blick strafte die flapsige Frage Lügen.

»Wenn man für gewisse Träume einen zu hohen Preis zahlen muß ...«

»Glauben Sie, das habe ich getan?«

»Nur Sie können's wissen.« Sie erreichten einen Meeresarm, setzten sich auf einen glatten Felsen und beobachteten, wie die Sonne im Pazifik versank.

»Ja, ich weiß, was Sie denken. Aber um zu kriegen, was man sich wünscht, muß man ein Risiko eingehen. Klar, Sie halten Buddy für ein primitives Arschloch. Weil Sie seine guten Seiten noch nicht kennen. Zum Beispiel ist er sehr tapfer, und dafür liebe ich ihn.«

Jack nickte und ergriff ihre Hand. »Da muß Ihnen schon was Besseres einfallen.«

»Was meinen Sie?«

»Als Sie von Liebe sprachen, mußten Sie wegschauen.« Er zog sie an sich, erwartete halb und halb, sie würde ihn abwehren.

Doch sie schlang die Arme um seinen Hals. Ihr Mund schmeckte wie das Meer. »Wahrscheinlich glaubst du jetzt, du kannst mit mir machen, was du willst, Jack.«

Er spürte ihre Körperwärme, heiße Leidenschaft erfaßte ihn, und er erinnerte sich an Zampas' Warnung. »Mit einer Frau, die du beschattest, darfst du nicht bumsen ...« Aber die Stimme schien aus weiter Ferne heranzuwehen, wie der Text eines Werbespots, den man so oft gehört hat, daß er einem wie idiotisches Gefasel vorkommt.

In diesem Augenblick wußte er nur eins – er begehrte sie, hatte sie seit der ersten Begegnung vor dem Man's Chinese begehrt. Und nun schlenderten sie Arm in Arm zum Haus zurück, und er fand die Hitze, die zwischen ihnen glühte, fast komisch in ihrer Intensität.

Trotzdem lachte er nicht. Was da geschah, war völlig falsch, und er mußte es irgendwie verhindern. Dazu war er fest entschlossen, auch dann noch, als sie das Haus erreichten und auf den blauen Teppich sanken, statt ins Schlafzimmer zu gehen. Sie lag auf ihm, flüsterte immer wieder seinen Namen, und er knöpfte ihre Bluse auf. Plötzlich glitt sie von ihm herunter und stieß ihn weg.

»Stimmt was nicht?« fragte er.

Sie antwortete nicht. Unsicher zuckte sie die Schultern, und er verstand ihr Zögern. Es widerstrebte ihr, sich nackt zu zeigen. Auf ihrer linken Brust und darunter hatte er violette Flekken gesehen.

»Verdammt, hat Buddy dir das angetan?«

»Nein«, entgegnete sie, aber sie schloß die Augen.

»Und wie hast du dich verletzt?«

»Es ist in der Nacht passiert, als wir diesen Jungs davongelaufen sind. Wahrscheinlich bin ich hingefallen ...«

»Verkauf mir was anderes.«

Da hob sie die Lider und starrte ihn an. »Genauso war's. Komm her! Verschwenden wir keine Zeit mit diesem blöden Gerede!« Sie zog ihn zu sich herab, küßte ihn begierig, und er spürte wieder die Hitze, die von ihr ausging, glaubte mit ihr zu verschmelzen. Und dann hatte er seine Hose abgestreift und drang in sie ein. Sie war sehr eng gebaut – und doch fühlte sie sich unglaublich weich an, wie feuchte Seide.

»O Gott, Jack, Jack ...« flüsterte sie, und er beobachtete ihr Gesicht, erschauerte vor Glück, gab ihr alles, was er zu bieten hatte – rückhaltlos. Die Gesetze, die er brach, interessierten ihn nicht mehr. Zum Teufel mit den Regeln! Er wollte diesen Moment auskosten, voll und ganz.

Danach lag sie in seinen Armen, und sie lauschten der tosenden Brandung. Eine Zeitlang schliefen sie auf dem Teppich, und als Jack erwachte, erlebte er dreißig Schrecksekunden. Wo war er? Aber dann hörte er wieder die Meereswellen rauschen, sah den Silbermond über Malibu und Charlotte Raes Gesicht –

im Schlummer entspannt, sanft gebräunt, süß, kindlich. Er strich ihr das blonde Haar aus der Stirn, von einem zärtlichen Gefühl überwältigt, das er nicht erwartet hatte. Und jetzt, wo es ihm bewußt wurde, konnte er es nicht bestreiten. Nun gab es kein Entrinnen.

Sein Mund war trocken. Behutsam ließ er sie los, stand auf und fröstelte in der kühlen Luft, die durchs Fenster hereinwehte. Er ging zum Sofa, um eine Steppdecke für Charlotte Rae zu holen. Da sah er wieder die violetten Blutergüsse, drehte sie vorsichtig auf den Bauch, fand ältere, grünlich-gelbe Flecken auf ihrem Rücken. Die konnten unmöglich von der Klettertour in Tahoe herrühren.

Nein, sie war geschlagen worden, mit Fäusten oder einem stumpfen Gegenstand. Er setzte sich zu ihr, die Beine gekreuzt, und starrte die Flecken an. Dann entdeckte er noch andere auf den Waden. Irgend jemand hatte sie getreten. In wachsendem Zorn erinnerte er sich an die Geschichte von Buddy Wingate, der in Texas als Retter in höchster Not aufgetaucht war, um Charlotte vor einem mordlustigen Kerl zu schützen.

»Behandelt er Sie gut?« hatte Jack gefragt. Jetzt wußte er Bescheid. Er dachte an Buddys Gespräch mit Jules Furthman, an Zampas' eindringliche Warnung. Das alles hatte er gehört, aber offenbar nicht zur Kenntnis genommen – und Wingate bis zu diesem Augenblick für einen nicht besonders gefährlichen Trottel gehalten.

Doch das war ein Irrtum gewesen. Wingate prügelte seine Frau. Erschüttert strich Jack über ihre Wange, dachte an Wingates große, schwielige Hände. Sie war Buddys Eigentum, und er glaubte, sie schlagen zu können, wann immer er wollte ... Weil sie in ständiger Angst lebte, die Häuser in Tahoe und Malibu und den apfelroten T-Bird zu verlieren. Jack erinnerte sich an ihr Lächeln, ihren Witz, ihre erstaunliche Sanftmut, und er erkannte, daß er verloren war. Denn an diesem Abend hatte sich seine Vermutung bestätigt – Buddy-Boy mußte ein ganz besonderes Monster sein, für das nicht einmal hartgesottene Knastbrüder einen passenden Namen finden würden.

Während er Charlotte Raes Blutergüsse betrachtete, wußte er, daß er Buddy zwingen mußte, dafür zu bezahlen. In einem privaten Kampf, nur zwischen ihnen beiden. Alles andere wäre erbärmlich.

Er breitete die Steppdecke über ihren Körper, küßte ihre Wange, dann ging er auf die Veranda hinaus und starrte zum mondhellen Strand hinab. Irgendwie mußte er seine Fassung zurückgewinnen. Aber nicht einmal die beruhigenden rhythmischen Wellenschläge konnten den Gedanken an jene violetten und grüngelben Flecken verdrängen.

10

Bob Valle fragte sich, ob er verfolgt wurde. Während er den Hollywood Freeway hinabfuhr, blieb ihm ein blauer Trans Am auf den Fersen. Vielleicht bin ich paranoid, dachte er, weil meine Nerven flattern. Wegen dieser Besprechung, zu der ich gehen muß. Und wahrscheinlich hat es gar nichts zu bedeuten, daß dieser Kerl eine Viertelstunde vor Mitternacht über den Highland und den Sunset gebraust und hinter mir auf den Hollywood Freeway gebogen ist.

Trotzdem – man konnte nie vorsichtig genug sein. Valle wechselte die Fahrspur, steuerte den Pasadena Freeway an und spähte in den Rückspiegel. Da war der blaue Trans Am immer noch, zwei Autos hinter ihm. Aber das bewies noch gar nichts.

Jetzt näherte sich Valle der nächsten Ausfahrt, Hill Street. Er schwenkte nach rechts, umrundete das Kleeblatt und schaltete einen Gang herunter, als er China Town erreichte. Dann schaute er wieder in den Rückspiegel. Der blaue Trans Am fuhr hinter ihm her – in einem Abstand von fünfzig Schritten.

Nun begann Valle zu schwitzen. Womöglich war der Typ ein Schatten, der irgendwie herausgefunden hatte, was Valle plante – in geheimen Akten zu wühlen, den falschen Leuten Fragen zu stellen.

Zu seiner Linken entdeckte er das Schild der Ozawa-Bäckerei, berühmt für ihre kunstvoll verzierten Torten. Durch das Schaufenster sah er einen jungen Mann und eine Frau neben einer anderthalb Meter hohen Hochzeitstorte stehen. Das Mädchen kicherte, und der Mann zog sie an sich, während ein Bäkker die Torte mit Glasurschnörkeln versah. Angesichts dieses kleinen Tableaus verspürte Valle Zorn und Neid. Er malte sich aus, diese Brautleute wären noch unschuldig und ganz verrückt nach einander und könnten das Eheleben kaum erwarten. Das mißgönnte er ihnen. Obwohl er erst einundvierzig war, hatte er den letzten Rest seiner eigenen Unschuld längst verloren.

In dieser Welt wurden die Unschuldigen abgeschlachtet. Wenigstens daran gab es keinen Zweifel. Abrupt bog er um eine Ecke und steuerte seinen 89er Subaru in eine Parklücke. Wenn der Trans Am ihm folgte, würde er ihn vorbeifahren lassen. Eigentlich hatte er keine Lust, solche Spiele zu treiben. Er wollte nur den lästigen Schatten abschütteln.

Angespannt wartete er und blickte in den Rückspiegel. Ein Auto kam um die Ecke, aber es war nicht der Trans Am. Ohne daß irgendwas passierte, rollte es vorbei. Er geduldete sich noch eine Weile, doch der Trans Am tauchte nicht auf. Wahrscheinlich war er längst über alle Berge.

Okay. Offensichtlich wurde er nicht beobachtet. Er startete den Motor, lenkte den Subaru aus der Parklücke und erinnerte sich wieder an das junge Paar in der Bäckerei.

Bald werden sie es lernen, dachte er bitter. Jeder merkt irgendwann, daß er betrogen wird. Und wenn das passiert ist, hält man nichts mehr von Lebensfreude, von Gelächter, Freundschaft oder Ehre oder all den anderen beschissenen Idealen, auf die man früher so großen Wert gelegt hat. Dann interessiert man sich nur mehr für Informationen, die man benutzen kann, um seine Feinde zu vernichten, diese elenden Arschlöcher.

Valle fuhr in die Tiefgarage des Empress-Pavilion-Restaurants, das gut zu seiner düsteren Stimmung paßte. Hier war er mit Walker und den anderen Agenten hergekommen, in den alten Zeiten, am Anfang seiner beruflichen Laufbahn. Während er das Parkticket aus dem Automaten zog, erinnerte er sich, welchen Spaß es gemacht hatte, chinesisches Bier zu trinken und die großartigen Meeresfrüchte zu essen. Wie College-Kids. Die vier Musketiere. Waren seither zwei Menschenleben verstrichen?

Wie vereinbart, hielt er in der dritten Etage auf dem Parkplatz Nummer 23. Dann saß er da, wartete auf seinen Gesprächspartner und beneidete die ganze verdammte Welt, die nun friedlich schlief.

Zwanzig Minuten später erschien Poindexter, ein dicker kleiner Mann in einem alten formlosen Safari-Jackett und einem seiner Eddie-Bauer-Flanellhemden, die er niemals bügelte. Er trug einen schmutzigen kleinen Professorenschnurrbart und fuhr einen schmutzigen kleinen gemieteten Honda. Irgendwie erinnerte er Valle an einen zunächst vielversprechenden Englischlehrer, der nun an einem Provinz-College versauerte.

Poindexter stellte seinen Schlitten vier Parklücken weiter ab und blinkte zweimal, was Valle irritierte. Um diese Zeit befand sich keine Menschenseele in der Tiefgarage. Warum dann dieser Agentenzirkus? Aber so war Poindexter nun einmal. Er hielt sich streng an die Vorschriften und nutzte jede Gelegenheit, um die Dinge zu dramatisieren.

Auch Valle blinkte zweimal, dann stiegen beide aus und gingen aufeinander zu.

»Hallo, Bob«, sagte Poindexter. Sein Atem roch nach Schnaps.

»Wie geht's Ihnen gesundheitlich?« fragte Valle und ärgerte sich noch mehr. Am liebsten hätte er den Codetext weggelassen, aber er wußte, daß Poindexter dann gehen würde. Der Mann hatte furchtbare Angst, das Gespräch könnte belauscht und womöglich aufgezeichnet werden.

»Nicht so gut, wie ich's gern hätte.«

»Nein?«

»Nein. Neulich war ich bei meinem Arzt, und er empfahl mir, seinen Rat zu befolgen und in eine sonnige Gegend zu ziehen.«

»Offenbar ein sehr vorsichtiger Mann.«

»Ein sehr vernünftiger Mann.« Poindexter zog einen goldenen Zahnstocher aus der Brusttasche und bearbeitete seine gelben Zähne unterhalb des Schnurrbarts, der vor Nikotinflecken strotzte. »Und sehr erfolgreich. Sein Motto lautet: Sollen sich die anderen Ärzte spezialisieren. Er fühlt sich am glücklichsten als guter Hausarzt von altem Schrot und Korn. Und er macht seine Sache ausgezeichnet.«

»Wie schön für ihn. Aber ich wüßte gern, ob seine Diagnosen auch so großartig sind.«

Poindexter strich über seine Unterlippe, steckte den Zahnstocher wieder ein und kniff die Augen zusammen. »Nun, er sagte, die Situation sei kritisch. Es wäre am besten, den Dingen einfach ihren Lauf zu lassen.«

Plötzlich verlor Bob Valle die Geduld und packte den verwirrten Poindexter am Kragen. »Hören Sie auf mit dem Scheiß! Wir reden hier über einen größeren Betrug. Und da Sie mir was schuldig sind, will ich einen Namen hören.«

Wenn Poindexter auch wie eine Ratte aussah, er überlebte schon seit langer Zeit. Ganz cool zog er Valles Hand von seinem Hals weg. »Sie sind ein Narr. Was geschehen ist, ist geschehen.«

»Reden Sie endlich!«

»Die Krankheit liegt in der Familie, was Sie ja bereits vermutet haben. Und man kann nichts tun. Verstanden?«

»Klar, ich versteh's. Aber es stinkt.«

Poindexter glättete sein Hemd, das Valle noch mehr zerknittert hatte. »Früher waren Sie ein guter Agent, Bob. Und als solcher müßten Sie wissen, daß es in den meisten Fällen ratsam ist, gar nichts zu unternehmen. Warten Sie den Verlauf der Krankheit ab. Gute Nacht. Alles Gute.« Mit diesen Worten wandte er sich ab und kehrte zu seinem Auto zurück. Valle beobachtete, wie er seinen großen Bauch hinters Lenkrad klemmte, die Tür schloß und davonfuhr ...

Und er beneidete Poindexter um seine Gelassenheit. Aber nicht um seine Haltung. Hier ging's um ernsthafte Probleme, um einen eindeutigen Betrug. Einmal hatte er schon verloren. Wie oft mußte er noch verlieren, bevor er endlich etwas tat?

Wenigstens hatte er die gewünschte Information bekommen. Welche Maßnahmen sollte er ergreifen? In einem Punkt gab er Poindexter recht. Sämtliche Aktivitäten waren gefährlich.

Seufzend stieg er in sein Auto und startete den Motor. Als er um eine Kurve bog, trat ein etwa fünfzigjähriger Schwarzer hinter einem Betonpfeiler hervor, wie ein Arbeiter gekleidet. Aber er hielt einen kleinen Recorder und ein Mikrophon in den Händen. Nun schaltete er das Gerät ab, steckte es ein und lief nach oben, zu einem Ausgang im vierten Stock. Offenbar hatte er es eilig. Draußen würde ihn sein Kontaktmann erwarten, um null Uhr fünfzehn, im blauen Trans Am. Und er durfte sich nicht verspäten. Das konnte er sich nicht leisten.

11

Jack steuerte seinen schwarzen Mustang die Sandstraße hinab, mitten im Valley. Schmerzhaft brummte sein Schädel, in den Schläfen spürte er einen heftigen Druck. Draußen herrschte eine Temperatur von zweiundvierzig Grad, und die Klimaanlage funktionierte nur mangelhaft. Die Hitze, die wie heimtückisches Gas durch die Fensterritzen ins Auto kroch, die Erinnerung an die Blutergüsse auf Charlotte Raes schönem Körper und an Ted Michaels' Stimme – das alles stürmte auf ihn ein und erweckte den Eindruck, er würde in einem Strudel aus Schleim versinken.

An diesem Morgen war er in Buddys Strandhaus erwacht und hatte beschlossen, nicht mehr mit Charlotte Rae zu schlafen. Bei diesem einen Mal mußte er es bewenden lassen und die Erinnerung irgendwie aus seinem Herzen verbannen. Sonst würde er gewaltigen Mist bauen. Vielleicht hätte er der Versuchung widerstehen können.

Aber dann tat sie etwas, das er unwiderstehlich fand. Noch im Halbschlaf legte sie den Kopf auf seine Brust und begann leise zu weinen. Gegen seinen Willen streichelte er ihr Haar, eher wie ein Vater oder Bruder, nicht wie ein Liebhaber. Das gleiche Gefühl hatte er schon in der Nacht empfunden, eine Zärtlichkeit, die ihn überraschte und sogar schockierte.

Zuvor hatte er sie begehrt und von ihr geträumt. Jetzt geschah was anderes mit ihm, und das war viel gefährlicher. Er machte sich was aus ihr. Denn hinter den Witzeleien und gebleichten Haaren verbarg sich eine Frau, die ihn brauchte und seine unterdrückten Emotionen zu neuem Leben erweckte. Als sie sich an diesem Morgen liebten, entstand eine süße Vertrautheit, die er nicht mehr verleugnen konnte.

Auch er brauchte Charlotte Rae. Nicht nur das, er wollte sie retten – obwohl ihn die Hoffnungslosigkeit dieser Idee fast belustigte. Wenn es soweit war, würde er sie festnehmen müssen. Aber vielleicht – falls sie ihm half und Buddy verpfiff – konnte er eine mildere Strafe für sie herausholen. Er lachte bitter. Ja, fünf Jahre statt zehn und das Besuchsrecht für den Ehepartner.

Verdammt, wen hielt er eigentlich zum Narren?

Die Hitze drohte ihn zu ersticken, und er ließ die Klimaanlage wieder auf Hochtouren laufen. Unbehaglich dachte er an Michaels. Wenn der Kerl erfuhr, Jack Walker habe mit Charlotte Rae geschlafen ... Michaels ärgerte sich ohnehin schon über ihn, fand es unverantwortlich und verrückt, daß Jack am Lake Echo auf die Verfolger geschossen hatte. Statt dessen hätte er einfach davonlaufen sollen. Jack versuchte zu erklären, es sei äußerst schwierig, vor Gewehrkugeln davonzulaufen. Aber Michaels beharrte auf seinem Standpunkt – Jack hatte seine Tarnung gefährdet.

Vermutlich würde der Assistenzdirektor die ganze Operation abblasen, wenn er herausfand, was letzte Nacht passiert war. Jack fuhr weiter und versuchte, Charlotte Rae zu vergessen. Warum hatte Wingate ihn gebeten, ins Valley zu kommen? Dies war nicht das Valley, über das sich die Leute von der Ostküste so gern lustig machten – die Szene der albernen Mädchen, die dauernd kreischen: »Oh, wie süß! Wie romantisch!« Auch nicht das Valley der endlosen, exklusiven Einkaufsstraßen, der Swimmingpools und teuren deutschen Autos. Es war nicht das Erholungsgebiet der Weißen, sondern ein Ort, wo rauhe Burschen in kleinen Adobehäusern wohnten und Pferdekarren in den Garagen standen.

Seufzend studierte er die Hinweise, die er auf ein Kuvert vom Publishers Clearing House gekritzelt hatte (»Herzlichen Glückwunsch, Jack Walker, Sie haben die Chance, fünf Millionen Dollar zu gewinnen!!!«). Dann bog er nach links in eine noch schmalere Sandstraße und sah Rinderweiden. Was trieb Wingate hier draußen?

Nach einer Weile bog er erneut nach links. Etwa hundertfünfzig Meter weiter vorn sah er ein Holzhaus. Eine Art Cowboy-Baracke mit Schindeldach. Plötzlich hörte er Schüsse. Sein Puls begann zu rasen. Hastig hielt er am Straßenrand, öffnete das Handschuhfach und nahm seine 9-Millimeter-Pistole heraus.

Er öffnete die Tür, duckte sich, fünf weitere Schüsse krachten, etwa zwanzig Schritte entfernt, auf einer Lichtung. Und dann hörte er Gelächter, das unverkennbar schrille Kichern seines Gastgebers Buddy Wingate.

»Hurensohn!« rief Buddy. »Immer wieder verblüffen Sie mich, Canyon.«

Canyon? Hatte Jack den Namen richtig verstanden?

Er ging um ein paar duftende Eukalyptusbäume herum und geriet in Schußweite. Und da stand Buddy Wingate vor einem Pavillon, in schicker Westernkluft. Ein breitrandiger weißer Cowboyhut, ein kariertes Cowboyhemd mit Perlmuttknöpfen, lächerlich enge Levi's, die seinen Hängebauch betonten. Und der absolute Höhepunkt war ein perlenbestickter Ledergurt mit einem Halfter, in dem ein immer noch qualmender sechsschüssiger Revolver steckte.

Etwas abseits hatte sich ein grauhaariger, sichtlich ausgelaugter alter Knabe postiert, mit faltigem Doppelkinn, in einem T-Shirt, das »Springdale, Arkansas, Rodeo, South Western Champ 1978« verkündete. Im Gegensatz zu Wingate wirkte der Oldtimer echt. Das Gesicht war grau und eingefallen, aber in den smaragdgrünen Augen funkelte ein unbeugsames Feuer. Irgendwie gewann Jack den Eindruck, diesen Mann in einem anderen Leben gekannt zu haben. Sogar die Waffe erschien ihm vertraut, ein sechsschüssiger .45er Colt mit Perlmuttgriff.

»Wer gibt uns denn da die Ehre?« grölte Buddy. »Der junge Jack McKenna. Und was für ein bedrohliches Schießeisen er in der Hand hält! Damit können Sie hier nichts anfangen, *hombre*. Wir sind im tiefsten Wilden Westen, und da erkennen wir solche Waffen nicht an, was, Canyon?«

»Klar, Boß«, bestätigte der Alte.

»Wissen Sie zufällig, wer dieser Cowboy ist, Jackie?«

»Canyon Caine«, erwiderte Jack. »Mein Daddy hat alle Ihre Filme gesehen, Sir. Und ich hab' mir erst letzte Woche einen angeschaut, im Kabelfernsehen.«

»Stimmt genau! Wie finden Sie denn das, Mr. Wingate? Dieser junge Bursche erinnert sich an den alten Canyon.«

»Nun, Sie haben ja selber behauptet, Sie seien unvergeßlich«, bemerkte Buddy, zog seinen Revolver und zielte auf eine große schwarze Pappfigur, zehn Schritte zu seiner Linken. Im Kopf der unheimlichen Gestalt, die ein Schießeisen zückte, und in der Brust klafften einige Löcher – die meisten allerdings in der weißen Umrandung. Wingate feuerte blitzschnell, sechsmal hintereinander, traf den Kopf, die Arme und Beine, die Brust. »Jetzt sind Sie dran, Cowboy.«

Lächelnd hob Canyon seinen Colt, und alle sechs Kugeln bohrten sich zwischen die Augen der Figur. Dann grinste er Jack an, der für ein paar Sekunden den alten Canyon Caine wiederzusehen glaubte, wie er in seinen ledernen Reithosen wilde Pferde zuritt – in den vierziger Jahren das Idol aller amerikanischen Jungs.

»Wow!« Buddy schlenderte zu der schwarzen Figur hinüber. »Jetzt haben Sie diesen *hombre* mehrmals abgeknallt, Canyon.«

»Nur ein paar Glückstreffer«, erwiderte Canyon. »Früher war ich ein ausgezeichneter Schütze, mein Sohn, aber heutzutage muß ich mich fast immer geschlagen geben, wenn ich mit Buddy um die Wette ballere.«

Lachend blies Wingate den Rauch aus seinem Revolver.

»Haben Sie wirklich meine Filme gesehen, Kleiner?«

»Klar«, versicherte Jack. »Mein Dad hatte sie alle auf Video, weil Sie sein Lieblingscowboy waren. Und er erzählte mir von all diesen Fanclubs ...«

»Ah, die Little Pards!« Canyon strahlte vor Glück. »Das waren alles meine Kinder, ja, Sir! Nun, es ist wirklich nett von Ihnen, daß Sie sich daran erinnern. Viele Leute haben den alten Canyon vergessen. Aber eins sage ich Ihnen. Mit Buddys Hilfe schaff' ich bald ein Comeback. Und dann laufen mir die Pards wieder nach.«

»Darauf können Sie Gift nehmen, Canyon.« Angewidert musterte Wingate die Zielfigur.

Canyons grüne Augen funkelten wieder, aber diesmal vor Angst, und Jack beobachtete, wie der alte Mann hinter einen Pfosten griff und eine Flasche Kentucky Gentleman hervorzog. Nach einem großen Schluck schien er in sich zusammenzusinken, und Wingate beobachtete ihn spöttisch. Könnte man Verachtung und Neid wie Geschosse abfeuern, dachte Jack, würde der alte Cowboystar jetzt auf einer Straße in Laredo liegen, in weißes Leinen gehüllt.

»Jedenfalls war's mein Glückstag, als ich Sie kennenlernte, Buddy«, fügte Canyon hinzu, was Jack mit Unbehagen und Mitleid erfüllte.

»Ja, da haben Sie verdammt recht, *hombre*«, stimmte Wingate zu. »Wissen Sie, Jackie, ich erinnerte mich an den alten Canyon in seiner Glanzzeit, wo er für Republic Pictures gearbeitet hat. Diese B-Movies für Samstagnachmittag, Serien, echte Klassiker. Aber als das Fernsehen seinen Aufschwung nahm, landete er wieder beim Rodeo, wo er hergekommen war.«

»So schlimm war's nicht, Mr. Wingate«, entgegnete Canyon, und seine Stimme zitterte ein wenig. Dann nippte er noch einmal an seiner Whiskeyflasche. »Die Leute mochten uns.«

»Zweifellos«, bestätigte Buddy. »Und es hat Ihnen großen Spaß gemacht, Fort Smith und Pine Bluff zu spielen, nachdem Sie ein Filmstar waren. Warum haben Sie eigentlich nie beim TV Fuß gefaßt?«

»Zum Teufel mit dem TV!« stieß Canyon heiser hervor. »Das hat die B-Movies umgebracht! Natürlich wollten die kleinen Cowboys nicht mehr ins Kino gehen, wenn sie daheim vor ihrer Idiotenglotze hocken und Rogers und Autry kostenlos sehen konnten.«

»Oh, wie verbittert wir sind!« seufzte Wingate. »Offenbar hatten Sie auch ein kleines Problem mit der Flasche, mein lieber Freund.«

Der alte Cowboy warf ihm einen stahlharten Blick zu, und sekundenlang dachte Jack, Canyon Caine würde sich auf Buddy stürzen.

Aber Wingate grinste und breitete die Arme aus, in gespielter Kapitulation. »War nur ein Scherz, Canyon. Sie sind ein großer Star, und bald werden Sie wieder in der Zelluloidbranche mitmischen – sogar ganz oben. He, haben wir nicht einen Riesenerfolg mit unserer neuen Werbung?«

»O ja, Mr. Wingate.«

Buddy wandte sich zu Jack. »In diesem Discount Rodeo-Spot mimen Canyon und ich einen Showdown. Natürlich knalle ich ihn ab. Das ist wirklich komisch, und es paßt zu seinem Image. Auf diese Weise erinnern wir das launische amerikanische Publikum an den alten Cowboy. Und wer weiß, eines Tages kriegt er vielleicht wieder eine Filmrolle.«

Mühsam brachte Canyon ein Lächeln zustande, das Wingate erwiderte. Eigentlich hatte Jack ein triumphierendes Grinsen erwartet, das besagen würde, nun habe der große Bonze den armen alten Cowboy in seine Schranken gewiesen und könne sich Großmut leisten. Aber zu seiner Verblüffung las er aufrichtigen Respekt und sogar Zuneigung in Buddys Miene.

»Hören Sie, Jack ...« Plötzlich klang Wingates Stimme erstaunlich gefühlvoll. »Dieser Kerl hat mir im Kino die glücklichsten Momente meines Lebens geschenkt. Das meine ich ernst, Mann. Wenn ich im Kino saß, vergaß ich meinen Alten, der nur nach Hause kam, wenn er sternhagelvoll war und uns alle versohlen wollte, besonders mich. Und dann sah ich, wie der alte Canyon die bösen Jungs niederschoß, und sagte mir, so will ich auch mal werden. Alle Arschlöcher umlegen – all die miesen Typen, die nicht für ihre Kinder sorgen.«

Spontan ging er zu Canyon Caine, umarmte ihn, und Jack verstand die sentimentale Geste. Buddy meinte es ernst, zumindest teilweise, und auf seine perverse Art würde er beides versuchen – Canyon zu helfen und ihn zu ruinieren. Gott segne Amerika!

»Also, jetzt muß ich was erledigen. Hat mich gefreut, Sie kennenzulernen, *amigo.*«

»Das Vergnügen ist ganz auf meiner Seite, Canyon«, antwortete Jack.

Grinsend legte der alte Mann zwei Finger an die Schläfe, sein klassisches Markenzeichen aus alten Zeiten. In dieser Haltung hatte er mit seinem großen rotbraunen Hengst Smokey auf dem Gipfel eines violetten Berges gestanden, ehe die Leinwand schwarz geworden war. Dann schlurfte er zur Baracke.

»Oh, ich liebe diesen alten Knaben«, murmelte Buddy.

»Das habe ich gemerkt.« Jack zielte mit seiner Pistole auf das Herz der Schießbudenfigur und drückte dreimal ab.

»Also, wenn das keine Sensation ist!« Buddy starrte die Löcher in der linken Herzkammer an. »Soeben haben Sie Old Black Bart ins Jenseits befördert. Erstaunlich! So ein toller Schütze könnte in gewissen Branchen eine Menge Geld machen.«

»So? Was für Branchen meinen Sie denn?«

Lächelnd feuerte Wingate in die Stirn der Figur, und Jack nickte. »Ein guter Schuß. Aber ehrlich gesagt, ich habe eine Menge zu tun. Wollen Sie mir nicht erzählen, warum ich hierherkommen sollte, Buddy?«

»Okay. Dann will ich mal mit der Wahrheit rausrücken. Wie mir meine Frau erzählt hat, glauben Sie, ich wäre nicht ganz aufrichtig gewesen, was den kleinen Zwischenfall in Tahoe angeht.«

»Kleiner Zwischenfall? Sie und ich und Ihre charmante Frau waren praktisch Kanonenfutter.«

»Ja, ja, ich geb's zu. Ich hab' Ihnen keinen reinen Wein eingeschenkt, aber bevor ich offen mit Ihnen reden kann, mußte ich Sie erst einmal durchchecken lassen. Das ist inzwischen geschehen. Im Osten genießen Sie einen ausgezeichneten Ruf. Nur eins beunruhigt mich ein bißchen.«

»Was denn?«

»Sie riskieren so viel, und dafür kriegen Sie einen Hungerlohn.«

»Als ich den Job annahm, kannte ich die Bedingungen, und ich beklage mich nicht.«

»Nein, Sir.« Buddy zwinkerte Jack zu. »Und das spricht für Sie in dieser Welt voller schäbiger Hausierer und Möchtegern-Bonzen, die sich alle auf Kosten anderer bereichern wollen. Damit hängt auch mein kleines Problem zusammen, und ich glaube, Sie könnten es mit links lösen.«

»Welches Problem?«

»Also, Sie vermuten ganz richtig – ich befasse mich nicht nur mit Discount-Möbeln, sondern auch mit – wie soll ich's nennen? – anderen Geschäften. Verdammt, bei der heutigen Wirtschaftslage wäre man doch ein Narr, wenn man alle seine Hühner ins selbe Bordell stecken würde. Wenn Sie wissen, was ich meine.«

»Ich warte.« Langsam fuhr sich Buddy mit seiner Eidechsenzunge über die Lippen und schob seinen Cowboyhut auf den kahlen Hinterkopf. »Okay. Ich hab' da was Neues an Land gezogen, auf pharmazeutischem Gebiet. Kolumbianisches weißes Heroin.«

»Heroin? Woher?« Jack hoffte, er hätte seine »Überraschung« überzeugend bekundet. Offensichtlich war es ihm gelungen, denn Buddy lächelte selbstzufrieden und machte eine dramatische Pause, bevor er weitersprach.

»Wahrscheinlich dachten Sie, die kolumbianischen Jungs hätten nur mit Koks zu tun. Nun, das ist jetzt anders geworden. Die merken, wieviel Geld man mit Schnee machen kann, und den vertreiben sie jetzt in erstklassiger neuer Qualität. Phantastisches Zeug! Bald werden die Südamerikaner die verdammten Schlitzaugen ausbooten. Und unser grandioses altes Land wird von kolumbianischem Schnee überschwemmt werden. Das ist die Droge der Zukunft. Glauben Sie mir, mein Sohn.«

»Klingt interessant.« Jack feuerte noch einen Schuß ins Blaue ab. »Allerdings find' ich's irgendwie komisch. Ich dachte, die Kolumbianer dealen nur mit ihren eigenen Leuten.«

»Normalerweise trifft das auch zu. Aber nicht immer. Zufällig habe ich phantastische Kontakte mit gewissen einflußreichen Leuten, die südlich von unserer Grenze leben. Vor langer Zeit erwies ich einem dieser Kolumbianer einen sehr großen Gefallen, und ich gehöre gleichsam zur Familie. Deshalb stehe ich in Verbindung zu den größeren Dealern und kann erstklassiges Heroin kriegen, in unbegrenzter Quantität.«

»Und wozu brauchen Sie mich?« Buddy nahm Jacks Arm und führte ihn zum Haus. »Unglücklicherweise muß ich mich mit einem Konkurrenten herumschlagen, mit Pedro Salazar, den ich bereits erwähnt habe. Der Kerl besteht fast nur aus Muskeln, mit ein bißchen Hirn dazwischen. Aber er fällt mir auf die Nerven. So wie in jener Nacht.«

»Ah, ich verstehe. Falls Sie mich beauftragen wollen, ihn aus dem Weg zu räumen – das ist nicht mein Stil.«

»Nein, nein, das verlange ich ja gar nicht. In einer Woche erwarte ich eine größere Fracht. Und nun haben mir meine Jungs erzählt, daß Pedro mir zuvorkommen will – vielleicht schon unten an der mexikanischen Grenze. Deshalb engagiere ich mehrere Schläger und Leute, die was auf dem Kasten haben, um ihm die Suppe zu versalzen. Ein paar tüchtige Burschen habe ich schon beisammen. Aber die brauchen einen Anführer, der sie zu einer Einheit verschmilzt – jemanden, den Pedro respektieren wird. Ich weiß, was Sie zustande bringen, wenn die Kacke am Dampfen ist. Und Pedro weiß es mittlerweile auch. Wenn Sie auf meiner Seite stehen, wird er's sich zweimal überlegen, ehe er über uns herfällt. Das wär's also. Wie klingt das?«

»Wie Weihnachten. Aber da gibt's ein paar Probleme. Ich

kenne Mexiko nicht, und da unten kann ich nicht für Ihre Sicherheit garantieren.«

Grinsend wirbelte Wingate seinen sechsschüssigen Revolver um den Zeigefinger. »Mein Sohn, ich weiß Ihre Ehrlichkeit zu schätzen. Aber wer sagt denn, daß Sie in Mexiko arbeiten sollen? Nein, Sir, ich hab' mir eine einzigartige Methode einfallen lassen, um das Zeug in die Vereinigten Staaten zu transportieren. Und ich hab' Leute auf meiner Seite – die ich fürstlich entlohne, damit sie auch wirklich auf meiner Seite bleiben – sowohl hier als auch in Mexiko. Da unten ist Salazar eine Null, das weiß er sehr gut. Deshalb wird er uns auf dieser Seite der Grenze angreifen, wenn wir das Zeug schon rübergebracht haben. Und Sie müssen nichts weiter tun als aufzupassen, damit nichts schiefgeht.«

»Also schicken Sie mich gar nicht nach Mexiko?«

»Dafür gibt's keinen Grund. Es sei denn, Sie wollen sich umsehen und feststellen, wie der ganze Deal läuft. Danach warten Sie in einem hübschen Hotel, genehmigen sich ein paar Margaritas, liegen am Swimmingpool und haben mehr achtzehnjährige Muschis an der Angel als Bon Jovi. Klingt das verlockend?«

»O ja, aber haben Sie nicht was Wichtiges vergessen?« fragte Jack, während sie das Haus betraten.

»Oh, großer Gott!« rief Buddy lachend. »Ich wußte es ja. Daran würden Sie mich erinnern. Nun, ich will's mal so ausdrücken. Sie treffen meine Jungs, behalten alle, die Ihnen gefallen, die anderen feuern Sie. Dann erklären Sie den Leuten, wo sie Stellung beziehen müssen. Nächste Woche fliegen wir nach Süden. Sie hängen da rum, Jack, organisieren alles, und drei Tage später kassieren Sie zweihunderttausend Dollar. Wie hört sich das an?«

Eiskalt starrte Jack in Buddys Augen. »Hunderttausend Dollar zuwenig.«

»Verdammt, gibt's denn in dieser Welt keine bescheidenen

Leute mehr? Ich biete Ihnen ein Vermögen an, das Sie noch nie in Ihrem beschissenen Leben gesehen haben, und Sie verlangen hundert Riesen mehr?«

»Wahrscheinlich liegt's an meinem schlechten Charakter.«

»Zweihundertfünfzigtausend. Das sind zwei Prozent vom ganzen Deal. Und wenn's klappt, kriegen Sie weitere Aufträge. Irgendwie mag ich Sie, mein Junge, wenn ich auch nicht weiß, warum.«

»Weil Sie wissen, daß ich's schaffe.«

»Ja, damit hängt's auch zusammen.« Buddy drückte Jacks Arm. »Und womit sonst noch? Die menschliche Seele steckt voller Geheimnisse. Manche Leute mag man, andere möchte man am liebsten tot umfallen sehen. Sicher hat's was mit Molekülen und Genen zu tun. Und mit unserem Geruchssinn. Okay, ich gebe Ihnen dreihunderttausend, weil Sie sicher schlau genug sind,um das Geld in eins meiner Projekte zu investieren. Vielleicht in einen Film. Mit der Kohle, die mir diese Deals einbringen, werde ich mein Regiedebüt finanzieren. Da finde ich sicher eine Hauptrolle für einen Kerl Ihres Kalibers.«

»Eine merkwürdige Besetzungscouch, was, Buddy?«

»So ein kleingläubiger Junge! Lassen Sie sich mal was erklären. Zwischen mir und Salazar – und all den anderen großspurigen Bastarden, die ins lukrative Schmuggelgeschäft einsteigen wollen, besteht ein himmelhoher Unterschied. Bei mir bleibt alles in der Familie. Ich sorge für meine Leute, und sie sorgen für mich.« Väterlich tätschelte Buddy Jacks Wange. »Sie sind ein hartgesottener Bursche. Aber ich kriege Sie schon noch weich. Letzten Endes können Sie dem alten Buddy nicht widerstehen, weil er's nur gut mit Ihnen meint. Und jetzt fahren Sie los. Ich muß noch ein paar Faxe wegschicken. Bald reisen wir ab. Ich habe Ihre Nummer. Morgen rufe ich Sie an. Sie müssen Ihre Kumpels kennenlernen. O ja, das wird ein phantastisches Barbecue. Passen Sie gut auf sich auf, mein Junge. Freut mich, daß Sie bei mir einsteigen.« Er zwinkerte Jack zu, dann verschwand er im Haus. Seine Sporen klirrten in der heißen Valley-Luft.

Über Jacks Arme kroch eine Gänsehaut, als er ihm nachschaute. Buddy Wingate war ein Reptil, und Jack konnte es kaum erwarten, ihn aus dem Verkehr zu ziehen.

12

Also, ich finde diese Operation völlig verrückt.« Ted Michaels schüttelte entschieden den Kopf und erinnerte Jack an einen Grundschuldirektor.

Jack schaute C. J. an, der frustriert seufzte und an seinem goldenen Zahnstocher saugte.

Schon seit zwei Stunden saß Jack im DEA-Konferenzraum und hörte dem Assistenzdirektor zu. Jetzt ertrug er es nicht länger. »Was für Probleme haben Sie denn, Michaels?«

Michaels musterte ihn, als würde er ein ekliges Insekt studieren. »Die habe ich doch aufgezählt, oder? Wenn Sie in Mexiko Ärger kriegen, können wir Sie nicht schützen. Es sei denn, Sie tragen ein zehn Pfund schweres SAT-Track-Gerät bei sich. Und das wäre unpraktisch, nicht wahr?«

»Allerdings. Übrigens, Ihr herablassender Ton mißfällt mir.«

Der normalerweise gelassene Pfeifenraucher Brandau kniff die Augen zusammen und starrte Michaels an. »Ted, ich glaube, Jack hat ausgezeichnete Arbeit geleistet. Um Himmels willen, Buddy Wingate überreicht uns diesen Deal auf einem Präsentierteller. Er sagte sogar, Jack müßte nicht nach Mexiko fliegen, weil er dort überflüssig wäre.«

»Das weiß ich, Richard. Und ich weiß auch, wie oft solche Drogendeals schieflaufen. Wir können nicht für Walkers Sicherheit garantieren. Nicht einmal in diesem Land.«

»Warum nicht?« fragte Brandau und griff nach der Twinkie-Flasche, die neben seinem Notizbuch lag.

»Erstens haben wir keine Ahnung, wo der Deal abgewickelt werden soll. In San Diego, Arizona oder El Paso? Wingate hat nur erwähnt, es würde bei der Grenze passieren. Und wir können Walker nicht orten.«

»Und wenn ich eine Mini-Alarmanlage bei mir trage?« schlug Jack vor. »Ich würde den Auslöser in die Tasche stecken und den Draht durchs Hosenbein schieben.«

»Unmöglich«, protestierte Michaels. »Um so was zu arrangieren, würden wir mehrere Tage brauchen. Und Sie müßten eine Woche lang mit diesem Ding rumlaufen. Das klappt nicht.«

Zampas strich mit sämtlichen Fingern durch sein dichtes Haar. »Dieser Meinung bin ich auch, Jack. Die Alarmanlage ist okay, wenn die Action nur einen Tag dauert. Aber wir können dir nicht erlauben, das Gerät für eine ganze Woche in die Tasche zu stecken.«

Ungeduldig schnippte Valle mit den Fingern, stand auf und begann umherzuwandern. Er sieht aus, als würde er jeden Moment aus der Haut fahren, dachte Jack. Was immer ihn gequält hat, das Problem ist nach wie vor ungelöst.

»Die Idee mit der Alarmanlage ist saublöd«, meinte Valle und schob einen frischen Kaugummi in den Mund.

Nun entstand eine Gesprächspause, und Jack geriet allmählich in Wut. »Hören Sie, es funktioniert folgendermaßen. Ich werde mich irgendwo auf dieser Seite der Grenze rumtreiben. Wo genau, weiß ich nicht. Aber das ist unwichtig. Mindestens zwei Tage bevor die Fracht eintrifft, wird Buddy mir Bescheid geben. Also können wir das Gebiet absichern.«

»Falsch!« entgegnete Michaels. »Salazar macht ihm Sorgen. Warum sollte er irgend jemanden informieren, bevor's losgeht? Er muß das Risiko möglichst gering halten, falls sich ein Spion in seine Gang eingeschlichen hat. Sobald Sie's wissen, wird er Sie beobachten lassen, Walker. Also müssen Sie einen Schatten abschütteln, ehe Sie uns anrufen. Und so was ist verdammt gefährlich.«

»Das schaff' ich schon. Bedenken Sie, ich habe ihm das Leben gerettet. Er vertraut mir.«

»Moment mal, Walker! Wir dürfen die Agency nicht ans Messer liefern ...«

Jetzt stand Brandau auf und wandte sich zu Michaels. »Ted, seien wir doch mal ehrlich. Wir verdanken Jack eine phantastische Chance. Er ist unsere Trumpfkarte.«

»Was für ein Quatsch hier verzapft wird!« murrte Valle, der am Fensterbrett lehnte und seinen Kaugummi aufblies. Dann schüttelte er den Kopf und musterte Michaels.

»Wenn Sie was Wesentliches zu sagen haben, Bob, dann sagen Sie's einfach. Aber ersparen Sie mir diesen High-School-Blick.«

»High School? Sie arroganter ...« Valle ging zu Michaels, aber Zampas sprang dazwischen.

»Hört auf mit diesem Scheiß! Alle beide!«

Michaels starrte ihn erbost an, und Jack spürte die Feindseligkeit, die in der Luft hing. Es war höchste Zeit für den Siegestreffer. »Klar, Ted, Sie finden die ganze Operation verrückt. Aber ich versichere Ihnen und allen anderen, daß ich weiß, was ich tue. Ich habe alles unter Kontrolle, und ich gehe kein Risiko ein. Sobald ich die Einzelheiten kenne, rufe ich Sie an, und ich werde mich bemühen, Sie möglichst bald zu informieren.«

In der tiefen Stille, die den Raum erfüllte, hörte er Brandau erleichtert seufzen. Es war eine gute, überzeugende Erklärung gewesen.

Zufrieden trat C. J. gegen Jacks Schienbein und zwinkerte ihm zu. Brandau nickte und wischte ein paar Tropfen Twinkie aus seinem Mundwinkel. »Also, ich würde sagen, legen wir los und machen wir die Bastarde zur Schnecke.«

»Genau«, stimmte Valle zu.

»Okay«, sagte Zampas leise.

Michaels schwieg, den Kopf gesenkt, und Jack lächelte den anderen zu, die vom Tisch aufstanden.

Ehe der Assistenzdirektor den Raum verließ, warf er ihm einen seltsamen Blick zu. Jack erwartete Zorn oder Neid. Aber Michaels schaute drein, als würde er ihn bemitleiden. Dann verschwand er im Flur.

Als C. J. hinausging, gesellte sich Jack zu ihm. »Was, zum Teufel, ist nur los mit Michaels? Irgendwie ist er mir unheimlich, und ich habe fast das Gefühl, er will nicht, daß ich Wingate schnappe.«

»Unser raffinierter Ted treibt immer seine eigenen kleinen Spiele«, erwiderte Calvin. »Aber es kommt letztlich nur auf den Sieg an, und du wirst gewinnen.«

»Das nehme ich doch an.« Aber Jack dachte an Michaels' Blick, und plötzlich fröstelte er.

»He, zum Teufel mit Ted!« rief C. J. »Komm doch heute abend zu mir. Lucille und Demetrius sind verreist, und ich hasse es, allein zu essen.«

»Nichts täte ich lieber, Partner. Aber ich muß neben dem Telefon warten. Mein neuer Busenfreund wird sich melden.« Langsam nickte C. J., und Jack merkte, wie erschöpft sein Freund aussah. »Was ist los mit dir?«

»Vorhin hab' ich dich angeschwindelt. Lucille ist nicht nur verreist, sondern nach Detroit zurückgekehrt, mit dem kleinen D. Für immer.«

»Scheiße. Mann, das tut mir leid. Aber sie wird wiederkommen.«

Seufzend verdrehte C. J. die Augen. »Weißt du, Jackie, manchmal vergesse ich, wie jung du noch bist.«

»Was meinst du?«

»Deine Schuld ist es nicht. In deinem Alter fällt's einem leicht, romantische Gefühle zu entwickeln. Der alte C. J. und Lucille gehen miteinander durch dick und dünn – dieser ganze Quark.«

»So war's doch immer.«

»Ja, so *war's*. Und genau das ist der springende Punkt.«

»Verkauf mir doch keinen Blödsinn!«

C. J. packte Jacks Arm. »Nichts für ungut, aber du mußt bedenken, wie eine Frau dich sieht, wenn du ein junger, vielversprechender, hoffnungsvoller Mann bist. Alles in Butter ... Und eines Tages wacht sie auf. Sie merkt, daß das Haus zusammenfällt und der Junge nicht zur Schule gehen kann, ohne miesen Crackdealern über den Weg zu laufen. Schließlich sagt sie: ›Baby, ich hab' aufs falsche Pferd gesetzt.‹ Sie will nur noch weg, ein neues Leben anfangen, bevor irgendein Gangster mit einer MAC-10 auf die Veranda springt.«

»Unsinn, ich kenne Lucille. Sie ist nur ein bißchen durchgedreht. Bald wird sie zur Vernunft kommen, da drüben in Detroit. Dann wird sie sich fragen, wo dein Wackelarsch grade steckt, hier anrufen und dich bitten, ihr sofort ein Busticket zu schicken.«

Müde schüttelte C. J. den Kopf. »Da irrst du dich. Ich will dir erklären, wie ernst es ist. Normalerweise kreischt sie wie verrückt. Aber diesmal hat sie mich nicht angeschrien. Sie sagte nur, sie würde mit dem keinen D. ihre Mutter besuchen. Dann rief sie an und verkündete ganz ruhig, sie würde in Detroit bleiben und hätte schon einen Anwalt engagiert.«

Seine Stimme drohte zu brechen. Und Jack fragte sich bestürzt, ob sein Freund weinen würde. Dieser Gedanke war ihm peinlich, und er fand keine Worte.

Nach einer Weile brach C. J. das drückende Schweigen. »Hör mal, Mann, das ist schon okay. Ich weiß, du mußt auf Wingates Anruf warten. Wahrscheinlich hab' ich's dir nur erzählt, um mich zu entschuldigen, weil ich dir in letzter Zeit dauernd auf den Geist gegangen bin.«

»Halb so wild. Wenn ich zurückkomme, unternehmen wir was. Wir gehen in Baja angeln. Vielleicht ein verlängertes Wochenende ...«

»Wird gemacht, Partner.« C. J. brachte ein Lächeln zustande, und Jack legte einen Arm um die breiten Schultern seines Freundes. Natürlich genügte das nicht, aber mehr konnte er im Augenblick nicht tun.

13

In der düsteren Atmosphäre des holzgetäfelten Union-Pacific-Railroad-Car-Restaurants saß ein schlanker, etwa fünfunddreißigjähriger Schwarzer am einen Ende des Raums und George Zampas, Chef der West Coast Agency, mit seiner Frau Ronni am anderen. Der Schwarze war kein Geschäftsmann, der sich auf dem Heimweg einen Drink genehmigte. Statt dessen beschattete er den Direktor der Agency und dessen Frau, die schräg hinter ihm in einer ledergepolsterten Nische saßen. Er sah die beiden im Spiegel an der gegenüberliegenden Wand. Wenn sie gingen, würde er Ronni Zampas folgen. In der Zwischenzeit gab er vor, die Börsennotierungen im *Wall Street Journal* zu studieren.

Zampas trank seinen dritten Jack Daniel's, und Ronni, seit vierundzwanzig Jahren seine Ehefrau, schüttelte den Kopf. »Wie viele Drinks sind's denn schon, George?« fragte sie mißgelaunt.

»Zwei«, log er. Den ersten hatte er vor ihrer Ankunft an der Bar genommen.

»Was für ein Lügner du geworden bist! Ich weiß, du hast Probleme im Büro. Aber warum sagst du mir nicht ausnahmsweise mal die Wahrheit?«

Der große Grieche starrte sie durch einen Whiskeyschleier an. »Wieso glaubst du, ich würde dich belügen, Ronni?«

Da lachte sie gequält. »Wie lange sind wir schon verheiratet?«

»Vierundzwanzig Jahre.«

Seufzend griff sie nach ihrem Gin Tonic. »Darf ich dich mal was fragen, George? Wann hast du aufgehört, mich zu lieben?«

»Großer Gott, Ronni!«

»Ich möchte nicht jammern, ich will's nur wissen. War's letztes Jahr? Eine Zeitlang hab' ich's geglaubt. Ich dachte sogar, ich wüßte das genaue Datum. Der 23. Dezember. Unser großer Weihnachtskrach. Da war ich mir sicher. George Zampas' dramatischer Abgang ...«

»Laß den Unsinn!« unterbrach er sie und überlegte, ob sie sich auch schon ein paar Drinks gegönnt hatte, bevor sie aus dem Haus gegangen war.

Sie winkte dem jungen Kellner, der prompt zum Tisch kam. »Noch einen Gin – einen doppelten.«

»Ronni, sicher willst du nicht ...«

»Wie kannst du wissen, was ich will?« konterte sie und schaute den Kellner an. »Bringen Sie mir einen Doppelten.«

»Ja, Ma'am.«

Zwei Tränen rollten über ihr Gesicht, und Zampas' Magen krampfte sich zusammen. »Sag mir's endlich, George. Du bumst mit Jane Hawkins, nicht wahr?«

»Um Himmels willen, nein! Tut mit leid, wenn ich dich in letzter Zeit vernachlässigt habe. Aber es gab soviel zu tun. Das soll natürlich keine Entschuldigung sein. Ich weiß, ich hätte mich mehr um dich kümmern müssen, und ich war mit meinen Gedanken ganz woanders.«

»Woanders?« Sie lächelte bitter. »Auf dem Mars? Und wenn die Sache so verdammt wichtig ist, warum kannst du mir nichts davon erzählen?«

»Weil's streng geheim ist.«

»Ich wette, *ihr* erzählst du alles – und ebenso alles über deine eklige, verständnislose Frau. So stellen's die Männer doch immer hin. Der Drachen, den sie daheim am Hals haben, der immer nur einkaufen geht und Tennis spielt ... Oder bist du der subtilere Typ, George? Vielleicht erklärst du ihr, du würdest deine Frau immer noch wundervoll finden, aber nach so langer Zeit sei die Leidenschaft erloschen. Ja, das wäre eher dein Stil. Und dabei streichelst du ihre hübschen, straffen fünfundzwanzigjährigen Schenkel.« Nun klang ihre Stimme laut und schrill. Er sah sich im Lokal um und merkte, daß mehrere Leute ihn anstarrten. »Bist du verlegen, George?«

»Allerdings. Fühlst du dich jetzt besser?«

»Leider liebe dich noch immer. Ist das nicht ein Witz? Ich sollte mir einen gerissenen Anwalt nehmen, aber das will ich nicht. Deshalb mache ich mich wahrscheinlich auch noch mitschuldig.«

»Bitte, Ronni, hör auf.«

»Ich glaube, dies wäre der Augenblick, wo ich dir den Drink ins Gesicht schütten müßte.« Statt dessen schob sie ihr Glas zu ihm hinüber. »Bestell dir noch was, George. Oder noch besser – heb dir den Whiskey für Jane auf. Aber vermutlich mag sie keinen Alkohol. Das tun diese perfekten jungen Leute nicht mehr. Sie rauchen nicht, sie saufen nicht, sie essen kein Fleisch. Was macht ihr denn, wenn ihr im Motel seid? Eßt ihr zusammen Tofu? Ach, zur Hölle mit euch beiden!« Sie stand auf und ging hinaus, gefolgt von dem Schwarzen, der das *Wall Street Journal* unter seinen Arm klemmte.

Während Zampas seiner Frau nachschaute, begann es hinter seiner Stirn schmerzhaft zu pochen. Rückte das Ende immer näher? Wie weh das tat – als hätte jemand einen Spaten in seine Eingeweide gestoßen ...

Er schloß die Augen, dachte an einen leuchtendweißen Strand, vielleicht auf Kauai, eine kristallblaue Lagune. Sehnsüchtig nippte er an seinem Drink. So was konnte sich ein ehrlicher Cop nicht leisten.

14

Jack saß neben Wingate im schwarzen Mercedes 350 SL. Sie fuhren den Victory Boulevard hinab, vorbei an leeren Fabriken und ein paar übergewichtigen Nutten. Dann bogen sie nach rechts und hielten neben einem Wächterhäuschen. Ein großer Farbiger in einer Kluft, die einer SA-Uniform glich, steckte den Kopf durchs Autofenster. »Wie geht's, Mr. Wingate?«

»Bestens, Billy. Und Sie sehen auch gut aus, mein Sohn. Sind die Jungs schon da?«

»Ich glaube, sie sitzen alle da drin, Sir.«

»Wunderbar!« Wingate zwinkerte ihm zu, als wären sie zwei Hobbyangler, die sich zufällig getroffen hatten, und fuhr weiter. »Eigentlich müßte sich der Bursche mal waschen. Der riecht wie aufgewärmte Scheiße.« Er folgte einer schmale Gasse, stoppte vor einem schäbigen Gebäude – einem ehemaligen Flugzeughangar – und ließ die Bremsen geradezu pubertär kreischen.

Nachdem Jack ausgestiegen war, musterte er die vier Männer, die aus dem Hangar kamen, und erschauerte. Der erste war Tommy »Chuey« Escondero, ein kolumbianischer Schlägertyp, bekannt für sein neurotisches Temperament und seinen grenzenlosen Sadismus.

Nur zu gut erinnerte sich Jack an einen geheimen Informanten namens Paco Lewis, dessen Tarnung vor drei Jahren in Bogota aufgeflogen war. Ein Bauer behauptete, Chuey habe Lewis an einen Baum gefesselt, die Gliedmaßen seines Opfers ganz langsam durchsägt und Pacos Schmerzensschreie nachgeäfft. Aber man hatte den Fall ad acta gelegt, weil der Zeuge drei Tage vor dem Beginn der Gerichtsverhandlung aus der Schutzhaft verschwunden war.

Hinter Escondero erschien ein anderer Mann, den Jack von

den DEA-Akten her kannte – Loco Larry Altierez, ein kleiner, dicker Mann. Sein langer Schnurrbart hing traurig herab. Schon mehrmals war er Esconderos Partner gewesen, und er konnte ausgezeichnet mit seinem Messer umgehen. Die Kunst, Kehlen aufzuschlitzen, zählte zu seinen Spezialitäten.

Die beiden anderen hatte Jack noch nie gesehen.

»Also, Jungs«, begann Wingate, »das ist der neue Anführer, den ich euch versprochen habe. Nichts gegen eure Fähigkeiten – aber dieser Job ist ziemlich stressig, und wir brauchen frisches Blut an der Spitze – einen Mann, der euch alle bei der Stange hält. Jack McKenna ist ein alter Freund aus dem Osten, ein Meisterschütze. Hört auf ihn ... Natürlich erwarte ich keine echten Probleme bei dieser kleinen Operation, aber in der Drogenszene, die voller Überraschungen steckt, kann man nie wissen. Schon gar nicht, wenn unser lieber Pedro Salazar mitmischt.«

Die Männer sagten nichts, schauten Jack nur an, als erwarteten sie, der General würde das Wort an seine Truppe richten. Aber er schwieg, und Wingate war immer noch am Ball.

»Nun, dann will ich Ihnen die Jungs mal vorstellen, Jack. Das ist Cutty Marbella, ein AK-47-Experte. Mit diesem Sturmgeschütz hat er im Nahen Osten gute Arbeit geleistet.«

Marbella, ein dünner Bursche mit eingefallenen Wangen und einer Narbe über dem rechten Auge, nickte Jack zu. Von diesem Mann ging eine geradezu unheimliche Ruhe aus. Ein Jäger, der drei Stunden lang in einem Versteck lauern konnte, bis das Wild in sein Visier geriet – oder der Politiker, dem das Attentat galt ...

»Und dieser nette Gentleman ist Joe Cerrado, eine vielseitig begabte Fachkraft ...«

Jack wollte ihn ebenso wortlos zur Kenntnis nehmen wie die anderen. Aber der große Mann mit dem breiten braunen Gesicht trat eifrig vor. »Buddy, wir brauchen keinen neuen – Anführer.«

»Heute morgen hab' ich's Ihnen doch am Telefon erklärt, José. Ich dachte, wir wären uns einig. Natürlich zweifle ich nicht an Ihren Talenten ...«

»Verzeihen Sie, Buddy, aber Sie verletzen meinen Stolz. Ich habe Ihre Wünsche immer erfüllt ...«

»Abgesehen von der Sicherheit, die Sie mir nicht bieten wollten. An jenem Wochenende haben Sie sich geweigert, mich nach Tahoe zu begleiten, und behauptet, ich würde keinen Schutz brauchen. Nur gut, daß ich Jack eingeladen habe! Sonst hätte ich schon ausgeschissen.«

»Ich laß' mich nicht degradieren. Außerdem glaub' ich nicht, daß dieser Gringo Manns genug ist, um meinen Job zu übernehmen.« Cerrado zog ein Messer mit Perlmuttgriff aus der Innentasche seiner Lederjacke und ließ eine funkelnde, fünfzehn Zentimeter lange Klinge herausschnappen.

»Regen Sie sich doch ab!« rief Buddy.

»He, Mann, passen Sie bloß auf mit diesem Ding!« warnte Jack, und Buddy beobachtete schockiert, wie sein neuer Anführer zurückwich.

»Verstehen Sie jetzt, was ich meine, Buddy?« Triumphierend ging Cerrado auf Jack zu. »Dieser elende Feigling! Kommen Sie her, *amigo*! Da hab' ich was für Sie!«

Jack trat noch einen Schritt zurück und kehrte ihm den Rükken.

»Schaut ihn doch an!« höhnte Cerrado. »Ein Waschweib! Gleich wird er auf die Knie fallen und um Gnade flehen.«

Ungläubig riß Wingate die Augen auf. »Jack, Sie Hurensohn!«

Die anderen drei Männer begannen nervös zu lachen, und Escondero fragte: »Willst du ihn aufschlitzen, Joe?«

»Jetzt sind Sie dran, Sie Memme!« drohte Cerrado und sprang vor.

Aber Jack drehte sich plötzlich um und warf ihm etwas entgegen – so schnell, daß niemand sehen konnte, was es war. »Fangen Sie mal!«

Mit einer Reflexbewegung griff Cerrado nach dem Gegenstand, schrie auf und warf ihn zu Boden. Dann schaute er hinab, um festzustellen, was ihn verbrannt hatte. Offensichtlich war er hereingelegt worden. Ein Stahlfeuerzeug mit flackerndem Flämmchen.

Dafür würde der feige Gringo zahlen müssen. Doch das war Cerrados letzter Gedanke. Ehe er etwas unternehmen konnte, trat Jack vor und rammte ihm ein Knie zwischen die Beine. Stöhnend ließ Cerrado das Messer fallen, krümmte sich zusammen, und als Jacks Knie wieder emporzuckte, zerbrach es die Nase seines Widersachers.

Wie ein Baum stürzte Cerrado zu Boden, und Jack bückte sich lässig, um sein Feuerzeug und das Messer aufzuheben. Erst drückte er auf den kleinen Hebel, so daß die Klinge in den Griff zurückglitt, dann ließ er das Feuerzeug zuschnappen. »Ein hübsches Messer. Das werde ich meiner Sammlung einverleiben.« Er schaute die anderen an. »Schafft euren Freund weg und sagt ihm, wenn ich ihn noch mal sehe, schneide ich ihm mit seinem eigenen Messer das Herz aus der Brust und verfüttere es an meinen Hund. *Comprende*?«

Schweigend nickten Escondero und Altierez und gingen zu ihrem reglosen Kameraden.

»Großer Gott, mein Junge!« rief Wingate. »Sie verblüffen mich immer wieder. Aber nun muß ich noch jemanden engagieren.«

»Nicht nötig«, entgegnete Jack. »Diese nette kleine Schar genügt mir vollkommen. Wenn Sie mir den Mann vorgestellt haben, den ich noch nicht kenne, machen wir uns an die Arbeit. Ich möchte diesen schönen Morgen nicht nur mit Arschlöchern verschwenden.«

*

Lächelnd fuhr Jack um eine Haarnadelkurve in den Hollywood Hills. Dona Rosa, Dona Pegita – angesichts der Straßennamen könnte man meinen, man wäre in ein spanisches Phantasieland geraten. Aber in Wirklichkeit sahen die Häuser wie Immobilienbüros oder übertrieben dekorierte Wendys aus.

Er nahm an, Buddy Wingate würde ein eher geschmackloses Gemäuer bewohnen. Doch hinter der letzten Kurve der Rosa-Flora-Straße erwartete ihn ein Anwesen, wie man es sogar in Los Angeles nur selten sah. Beim Anblick des goldgelben, mit Kakteen bewachsenen Hangs begannen Jacks Nerven zu flattern. Obwohl er in Kalifornien aufgewachsen war, hatte er sich noch immer nicht an die fremdartige Atmosphäre dieses Landes gewöhnt.

Eigentlich ist Los Angeles nicht für menschliche Geschöpfe bestimmt, dachte er, während er in Buddy Wingates kreisrunde Zufahrt bog. Eine gottverdammte Wüste. Und hätte Mulholland nicht das Wasser aus dem Sacramento Valley gestohlen, würde es immer noch den Coyoten gehören.

»He, Partner! Freut mich, daß Sie zum Dinner kommen!«

Verwirrt blickte Jack auf. Wingate trat aus einer gigantischen spanischen Holztür mit massivem Riegel und ging an einem Brunnen vorbei, wo ein steinerner Knabe mit dem Unterleib eines blauen Delphins Wasser spie. Auch Buddy war blau gekleidet. Zu seinem Jogginganzug trug er brandneue Dreihundert-Dollar-Turnschuhe. »Gefällt Ihnen mein Hügel? Aber das ist erst die Ouvertüre. Die komplette Symphonie finden Sie im Haus – und dahinter. Mögen Sie Kakteen?«

»Über diesen Pflanzen liegt ein Fluch.«

Sie gingen durch die spanische Tür, und Jack sah überdimensionale mexikanische Sofas, Leder und dunkles Holz, einen Couchtisch mit Lederplatte. Aber die *pièce de résitance* war ein hoher Eukalyptusbaum, der in der Mitte des Wohnzimmers wuchs und das Glasdach durchbrach. Darüber stieg der Mond auf.

»Was halten Sie von meinem Freund?« fragte Wingate und schnüffelte. »Ich nenne ihn Freddie. Tag und Nacht verbreitet er süßen kalifornischen Duft.«

Diese Protzerei beeindruckte Jack tatsächlich. Und sie würde ihn noch mehr begeistern, wenn er Buddy in eine dreimal anderthalb Meter große Zelle steckte, wo es Tag und Nacht nach Pisse und Scheiße roch.

Sie durchquerten ein riesiges Eßzimmer. Am zwölf Meter langen Tisch saß ein ausgestopfter Bär im Smoking. »Auch das war meine Idee«, erklärte Buddy. »Ich hasse es, einen leeren Raum zu betreten. Wissen Sie, was ich meine?«

Durch eine weitere breite Tür gelangten sie auf eine Veranda, die in der Luft zu schweben schien. Buddy drückte auf einen Schalter, grelle Scheinwerfer beleuchteten den Garten, und Jack sah ein paar hundert Kakteen in allen Varianten, in allen phantasmagorischen Formen. Nachtgespenster mit stacheligen Gesichtern ...

»Kommen Sie, mein Sohn!« Buddy stieg eine hölzerne Wendeltreppe hinab. »Die ganze Wirkung dieser Gewächse spürt man erst, wenn man zwischen ihnen hindurchgeht.«

Während Jack seinem Gastgeber über einen schmalen Weg folgte, streiften ihn Kaktusblüten. Zu seinen Füßen wuchsen winzige, pelzartige Pflänzchen, monströse Säulenkakteen ragten hoch empor. Wingates Stimme erinnerte ihn an den hysterischen Sprecher einer naturwissenschaftlichen Rundfunksendung für geisteskranke Verbrecher.

»Und das da ist einer meiner Lieblinge!« verkündete Buddy und zeigte auf eine Pflanze, die von der Venus zu stammen schien. »Ein schwarzes Aeonium. Wild und wundervoll. Schauen Sie doch, wie dieser freche Kerl Sie anspringt! Wie arrogant er ist! Und diese herrlichen Stacheln! Ein mutierendes Wesen. So was Ähnliches wie ein Krebsgeschwür. Verstehen Sie, was ich meine? Manche dieser Pflanzen mutieren je nach Wetterlage – oder wenn man ihnen Schaden zufügt. Falls sie von irgendeinem Tier angefressen werden, wachsen sofort neue Stacheln, und die spießen den Bastard auf. Manche verströmen sogar den Geruch von gekochtem Kohl, um die kleinen Biester abzuschrecken.«

Sie gingen noch tiefer in den Garten hinein, und Jack erschauerte, als er den Kopf hob und einen Kaktus herabhängen sah, der einem Ungeheuer mit gefletschten Zähnen glich.

»Großartig, was?« Wingate blieb stehen und lächelte ihn an.

»Ich komme mir vor wie auf der Venus.«

»Genau. Das ist es. Diese Kakteen sind unvergleichlich – zählebige, widerstandsfähige Originale.«

»Ein schlechter Gastgeber, der einen Mann in sein Haus einlädt und ihm nicht mal einen Drink serviert!« rief eine Stimme hinter ihnen, und Jack drehte sich zu Charlotte Rae um. Ein Keramiktablett mit Margaritas in den Händen, stand sie auf dem Weg, in engen Levi's und einem violetten T-Shirt, das sich an ihren Körper schmiegte. Dazu trug sie Sandalen mit hohen Plateausohlen, und das blonde Haar war im Veronica-Lake-Stil frisiert. Über das linke Auge fiel eine glänzende Locke. Sie ging zu den beiden Männern, und jeder nahm sich einen Drink. »Willkommen im Garten des Grauens«, sagte sie lächelnd.

»Verdammt, Darling, Jack weiß die Kakteen genauso zu schätzen wie ich«, protestierte Wingate. »Blumen sind klein und ungefährlich und berechenbar – sie blühen, sehen hübsch aus, dann verwelken sie. Aber die Kakteen sind groß und böse – die National Football League des Pflanzenlebens.«

»Also eindeutig empfehlenswert.« Charlotte Rae stellte das Tablett mit den leeren Gläsern auf den Rand eines umfangreichen Blumentopfs, der einen Kaktus mit zwanzig Zentimeter langen Nadeln beherbergte. Plötzlich schnüffelte sie. »Ich glaube, ich rieche verbranntes Fleisch.«

»Zum Teufel!« fluchte Buddy. »Gleich bin ich wieder da. Kümmere dich um ihn, Schätzchen, ja?« Er rannte über das Kopfsteinpflaster des schmalen Wegs zurück, und sobald er aus dem Blickfeld verschwunden war, griff Charlotte Rae nach Jacks Hand und führte ihn zum Ende des Gartens. Dort stand ein Brunnen aus bunten Fliesen.

»Hübsch«, meinte Jack, aber er schaute nicht ins Wasser.

Als Charlotte Rae seinen Arm berührte, glaubte er, einen Stromschlag zu spüren. »Jack, ich muß dir was sagen. Jene Nacht darf sich nicht wiederholen. Aber es tut mir nicht leid.«

»Mir schon.« Er wollte sie an sich ziehen, aber sie schob ihn weg.

»Das dürfen wir nicht. Du weißt nicht, wozu Buddy fähig ist.«

»Oh, ich kann's mir sehr gut vorstellen.«

»Er mag dich wirklich«, erklärte sie und setzte sich auf den Brunnenrand. »Und so was kommt nur selten vor. Wenn er jemals herausfände, daß wir ihn betrogen haben ...«

»Was würde er dann tun? Würde er dich grün und blau schlagen?«

»Vielleicht hätte ich's verdient«, erwiderte sie und senkte den Blick.

Behutsam hob er ihr Kinn. »Nun spricht das Mädchen aus dem Waisenhaus. Was immer ich kriege, ich hab's verdient, weil ich ein Nichts bin.«

»Nein, ich mein's ernst. Manchmal benehme ich mich einfach schrecklich. Ich fordere ihn geradezu heraus, mich zu verprügeln. Und ich bin es nicht wert, was er mir alles bietet.« Plötzlich begann sie zu weinen.

Er setzte sich zu ihr. »Wahrscheinlich verdienst du was viel Besseres.«

Da schlang sie ihre Arme um seinen Hals, er spürte ihre vollen Brüste, roch ihren Duft. »O Gott, es war einfach wunderbar mit dir!« flüsterte sie. »Vorher hatte ich so lange nichts mehr gefühlt ... Jack, Jack ...«

Leidenschaftlich erwiderte er ihren Kuß, genoß ihre weichen Lippen, ihre Zunge in seinem Mund. Sie nahm seine Hand, schob sie unter ihr T-Shirt, und er strich über eine harte Brustwarze.

»Hör auf, Jack, das ist nicht richtig.« Entschlossen stieß sie ihn weg, und obwohl er sich nach ihr sehnte, war er froh. Denn er wußte nicht, ob er die Kraft aufbringen würde, sich zu beherrschen. »Gehen wir zum Haus«, schlug sie vor, nachdem sie ihre Fassung wiedergewonnen hatte.

»Klar«, stimmte er zu, und sie wanderten zwischen den gespenstischen Kakteen dahin. »Dinner für drei.«

Sie blieb stehen und schaute ihn an. »Sosehr ich mich auch bemühe – ich kann dich nicht vergessen. Gott helfe mir.«

»Ja, das verstehe ich«, sagte er leise und fragte sich, ob er jetzt Theater spielte oder nicht.

Da nahm er ihre Hand, und sie gingen durch den Kaktusgarten zum Haus. In seiner Handfläche spürte er Charlotte Raes Puls, sah die glänzenden Stacheln der Pflanzen, die ihm so seltsam und außerirdisch erschienen, und bekämpfte die Panik in seinem Herzen.

15

Jack parkte den Mustang in der Tiefgarage, die zwei Häuserblocks vom Château des Roses entfernt lag, stieg aus und versperrte die Autotür.

Seit zwei Wochen funktionierte der Lift nicht mehr, und so durchquerte er das düstere Gebäude, lauschte den Wassertropfen, die aus irgendeinem undichten Rohr stammten. Er dachte an Buddy Wingates Anwesen in den Hollywood Hills, und es kam ihm vor, als wäre die ganze verdammte Stadt ein Kaktusgarten. Irgendwann würde ein großes Erdbeben alles zerstören, und die Kakteen würden die Wüste zurückerobern. Das konnte er sich gut vorstellen – trotzige Stacheln, die aus den Ruinen der ausgebrannten Bürogebäude ragten. Auf den Straßen lagen tote Bürger in Gucci-Kleidern, während die ersten Keime der unverwüstlichen

Pflanzen aus dem rattengrauen Beton des Hollywood Boulevards wuchsen.

Unbehaglich schüttelte er den Kopf und bemühte sich, die Phantasiebilder zu verscheuchen. Diesen Zustand mußte er überwinden. Nur die übliche Nervosität, kurz vor der Operation. Denn jetzt wußte er Bescheid. Bei der kleinen Dinnerparty hatte Buddy ihn informiert.

Am nächsten Morgen sollte die erste Phase des Deals über die Bühne gehen – aber Buddy hatte noch immer nicht verraten, wohin die Reise führen würde. Jack versuchte ihm Einzelheiten zu entlocken, bedrängte ihn aber nicht allzu heftig. Wingate hatte nur erwähnt, sie würden nach Süden fliegen – »zu den fröhlichen Nächten«. Und das konnte alles mögliche bedeuten.

Den Kopf zwischen die Schultern geduckt, betrat Jack die Straße. Als er noch einen Häuserblock vom Château entfernt war, das wie eine staubige Festung in den Smog ragte, merkte er, daß ihm ein Auto folgte. Langsam und unaufhaltsam kam es immer näher. Er griff in die Tasche seines Jacketts, schlang die Finger um den Glock-Revolver und ging weiter. Nirgends ein Fluchtweg. Auf dieser gottverdammten Straße wurde er in die Enge getrieben. Aber von wem? Von Salazars Gangstern? Wollten sie sich für Tahoe rächen?

Jetzt fuhr das Auto schneller, war nur mehr fünfzehn Schritte entfernt. Durch Jacks Adern raste ein Adrenalinschub, und er zog die Waffe aus der Tasche, drückte sie aber an die Brust, so daß sie unsichtbar blieb. Wenn es Salazar war, würde er bald einen Uzi-Lauf sehen.

Verdammt, sagte er sich, dreh dich um, schieß zuerst, dann lauf zum Château, so schnell du kannst.

Jack fuhr herum und zielte auf die Scheinwerfer, die zweimal blinkten – und stoppten, dann begann der Fahrer hektisch zu hupen.

Verwundert ließ Jack den Revolver sinken und sah Michaels aussteigen. Ein schwarzer Lincoln.

Natürlich, der Assistenzdirektor. Jack lachte erleichtert, und Michaels bedeutete ihm, einzusteigen.

Seufzend steckte Jack den Revolver ins Halfter und ging zum Auto. Als er auf den Beifahrersitz sank, setzte sich Michaels wieder ans Steuer und grinste verlegen.

»Was zum Teufel soll das, Ted?« fragte Jack.

»Tut mir leid. Ihr Vermieter, dieser Rasta-Typ, erzählte mir, wo Sie parken. Und dann habe ich endlos lange gewartet. Vor etwa einer Stunde muß ich eingeschlafen sein, denn ich hab' Sie verpaßt.«

Jack blinzelte ungläubig. Offensichtlich sagte Michaels nur die halbe Wahrheit. Nicht die langweilige Observation hatte ihn eingelullt, sondern ein beträchtliches Quantum Scotch, nach seiner Fahne zu schließen.

Hinter dem Lincoln plärrte eine Hupe, und Michaels trat etwas zu fest aufs Gaspedal. Sie schossen vorwärts, polterten über die Schlaglöcher der Franklin, und Jack wurde hochgeschleudert. Schmerzhaft prallte sein Schädel gegen das Wagendach.

»Also, was hat diese mysteriöse Aktion zu bedeuten?« fragte er. Inzwischen schlug sein Herz fast wieder normal, und er gestand sich ein, daß Michaels Besuch ihn faszinierte. Damit hätte er nicht einmal im Traum gerechnet.

Michaels durchquerte das Armenierviertel und fuhr zur Vermont. »Ich weiß, Sie mögen mich nicht, Walker.«

»Und? Sie lieben mich auch nicht. Haben Sie die ganze Nacht in der Tiefgarage rumgehangen, um mir das zu erzählen?«

Nervös spähte Michaels in den Rückspiegel. Befürchtete er, daß sie beschattet wurden? »Um das Problem zu erläutern«, lallte er, »da wir verfeindet sind, werden Sie wahrscheinlich nicht ernst nehmen, was ich Ihnen sage.«

»Versuchen Sie's mal.«

»Nun, Sie glauben doch, ich wäre aus politischen Gründen gegen diese Operation, würde Wingate lieber selbst festnehmen und Ihnen grollen, weil Sie mir die Ruhmeslorbeeren stehlen. Stimmt das?«

»Ja, diesen Eindruck habe ich gewonnen. Und jetzt wollen Sie mir erzählen, daß ich mich irre?«

»Genau.«

»Wieso haben Sie mich nicht einfach angerufen?«

Nach einer langen Pause schüttelte Michaels den Kopf. »Hören Sie, Walker, ich kann Ihnen nur so viel verraten – da braut sich irgendwas Schreckliches zusammen. Und wenn ich recht habe, woran ich nicht zweifle, müssen wir uns alle in acht nehmen.« Er zog eine Flasche Glenlivet Scotch aus dem Handschuhfach, nahm einen Schluck und hielt sie Jack hin.

»Nein, danke.«

»Das sind verdammt schwere Zeiten, Jack. Als Ihr Freund möchte ich Sie bitten, die Operation zu verschieben. Wenn Wingate sagt, Sie müßten ihn zum Schauplatz des Deals begleiten, erfinden Sie irgendeine Ausrede und halten Sie ihn hin.«

»Warum sollte ich das?«

»Weil sich da einiges abspielt, von dem Sie nichts wissen.«

Jack warf dem Assistenzdirektor einen durchdringenden Blick zu. »Versuchen Sie, mich reinzulegen?«

»Wie könnte ich?«

»Keine Ahnung, Michaels. *Sie* sind doch der superschlaue Junge mit der erstklassigen Ausbildung.«

Bedrückt schüttelte Michaels den Kopf. »Mehr kann ich Ihnen nicht verraten, aber glauben Sie mir – da steckt eine ganze Menge dahinter.«

»Jetzt ist es zu spät. Morgen reise ich ab. Ich hab's erst vor ein paar Stunden von Buddy erfahren und noch nicht einmal Zampas erzählt.«

»Großer Gott!« stöhnte Michaels.

»Ersparen Sie mir dieses Katz- und Mausspiel!« fauchte Jack ärgerlich. »Wenn Sie irgendwas wissen, dann reden Sie endlich!«

Michaels nahm noch einen Schluck aus der Flasche, Scotch rann über sein Kinn. Dann wandte er sich an Jack und zwinkerte. »Haben Sie jemals von Zapata gehört?«

»Meinen Sie den mexikanischen Revolutionär? Was ist los mit ihm?«

Zögernd zuckte Michaels die Achseln. »Wirklich, ich würde Ihnen gern mehr erzählen, Jack, aber das darf ich noch nicht. Merken Sie sich einfach nur den Namen Zapata. Wenn es soweit ist – wenn Sie diese Information brauchen, werden Sie's wissen.«

»Oh! Hören Sie endlich auf mit diesem Scheiß!«

Nach einem weiteren Schluck aus der Flasche bat Michaels: »Versprechen Sie mir wenigstens, diese Leute nicht nach Mexiko zu begleiten. Weigern Sie sich unter irgendeinem Vorwand.«

»Ich hatte nie die Absicht ...«

»Von Ihren Absichten spreche ich nicht, Walker. Überqueren Sie auf keinen Fall die Grenze, nicht einmal für eine Nacht, um in Juarez zu bumsen.«

»Warum nicht? Ist meine Tarnung aufgeflogen?«

»Das habe ich nicht gesagt.«

»Und was sagen Sie? Machen Sie den Mund auf!«

Aber Michaels' Kopf sank zur Seite, und er schien am Steuer einzuschlafen.

»He, Mann, wachen Sie auf, bevor Sie uns beide umbringen!«

Erschrocken zuckte Michaels zusammen. Während er auf den Sunset bog und zu Jacks Apartmenthaus zurückfuhr, schwieg er. Denkt er über die Gefahren nach, die mir drohen? überlegte Jack. Oder spielt er nur Theater, um meine Operation zu verpfuschen?

»Was am allerwichtigsten ist«, begann Michaels, als sie die Cherokee erreichten, »wir wollen nicht, daß Sie sich da unten rumtreiben.«

»Okay. Aber das ist reiner Blödsinn. Wenn Sie Informationen besitzen, die meine Sicherheit betreffen, ist es mein gutes Recht, alles zu erfahren.«

Mit glasigen Augen starrte Michaels durch die Windschutzscheibe. »Hören Sie zu, Walker. Wenn Sie zurückkommen, mit mir sprechen müssen und mich nicht antreffen – es gibt einen Ort, wo Sie mich erreichen können. Niemand kennt mein Versteck. Wirklich niemand.« Er gab Jack einen Zettel, auf dem eine Adresse stand: Michaels – 2322, China Island, Boulder Bay, Big Beer. »Nur eine kleine Hütte. Aber dort fühle ich mich wohl. Und ich glaube, Ihnen wird sie auch gefallen.«

Jack steckte den Zettel in seine Hemdtasche. »Wollen wir ein gemütliches Wochenende miteinander verbringen und fliegenfischen?«

Als Michaels lachte, stellte Jack verblüfft fest, daß der Mann plötzlich um zehn Jahre jünger aussah.

Vor dem Château angekommen, reckte der Assistenzdirektor den Hals vor und spähte noch oben. »Was für ein pittoresker Wohnsitz! Passen Sie gut auf sich auf, Walker.« Er löste die Zentralverriegelung, um die Beifahrertür zu öffnen, und Jack stieg aus.

Ehe er den Wagenschlag zuwarf, beugte er sich hinab. »Können Sie fahren?«

»Natürlich. Gute Nacht, Walker.« Die freundliche Miene war verschwunden, in der Stimme schwang wieder die alte Arroganz mit.

Nachdem Jack die Tür geschlossen hatte, rollte der große Lincoln bergauf, zur Franklin. Was hatte das alles zu bedeuten? Verdammt, es ergab keinen Sinn. Und was war mit diesem Zapata los? Wahrscheinlich nur das Gefasel eines Betrunkenen – ein armseliger Versuch, Jacks Operation zu torpedieren ...

Trotzdem, die Erinnerung an die sonderbare nächtliche Fahrt und die unglückliche Miene, die Michaels beim Abschied aufgesetzt hatte, beunruhigten Jack. Der Mann schien sich ernsthaft zu fürchten. Offenbar fühlte er sich sogar verfolgt.

Aber jetzt war es zu spät, um alles abzublasen. Jack steckte schon mittendrin, und er würde bei der Stange bleiben. Als er die knirschende Tür des Châteaus aufsperrte, rumorte es in seinem Magen. Falls Michaels ihm angst machen wollte, war ihm das gelungen.

16

Eduardo Morales starrte auf das schlichte Holzkreuz, das José Benvenides' Grab markierte. Obwohl er eine Zigarre mitgebracht hatte, eine Romeo y Julieta Nr. 4, zündete er sie nicht an. Statt dessen schob er sie langsam in die Brusttasche seines neuen Savile-Row-Anzugs und erinnerte sich an José.

Fröhlich hatten sie in einem exklusiven Bordell in Rom, nahe der Spanischen Treppe, ihre Huren ausgetauscht. In der Schweiz waren sie auf Berge geklettert. An jenem Wochenende hatten sie sich aufeinander verlassen, wie es nur wenige Männer tun, und Erfahrungen gesammelt, die noch weniger Leute machen.

Er dachte an Josés ansteckendes Gelächter, das Frauen und Männer gleichermaßen geliebt hatten. Und jetzt, ein Jahr nach dem Tod seines Freundes, glaubte Eduardo, dieses Lachen immer noch deutlich zu hören. Fröstelnd stand er in der Bergluft und sagte sich, José sei einzigartig gewesen. Über seinen Tod würde Morales niemals hinwegkommen. Er konnte es noch immer kaum fassen, daß José nicht mehr lebte.

Aber als es geschehen war, hatte er das ganze Ausmaß des Grauens nicht empfunden und die Angelegenheit auf seine übliche professionelle Art geregelt. Zunächst mußte er sich der

Leiche bemächtigen. Keine einfache Aufgabe, da sie im Leichenschauhaus von Tucson, Arizona, unter Verschluß gehalten wurde. Aber Eduardo Morales wußte, daß es keine unlösbaren Probleme gab – die erste Lektion, die er gelernt hatte, während er in den Slums von Quito, Ekuador, aufgewachsen war. Er brauchte nur viel Geduld und genug Geld. Und vielleicht bedurfte es einiger Drohungen.

Mit der Hilfe zweier Krankenpfleger wurde Josés durchlöcherter Körper nach Kolumbien gebracht und auf einem schönen Andengipfel begraben. Bei der Beerdigung verlor Morales kein einziges Mal die Fassung. Seine Frau Sylvia, seine Freunde und Angestellten bewunderten ihn und sagten, *el jefe* sei sehr tapfer.

Ja, während jener ersten Wochen glaubte Eduardo, er würde es besser überstehen als erwartet. Er schlief gut, leitete das Unternehmen, das ihn zu einem der zwanzig reichsten Männer der Welt gemacht hatte, und besuchte sogar seine Geliebte in Rom, die Schauspielerin Anna Gennaro, die versicherte, er würde erstaunlich gut aussehen.

Sechs Monate nach Josés Tod begannen ihn seltsame Phänomene heimzusuchen. Er fuhr in London durch Mayfair und glaubte, José mitten auf einer Kreuzung stehen zu sehen. Abrupt riß er das Lenkrad nach links und rammte ein geparktes Auto, einen brandneuen Jaguar. Dieser Zwischenfall erschütterte ihn zutiefst. Bald fror er erbärmlich, wenn er nachts im Bett lag, und fürchtete den Augenblick, wo Josés Geist ihm wieder erscheinen würde.

Er bezweifelte nicht, daß er einen Geist erblickt hatte – José Benvenides' traurigen, blutüberströmten Geist. Und er wußte, was sein Freund wollte. Aber Morales versuchte, es eine Zeitlang zu verdrängen, weil er nicht nach Rache strebte. Das war eine uneffiziente Methode, seine Angelegenheiten zu erledigen.

Drei Monate lang bemühte er sich, Josés blutbefleckten, weinenden Geist zu vergessen. Bis zu jener Nacht, wo der

Freund in Eduardos große, mit Nußbaum getäfelte Bibliothek auf dem Landsitz in Kolumbien kam (nur drei Meilen vom Grab des Jungen entfernt) und fragte: »Hast du mich nicht geliebt?«

»Du weißt doch, wie sehr ich dich liebte!« rief Eduardo. »Warum quälst du mich?«

Lächelnd zeigte José auf die Schußwunde in seinem Kopf. »Wenn du mich liebst – wieso leben meine Mörder dann immer noch?« Dann setzte er sich auf den Teppich und vergoß blutrote Tränen.

Auch Eduardo schluchzte. »Ich werde dich rächen. Das schwöre ich.«

José Benvenides Geist schaute auf. »Gut. Aber es muß bald geschehen. Du hast nicht viel Zeit.« Mit diesen Worten verschwand er. Die Prophezeiung schockierte Eduardo, da er an Prostatakrebs litt.

Vor einem Jahr war die Krankheit diagnostiziert worden. Der Arzt hatte erklärt, der Tumor würde langsam wachsen und – »wenn alles erwartungsgemäß verläuft« – habe Morales noch zehn Jahre zu leben. Doch der Doktor hatte warnend hinzugefügt, niemand wisse, wie sich solche Dinge entwickelten. Manche Krebsgeschwüre würden gemächlich wie Schnecken voranschreiten, andere plötzlich wie Geparden durch die Blutbahnen rasen.

Nun begann ein Leben in wachsender Angst, für Eduardo ein fremdes Gefühl. Stets hatte er die Leute, die sein Imperium zu vernichten suchten, erfolgreich bekämpft und sich vor niemandem gefürchtet. Aber Geister und Krebs – das stand auf einem anderen Blatt. Kein Mensch konnte solche Erfahrungen machen, ohne in Panik zu geraten.

Wenn es in dieser schrecklichen Situation überhaupt einen Vorteil gab, dann war es Eduardos Erkenntnis, daß er handeln mußte – sofort. Wenn er das versäumte, würden seine Millionen, seine Macht, sein Leben nichts mehr bedeuten.

Und nun würde es beginnen.

»Für heute abend habe ich Jaime Martinez in mein Haus eingeladen, José«, sagte er und blickte auf das Grab hinab. Dann wartete er auf ein Zeichen und wünschte, das Kreuz würde sich bewegen oder Blitze über den Himmel zucken. Nichts dergleichen geschah. Trotzdem wußte er, sein Plan würde nicht nur den Mord an José rächen, sondern letzten Endes auch die DEA-Organisation zu Fall bringen.

Auf dem Weg zu seinem Hubschrauber dachte Morales, er könnte sogar einen Nutzen aus dem schrecklichsten Ereignis seines Lebens ziehen. Wenn er seinen Plan verwirklichte, würde er sein Imperium stabilisieren und seine Feinde vernichten.

Als der Hubschrauber durch die kalte Luft schwebte, lächelte Eduardo. Genau das hätte sich auch José gewünscht – zweifellos.

*

Der Helikopter landete auf einer Wiese hinter Eduardo Morales' Herrschaftshaus aus dem sechzehnten Jahrhundert. Dort wurde er von seinem langjährigen persönlichen Assistenten Vincenzo Juarez erwartet, einem hünenhaften Mann, dem der Boss den Spitznamen »Bär« gegeben hatte. Er sah immer etwas derangiert aus, vor allem, wenn er formell gekleidet war – wie an diesem Abend. »Soeben sind die Gäste eingetroffen, *patron*«, verkündete er.

»Danke.« Geduckt rannte Morales am kreisenden Propeller vorbei und stieg in seinen Landrover. Vincenzo Juarez übernahm das Steuer. »Ist das Dinner fertig?«

»Ja, alles bestens.«

»Gut. Dieser Abend ist sehr wichtig für mich.«

Da Worte überflüssig waren, nickte Vincenzo nur. Natürlich wußte er, wie sehr Eduardo unter José Benvenides' Tod litt.

Als erster Gast war Herbert Caruso erschienen, der siebenundvierzigjährige Polizeichef von Bogota. Schon seit langer Zeit lag er Morales auf der Tasche und tat alles, was dieser wünschte – ob er nun Polizeieskorten zur Verfügung stellte, wenn die Laster mit der Drogenfracht über die Berge fuhren, oder törichte jugendliche Revolutionäre ermorden ließ, die den Drogendealern das Handwerk legen wollten.

Der zweite Gast war der siebenundzwanzigjährige Jaime Martinez, hübsch wie ein Stummfilmstar, mit pechschwarzem Haar, ebenmäßigen Zähnen – so strahlend weiß, daß sie beinahe falsch wirkten – und einem perfekten Profil, das alle jungen Damen überwältigte.

Ironischer- und tragischerweise war es Eduardo selbst gewesen, der ihn mit José bekannt gemacht hatte. José, ein brillanter, geschäftstüchtiger junger Mann, stieg die Karriereleiter sehr schnell hinauf und avancierte zu Morales' Spitzenmann in Amerika. Da er sich nur für seinen Job interessierte, fand er keine Zeit für private Dinge. Eduardo, der das Leben und die Frauen liebte, bat Jaime, mit dem Jungen in die Stadt zu fahren. Dort sollte José endlich einmal ausspannen und sich amüsieren. Er protestierte und versicherte, daß er dazu keine Lust habe. Doch dann gab er sich geschlagen, um Morales einen Gefallen zu tun. Zu dessen anfänglichem Entzücken freundeten sich der stille, gewissenhafte José und der temperamentvolle Martinez an, gingen tanzen, tranken in den Nachtclubs Champagner und flirteten mit schönen jungen Frauen.

Und die Freundschaft schien sich auch auf Jaime vorteilhaft auszuwirken. Er begann sorgfältiger zu arbeiten, machte ebenfalls Karriere in Eduardos Unternehmen und wurde der zweite Mann hinter José. Erfolgreich erfüllte er seine Aufgabe, neue Märkte für Morales' Drogen aufzuspüren. José lobte ihn überschwenglich, wenn er Eduardo traf. Und dieser bemerkte lächelnd, er sei froh, daß José einen so guten Freund gefunden habe und das Leben endlich genieße.

Insgeheim fürchtete er allerdings, Martinez könnte José zu stark beeinflussen. Er versuchte zweimal, seinen jungen Freund zu warnen. Aber José lachte nur und betonte, schließlich habe Eduardo ihn mit Jaime zusammengebracht und der Mann sei überaus tüchtig. Warum sollte er sich nicht hin und wieder ein Vergnügen gönnen? »Wie du selbst zu sagen pflegst – welchen Sinn hat es, Geld zu scheffeln, wenn man nicht wie ein reicher Mann lebt?«

Und Eduardo ließ sich beschwichtigen. Vielleicht werde ich langsam alt, hatte er damals gedacht, und beurteile Jaime zu streng.

Als er nun aus dem Landrover kletterte und die Marmortreppe seiner Villa hinaufstieg, erfaßten ihn wieder einmal Schuldgefühle und schmerzliche Trauer. Hätte er die beiden nicht miteinander bekannt gemacht, wäre das alles nie geschehen.

Seufzend blieb er stehen und holte tief Atem, dann öffnete er die Tür aus Glas und vergoldetem Schmiedeeisen. Die Vergangenheit war vorbei. Nun forderte die Gegenwart ihr Recht.

*

Weil Jaime Martinez für mexikanisches Essen schwärmte, hatte Eduardo bei seinem Koch Raymon Artel ein erlesenes mexikanisches Menü bestellt. Es gab Sangria und goldenen Tequila. Auf handbemalten Platten wurden die Vorspeisen serviert, Guacamole und Sopas – kleine Tortillas, mit Refritos, Kartoffeln und Chorizo gefüllt –, eine Sauce aus frischen grünen Tomaten und flammendrote Salsa. Darauf folgten die Sopa de Lima, eine Suppe mit Tortillas, saftiger Hühnerleber, Hühnerbrüsten und bitteren Limetten, und der Hauptgang, Pescado à la Veracruzana – Red Snapper. Wie Morales wußte, war das Jaimes Lieblingsspeise, und er hatte Artel beauftragt, sie perfekt zuzubereiten.

Was in der Tat gelungen war. Der Ehrengast konnte nur bewundernd den Kopf schütteln. »Heute abend übertriffst du dich selbst, *amigo*«, erklärte er und nahm einen Schluck Rotwein. »Dieses Dinner ist *fantastico*.«

»Freut mich, daß es dir schmeckt«, erwiderte Morales. »Und was meinen Sie, Chief?«

Caruso grunzte nur, kaute weiter, und Martinez nippte noch einmal am Château Petrus, dem besten Merlot der Welt. Weich wie Satin, vollmundig, einfach himmlisch. »So gut habe ich bisher nur ein einziges Mal gegessen, in einem Restaurant namens Veracruz, in Mexico-City. Das solltest du mal ausprobieren, Eduardo.« Er lächelte herablassend und tunkte den Saucenrest auf seinem Teller mit einem Tortillastück auf.

»Da ich sehr beschäftigt bin, kann ich nur selten Vergnügungsreisen unternehmen. Das überlasse ich meiner Frau und den Kindern.«

»Wo sind sie denn?« fragte der Polizeichef.

»In Rom.«

»Oh, darum beneide ich sie«, seufzte Martinez. »Eine wundervolle Stadt ...«

»Und Bogota gefällt Ihnen nicht?« erkundigte sich Caruso.

»Doch, natürlich. Das ist meine Heimat. Aber Rom ist einfach zauberhaft.«

Grinsend wandte sich Morales an Caruso. »Hier sitzt ein Mann von Welt. Unser Land ist ihm zu klein.«

Martinez schaute ihn an und errötete. Nur zu gut wußte er, daß Eduardo ihn herausfordern wollte. Seit sie sich kannten, versuchte er das immer wieder. Morales erwartete, Jaime würde vor dem *grande patron* katzbuckeln, stets den armen Bauern spielen, als der er seine Karriere begonnen hatte, und erlaubte ihm nicht, erwachsen zu werden. Außerdem gab er niemals zu, daß der Schüler den alten Lehrmeister allmählich überflügeln würde.

Beim nächsten Schluck Wein ärgerte sich Martinez, weil Morales dreihundert Dollar für eine Flasche bezahlen konnte.

Der Mann war viel zu unkultiviert, um einen so kostbaren Tropfen zu würdigen.

Auch Morales nippte an seinem Glas. »Ich meine es ernst. Vor neun Jahren hast du zum erstenmal an diesem Tisch gesessen – zusammen mit José. Wer hätte damals gedacht, daß der König aller Nachtclubs eines Tages so fachkundig über Rom, Paris, New York und Los Angeles reden würde?«

»Los Angeles?« wiederholte der Polizeichef verächtlich. »Ein Kotzbrocken voller Palmen.«

»Oh, da urteilen Sie ein bißchen zu hart«, protestierte Morales. »Jaime fühlt sich dort sehr wohl.«

»In Los Angeles findet man Licht und Schatten, wie in allen großen Städten«, meinte Martinez etwas verdrießlich. Irgend etwas schien hinter Eduardos Worten zu lauern – etwas Gefährliches. Und so beschloß er, lieber keinen Vortrag über die Qualitäten von Los Angeles zu halten.

»Kann ich die Gentlemen für ein Dessert begeistern?« fragte Morales.

»Leider muß ich dankend ablehnen«, erwiderte Martinez. »Ich versuche, mein Gewicht zu halten.«

Morales nickte anerkennend und wandte sich zu Caruso. »Überall wird er von sehnsüchtigen Frauen erwartet.«

»Das stimmt nicht«, warf Martinez vorsichtig ein. »Du beschäftigst mich so sehr, daß ich kaum noch Zeit für das schönere Geschlecht finde.«

»Bald werde ich dich noch mehr beschäftigen, Jaime«, erklärte Morales und beobachtete, wie ein Kellner den dampfenden Kaffee servierte.

Martinez atmete erleichtert auf. Endlich war es soweit. Das vermutete er bereits, seit ihn Morales zu diesem Dinner eingeladen hatte. Der Boss brauchte einen Strohmann in Amerika, und Jaime würde demnächst zum inneren Kreis gehören. Dann würde er Informationen bekommen, die er den DEA-Leuten verkaufen konnte. Aber nicht alle. Er würde sich die gottverdammte Polizei vom Hals halten und gleichzeitig genug Geld scheffeln,um noch mächtiger zu werden als Morales – und jene Informationen würden Eduardo zu Fall bringen.

Ein gefährliches Spiel, aber die Chancen standen gut. Entspannt trank Martinez seinen Kaffee.

»Du warst in Mexiko und Kalifornien sehr erfolgreich«, fuhr Morales fort. »Das weiß ich zu schätzen.«

»Danke.«

»Deshalb können wir unsere Lieferungen nach Mexiko vergrößern, und mit unseren amerikanischen Freunden hast du gut zusammengearbeitet.«

»Weil ich mich stets auf deine klugen Ratschläge verlassen habe, *patron*«, betonte Martinez.

»Klar, das weiß ich. Und du warst immer der perfekte Mitarbeiter. Oder fast perfekt.«

»Nur fast perfekt?« Martinez lächelte nervös.

»Damit meine ich nur, daß du zur Prahlerei neigst, Jaime.«

»Ich verstehe nicht ...«

»Oh, nicht so wichtig.« Eduardo Morales schaute den Polizeichef an, der in eine Silberkassette griff und sich eine Romeo y Julieta nahm. »Wie feinfühlig er ist, Herbert, nicht wahr? Ich meine nur, daß ich deine Schwächen kenne, *amigo*. Du gibst an und erzählst den Leuten, du hättest gewisse Entscheidungen getroffen, obwohl das gar nicht stimmt. Aber ich nehme es dir nicht übel. Darin sehe ich einen Beweis deiner Kreativität. Alle kreativen Menschen sind Lügner. Aber das weißt du wahrscheinlich besser als ich, weil du in Los Angeles so viele Künstler kennst.«

Aus Martinez' Achselhöhle rann ein Schweißtropfen. Dann noch einer und noch einer. Er spürte jeden einzelnen, und er wußte, daß sich ein häßlicher dunkler Fleck auf seinem Hemd zeigen würde, wenn er den Arm hob. »Warum redest du ständig von Los Angeles? Dort war ich nicht mehr seit ...«

»Seit dem letzten Jahr.«

»Ja, genau.«

»Aber irgendwie gewann ich den Eindruck, du wärst öfter in Los Angeles gewesen, weil du so oft davon sprichst. Und da wir gerade beim Thema sind – es würde mich interessieren, warum.«

»Das – tue ich doch gar nicht ...« Martinez verstummte. Nun brach ihm der Schweiß aus allen Poren, und er wagte nicht, sich zu rühren. In seinem Magen breitete sich ein Schmerz aus. Ein schrecklicher, brennender Schmerz.

»Er sagt, er redet nicht über Los Angeles, Herbert. Finden Sie das auch?«

»Nein«, antwortete der Polizeichef. »Er redet sogar sehr oft davon.« Lächelnd schaute er Martinez an. Zwischen seinen Vorderzähnen steckte eine winzige Tomatenschale. »Dauernd erzählen Sie von L. A., Jaime, und von Arizona. Glauben Sie vielleicht, Sie wären ein Cowboy?«

Morales' lautes Gelächter klang humorlos.

»Was versucht ihr beiden denn?« fragte Martinez. »Wollt ihr mich verkohlen?«

»Das weiß ich nicht.« Eduardo wandte sich wieder zu Caruso, der sich eine Zigarre anzündete. »Was meinen Sie, Herbert? Verkohlen wir ihn?«

»Nein, ich glaube nicht.«

Jaime Martinez preßte die Hände auf seinen Magen. Zunächst hatte er geglaubt, der Schmerz wäre nur eine Folge seiner Angst. Aber dieses Brennen mußte schlimmere Ursachen haben. Als hätte jemand eine Streichholzflamme an seine Eingeweide gehalten ...

»Stimmt was nicht?« erkundigte sich Morales.

»Alles okay ...«

Eduardo zuckte die Achseln und schaute den Polizeichef an. »Alles okay, sagt er. Trotzdem hält er sich den Magen. Was halten Sie davon, Herbert? Sie als Profi?«

Seufzend lehnte sich Caruso zurück und rieb sich den runden Bauch. »Wohl oder übel muß ich sagen, daß er lügt. Aber das überrascht mich nicht, weil er schon immer gelogen hat.«

»Ja«, bestätigte Morales. »Eins muß man ihm allerdings lassen. Lange Zeit war er ein sehr guter Lügner.«

»Ich habe keine Ahnung, was du meinst«, würgte Jaime hervor. Inzwischen war es sinnlos, den Schweiß zu verbergen oder vorzugeben, er hätte keine Probleme. Das Hemd war völlig durchnäßt, nicht nur unter den Armen, sondern auf der ganzen Brust. Und der Schmerz – der Schmerz wurde immer unerträglicher. Plötzlich konnte er kaum noch atmen. »Eduardo«, stöhnte er, »ich fühle mich nicht gut.«

Lächelnd wandte sich Morales zu Caruso und erklärte monoton: »Er fühlt sich nicht gut.«

Der Polizeichef grinste und blies einen Rauchring in die Luft. »Nun, das wundert mich nicht. Er sieht auch nicht besonders gut aus.«

»Allerdings nicht.« Eduardo schenkte sich noch etwas Wein ein.

»Was für einen Streich spielst du mir, Eduardo?« fragte Jaime. »Hast du mir roten Pfeffer ins Essen getan?«

»O nein. So was würde ich niemals tun. Es wäre doch eine Schande, so ein gutes Dinner zu verderben, nur um jemandem einen Streich zu spielen.«

»Seltsam, daß Sie auf so eine Idee kommen, Jaime«, warf Herbert Caruso ein. »Ein so feinfühliger, künstlerischer Typ ...«

»Warum brennt dann mein Magen wie Feuer?« Tränen rollten über Jaimes Gesicht.

»Weil du eine Droge genommen hast«, erwiderte Morales beiläufig.

»Eine Droge?«

Panisches Entsetzen schwang in Jaimes Stimme mit. Er versuchte, sich aufzurichten, seine Fassung zurückzugewinnen. »Meinst du – Gift?«

Morales schwieg und starrte ihn nur an.

»Aber du konntest mich nicht vergiften. Wir alle haben von denselben Platten gegessen.«

Noch immer gab Morales keine Antwort, und Martinez spürte, wie sein Herzschlag kurz aussetzte.

»Der Wein! Nein, auch der wurde nicht vergiftet, wir alle haben aus einer Karaffe getrunken ...« Er unterbrach sich, krallte die Finger in seinen Magen, in dem ein wildes Feuer zu lodern schien.

Lächelnd neigte sich Morales zu Caruso. »Er ist so ein intelligenter Junge.«

»O ja, Eduardo. Es gibt kaum einen klügeren.«

»Hört auf!« Plötzlich kehrte Jaimes Mut zurück. »Wenn du mich vergiftet hast, Eduardo, dann sei Manns genug und sag es mir – aber hör auf, mich zu verspotten!«

Morales stand auf und ging um den Tisch herum zu Martinez. »Du willst die Wahrheit wissen? Also gut. Es stimmt, wir alle trinken aus derselben Karaffe. Aber nur du benutzt dieses Glas.«

Bestürzt starrte Jaime den Kelch an.

»Ein paar Minuten vor deiner Ankunft wurde dieses Glas einer besonderen Behandlung unterzogen, mit einer Droge namens Natriumfluorazetat.«

»Gift! Warum, Eduardo?« Martinez glitt von seinem Stuhl und fiel auf die Knie.

»Warum? Das fragst du noch?« Eduardo schlenderte zu einer antiken Kommode, die er von seiner Großmutter geerbt hatte, zog die oberste Schublade auf und nahm eine kleine schwarze Tasche mit Reißverschluß heraus. »Siehst du das? Darin befindet sich das Gegengift. Wenn du mir die Wahrheit sagst, will ich's dir verabreichen.« Jaime Martinez begann zu weinen, und Eduardo fuhr gnadenlos fort: »Die Wahrheit über José Benvenides. Warum hast du ihn den DEA-Leuten ans Messer geliefert?«

»Bitte, Eduardo ...«

»In zehn Minuten wirst du sterben.« Morales setzte sich auf den Stuhl neben Martinez und öffnete den Reißverschluß der schwarzen Tasche. Dann holte er eine Injektionsspritze und ein Fläschchen mit einer klaren Flüssigkeit hervor. Er steckte die Nadel in den Flaschenhals und zog die Spritze auf. »Sag es mir, Jaime!« bat er sanft. »Sie haben dich in die Mangel genommen und dazu gezwungen. Dieser junge Agent – Jack Walker, nicht wahr?«

Unaufhaltsam rollten die Tränen aus Jaimes Augen, heftige Krämpfe erschütterten seinen Körper. »Also gut – ja. Walker zwang mich dazu und erklärte, wenn ich ihn nicht zu José führe, würde ich für den Rest meines Lebens hinter Gittern sitzen. Glaub mir, ich wollte es nicht – ich liebte José wie einen Bruder. Das weißt du, Eduardo ...«

Mit aller Kraft schlug Morales den jungen Mann, der auf dem Fliesenboden kniete, ins Gesicht. »Wie einen Bruder? Du hast ihn Jack Walker ausgeliefert – seinem Mörder. Weißt du, was das bedeutet? Genausogut hättest du ihn selber umbringen können.«

Schluchzend preßte Jaime die Hände auf seinen Magen. »Nein! Das wußte ich nicht ... Bitte, das Gegengift ...« Voller Verzweiflung umklammerte er Eduardos Beine, der nun einen gütigen, fast väterlichen Ton anschlug.

»Sag mir doch, wie leid es dir tut, Jaime.«

»Gott ist mein Zeuge – es tut mir leid. Jeden Tag habe ich bereut. Und ich werde Jack Walker in deinem Namen töten. Verlaß dich auf mich, *patron*.«

In Strömen rann der Schweiß über Jaimes Gesicht. Eine Riesenfaust schien seinen Magen zusammenzuquetschen, immer fester. Sein Herz schlug wie rasend, immer schneller. Und er erinnerte sich an eine wolkenlose Nacht, wo er in Mexiko über die Wüste gelaufen und mit knapper Not dem DEA-Agenten entkommen war, der die Operation in Tijuana vereitelt hatte. An jenem Tag vor fünf Jahren war ihm die Wüste wie eine gigantische, verdorrte Zunge erschienen.

Fast unhörbar kam das Ende des letzten Satzes über seine Lippen, weil er beinahe am schwarzen Schleim erstickte, der vom Magen in seinen Mund aufstieg. »Bitte!« flehte Jaime. »Bitte!«

Ein paar dramatische Sekunden lang wartete Eduardo. Dann ergriff er eine weiße Leinenserviette und wischte den Schweiß von Martinez' Stirn. »Ja, ich glaube dir. Verdammt, wenn ich dich töte, wird José nicht zurückkehren. Jetzt mußt du mir deinen Arm geben und die Hand ballen.«

Jaime streckte seinen Arm aus und ballte die Finger so fest zusammen, wie es seine schwindenden Kräfte zuließen. Rasch schlang Morales ein rotes Seidentuch um den Ellbogen, band es zusammen, injizierte das kostbare Gegengift. Martinez fiel erschöpft auf den Rücken und spürte, wie die gräßlichen Krämpfe nachließen. Endlich konnte er wieder etwas freier atmen. Die Herzschläge verlangsamten sich, und er wußte, daß er gerettet war.

»Geht's dir jetzt besser, mein Freund?« fragte der Gastgeber.

»Ja, ja ...«

»Gut. Du siehst, ich bin nicht rachsüchtig.«

»Nein – danke ...« Jaime hörte den schwachen Klang seiner eigenen Stimme und fühlte sich wie ein kleiner Junge, der vom Dorfpriester gescholten wurde.

»Und weil ich dich verschont habe, solltest du mir jetzt alles erzählen.«

Weinend schüttelte Jaime den Kopf. »Ich wollte es nicht. Und ich versuchte, ihnen andere Leute auszuliefern, unbedeutende Männer. Aber sie wollten unbedingt José haben. Von seiner Beziehung zu dir wußten sie nichts. Sie dachten, er würde allein operieren. Also droht dir keine Gefahr. Weil José ihnen nichts erzählt hat. Gar nichts.«

Eduardo wandte sich zum Polizeichef, der eine zweite Tasse Kaffee trank und ziemlich gelangweilt dreinschaute, als würde er einen uninteressanten Hahnenkampf verfolgen. »Offenbar versteht er es noch immer nicht, Jaime. Glaubst du denn, du wärst zu diesem Dinner eingeladen worden, weil ich befürchte, José hätte mich vor seiner Ermordung verraten?«

Verwirrt richtete Martinez sich auf, und Morales schlug ihm wieder ins Gesicht. »Aber ...«

»Niemals wäre er so tief gesunken, mich zu verraten – nicht einmal, wenn sie ihm das Herz aus dem Leib geschnitten hätten. José war ein Mann. Und nur ein Wurm wie du konnte einen Freund vernichten, der ihm zur Karriere verholfen hatte.«

»Tut mir leid – tut mir leid«, sagte Jaime Martinez immer wieder.

»Wirklich? Und was hast du Jack Walker in letzter Zeit erzählt?«

»Nichts. Gar nichts. Glaub mir doch!«

Langsam und entschieden schüttelte Morales den Kopf. »Nein, *pendejo*.«

Verblüfft schaute Martinez zu ihm auf. Das alles ergab keinen Sinn. Soeben hatte Morales ihm doch verziehen, oder? Aber seine Miene drückte etwas anderes aus.

Plötzlich kehrte der Schmerz in Jaimes Magen zurück, wie ein Blitzschlag, und ihm wurde schwarz vor Augen.

»Was ist denn los, *amigo*?« fragte Eduardo.

»Hast du mir das Gegengift injiziert? Jetzt fängt es wieder zu brennen an. O Gott, ich brauche mehr von diesem Gegengift – bitte!«

In gespieltem Staunen hob Morales die Brauen und drehte sich zu Caruso um, der nur vages Interesse zeigte. »Glauben Sie, eine weitere Injektion würde ihm helfen?«

»Nein, sicher nicht«, erwiderte der Polizeichef.

»Aber vorhin hat es doch aufgehört!« Jaimes Stimme bebte vor Angst.

»Ja, du kleiner Abschaum – du beschissener Judas!« stieß Morales hervor. »Bedauerlicherweise wirkt dieses Mittel nur vorübergehend. Es hat dir zu einer fünfminütigen Atempause verholfen. Wenn du mit deinem Schöpfer Frieden schließen willst – jetzt ist es an der Zeit.« Kalt und verächtlich starrte er Martinez an, als würde er eine ekelhafte Küchenschabe inspizieren.

Jaime konnte es nicht glauben. Welch unfaßbare Grausamkeit ... ihn in Sicherheit zu wiegen – um ihm noch schlimmere Qualen zu bereiten ... »Bitte! Bitte! Eduardo, du mußt mich retten. Ich war dir immer treu ergeben ... Bitte!« Dann konnte er nicht mehr sprechen. Mit beiden Händen umklammerte er seine schmerzende Kehle, hob den Kopf, sah Eduardos Augenpaar, das fünffach vor ihm flimmerte. Schreiend fiel er auf den Rücken.

Sekunden später wand er sich wie ein zerquetschtes Insekt auf den roten Fliesen, während Morales ungerührt die letzten Todeskrämpfe beobachtete.

»Welch eine Schande!« seufzte er und drückte auf einen Perlmuttknopf unter der Tischplatte. Lautlos traten drei indianische Diener ein, in makellos weißes Leinen gekleidet. »Schafft ihn raus. Möglichst unauffällig.«

Sie nickten, hoben Jaimes schlaffen, verkrümmten Körper hoch und trugen ihn hinaus.

»Nummer eins«, sagte Morales, zu Caruso gewandt.

Schweigend nickte der Polizeichef und rauchte seine Zigarre. Vor einiger Zeit hatte er geplant, Eduardo zu eliminieren, aber glücklicherweise niemandem davon erzählt und letzten Endes doch nicht gewagt, seine Absicht zu verwirklichen. Jetzt dankte er dem Allmächtigen für seine Feigheit.

»Herbert, ich bin froh, daß Sie heute abend hierhergekommen sind. Aber nun sollten wir die kleine Dinnerparty beenden. Ich bin sehr müde. Gute Nacht. Wir bleiben in Verbindung.«

»Natürlich, *patron*«, versprach Herbert Caruso und überlegte, ob er sich eine Zigarre für die Heimfahrt mitnehmen sollte. Besser nicht. Es wäre unklug, Eduardo zu ärgern. Schweren Schrittes ging er zur massiven Eichentür.

Und dann saß Eduardo allein am großen Tisch. Vergeblich erwartete er, Genugtuung und Erleichterung zu empfinden. Nein, diese Gefühle würde er erst genießen, wenn er auch seine weiteren Pläne erfolgreich durchgeführt hatte. Dieser Abend war nur das Vorspiel gewesen.

In einem anderen Raum läutete das Telefon, und ein paar Sekunden später kam Vincenzo ins Eßzimmer. »Dieser Amerikaner. Wingate.« Seine Stimme klang angewidert.

Wie Eduardo nur zu gut wußte, fand sein Assistent diesen Mann unkultiviert und unerträglich. Und das mit Recht. Aber Eduardo gestattete sich keine persönlichen Gefühle, was den vulgären Wichtigtuer betraf. Solange Wingate tat, was man ihm sagte, und seine Rolle in diesem Drama spielte, war alles andere unwichtig. Und bisher hatte er seine Aufgabe perfekt erfüllt. »Danke, ich komme gleich.«

Vincenzo nickte und zog sich schweigend zurück. Nachdenklich ergriff Eduardo Morales das Glas, das er soeben benutzt hatte, um Jaime Martinez zu töten. »Für dich, José«, sagte er zu dem Geist, der reglos in der Ecke stand, die Wangen blutüberströmt.

Dann schleuderte Morales das vergiftete Glas ins Kaminfeuer, wo es in winzige Scherben zerbrach, und verließ das Speisezimmer, um mit dem Amerikaner zu telefonieren.

17

Von Burbank aus flogen sie durch dichte Wolken, und Jack glaubte in den Schlund eines Vulkans hinabzuschweben. Während sie ihre Plätze einnahmen, fing Charlotte Rae zweimal seinen Blick auf. Sie trug ein weißes Musselinkleid über einer schwarzen Strumpfhose. Auf dem Oberkopf war ihr Haar zu einem straffen Knoten geschlungen. Diese Frisur betonte ihre hohen Wangenknochen und die grünen Augen. Obwohl ihn anderthalb Meter von ihr trennten, fühlte er sich erregt. Das mußte auch an ihrem Parfum liegen, dachte er. Überall würde er es wiedererkennen.

Wingate schüttelte ihm die Hand und grinste breit. »Mein Junge, ich bin so froh, daß Sie jetzt zu uns gehören. Sicher werden Sie viel Spaß haben.«

»Daran zweifle ich nicht.« Jack sank neben den Sitz von Tommy Escondero, der wartete, bis sich Charlotte Rae und Wingate gesetzt hatten. Dann seufzte er tief auf.

»He, Jackie, hat *el jefe* nicht eine tolle Frau?«

»Das wissen Sie doch.«

»Nein, aber ich würde es gern wissen.«

»Probieren Sie's lieber nicht aus, sonst würde sich Ihr Leben beträchtlich verkürzen.«

»Klar, da haben Sie recht«, stimmte Escondero zu. »Wenn *el jefe* mich erwischt, würde er jemanden beauftragen, mir die Eier abzuschneiden. Und wenn nicht, würde sie mich zu Tode bumsen.« Sein Gelächter klang eher wie ein Husten. »Schauen Sie sich das an!« sagte er und griff nach einer Zeitung. »Dennis Barrientez hat gerade seinen zweihundertsten Sieg errungen.« Aus seinen Augen strahlte kindliches Entzücken.

»Interessieren Sie sich für Baseball?« fragte Jack.

»Allerdings. Besonders für Dennis. Wissen Sie, eine Zeitlang habe ich mit ihm in der mexikanischen Liga gespielt.«

»Sie machen Witze, Mann.«

»*Es verdad.* Das schwöre ich beim Grab meiner Mutter. Okay, wenn Sie mir nicht glauben, sehen Sie sich das mal an.« Escondero griff in seine Gesäßtasche und zog eine große alte Börse hervor, die mit Geld vollgestopft war. Aber in einem Fach steckte ein vergilbter Zeitungsausschnitt. Langsam und feierlich faltete er ihn auseinander, als würde er ein kostbares historisches Pergament präsentieren. Dann breitete er das Papier auf Jacks und seinem eigenen Schenkel aus. Diese seltsame intime Geste erinnerte Jack an seine Tante, die ihm in seiner Kindheit Comichefte vorgelesen hatte.

Neugierig betrachtete er eine Sportseite aus der mexikanischen Boulevardzeitung *El National*. Escondero zeigte auf das Datum, 12. Juni 1970, und auf die Schlagzeilen. Als Jack den spanischen Text übersetzte, hob er die Brauen. »›Barrientez gewinnt zweiundzwanzig Spiele, Escondero eins, während er zum zehntenmal am Schlag war.‹ Hurensohn! Sie haben tatsächlich mit ihm gespielt.«

»Nicht nur das. Ich wurde sogar engagiert.«

»Von wem?«

»Von den Dodgers, Mann. Beim Frühlingstraining habe ich dreiundvierzigmal gewonnen.«

»So?«

»Dann hatte ich einen Unfall. Mein Auto überschlug sich auf einer dieser Straßen oben im Laurel Canyon. Drei Tage lag ich im Koma. Und als ich aufwachte, erfuhr ich, daß ich mir das Handgelenk und die rechte Schulter gebrochen hatte. Der Doktor nagelte mich zusammen, aber ich konnte nie wieder Baseball spielen.«

Diese Story erinnerte Jack an Charles Manson. Einer Theorie zufolge hätte er niemanden getötet, wäre er wunschgemäß ein Rockstar geworden. Verdammt, dann würde er jetzt in sämtlichen Talkshows auftreten. »Mann, das ist wirklich bedauerlich. Und deshalb sind Sie in dieses Geschäft eingestiegen?«

»Bei meinem Onkel, *ese*. Er wohnte unten in Mexico-City, und er kümmerte sich um mich, als die Dodgers mich heimschickten.«

Esconderos sanftes, trauriges Lächeln bestürzte Jack. Irgendwie wirkte es unheimlich, wenn man an den Job dieses Burschen dachte. Wenn Typen wie Escondero erzählten, sie würden Leute ermorden oder Familien in kleine Stücke hacken, störte ihn das nicht. Dagegen hatte er sich schon vor langer Zeit gewappnet. Aber sobald er das Kind sah, das ein solcher Mann vor dem Wendepunkt seines Lebens gewesen war, erschrak er.

»He, wann erfahren wir eigentlich, wohin wir fliegen?« fragte jemand, und Jack drehte sich zu Loco Larry Altierez um, der ihn mit großen geröteten Augen anstarrte.

»Wahrscheinlich werden wir's bald wissen.«

»Sie meinen, der Boss hat's Ihnen noch nicht verraten?«

»Mit keinem Wort.«

»Ein merkwürdiger Kerl. Der macht Cutty und mich richtig nervös.«

Nun stand Wingate auf und kam zu ihnen, gefolgt von einer jungen Südamerikanerin, die ein Tablett mit Drinks trug. »Also, Jungs, wir sind in der Luft. Dann kann's wohl nicht schaden, wenn ich euch erzähle, wo's hingeht.«

Schweigend musterte ihn sein vierköpfiges Team.

»Erst mal fliegen wir zu einem Dorf namens Villa Ahumada. Ich glaube, das kennt ihr schon.«

»*Ese*, ein sehr schönes Land«, sagte Altierez.

»O ja, Mann. Hübsche Farmen und phantastische Jagdgründe oben in der Sierra Madres.« Wingate lächelte Jack an. »Dort warten wir eine Weile auf unsere Lieferung – nicht lange, nur ein paar Tage.« Er nahm seinen Cowboyhut ab und kratzte sich am Kopf. »Und da dachte ich mir ... Warum sollen wir uns in einem miesen Nest an der Grenze langweilen? Fahren wir doch zu meiner Ranch und amüsieren uns. Glaubt mir, meine Freunde, Buddy hat sich schon um alles gekümmert. Da gibt's einen Swimmingpool und Tequila, einen erstklassigen Koch, und wir werden sicher ein paar hübsche Señoritas treffen. Na, wie klingt das?«

»An den Gedanken könnte ich mich gewöhnen, *jefe*«, erwiderte Escondero.

Die anderen lachten. Alle außer Jack.

Wingate grinste ihn an. »Unterhalten wir uns mal da hinten, Jackie.«

Widerstrebend schob sich Jack an Escondero vorbei und folgte Wingate, der seine Schultern umfaßte, sobald sie außer Hörweite waren. »Jetzt regen Sie sich nicht auf. Ich weiß, ich hab' gesagt, wir würden nicht nach Mexiko fahren. Aber wir wollen uns nur ein paar Tage erholen. Außerdem möchte ich Ihnen zeigen, wie da unten die Deals laufen.«

»Habe ich nicht deutlich genug erklärt, ich würde nicht in Mexiko arbeiten«, fauchte Jack wütend. »Wenn da was schiefgeht, sind Sie erledigt.«

»Als ob ich das nicht wüßte, mein Sohn! Deshalb gebe ich ja soviel Geld aus – damit alles klappt. Keine Bange, diese Farm ist sicherer als die Muschi einer Nonne.«

Jack starrte Buddy an, bis der kleine Mann seinem Blick auswich.

»Verdammt, Jack, es wird Ihnen gefallen. Vertrauen Sie mir doch.«

»Sie haben mich belogen, und so was lasse ich mir nicht bieten.«

»Nun machen Sie mal kein Tantam! Sie bleiben ein oder zwei Tage da, und wenn's Ihnen nicht paßt, fahren wir nach El Paso zurück. Einverstanden?«

Ein paar Sekunden lang zögerte Jack, dann nickte er. »Okay. Aber ich find's beschissen, Buddy.«

»Wunderbar! Setzen Sie sich doch nach vorn, zu mir und

Charlotte Rae. Gerade wollten wir Champagnercocktails trinken. Glauben Sie mir, Jack, das wird ein phantastischer Kurzurlaub. Wir werden uns so richtig amüsieren. Entspannen Sie sich, mein Junge, bevor es ernst wird.« Buddy legte seine große, schwere Hand auf Jacks Schulter und führte ihn durch den Mittelgang, vorbei an den anderen Männern, die bereits prahlerisch verkündeten, wie viele Frauen sie auf der Ranch vernaschen würden.

18

Die Cessna landete auf einem privaten Rollfeld im Süden des Dorfes Villa Ahumada und wurde von drei wortkargen Mestizos erwartet. Schnell und umsichtig verstauten sie das Gepäck in einem pechschwarzen Jeep Cherokee, dann fuhren sie mit Escondero, Altierez und Marbella davon. Für die Wingates und Jack stand ein zweiter Geländewagen bereit, ein silbergrauer Typhoon. Buddy und Charlotte Rae setzten sich nach vorn. Angesichts der kurvenreichen Straße war Jack froh, daß er hinten einsteigen konnte.

Schweigend fuhren sie durch eine öde Landschaft voller Kakteen, und in Jacks Magen begann es wieder zu rumoren. Er erinnerte sich an Michaels' Warnung, und plötzlich glaubte er in eine Falle zu tappen.

Zum Teufel mit Michaels, zum Teufel mit den Kakteen ... Natürlich wußten Wingate und seine Gang nicht, wer er in Wirklichkeit war, und er konnte sich nur verraten, wenn er Blut und Wasser schwitzte.

»Ich liebe dieses Land. Sie nicht auch, Jack?« Buddy spähte über seine Schulter. »Ein unendlicher Himmel – und da drüben die Sierra Madres ... Hier unten fühlt man sich völlig frei.«

»Buddy Wingate, der kühne Pionier«, bemerkte Charlotte Rae, die ihre Fingernägel feilte. »Jetzt fehlt nur noch die Pelzmütze.«

»He, lach mich nicht aus, Schätzchen! Ich stamme aus einer guten alten Pioniersfamilie. Mein Urgroßvater fuhr mit einem Maultierwagen von Texas nach Arkansas. Dort wurde er wegen eines Verbrechens verhaftet, das er nicht begangen hatte.«

Charlotte Rae drehte sich um und lächelte Jack verführerisch an. »Alle Wingates wurden zu ihrem kriminellen Lebenswandel gezwungen – von diesem oder jenem skrupellosen Bullen, der ihre guten Absichten mißverstand.«

»Nun, das will ich gar nicht leugnen«, sagte Wingate. »Die reichen Jungs mit ihrem Harvard-Studium konnten die Leute mit ihren Füllfederhaltern übers Ohr hauen. Aber unsereins mußte sich primitivere Methoden einfallen lassen. Letzten Endes läuft's auf ein und dasselbe raus. Denk doch an die Kennedys, die Rockefellers! Glaubst du, die wären soweit gekommen, wenn sie Waisenhäuser geleitet hätten?«

Er grinste sie beifallheischend an, und Jack hätte ihm am liebsten die Zähne eingeschlagen. Aber Charlotte Rae zuckte nur die Achseln, offensichtlich unbeeindruckt.

Bald bogen sie in eine Sandstraße und fuhren in die Gebirgsausläufer. Jack sah einen Pfahlzaun und ein Haus aus Steinplatten, Glas und Stahl, das die Villa in den Hollywood Hills zu einer schäbigen Hütte degradierte. Von einem Balkon im ersten Stock rauschte ein gewaltiger Wasserfall herab, ein Bach verschwand zwischen Pyramidenpappeln.

»Da ist unsere kleine Ranch«, verkündete Wingate, fuhr an dem luxuriösen Gebäude vorbei und hielt. Jack erblickte zwei Gästehäuser aus Adobe. In einen gigantischen, vom Felsen und Grotten umgebenen Swimmingpool ergoß sich ein zweiter, etwas kleinerer Wasserfall. »Willkommen in der Casa Wingate!« rief Buddy. »Sie schlafen mit den anderen in einem der Gästehäuser, Jack. Packen Sie Ihr Zeug aus, dann kommen Sie an den Pool. Dort nehmen wir ein paar Drinks und stimmen uns auf die abendliche Feier ein.«

»Feier?«

»Oh, ich hab' ganz vergessen, Ihnen davon zu erzählen. Oder ich dachte, Sie wüßten es. Heute ist in Mexiko ein besonderer Tag – der Totentag.«

Jack brachte es fertig, Begeisterung zu heucheln. Aber diese Erklärung ließ ihn frösteln.

»Ein paar Leute aus dem Dorf besuchen uns«, fügte Charlotte Rae hinzu. »Lauter nette Freunde. Das wird sicher sehr interessant, Jack.«

»Vor allem dieses Jahr, weil Vater Herrera kommt«, sagte Wingate.

»Ein erstaunlicher Mann«, meinte seine Frau.

Als Jack skeptisch die Stirn runzelte, lachte Buddy. »Klar, das klingt nach Hokuspokus. Vielleicht ist es das auch. Aber wenn Sie Herrera kennenlernen, sind Sie bestimmt hingerissen. Glauben Sie mir, er zieht jeden in seinen Bann. Ein richtiger *brujo*.«

Verwirrt hob Jack die Brauen, und Charlotte Rae erklärte: »Ein Zauberer.«

»Abrakadabra«, murmelte Jack. Aber weder Wingate noch Charlotte Rae lachten.

*

Das Gästehaus war im lupenreinen Santa-Fé-Stil eingerichtet, mit bunten indianischen Wandteppichen, einer indianischen Zeremonienecke im Wohnzimmer, hübschen kreuzförmigen Deckenbalken und Lampen, die wie Aztekengötter aussahen. Auf den Sofas lagen rote und blaue Navajo-Decken, und im Wohnraum stand ein riesiger Fernseher.

Larry Altierez schlenderte zum Barschrank und goß sich einen Scotch mit Soda ein. »Hier läßt sich's leben. Die anderen Jungs sind oben. Wollen Sie einen Drink?«

»Jetzt nicht«, erwiderte Jack.

Achselzuckend nippte Altierez an seinem Glas. Dann sank er grinsend auf eine Couch.

»Was amüsiert Sie denn so?« fragte Jack. »Ist mir irgendwas entgangen?«

»Das glaube ich nicht. Aber ich frage mich die ganze Zeit, wo ich Sie schon mal gesehen habe.«

»Sie sind mir auch sofort bekannt vorgekommen.«

»Wirklich? Und wo mag der magische Ort unserer früheren Begegnung liegen?«

»Im Hollywood Park. Da waren Sie mal mit Freddy Calabasas.«

Altierez kräuselte die Oberlippe, eine schlechte Elvis-Imitation. »Kennen Sie diesen Macker?«

»Ich kannte ihn flüchtig, bevor er in dieser Kalkgrube bei Palmdale ein trauriges Ende fand.«

»Ja, und es war um so betrüblicher, weil Freddy so viel von Pferden verstand. Der wußte immer, welcher Gaul in diesem oder jenem Rennen gewinnen wird. Wahrscheinlich bekam er Insider-Infos. Aber ich hab' Sie nie mit ihm auf der Rennbahn gesehen.«

Jack nahm seine Reisetasche und stieg die Treppe hinauf, ganz langsam, um nicht den Eindruck zu erwecken, er würde flüchten. »Nein, dort war ich, als ich für Jerry Wallenstein gearbeitet habe.«

»Ah, der Judenfürst. Dem gehörte doch die Stute Head for Trouble. Zu schade, daß sie so unglücklich gestürzt ist ...«

»Ja, das war noch beklagenswerter als Freddys Schicksal. Wenn ich mit Wallenstein auf der Rennbahn war, hab' ich Sie ein paarmal gesehen.«

»Was wurde denn aus Wally?«

»Eines Nachmittags ist er verschwunden.«

»He, vielleicht wohnt er jetzt bei Jimmy Hoffa«, meinte Altierez und kräuselte wieder die Oberlippe. Dann zog er sein Messer hervor, ließ die Klinge herausschnappen und begann, seine Fingernägel zu reinigen.

»Oder bei Judge Crater.«

»Ja, denn kenn' ich auch. Jedenfalls haben wir beide uns kennengelernt, als Sie mit dem Juden zusammen waren. Erinnern Sie sich auch dran?«

»Klar. Wer könnte Loco Larry vergessen?«

Nun grinste Altierez auch mit der Unterlippe. Offensichtlich gefiel ihm die VIP-Behandlung. Jack lächelte zurück und stieg die restlichen Stufen hinauf. Im ersten Stock angekommen, holte er tief Luft. Möglicherweise hatte Larry ihn bei einer anderen Operation gesehen, wo er ebenfalls unter falschem Namen aufgetreten war. Und wenn ihm dieser Name plötzlich einfiel ...

Aber warum sollte er sich deshalb den Kopf zerbrechen? Im Augenblick war alles okay. Er ging den Flur entlang, fand ein unbewohntes Schlafzimmer und schloß die Tür hinter sich. Rasch packte er seine Sachen aus. Er wollte so bald wie möglich am Pool eintreffen. Je schneller alle betrunken waren und mit den Nutten, die Wingate hierhergeholt hatte, in der Sonne lagen – desto besser.

*

Am Pool erlebte Jack eine weitere Überraschung. Wingate machte ihn mit einem Geschäftsfreund bekannt, einem deutschen Arzt namens Gunther Baumgartner. Obwohl er schon Mitte Fünfzig war und eine Glatze hatte, wirkte er topfit. Straff spannte sich seine Haut über die Knochen. Wenn man ihn aus der Ferne betrachtete, sah er wie fünfunddreißig aus. Aber sobald man ihn genauer musterte, hielt man ihn eher für sechzig. Jack vermutete, daß sich der Mann einer plastischen Operation unterzogen hatte – aus Eitelkeit, oder um seine Identität zu vertuschen. Irgendwie kam ihm der Doktor bekannt vor, nicht das Gesicht, sondern der Gang, die leicht gebeugte Haltung, die Stimme. Sekundenlang glaubte er zu wissen, an wen Baumgartner ihn erinnerte, dann entfiel es ihm wieder.

Wer immer der Arzt auch sein mochte, Charlotte Rae hatte es ihm sichtlich angetan. Wie ein Pfau stolzierte er am Pool entlang, lächelte sie strahlend an und trank sein Mineralwasser. »Wie schön, daß wir uns wiedersehen, Mrs. Wingate – Buddy ... Und es freut mich auch sehr, Sie kennenzulernen, McKenna.«

»Ganz meinerseits«, antwortete Jack.

»Wie ich von Mrs. Wingate höre, sind Sie genau der Mann, den die beiden gesucht haben.«

Es war unmöglich, den zweideutigen Unterton zu ignorieren. Aber Wingate lachte und zog die sexuelle Anspielung ins Lächerliche. »Ja, der Mann unserer Träume ... Wir haben schon beobachtet, wie er seine Talente zu nutzen weiß, Gunther, und ich gebe Ihnen einen guten Rat – kommen Sie ihm lieber nicht in die Quere.«

»Sehr interessant! Ich war schon oft mit Buddy und seiner Frau zusammen. Aber noch niemand hat sie so tief beeindruckt. Sie müssen ein gefährlicher Mann sein, Mr. McKenna.«

»Nur für meine Feinde«, erwiderte Jack.

»Und geistreich!« Der Deutsche stieg die Stufen zum Sprungbrett hinauf, tänzelte zum Ende und trat zurück, um Anlauf zu nehmen. Dann schnellte er hoch und hechtete ins Wasser, wobei er kaum Wellen erzeugte.

»Ein dreifaches Hoch auf Tarzan!« rief Charlotte Rae. »Jetzt fehlt ihm nur noch ein Schimpanse.«

»Das ist gar nicht komisch«, mahnte Wingate. »Hüte deine Zunge! Dr. Gunther ist ein sehr guter Freund.«

»Du meinst, ein guter Kunde, nicht wahr?«

Während der Arzt aus dem Pool kletterte, wandte sich Buddy zu seiner Frau und starrte sie mit schmalen Augen an. »Du redest zuviel, Darling. Vergiß nicht, Dr. G. hat in ganz Europa liebe Freunde. Also sei nett zu ihm, verstanden?«

Liebenswürdig lächelte sie den Doktor an, als er zu ihr kam. Jack blinzelte und versuchte sich auszumalen, wie der Mann vor der Operation ausgesehen haben mochte. Jedenfalls war er ihm schon einmal begegnet – oder jemandem, der ihm glich. Aber er erinnerte sich an keinen Namen.

»Bravo, Doktor, ein ausgezeichneter Sprung!« lobte Wingate und reichte dem Deutschen ein Handtuch.

»Danke. Springen Sie nicht ins Wasser, Mr. McKenna?«

»Nur wenn ich mich verstecken will«, entgegnete Jack. Lachend strich Charlotte Rae mit ihrem Bein über seinen Fußknöchel.

»Sehr witzig«, meinte der Deutsche. »Ich mag amüsante Menschen. Hoffentlich kommen Sie einmal nach Deutschland. Dann würde ich Ihnen zeigen, wie wir uns vergnügen.«

»Ich wette, da kennen Sie sich ganz genau aus«, bemerkte Charlotte Rae.

»Allerdings«, bestätigte Baumgartner. »Schon seit Jahren kultiviere ich bestimmte Amüsements. Aber es gibt auch in Juarez interessante Möglichkeiten. Die kann ich Ihnen vielleicht zeigen, McKenna, wenn es unsere Zeit erlaubt.«

Darauf gab Jack keine Antwort. Statt dessen setzte er seine Sonnenbrille mit dem Drahtgestell auf und spähte zu einer Grotte hinüber, aus der schrilles Gekicher drang. Eine etwa fünfzehnjährige Nutte schwamm nackt hinter den Felsen hervor und wurde blitzschnell von Loco Larry eingeholt, der sie spielerisch in ein Gebüsch zog.

»Oh, diese Kinder«, seufzte Baumgartner. »Wie leicht sie zu unterhalten sind ...« Er schüttelte den Kopf und nippte an seinem Mineralwasser.

»Sicher wird Ihnen unsere kleine Zeremonie heute abend gefallen, Gunther«, meinte Wingate und ging zum Grill hinüber. »Ich glaube, einen Mann wie Vater Herrera haben Sie noch nie kennengelernt.«

»Ja, man hat mir von ihm erzählt. Angeblich besitzt er mystische Kräfte.«

»Davon halten Sie vermutlich nichts«, sagte Charlotte Rae.

»Oh, da täuschen Sie sich. In meiner Heimat glaubt man schon seit Jahrhunderten an einen gewissen Mystizismus. Ich kannte Leute, die einem Menschen tief in die Augen blickten und erkannten, wonach er sich sehnte, was er fürchtete. Schicksalhafte Zeichen, geheimnisvolle Prophezeiungen ... An solche Dinge glaube ich.«

»Ach ja, das hatte ich vergessen. Die Deutschen waren doch das Volk, das dieses mystische Reich gründete und glaubte, es würde zehntausend Jahre bestehen.«

Wortlos knallte Dr. Baumgartner sein Glas auf den Tisch, der am Rand des Beckens stand, und Jack hätte Charlotte Rae am liebsten geküßt.

*

Gnadenlos brannte die mexikanische Sonne herab, als wollte sie ihnen irgendwas heimzahlen. Um fünf zogen sich Jack und seine Männer in ihre Zimmer zurück – er selbst allein, die anderen mit ihren blutjungen Nutten. Er versank in einen unruhigen Schlaf, erwachte zweimal und wußte nicht, wo er war, hielt zwanzig Schrecksekunden den Atem an und starrte auf die fremden Wände. Allmählich fiel es ihm wieder ein. Er war in Mexiko, von Feinden umgeben. Und er durfte nicht auf Hilfe hoffen, falls irgendwas schiefging. Vielleicht war es besser, sich gar nicht daran zu erinnern.

Er betrachtete den klaren Himmel, der ganz anders aussah als in Los Angeles. Hier in Mexiko funkelten tatsächlich die Sterne. Wenn der Fall abgeschlossen war, würde er hierher zurückkommen, an die Küste von Zihuatanejo, mit C. J. Wie mochte es seinem Partner gehen? Waren Lucille und die Demetrius zurückgekehrt?

Dann hörte er Trommelschläge vor dem Fenster. Sanft und hypnotisch. Er stand auf und schaute aus dem Fenster. In der

Finsternis schwebten zwei Gespenster vorbei, gefolgt von einem Mann im Teufelskostüm, mit stacheligem Schwanz und Mistgabel. Und da draußen ertönten noch andere Instrumente – Panflöten, die er bereits bei kolumbianischen Eingeborenen gehört hatte. Zahlreiche Leute schienen zum Gipfel der Mesa emporzusteigen, wo ein helles Feuer loderte.

»Sind Sie fertig, Mann? Gehen wir?«

Jack drehte sich um und sah Cutty Marbella in der Tür stehen. Im unheimlichen Mondlicht war die Narbe auf der rechten Wange deutlich zu sehen. Der braucht kein Kostüm, dachte Jack. »Klar«, stimmte er zu. »Wie könnte ich mir Vater Herrera entgehen lassen?«

»Mann, das ist kein Witz. Er besitzt übernatürliche Kräfte.«

Verblüfft hob Jack die Brauen. Er wollte eine weitere spöttische Bemerkung machen, aber Marbellas Blick brachte ihn zum Schweigen.

*

Sie gingen den gewundenen Weg zum Hochplateau der Mesa hinauf, das etwa zweihundert Meter vom Haus entfernt lag. Zwischen hohen Kakteen tanzten Geister, Teufel und Skelette. Ein seltsames irreales Gefühl erfaßte Jack, und bald schwirrte ihm der Kopf.

Während sie sich der Versammlung näherten, erkannte er, daß Wingate mehrere Nachbarn eingeladen hatte. Und wer mochte in den Kostümen stecken? Wahrscheinlich Junkies, die in Mexiko untergetaucht waren, um ein gesetzloses Leben zu führen. Marbella gesellte sich zu Altierez, und Jack ließ seinen Blick über die Menge schweifen.

Plötzlich spürte er eisige Finger im Nacken und drehte sich zu Charlotte Rae um, die ihn gespenstisch anlächelte. Auf ihre Lippen hatte sie ein zweites Gebiß gemalt. Die Wangen leuchteten blutrot, unter den Augen hingen kohlschwarze Tränensäcke. Ein ledernes Minikleid schien an ihrem Körper zu schweben, schwarze Netzstrümpfe betonten ihre langen Beine. »O Jack, du bist ja gar nicht kostümiert.«

»Tut mir leid.«

»Kein Problem.« Sie nahm etwas aus ihrer Tasche, und als sie es auf seine Stirn klebte, preßte sie ihre Brüste an ihn. Dann stieß sie ihn spielerisch weg und hielt einen kleinen Spiegel hoch.

»Oh, eine Spinne. Besten Dank. Ich hab' mir schon immer eine Schwarze Witwe auf dem Kopf gewünscht. Sticht sie?«

»Nur ihre Freunde.«

»Dann werde ich sie mit Fliegen füttern. Wann geht der Spaß los?«

»Der hat schon begonnen. Komm!« Sie ergriff seine Hand und führte ihn zum Feuer. Dort stand ein Mann, der eine kupferfarbene Maske trug. Er sah fast außerirdisch aus, so bedrohlich, daß Jacks Atem stockte. Von der Nasenspitze aus erstreckten sich blaue Strahlen zu den Ohren und zum Haaransatz. Zwischen die beiden Augen war ein drittes gemalt, wulstige Lippen entblößten drei kräftige Zähne, die an einen wilden Eber erinnerten. »Das ist Vater Miguel«, erklärte Charlotte Rae. »Jetzt müssen wir warten, bis wir drankommen.«

Während Jack den Flöten- und Trommelklängen lauschte, merkte er, daß er mit Charlotte Rae Schlange stand, in einer langen Reihe, die sich zwischen den Kakteen zu dem maskierten, blaugekleideten Vater Herrera hinaufwand.

»Und was machen wir, wenn wir bei ihm sind?« erkundigte sich Jack. »Küssen wir seinen Ring?«

»Jedenfalls mußt du nicht niederknien.«

Nun kam ein kleiner, dicker Kellner vorbei, als Vampir kostümiert, ein Silbertablett mit gefüllten Champagnerkelchen in den Händen.

»Danke.« Jack nahm ein Glas für Charlotte Rae und eins für sich selbst.

»Oh, eiskalt!« Lächelnd nahm sie einen Schluck. »Genau richtig für Gespenster.«

Auch Jack nippte an seinem Kelch. In der trockenen Wüstenhitze schmeckte der Champagner wie Ambrosia. Als er sich umschaute, entdeckte er drei hohe Kakteen, die Kruzifixen glichen, und erwartete, sie würden zu bluten beginnen. An einem großen Felsenkaktus hingen warzenartige Knötchen. Dieses Gewächs würde eher auf den Meeresgrund passen, dachte Jack – und plötzlich glaubte er zu ertrinken. Von einem heftigen Schwindelgefühl befallen, hoffte er, daß er nicht zusammenbrechen würde.

Und wenn er stürzte? Würde Charlotte Rae ihm auf die Beine helfen oder über ihn herfallen, um sein Fleisch mit ihrem doppelten Gebiß zu zerreißen? Inzwischen waren sie näher an Vater Herrera herangekommen, und Jack beobachtete, wie er Altierez ein Stück Brot reichte. Der große Mann nahm es entgegen, steckte es aber nicht in den Mund.

»Empfangen wir ein Sakrament?« fragte Jack.

»Nein«, erwiderte Charlotte, »der Vater verteilt *pan de muerte*, das Brot der Toten. Das essen wir nicht.«

»Wie beruhigend ...«

Sie gingen weiter, und dann stand Jack vor Vater Miguel Herrera. Durch die Augenlöcher in der Maske starrte der Mann ihn an und verkündete mit tiefer, kraftvoller Stimme: »Wir haben uns hier versammelt, um die Toten zu ehren.« Dann reichte er Jack ein goldenes Tablett, auf dem die Brotstücke lagen. »Dies ist das Fleisch jener, die vor Ihnen auf die Welt kamen – Ihre Großmutter, Ihre Tante, Ihr Vater.« Ein Schauer rann über Jacks Rücken. »Nehmen Sie das *pan de muerte*, junger Mann!« verlangte der Priester.

»Einen Augenblick, Vater ...« Ehe Jack weitersprechen konnte, umfaßte die unheimliche Gestalt seine Schulter. Schmerzhaft gruben sie starke Finger in sein Fleisch. Dann ertönte ein Gong hinter ihm, die Geisterschar verstummte.

Jack hatte das Gefühl, die Augen des Priesters würden ihn durchbohren. Endlich ließ der Priester ihn los, trat zurück und blieb vor dem Feuer stehen, das seltsame Schatten auf die Kupfermaske warf.

In wachsender Unruhe leerte Jack sein Champagnerglas und lauschte der Ansprache des Priesters.

»Meine Freunde, heute nacht sind wir hier zusammengekommen, um unsere Toten zu ehren, unsere Ahnen – jene Menschen, die uns zeugten und ernährten, die uns das Leben schenkten. Aber wir wollen sie nicht nur ehren, sondern auch mit ihnen reden. Denn wir wissen, daß sie immer noch bei uns weilen, obwohl sie ihre irdischen Körper verlassen haben. Wir geben ihnen *pan de muerte*, das Brot der Toten, das ich an euch alle verteilt habe und das ihr auf der Mesa hinterlegen müßt – für die Verstorbenen. Weil wir diesen alten Brauch pflegen, halten uns manche Leute für primitiv und verspotten unseren ›Aberglauben‹. Aber ich sage euch, es wäre abergläubisch, daran zu zweifeln, daß die Toten uns hören können. Das wäre gefährlich und töricht. Wie jeder Mensch weiß, der halbwegs bei Verstand ist, schweben sie rastlos im Wind und zwischen den Kakteen umher. Auch jetzt sind alle Verstorbenen bei uns. Die Menschen, die wir geliebt haben, warten auf die Ehre, die wir ihnen erweisen werden. Und sie werden über uns richten. Sie kennen uns, sie erinnern sich an alles, was auf Erden mit ihnen geschehen ist.« Bei diesen letzten Worten war Herreras Stimme zu einem leisen, eindringlichen Singsang herabgesunken. Wieder schien er Jack anzustarren.

Krampfhaft überlegte Jack, wie er ihn mit einem verächtlichen Scherz abwehren könnte. Aber seine Gedanken gehorchten ihm nicht.

»Stellt euch vor, in allen Pflanzen, die ringsum wachsen, würden die Geister unserer Verstorbenen stecken – einer Großmutter, eines Onkels oder einer Tante, einer innig geliebten Mutter oder – eines Freundes.«

Auch jetzt spürte Jack den Blick des maskierten Mannes und fröstelte. Warum, zum Teufel, interessierte sich der Priester für ihn?

»Nun schließt euch alle der Prozession an und gedenkt eurer Lieben, die diese leidvolle Welt bereits verlassen haben. Nehmt das *pan de muerte*. Legt es auf den Altar an der Westmauer von Señor Wingates Landsitz. Kommt mit uns und wisset, daß wir den Tod nicht fürchten, sondern feiern, denn die Lebenden und Toten sind vereint.«

Neue Trommelschläge dröhnten im Hintergrund der Menge. Als Jack sich umdrehte, sah er drei buntbemalte mexikanische Indianer, die nur Lendenschurze trugen. Auf ihren eingeölten kupferbraunen Körpern spiegelte sich der Flammenschein. Rhythmisch schlugen sie auf ihre Trommeln und sangen.

»Wie hat dir Vater Herreras Predigt gefallen?« flüsterte Charlotte Rae und lehnte sich an Jacks Schulter.

»Sehr eindrucksvoll.«

»Also hast du was empfunden?«

Entschlossen bekämpfte Jack seine Panik. »Ja, ich glaube schon.«

Nun beschleunigte sich der Trommelrhythmus, und die Prozession zog sich zwischen den Kakteen dahin, die wie alptraumhafte Gestalten emporragten. Jacks Herz schlug immer schneller, während er den anderen folgte. Schließlich blieben sie vor dem Altar der Toten stehen. Zu Füßen einer Marienstatue stand ein Gefäß, in dem zahlreiche Erinnerungsstücke lagen – eine Haarlocke, ein kleiner Totenschädel aus kandiertem Zucker, ein Kamm, ein Schlüsselbund, den Gedichtband von Garcia Lorca, ein Messer, auf dessen Griff ein tanzendes Skelett gemalt war ...

Jack kniete neben Charlotte Rae nieder und beobachtete, wie sie ihr *pan de muerte* in das Gefäß legte. Dann kam er an die Reihe. Plötzlich fühlte er sich wie gelähmt. Irgend etwas stimmte hier nicht.

Als er das Brot ablegte, erwartete er, in seiner Seele einen Schrei zu hören – wie in einem alten Vampirfilm. Aber nur der Nachtwind rauschte zwischen den Bäumen und Kakteen.

»Na, wie gefällt Ihnen das, mein Junge?« Jack drehte sich zu Buddy Wingate um, der ein originelles Zorro-Kostüm trug. Er sah so albern aus, daß der Bann gebrochen war, und Jack lachte erleichtert. »Sehr interessant, Don Delorro.«

»Ja, unser alter Vater ist ein faszinierender Typ, was? Manche Leute fallen tot um, wenn er sie anschaut. Dann wären Sie ja ein schöner Leibwächter.«

»Keine Bange! Wenn ich mich schwindelig fühle, erschieße ich ihn einfach und sorge mich erst später um meine Seele.«

Buddy brüllte vor Lachen. »Wirklich, Jack, Sie sind der absolute Hammer! Jetzt gehen wir schlafen, Schätzchen. Morgen wollen wir Jackie ein bißchen was von der echten Magie zeigen.«

»Oh, ich kann's kaum erwarten«, bemerkte Jack.

Buddy legte einen Arm um die Schultern seiner Frau, die unwillkürlich zusammenzuckte, und Jack schaute ihnen nach, als sie zum Ranchhaus gingen. Dann beobachtete er die Leute, die in ihr Dorf zurückkehrten. Vater Herrera ließ sich nirgends blicken.

Wieder lief Jack ein Schauer über den Rücken, und er beschloß seine Nerven mit einem doppelten Drink zu beruhigen. Morgen würde Buddy ihm die großen Neuigkeiten erzählen, dann konnte er sie alle festnageln – und schleunigst aus dieser Geisterwelt verschwinden.

19

Valle hielt an der La-Brea- und Santa Monica-Ampel und musterte den geschniegelten schwarzhaarigen Jungen, der bei der Bushaltestelle stand und ihm zuwinkte. Phantastisch. Der Kleine war höchstens sechzehn und hatte wahrscheinlich jede ansteckende Krankheit, die auf dieser Welt bekannt war.

Als die Ampel auf Grün wechselte, gab Valle Gas und dachte an Kolumbien, an die Casa del Sol, das wundervolle Haus, das er vor fünf Jahren bewohnt hatte. Damals war er da unten stationiert gewesen. Er erinnerte sich an die Rosenspaliere am Gartenweg, seine Dienerin Sylvia, an die Blumen, die sie jeden Morgen auf seinen Frühstückstisch aus Eichenholz gestellt hatte, an die Partys, die schönen Berge.

Dort könnte er immer noch leben. Statt dessen trieb er sich in dieser Kloake herum, sah zu, wie Kinder ihren Arsch verkauften und starben, wie sie einander auf Schulfesten in San Marino niederknallten. Erst heute hatte er von einem Mord in Los Feliz erfahren, der offensichtlich mit der Drogenszene zusammenhing – ein Chorleiter hatte eine Flasche Milch in einem Supermarkt gekauft und war erschossen worden.

O Mann, er wollte weg von hier, den Lebensstil genießen, den er verdiente. Seufzend lenkte er das Auto in eine Parklücke vor dem schäbigen roten Verputz des alten Formosa Cafés. Aus dem Seiteneingang der Bar taumelte ein alter Mann, wahrscheinlich ein Versager aus der Filmbranche. Der Typ war so sternhagelvoll, daß er bei jedem Schritt zu stürzen drohte. Schaudernd betrachtete Valle das verwüstete Gesicht, die halbgeschlossenen Augen.

Allein schon der Gedanke, im Land der ewigen Jugend alt zu werden ... Um das zu verhindern, würde er vor nichts zurückschrecken. Nein, er nicht, verdammt noch mal! Ein paar

Sekunden lang blieb er im Auto sitzen, dann stieg er aus und betrat die Bar.

Nachdem sich seine Augen an das Dunkel gewöhnt hatten, sah er ein Foto von Clark Gable an der Wand hängen, der jung und fit aussah. Daneben lächelte Marylin Monroe, so sinnlich, als hätte sie's eben erst mit Kennedy getrieben. Etwas abseits entdeckte er ein Bild von Elvis im Cowboykostüm aus »Pulverdampf und heiße Lieder«. Großartig, dachte Valle, all diese toten Götter und Göttinnen. Niemanden schien es zu stören, daß sie fünfzig Jahre zu früh gestorben waren. Die hatten es geschafft – Legenden in der Talmi-Stadt. Auch dieser Gedanke ließ ihn erschauern.

So bald wie möglich mußte er nach Kolumbien zurückkehren. Nur darauf kam es an.

Er ging an finsteren Nischen vorbei, wo Kids mit rasierten Köpfen hockten, in zerrissenen Jeans und Doc Martens. Wie erwartet, runzelten sie alle die Stirn.

Am Ende der Bar entdeckte er Julio, setzte sich aber nicht zu ihm. Statt dessen zeigte er in den Hintergrund des Formosa, zum sogenannten Speisewagen mit den roten Kunstledernischen, wo nur jeweils zwei Leute Platz fanden.

»He, was ist los?« fragte Julio Blanco, als sie sich gegenübersaßen. Der drahtige kolumbianische Agent hatte Valle schon oft wertvolle Dienste erwiesen. Aber er war eine Nervensäge.

»Alles beim alten. Haben Sie mit den Leuten in Bogota geredet?«

»Warum sind Sie denn so nervös? Nehmen wir erst mal einen Drink.«

Margie, die Kellnerin, kam zu ihnen, üppig gebaut und stärker geschminkt als Joan Crawford in ihrem letzten Horrorfilm.

»Für mich einen Jack Daniel's«, bestellte Valle.

»Und für mich Perrier«, sagte Julio. Sie verdrehte die Augen, dann ging sie davon. »In Ihrem Alter sollten Sie auf so scharfe Sachen verzichten, Bobby«, meinte er.

»Lassen Sie das meine Sorge sein. Nun will ich wissen, was Sie herausgefunden haben. Aber erst mal muß ich Ihnen eine Frage stellen. Tragen Sie einen Recorder in der Tasche?«

»Also, ich muß doch sehr bitten! Das ist nun wirklich eine schwere Beleidigung!«

»Okay, ich entschuldige mich. Ich muß wohl nicht erklären, was mit Ihnen geschehen würde, wenn Sie solche Spielchen mit mir treiben. Also, was geht da unten vor?«

»Ah, wie mißtrauisch diese Welt doch geworden ist, sehr traurig ...« Julio zwirbelte seinen Schnurrbart zwischen Daumen und Zeigefinger.

»Reden Sie doch endlich, Julio! Ich hab' nicht die ganze Nacht Zeit.«

»Hmmm – was halten Sie denn davon? Inzwischen habe ich alles über einen gewissen jungen Mann herausgefunden. Oooooh, ein sehr übler Bursche. Und es war genauso, wie Sie's vermutet hatten. Wilsons Informant – und alles andere als clean.«

Valle ballt eine Hand, dann öffnete er die Finger wieder – ganz langsam. »Das dachte ich mir. Wo ist er?«

»Er wurde aus Kolumbien weggebracht, an einen privaten Ort. Streng geheim, in einem Militärflugzeug.«

»Haben Sie Fotos?«

»Noch nicht.«

»Dann beschaffen Sie mir welche. Und ich brauche auch Kontoauszüge.«

»Aber das wird einiges kosten. Der Deal wird in der Schweiz abgewickelt.«

Valles Augen verengten sich. »Hören Sie, Mann, was es kostet, ist mir scheißegal. Und es interessiert mich auch nicht, ob der Kerl von brünstigen Dobermannpinschern bewacht wird, Sie Arschloch. Ich will das Zeug endlich haben, also ziehen Sie's an Land. Allmählich wird die Zeit knapp. Haben Sie mich verstanden?«

»Eines Tages werden Sie den Mund zu voll nehmen.« Julio

wollte aufstehen, aber Valle stieß ihn auf die Bank zurück und erhob sich. »Und irgendwann wird ein paar großen Mackern der Kragen platzen, die Sie wie eine Mücke zerquetschen könnten.«

»Mal sehen«, erwiderte Valle.

Hinter ihm erschien Margie, mit einem Tablett. »Tut mir leid, das hat viel zu lange gedauert.«

»Warum sollten Sie pünktlich sein«, seufzte Valle. »Die anderen sind's ja auch nicht.« Drohend zeigte er auf Julio, dann ging er zur Tür.

»Wie ungesellig Sie sind, Bob«, rief Julio ihm nach. Sehr schade ... Grinsend nahm er den Jack Daniel's vom Tablett und leerte das Glas in einem Zug. Dann zog er einen Vierteldollar aus der Tasche und eilte hinter die Theke, um zu telefonieren. Seit zwei Wochen beschattete er Valle, und er kannte jemanden, der sich sehr für den Wortlaut des kurzen Gesprächs im Formosa interessieren würde.

20

Nach dem Frühstück am Pool war Wingate in mitteilsamer Stimmung. »Heute nachmittag zeige ich Ihnen, wo meine Operation über die Bühne geht, Jack. Sind Sie bereit?«

»Das wissen Sie doch.« Endlich würde es losgehen. Die lange Wartezeit zerrte an Jacks Nerven, von Herrera ganz zu schweigen, der ihn in Alpträumen voller maskierter Tänzer mit scharfgeschliffenen Messern heimgesucht hatte.

Und dann gab es immer noch das Problem namens Dr. Gunther Baumgartner. Irgendwie kam ihm der Mann bekannt vor. Aber wieso? Jack ärgerte sich maßlos über diese Gedächtnislücke. Wo hatte er den Deutschen schon einmal gesehen? Und warum war er hier? Offensichtlich kannte er Wingates Pläne. Welche Rolle spielte er darin? Angestrengt dachte Jack nach, während er seinen Orangensaft trank und Marbella beobachtete, der ein paar Nutten im Pool umherwirbelte.

»Vorher muß ich einige Dinge erledigen«, erklärte Wingate, streichelte seinen Bauch und nippte an einer Bloody Mary. »Gehen Sie erst mal schwimmen, Jackie. Wir sehen uns dann um zwei.«

»Klingt gut«, antwortete Jack, obwohl es ihn nicht im mindesten reizte, mit Marbella und den anderen zu baden.

Aber Charlotte Rae rettete ihn. »Eigentlich möchte ich im Dorf einkaufen gehen.«

Sofort sprang Dr. Baumgartner aus seinem Liegestuhl auf. »Das will ich auch, und es wäre mir ein Vergnügen, Sie hinzubringen.«

»Nein, nein«, widersprach Wingate, »Jack ist der Profi. Er soll sie begleiten. Wenn ich auch nicht annehme, daß Salazars Jungs hier irgendwas drehen – man kann nie wissen.«

»Also glauben Sie, in meiner Obhut wäre Ihre Frau nicht sicher?« fragte der Doktor erbost.

»Doch, natürlich würden Sie bestens für mich sorgen«, sagte Charlotte Rae. »Sie sind doch ein echter Superman.«

Gekränkt zuckte der Doktor zusammen, und Wingate entschied: »Jackie fährt sie ins Dorf. Wofür bezahl' ich ihn denn?«

»Ja, das ist wohl am besten«, würgte Gunther hervor.

»Sind Sie bereit, Jack?« fragte Charlotte Rae. »Dann können wir aufbrechen.« Mit schwingenden Hüften ging sie an Baumgartner vorbei, der Mund und Nase aufsperrte und ihr nachstarrte. Als Jack ihr folgte, spürte er den stechenden Blick des deutschen Arztes im Rücken und grinste.

*

Sie stiegen in den schwarzen Jeep Cherokee, und auf der Fahrt durch die Wüstenhitze nahm Jack die verführerische Nähe seiner Begleiterin viel zu intensiv wahr. An diesem Morgen trug sie enge Jeans und ein blaues Wildlederhemd. Ihre blonden Haare hatte sie am Hinterkopf mit einem hellroten Tuch zusammengebunden, auf das winzige Affen gedruckt waren.

»Weißt du was, Jack?«

»Was?« Er starrte auf die Straße und sah eine zwölf Zentimeter lange Eidechse in einem Erdloch verschwinden.

Charlotte Rae legte ihre schmalen Finger auf seinen Schenkel. »Offen gestanden, ich will gar nicht einkaufen.«

»Wirklich nicht?«

»Nein.« Sie beugte sich hinüber und küßte seine Wange.

»Oh, das gefällt mir sehr gut.«

»Mir auch.« Abrupt rutschte sie von ihm weg.

»Stimmt was nicht?« Da sie keine Antwort gab, schaute er sie an. Obwohl sie lächelte, las er tiefe Trauer in ihren Augen.

»Tut mir leid, Jack. Ich wollte mich mit dir amüsieren und dich umgarnen und dein Herz erobern. Statt dessen fühle ich mich schrecklich deprimiert.«

»Das stört mich nicht, ich mag melancholische Ladys«, versicherte er, und sie lachte leise.

Dann rückte sie wieder zu ihm, aber diesmal scheu und zögernd. Charlotte umklammerte drei Finger seiner rechten Hand, wie ein Kind, das sich am Vater festhält. Erstaunt über ihre Stimmungen, die so oft wechselten, warf er ihr einen kurzen Blick zu.

»Jack, ich habe über dich nachgedacht.«

»So?«

»Ja. Und ich muß dir noch was gestehen – es fällt mir schwer, an irgendwas anderes zu denken.«

»Ich weiß, was du meinst.«

»Tatsächlich?«

Ihr Geständnis, sexy und kindlich zugleich, erregte ihn,

und er steuerte den Jeep an den Straßenrand. Vor ihnen wuchs ein zwei Meter hoher Kaktus und erinnerte Jack an die singenden, tanzenden Kakteen in einem Walt-Disney-Film, die Sombreros trugen. Eigentlich sollten sie liebenswert und komisch wirken, aber als er ein kleiner Junge gewesen war, hatten sie ihn erschreckt. Er wandte sich zu Charlotte Rae, und sie sank in seine Arme. Voller Verlangen küßte er sie, spürte ihren weichen, warmen Körper. »Du verblüffst mich immer wieder.«

»Wirklich, Jack? Wieso?«

»Küß mich!«

»Nein, erst mußt du's mir sagen.« Sie schaute ihn an, und die unverhohlene Leidenschaft in ihren Augen nahm ihm den Atem, beschleunigte seinen Herzschlag. »Sag's mir! Ich will es jetzt hören.«

»Bedeuten dir Worte mehr als Küsse?«

»Ja. Alle wollen mich küssen. Nun?«

Seufzend schüttelte er den Kopf. »Du hast es soeben selber ausgesprochen. Verdammt, natürlich will ich dich küssen – und dich lieben. Aber – ich dachte nicht, daß du so bist – wie du bist ...«

»Du stotterst ja.«

»Und daran bist nur du schuld.«

»So was Nettes hast du noch nie zu mir gesagt. Weil ich doch weiß, daß du nicht auf den Mund gefallen bist.«

»Da steckt noch mehr dahinter – du ziehst mich ganz und gar in deinen Bann.« Daß solche Worte jemals über seine Lippen kommen würden, hatte er nicht erwartet. Nun fühlte er sich geblendet und verwirrt, denn er meinte es völlig ernst.

Zärtlich strich sie über seine Wange. »Jack, ich liebe dich.«

»Und ich dich.« Seine Stimme klang so verzweifelt, als hätte er ein Verbrechen zugegeben. Warum sagte er das? Konnte er während seiner ganzen Schauspielerei tatsächlich aufrichtige Gefühle entwickeln? Überwältigt von den süßen, heißen

Wellen, die sein Herz durchströmten, streichelte er Charlotte Raes Haar.

»Oh, ich habe ja solche Angst. Glaub mir, das wollte ich nicht ...«

»Ich auch nicht.« Und diese Antwort war ein weiterer Nagel in seinem Sarg.

»Jack, du kennst ihn nicht. Solche Dinge passieren ihm nicht. Wenn er's rausfindet ...« Sie begann zu zittern, und er drückte sie fest an sich.

»Beruhige dich, er wird's nicht erfahren.«

»Doch. Vielleicht läßt er uns beobachten.«

Jack schaute aus dem Autofenster. »Wenn Buddys Spion nicht als Kandelaber-Kaktus verkleidet ist, haben wir keinen Grund zur Sorge.«

Da lachte sie wieder. »Kommt jetzt nicht diese schöne Stelle in unserem Film, wo du mir versprichst, mit mir zu fliehen?«

»Ja, aber ich bin mir nicht sicher, ob du's überhaupt willst. Buddy kann dir so viel bieten. Das hast du selber gesagt.«

»Ich weiß sehr gut, was ich sagte. Weil ich Angst hatte. Und ich fürchte mich immer noch. Aber ich mag nicht mehr ... Früher hat's mir genügt, ihn auszulachen. Jetzt ist das zu wenig, es funktioniert nur, wenn nichts anderes da ist – niemand, den ich mit ihm vergleichen kann. Und nun bist du in mein Leben getreten.«

Bedrückt starrte er das Lenkrad an. Dieser Szene mußte er ein Ende bereiten. Sofort. Er durfte Charlotte Rae nicht erlauben, alle ihre Hoffnungen in ihn zu setzen. Aber warum nicht? Auf sie gründete er seine eigenen Zukunftshoffnungen, auf die Frau, die er verhaften mußte. »Vorerst brauchen wir nichts zu tun. Wir haben Zeit.«

Aber sie schüttelte den Kopf. »Das bezweifle ich.« Sie knöpfte ihr Hemd auf, schlüpfte aus dem linken Ärmel und zeigte ihm einen blauen Fleck. »Letzte Nacht hat er mich geschlagen.«

»Dieser Hurensohn!«

»So ist er nicht immer. Manchmal überkommt es ihn, wie ein Tobsuchtsanfall. Als wäre er besessen.« Diese Worte klangen erstaunlich monoton und erinnerten ihn an die Wetterberichte im Radio.

»Dafür wird er bezahlen.«

»Nein, Jack, du darfst nichts gegen ihn unternehmen.«

»Was soll ich denn sonst machen?« Wieder einmal fragte er sich, ob er schauspielerte. Und plötzlich empfand er den Wunsch, Buddy zu töten.

»Am besten fahren wir sofort los.«

»Jetzt? Du meinst, wir verschwinden einfach und steigen in ein Flugzeug?«

»Ja! Ich habe ein bißchen Geld beiseite geschafft.«

»Charlotte, wir stehen unmittelbar vor einem großen Coup. Deshalb kann ich nicht abhauen.«

»Aber ...«

»Sei doch realistisch! Ich verdiene nicht viel, und du bist an ein Luxusleben gewöhnt. Was würden wir denn tun? Kinder kriegen und dem Elternbeirat in der Schule beitreten? Täglich Hamburger essen?«

»Warum nicht? Das würde mir viel besser gefallen als alles, was ich jetzt habe. Du bist so eklig ...«

»Wer? Ich? Hab' ich dich vielleicht verprügelt?«

Eindringlich schaute sie in seine Augen. »Nein, du bist der Mann, der mich veranlaßt, über viele Dinge nachzudenken. Du gibst mir das Gefühl, ich könnte mich ändern. Aber nun führst du dich auf wie alle anderen – du willst nur bumsen. Klar, du gehst ein bißchen diskreter ran. Und ich bin auf deine schönen Worte reingefallen.«

Er wandte sich von ihr ab und blickte aus dem Fenster. Nein, dachte er, es ist noch schlimmer. Ich will nicht bloß bumsen, ich werde dich und deinen Mann festnehmen. Bestenfalls kann ich strafmildernde Umstände für dich rausholen. Und was die

Liebe betrifft – was immer ich auch empfinde, ich muß es wegwerfen wie alte Parktickets.

»Jack, ich mein's ernst. Wenn du dir wirklich was aus mir machst, sollten wir sofort fliehen. Ich habe genug Geld, und wir könnten in einem anderen Land ein neues Leben anfangen. Allzu lange wird Buddy nicht nach uns suchen. Damit verschwendet er keine Zeit. Und irgendwann wird er uns vergessen.«

»Das glaubst du doch selber nicht«, entgegnete er und sah sie wieder an. »Er ist viel zu kleinkariert und nachtragend, um so etwas zu vergessen.«

Leidenschaftlich schlang sie ihre Arme um Jacks Hals und preßte den Kopf an seine Brust. »Du hast gesagt, du würdest mich lieben? Bedeute ich dir tatsächlich was? Nur ein bißchen ...«

»Ja, natürlich liebe ich dich. Aber diese Welt ist hart und grausam.«

»Also wirst du nicht mit mir durchbrennen.«

»Charlotte, das kann ich nicht. Wir beide können's nicht. Wenn's dich irgendwie tröstet – ich wünschte, es wäre möglich.«

Sie nickte. »Okay. Ich weiß nicht, warum, aber ich glaube dir. Vielleicht bin ich verrückt.«

»Ja. Und bitte bleib so, das gefällt mir.« Er küßte sie auf die Stirn. Dann wendete er den Jeep und fuhr zur Ranch. Es war an der Zeit, bei Buddys Coup mitzumischen.

*

»Viele Leute halten Juarez für ein Scheißnest«, sagte Wingate und schob seinen lackierten Stetson aus der Stirn, während Jack den Mercedes durch den Abfall auf den Straßen steuerte. »Aber für mich ist diese Stadt das Tor zum Land der großen Chancen. Stellen Sie sich mal vor, Amerika wäre die Champions League und Juarez die Regionalliga. Klar, jeder will im Scheinwerferlicht von Hollywood spielen, doch das schafft man nicht ohne eine gutorganisierte untere Liga. Genau das ist diese Stadt – verdammt, das ganze Land. So als würden uns die Toledo Mud Hens mit ihren besten Spielern versorgen. Verstehen Sie, was ich meine, Jack?«

»O ja.«

Charlotte beugte sich über den Vordersitz. »Sicher wären die Mexikaner hellauf begeistert, wenn sie wüßten, daß du sie der Unterliga zuordnest.«

»Schätzchen, du bist viel zu feinfühlig«, erwiderte Buddy lachend. »Es ist doch nur natürlich, daß wir die Leute ausnutzen. Würde sich ein Hai irgendeinen Scheiß von den Elritzen gefallen lassen? Es gibt nun mal gewisse Naturgesetze.«

»Du meinst wohl Dschungelgesetze.«

»Nun, das läuft aufs selbe raus. Schaut mal!« rief Buddy und zeigte auf eine mexikanische Indianerfamilie – Vater, Mutter, eine kleine Tochter, ein winziger Sohn. Sie standen auf der Straße, in den Händen Chiclets-Schachteln, mit rosa Plastiktüchern abgedeckt. »Erstaunlich! Ein wunderbares Beispiel! In den letzten zwanzig Jahren haben die Amerikaner eine Kaugummirevolution erlebt. Wir können Kaugummis ohne Zucker kaufen, wie Care Free, Plent T-Pak und Bubblicious. Und diese Leute leben davon, daß sie Chiclets verkaufen. So ein Mist stammt doch aus der Nachkriegszeit, wo GI Joe in sein Paradies heimgekehrt ist. Und du willst mir erzählen, die Mexe würden nicht zur Unterliga gehören?« Seufzend schüttelte er den Kopf und bedeutete Jack mit seinem Wurstfinger, rechts abzubiegen.

Jack gehorchte und fuhr an einer Disco namens Happy World vorbei. Obwohl sie neu aussah, blätterte der Verputz von der Wand. Der Club befand sich in einem Riesenglobus, der auf einer Plattform rotierte. Durch drückende, staubige Hitze führte eine graublaue Wendeltreppe zum Eingang hinauf. Die Kugel war mit den Kontinenten bemalt, die Meere leuchteten in grellem Blau.

Als Buddy merkte, daß Jack das Etablissement anstarrte, schlug er sich klatschend auf die Schenkel. »So was nennt man hier ›Nobel-Disco‹. Eine miese L. A.-Imitation. Da drin laufen mexikanische Nutten rum, wie Jean Harlow und Marilyn Monroe herausstaffiert. Und die Dealer sitzen mit ihren Handys in schummrigen Nischen. Einmal war ich drinnen, und da kamen die DEA-Jungs vorbei. Die versuchten, alle Leute mit Stechblick zu töten. Aber sie haben niemandem ins Handwerk gepfuscht. Übrigens, in diesem Schuppen kriegt man eine gute mexikanische Pizza.«

»Was ist eine mexikanische Pizza?« fragte Jack.

»Mit stinkigem Käse. He, fahren Sie nicht so schnell, sonst verlieren wir unsere Freunde aus den Augen.«

Jack spähte in den Rückspiegel und sah Altierez hinter der Windschutzscheibe des Jeeps. Träge rekelte sich Escondero auf dem Beifahrersitz.

»Jetzt da hinein!« Wingate zeigte in eine Nebengasse. »Und dann rechts, durch dieses Tor.«

Sie kamen zu einem Pförtnerhäuschen. Zahnlos grinste der Wachtposten und entblößte einen bläulichen Gaumen. »Señor!« begrüßte er Wingate.

»Hildalgo!« jubelte Wingate, als würde er einen lange vermißten Verwandten wiedersehen.

Dann fuhren sie weiter, und Jack entdeckte ein Schild – »Tampico-Möbel«.

»Willkommen in meiner kleinen Fabrik!« rief Wingate.

»Eine Möbelfabrik«, bemerkte Jack. »Warum heißt sie Tampico?«

»Ein Filmname. Diesen Streifen habe ich vor vielen Jahren gesehen. An die Handlung erinnere ich mich nicht mehr. Ich weiß nur noch, daß es um Spione und Schmuggler und Mädchen und ein doppeltes Spiel ging. Wahrscheinlich lautete die

Moral von der Geschichte: ›Ein Verbrechen lohnt sich nicht.‹ Aber ich hab's anders verstanden. Krumme Dinge machen verdammt viel Spaß. Jedenfalls viel mehr Spaß als die Plackerei in der Karosseriewerkstatt, wo sich mein Alter herumquälte, bis er mit sechsundfünfzig an den Dämpfen dieser teuflischen Lackfarben starb. Parken Sie da drüben, mein Sohn.«

Nachdem Jack den Mercedes auf einen Parkplatz mit dem Vermerk »Reserviert« gesteuert hatte, schaltete er den Motor ab und stieg aus.

Hinter ihm hielt der Jeep, und Jack spürte Esconderos durchdringenden Blick, trotz der Sonnenbrille.

*

Sie durchquerten die Fabrik, und Wingate verkündete wortreich, was für ein grandioser Erfolg seine neue Möbelkollektion sei. »Alles aus Bambus! Ich engagierte einen Designer und erklärte ihm, die Sachen müßten genauso aussehen wie in diesen alten Filmen. Bloß kein Hippie-Bambus, sondern stilechte Eleganz.«

»Ja, wenn's um Bambus geht, weiß Buddy ganz genau, was er will«, bemerkte Charlotte Rae, was ihr einen vernichtenden Blick ihres Mannes eintrug. Jack schaute sie an und dachte an die blauen Flecken. War das ein kleiner Deal zwischen den beiden? Sie verletzte Tag für Tag sein Ego, und ein- oder zweimal pro Woche zahlte er ihr's heim, indem er sie bewußtlos schlug?

Jack musterte die Bambusmöbel, die tatsächlich an alte Filme erinnerten. Minderwertig, billig, exotisch. Genau richtig für Schwule oder sehr junge Leute.

»Übrigens, Bambus hat noch einen weiteren Vorzug.« Buddy ging zu einem Sessel, klappte den oberen Teil einer Armstütze hoch und ließ Jack hineinsehen. »Hohl. Ist das nicht hübsch?«

»Phantastisch. Aber vielleicht sind die Zollbeamten anderer Meinung.«

»Klar«, bestätigte Buddy und schlenderte an einigen Leuten vorbei, die an einer Drehbank arbeiteten. »Die schauen sich jedes einzelne Möbelstück an, das auf die große Reise geht.« Grinsend führte er sein Gefolge durch eine Tür und ein paar hellgrüne Zementstufen hinab. »Aber sie erleben immer wieder eine bittere Enttäuschung«, fügte er hinzu und sperrte eine weitere Tür auf. »Sie finden nur Möbel.«

Nun betraten sie einen Raum mit hellgrünen Wänden, in dem zu Jacks Verblüffung drei Billardtische, ein Pingpongtisch und ein Cola-Automat standen. »Hier erholen sich meine Angestellten«, erklärte Wingate. »Richtig künstlerisch, was?«

Marbella verdrehte die Augen, und Jack nickte. »Erstklassig.«

»Ja, ich wußte, das würde Ihnen gefallen. Spielen Sie Billard, Jack?«

»Ein bißchen.«

»Wie wär's mit einer Partie?«

Jack wandte sich zu Charlotte Rae, die ihm aufmunternd zulächelte. »Warum nicht?« erwiderte er, trat vor ein Wandgestell und suchte sich einen Queue aus. Dann bestrich er die Spitze mit Kreide und ging zu einem der Tische.

Aber Wingate trat an einen anderen. »Hier spiele ich lieber.« Er griff in seine Tasche und zog eine kleine Fernbedienung hervor, richtete sie auf den Billardtisch, drückte auf einen Knopf, und der Tisch schwebte empor.

Dann betätigte Buddy einen anderen Knopf, der Tisch glitt beiseite und Wingate richtete die Fernbedienung auf den Teil des Bodens, der soeben frei geworden war.

Eine elektronische Tür öffnete sich. Neugierig rannten die anderen zu Buddy und spähten hinunter. Eine Rolltreppe führte in einen anderthalb Meter hohen Tunnel hinab, wo mehrere Möbelkisten standen. Als Buddy auf einen dritten Knopf drückte, flammte Licht in der Passage auf. Noch ein Knopfdruck – und die Rolltreppe begann sich zu bewegen. »Der beste Gag seit Disneyland! Runter mit euch, Jungs! Nun könnt ihr ein technisches Wunder bestaunen.«

Als Jack auf die Treppe trat, schmiegte sich Charlotte Rae an ihn. Lebhaft schwatzten Escondero, Altierez und Marbella durcheinander. Aber er schwieg, konnte seine Aufregung kaum bezähmen und fürchtete, seine Hände würden zittern. Ob das irgend jemand bemerkte? Besorgt starrte er auf seine Finger hinab, aber sie waren ganz ruhig.

Fast habe ich mein Ziel erreicht, dachte er und duckte sich unter der niedrigen Decke des Tunnels, und ich kann Wingate festnageln, die ganze Operation zerschlagen. Der Coup meines Lebens ... »Also wirklich, Buddy, das ist phantastisch!« rief er, um seine nervöse Energie in eine überzeugende schauspielerische Leistung zu investieren.

»Natürlich!« prahlte Wingate, während sie dem Tunnel folgten. »Wofür haben Sie mich denn gehalten? Für einen alten Countryboy?«

Immer tiefer führte der unterirdische Gang ins Erdreich. Im Abstand von drei Schritten hingen nackte Glühbirnen an den Wänden, und Jack bewunderte die Isolierschicht an der Decke, die Hartholzbalken. Dieser Tunnel war für die Ewigkeit gebaut.

»Großer Gott, hier ist's ja richtig unheimlich«, meinte Marbella.

»Ja, wie in einem Science-fiction-Film, den ich mal gesehen habe«, stimmte Buddy zu. »›Der Angriff der Maulwürfe‹.«

»Trotzdem kann man gut atmen.«

»Wegen der Klimaanlage. Der Generator steckt in der Wand hinter dem Cola-Automaten.« Nach einer Weile blieben sie stehen, und Wingate erklärte: »Da oben verläuft die Grenze. In nur drei Monaten wurde der Tunnel gebaut. Meine Leute benutzten Preßluftbohrer und Fünf-Pfund-Eimer, um den Dreck und die Steine raufzuschleppen. Zweimal stürzte die Decke ein

– und ich verlor drei Jungs. Aber bei Gott, letzten Endes haben sie's geschafft.«

»Wie lange gibt's diesen Tunnel schon?« fragte Escondero.

»Nun, es kann wohl nicht schaden, wenn Sie's wissen. Seit fünf wunderbaren Jahren wird er benutzt. Und in dieser Zeit haben wir ein paar Dollar verdient.«

Jack seufzte unhörbar und dachte an Koch, einen DEA-Agenten, den er in Montana kennengelernt hatte, in einem Erholungsheim der Agency. Damals war Jack noch ein Grünschnabel gewesen. Er fragte Koch, wie effektiv die Agency arbeiten würde, da ihn niemand über die Erfolgsquote informiert hatte. »Um die Wahrheit zu gestehen«, antwortete Koch, »wir schnappen nur die Idioten, Jack. Oder die leichtsinnigen Typen.« Zunächst dachte Jack, der Mann würde scherzen. Aber ein Blick in die ernsten blauen Augen hatte ihn eines Besseren belehrt.

Fünf Jahre. Was für unvorstellbare Drogenmengen mußten in dieser Zeit den Tunnel passiert haben! Vergeudetes Menschenleben – Mütter, die ihre Kinder für Crack verkauften, behinderte Babys, deren Probleme man in den Flugblättern des Kinderschutzbundes euphemistisch als »verminderte Lernfähigkeit« bezeichnete ... Kinder, die nicht lesen oder stillsitzen konnten, unentwegt von ihrem rastlosen Nervensystem angetrieben, die durch die Straßen rannten und mit sich selber redeten, wie senile alte Bettler in der Dritten Welt – Kinder, die nach irgendwelchen unsichtbaren, unerreichbaren psychischen Reizen strebten. Ja, die Drogen raubten ihnen den Verstand. Und nun würden Buddy Wingate und seine Freunde kolumbianischen Schnee nach Amerika schmuggeln, dieses Heroin, das wilde Kids besänftigen würde, auf Kosten ihrer Willenskraft, ihrer Kreativität und womöglich ihres Lebens. Das war letzten Endes der Preis, den man für die Drogensucht bezahlen mußte. Erst Wahnsinn, dann Tod. Noch ein Schuß gefällig?

Fünf Jahre ... Das Gefühl, einen sinnlosen Kampf auszufechten, drohte Jack zu überwältigen. Wie viele unterirdische

Transportwege mochte es sonst noch geben? Er holte tief Atem, verdrängte diese Gedanken. Jetzt mußte er die Bande zur Strecke bringen, nur darauf kam es an.

»Natürlich braucht ihr jetzt nicht durch den ganzen Tunnel zu laufen«, fuhr Wingate fort. »Nur eins müßt ihr wissen. Wir bringen den Stoff hier unter der Grenze hindurch. Gleich hinter dem dritten Kontrollpunkt am guten alten Texas-Highway steigen wir zu unserem eigenen Möbellager rauf. Selbstverständlich sind die Laster, die durch den Zoll rollen, clean. Die werden von den Grenzbeamten inspiziert und kriegen ein Zertifikat. Dann fahren sie zum Lager, wo ein paar Möbelkisten mit diesen Boxen hier vertauscht werden. Da drin steckt der Koks oder das Heroin, was immer wir in dieser Woche in die Staaten schaffen. Danach müssen wir nur mehr einen Kontrollpunkt passieren, aber mit den Beamten werden wir leicht fertig. Außerdem haben wir schon dieses hübsche Zertifikat mit dem Stempel vom U. S.-Zoll. Also werden sie uns keine Schwierigkeiten machen. Und dann geht's ungehindert weiter nach Arizona und Kalifornien. Ihr, *mi amigos*, müßt dafür sorgen, daß uns auf amerikanischer Seite niemand belästigt. Am Nachmittag fahren wir rüber und besuchen unser Lagerhaus. He, das wird euch gefallen. Ein Stück weiter oben an der Straße findet ihr Rose's Cantina, das Café, das Marty Robbins mit diesem alten El-Paso-Song berühmt gemacht hat. Da gibt's verdammt gute Tortillas mit grünen Chili.« Lächelnd wandte er sich zu Jack. »Nun, mein Junge, was halten Sie davon?«

»Sehr imposant, Buddy. Wirklich, ein erstklassiger Deal.« Jacks Stimme klang respektvoll, ohne spöttischen Unterton. Und er mußte nicht einmal Theater spielen, weil er tatsächlich beeindruckt war – angewidert, aber beeindruckt.

»Ich wußte ja, Sie würden begeistert sein, mein Junge. Und jetzt gehen wir zurück. Ich muß noch ein paar Vorbereitungen treffen, für die Landung. Morgen um Mitternacht wird das Flugzeug aus Kolumbien eintreffen. Und ich muß unsere Tarnung checken.«

»Darum können wir uns doch kümmern«, schlug Jack vor. »Wenn Sie wollen ...«

»Nicht nötig. Normalerweise ist alles okay. Die Mexikaner passen auf. Vor allem, wenn's um eine so kostbare Fracht geht. Kolumbianischer Schnee! Etwa zehn Millionen Dollar wert. Oh, glaub mir, mein Junge, von diesem Kuchen werde ich mir ein gewaltiges Stück abschneiden.« Lachend legte Buddy einen Arm um Jacks Schultern. »Nun könnt ihr euch ein bißchen amüsieren. Geht in einen Nachtclub, sucht euch ein paar süße Muschis, und um vier seid ihr wieder da.«

Jack nickte und bewegte seinen steifen Nacken, als sie auf der Rolltreppe nach oben fuhren.

*

Obwohl er bei den DEA-Besprechungen seine Sorgen heruntergespielt hatte, fragte er sich immer wieder beunruhigt, wie er davonschleichen und seinen Partner anrufen sollte. Michaels' Bedenken waren ihm ganz gehörig an die Nieren gegangen – weil Jack ihm recht geben mußte, trotz des Draufgängertums, das er so beharrlich zur Schau trug. Es würde ganz gewiß nicht einfach sein.

Falls es einen Zeitpunkt gab, wo seine Tarnung auffliegen konnte, dann war es jetzt soweit. Aber diese Gelegenheit erschien ihm geradezu maßgeschneidert. Er saß mit Escondero, Altierez und Marbella im schäbigen Glamour des Happy World. Auf dem Boden lag ein kastanienroter Flickenteppich, und hinter der kreisrunden Theke standen blutjunge mexikanische Nutten, wie Hollywoodstars gekleidet – Buddy hatte nicht zuviel versprochen.

»Marylin Monroe« tanzte gerade mit »Madonna«, in lesbischer Umarmung, beide zu dünn, zu kindlich und dunkelhäutig, um unter den platinblonden Perücken überzeugend zu wirken. In Los Angeles hätte diese dilettantische Darbietung keinen Hund hinter dem Ofen hervorgelockt. Aber Jacks Crew war nicht besonders anspruchsvoll. Die Jungs tranken ihre Cuba-libres, saßen zwei Schritte von den Mädchen entfernt, steckten ihnen Fünfzigdollarscheine ins Dekolleté und spornten sie an. Schließlich warf Jack ihnen ein paar Hunderter zu und schlug Marbella auf die Schulter. »Treibt's doch endlich, Mädchen!«

»Ja, zeigt uns eure Tricks!«

»Okay, Babys, legt mal richtig los ...«

Jack beobachtete, wie rosa und violette Lichter über die atemlosen, vor Begierde grotesk verzerrten Gesichter seiner Begleiter zuckten. Eins der Mädchen sah so aus, als wäre es erst dreizehn, und Jacks Magen drehte sich um. Kurz entschlossen beugte er sich zu Marbella. »Gleich bin ich wieder da, Mann. Ich muß nur schnell was erledigen.«

Träumerisch grinste Marbella. »Verschwinden Sie nur. Und machen Sie's auch für mich.«

Jack nickte den anderen zu und entfernte sich. Zu tief in ihrer Phantasiewelt versunken, würden sie sich nicht für seine Aktivitäten interessieren.

*

Die Hidalgo-Straße führte ihn zu einem Marktplatz, wo eine große dicke Frau Teppiche verkaufte. »Wollen Sie einen, Señor?«

»Nein, danke, ich muß telefonieren.« Verständnislos lächelte sie, und er tat so, als würde er eine Nummer wählen.

»Ah! Da drüben.« Sie zeigte die Straße hinab, aber er sah nichts.

»Wo?« Lächelnd streckte sie den Finger noch weiter aus. Da fuhr ein Bus davon, und Jack sah die Telefonzelle. »*Gracias*«, sagte er und gab ihr einen Fünfdollarschein, den die Frau grinsend einsteckte. Er betrat die Zelle, rief die Vermittlung an und nannte die Nummer. Dann wartete er nervös. Jahrelang hatte er Witze über das mexikanische Telefonsystem gehört. Aber jetzt mußte es ganz einfach funktionieren. So viel hing davon ab. Und tatsächlich – das Glück blieb ihm treu. Nach wenigen Sekunden hörte er ein Klingeln am anderen Ende der Leitung, und wie durch ein Wunder erklang C. J.'s heisere Stimme. »Cal's Pizza.«

»Ziegenkäse und Panzetta, *amigo*?«

Erleichtert seufzte C. J. auf. »Baby, wo zum Teufel steckst du?«

»In Juarez.«

»O Mann, genau das hatte ich befürchtet. Hier scheißen sich schon alle vor lauter Angst in die Hosen. Sie glauben, du wärst längst zwischen den Kakteen verscharrt worden.«

»Keine Chance. Paß jetzt gut auf, ich hab' nicht viel Zeit. Der Deal wird mittels eines Tunnels abgewickelt. Wenn du den sehen könntest – du würdest es nicht glauben. Da gibt's eine Klimaanlage und eine Rolltreppe – nur eine gottverdammte Sushi-Bar fehlt. Der Schnee wird in hohlen Bambusmöbeln versteckt, und Wingates Tarnfirma heißt Tampico. Hier in Juarez hat er ein Büro, und der Tunnel führt in sein Lagerhaus in El Paso an der Route Twentyfive, gleich hinter dem dritten Kontrollpunkt. Die Scheiße wird aus Kolumbien eingeflogen. Mann, da könnten wir ein paar schwere Jungs einbuchten, und die helfen uns vielleicht, an Morales ranzukommen.«

»Phantastisch«, meinte Jefferson.

»Jetzt kann ich nicht länger reden. Der Deal läuft morgen nacht zwischen Mitternacht und Tagesanbruch. Hast du alles verstanden?«

»Klar. Bist du okay, Mann?«

»Alles bestens. Wie hat's Zampas verkraftet?«

»Ganz gut. Aber Michaels ist stinksauer. Der würde dich am liebsten in den Arsch treten.«

»Er wird sich noch viel mehr aufregen, wenn wir diese Scheißkerle anschleppen und sein kleiner Plan ins Wasser fällt – was immer er auch vorhat.«

»Gute Arbeit, Baby.«

»Okay, jetzt muß ich Schluß machen.« Jack hängte ein und schaute sich nervös um. Draußen auf der Straße standen fünf Nutten in hellen T-Shirts, Miniröcken und weißen Plastikstiefeln. Lachend unterhielten sie sich mit einigen Typen, die in einem verbeulten weißen Cadillac saßen.

Jack atmete erleichtert auf. Jetzt hatte er es geschafft. Das Schlimmste war vorbei ...

Aber die Freude wurde ihm schon nach wenigen Sekunden vergällt. An der Straßenecke gegenüber waren die Freier und die Nutten weitergezogen, der Blick zur Bar wurde ihm nicht mehr versperrt. Und jetzt sah er sie auf sich zukommen. Escondero, Altierez, Marbella und Wingate.

Hastig verließ Jack die Telefonzelle und mußte sich sehr am Riemen reißen, um nicht davonzulaufen. Warum war Wingate hier? Hatte er seinen Job früher erledigt und sich zu den Jungs gesellt, um einen kleinen Drink zu nehmen?

In einem stummen Gebet flehte Jack den Himmel an, diese letztere Erklärung möge zutreffen. Leider las er das Gegenteil in den Gesichtern, als sie näher kamen.

»Haben Sie ein bißchen telefoniert, mein Sohn?« fragte Wingate.

»Ja, ich hab' meinen Vater angerufen. Er hat ein kleines Problem mit seinem Herzen, und ich wollte nur fragen, wie's ihm geht.«

»Und wie geht's ihm?«

»Gut.«

»Also, irgendwie fällt's mir schwer, das zu glauben. Weil wir doch wissen, daß Ihr Dad schon seit ein paar Jahren tot ist, Agent Walker.«

Marbellas Lächeln glich einer glitzernden Messerklinge.

Blitzschnell sprang Escondero zu Jack, der ihm zwischen die Schenkel trat. Dann rammte er seinen Ellbogen in die Nase Marbellas, der sich auf ihn stürzen wollte, und rannte davon.

Als er die verkehrsreiche Straße überquerte, entging er mit knapper Not einem Touristenbus. Auf der anderen Seite lief er weiter, so schnell er konnte, und die anderen folgten ihm. Nur fünfzehn Schritte trennten ihn von Wingate und Altierez. Er kam an einer Schusterwerkstatt vorbei. Daneben lag eine Metzgerei, zu der gerade ein Mann mehrere Käfige voller Hühner und Truthähne trug. Jack prallte mit ihm zusammen, und die kreischenden Vögel wirbelten durcheinander.

Rasch packte Jack einen Käfig und schleuderte ihn vor Altierez' Füße. Ein Volltreffer. Altierez stolperte und stürzte, und Jack wollte wieder auf die andere Straßenseite laufen. Aber dort warteten Escondero und Marbella. Also blieb ihm nichts anderes übrig, als seine Richtung beizubehalten. Weiter vorn entdeckte er eine Touristengruppe, größtenteils von etwas älterem Kaliber. Wenn er sich unter die Leute mischte, konnte er seine Verfolger vielleicht abschütteln. Also lief er zu der kleinen Schar, die vor einer alten Kapelle stand, Reiseführer in den Händen hielt und fasziniert zu einem bunten Fenster hinaufstarrte.

»O Mann!« hörte Jack einen Teenager jammern, der neben seiner Mutter stand. »Nur heilige Jungfrauen und Stierkämpfer. Ich will fernsehen!«

Jack versuchte sich ins Zentrum der Gruppe zu drängen. Plötzlich blitzte ein Messer auf. Wie im Zeitlupentempo sah er die Klinge heranschweben. Er konnte ihr nicht ausweichen, und sie bohrte sich in seine rechte Schulter, und ein heftiger Schmerz durchzuckte ihn.

Gellend schrien die Touristen auf, als Jack in eine Hintergasse stürmte, über Mülleimer stolperte und beinahe stürzte. Aber er fand sein Gleichgewicht wieder, schaute zurück und sah sie herankommen, in geballter Formation. Lauter Arme und Beine. Und Wingate schien einen Baseballschläger zu schwingen.

Kraftlos fiel Jack in den Abfall und fragte sich, wie sie es herausgefunden hatten. Dieser Hurensohn ist kein Countryboy, dachte er, und dann prasselten die Schläge auf ihn herab, bis ihm die Sinne schwanden.

21

Brandau stand auf dem Podest und blickte ins Auditorium der Gardena High-School. Kein einziger Platz war frei, reglos saßen die Schüler da. Während der ersten zehn Minuten seines Vortrags über die Drogengefahr begann er neue Hoffnung zu schöpfen. Vielleicht würden sie ihm diesmal zuhören.

Zunächst erzählte er die Geschichte von Paco Huerta, einem ehemaligen Footballstar in der Crenshaw High, der im Vorjahr bei der Heimkehrfeier seines Teams gestorben war, nachdem er im Hinterhof seiner Eltern gekokst hatte. Umgeben von seinen hilflosen Team- und Schulkameraden, hatte er sich am Boden gewunden, von heftigen Krämpfen geschüttelt.

Als Brandau das verregnete Begräbnis schilderte, erfolgte der erste Zwischenruf. »Zum Teufel mit Paco, Mann! Das war ein verdammter *maricón*!«

Die anderen lachten nervös, und ein Lehrer rannte in die Richtung, aus der die spöttische Stimme gedrungen war. »Halt bloß den Mund, Freundchen!« befahl er und zeigte auf einen Jungen in der vierten oder fünften Reihe.

Auf Brandaus Oberlippe perlten Schweißtropfen. Scheiße, wie er so was haßte ... Er mußte die Kontrolle behalten und der Bande beweisen, daß sie ihm nichts anhaben konnte. Und so sprach er in ruhigem Ton weiter: »Und nun kommen wir zum Fall des berühmten Hollywood-Schauspielers Terry Darnay. Erinnert ihr euch an ihn?«

»Klar, der war ein Schwuler!« schrie jemand anders. Nun erklang noch lauteres Gelächter.

Brandau versuchte es mit einem Grinsen, das besagen sollte: Ich stehe auf eurer Seite, Jungs. Aber es klappte nicht. Statt dessen erkannte er, daß er hier oben wie ein Riesentrottel aussehen mußte. Für diese Kids, die teilweise Automatic-Revolver in ihren Ranzen herumschleppten, war er nur ein verdammter, unbedeutender weißer Handlanger.

»He, Mr. Brandau, wissen Sie, warum die Leute Drogen nehmen?« fragte ein Schüler im Hintergrund. »Das will ich Ihnen mal erklären, Mr. DEA-Arschloch. Damit sie sich gut fühlen, verstehen Sie? Was anderes haben sie nicht in ihrem beschissenen Leben. Warum gehen Sie nicht zum Hancock Park zurück, oder wo immer Sie rumhängen, Sie alte Narco-Tunte?«

Ein weiteres Stichwort war überflüssig, ohrenbetäubende Obszönitäten erfüllten den Raum, Gegenstände flogen kreuz und quer. Plötzlich wurde Brandau von einem Wurfgeschoß am Kopf getroffen, und sein Magen drehte sich um. Scheiße, vielleicht war das ein Messer. Er schaute zu Boden, hob das Ding schockiert auf.

Kein Messer. Nur eine Banane. In der ersten Reihe saßen zehn Mädchen und brüllten vor Lachen. Da stand der große DEA-Bonze, der ihnen den rechten Weg weisen sollte, sah aus, als hätte er in die Hosen gemacht, und hielt eine Banane in der Hand.

Im Auditorium herrschte heller Aufruhr. Brandau ließ die Banane fallen und ging langsam zur Tür.

Dann saß er zitternd im Auto, seinen Schläfen dröhnten schmerzhaft. Ein paar Lehrer und die Schulleiterin waren herausgekommen, um zu versichern, es sei nicht seine Schuld, um sich zu bedanken und ihn zu bitten, er möge seinen Vortrag ein andermal wiederholen. Darauf konnten sie lange warten.

*

Brandau holte tief Luft, praktizierte die neue Zazen-Atemtechnik, die Suzie Chow ihm beigebracht hatte, und das beruhigte ihn ein wenig. Aber er war immer noch wütend. Er schaute auf seine Uhr. Halb eins. Großer Gott, Suzie erwartete ihn zum Lunch im Citrus, und er würde sich verspäten. Hastig startete er den Motor, und da entdeckte er den schwarzen Mazda, der auf der anderen Straßenseite parkte. Den hatte er vor zwei Tagen schon mal gesehen. Zumindest glaubte er, sich daran zu erinnern. Wurde er verfolgt?

Wenn ja, von wem?

Er fuhr los und spähte in den Rückspiegel. Tatsächlich, der Bursche blieb ihm auf den Fersen. Aber bei der nächsten Ampel bog der Mazda nach links.

So weit, so gut. Trotzdem machte er sich Sorgen. Falls er beschattet wurde, warum? In Zukunft mußte er besser aufpassen. Irgendwas schien da nicht zu stimmen.

»Hier gefällt's mir«, sagte Suzie, als sie unter einer schicken braunen Segeltuchmarkise im Citrus Platz nahmen. »Erstens ist das Essen phantastisch – und zweitens nicht allzuteuer.«

Brandau brachte ein gequältes Grinsen zustande und erlag der Versuchung, ihr zu widersprechen. »Doch, verdammt noch mal. Eigentlich müßte ich im Pink's Hot dogs mit Chili essen und mein Geld sparen.«

Lächelnd betrachtete sie die Bistro-Gemälde an den Wänden. »Das alles haben wir schon oft genug durchgekaut, Richard. Ich verdiene jetzt ganz gut. Bald krieg' ich diesen Auftrag für den TV-Film, und dann geht's uns noch besser. Wenn du pensioniert wirst, kannst du als Sicherheitsberater ein Vermögen machen. Aber um das zu schaffen, mußt du dich in solchen Lokalen blicken lassen. Da verkehren die richtigen Leute.« Ihre schmale Hand griff nach seiner, und die Berührung weckte Lustgefühle. O Gott, was für eine aufregende Frau ...

Dann schaute er zu einem Tisch im Hintergrund des Restaurants. »Hier sitzen mindestens drei Typen, die du sicher nicht kennenlernen willst.«

»Wen meinst du?« fragte Suzie.

»Drüben in der Ecke. Siehst du den geleckten Kerl mit dem schwarzen Pferdeschwanz, der mit zwei anderen beisammensitzt?«

»Ja, er ist mir schon aufgefallen, als ich reingekommen bin. Irgendein Schauspieler. Aber ich erinnere mich nicht an den Namen.«

»Ein schlechter Schauspieler. Pedro Salazar, einer der aktivsten Dope-Dealer – das Arschloch, das Jack Walker in Tahoe überfallen ließ. Beinahe wäre unser Junge umgebracht worden. Und ich selber bin auch schon ein paarmal an diesen Bastard geraten.« Brandau sprach immer lauter, mehrere Köpfe wandten sich zu ihm. »Verdammt, ich hasse es, in einem Lokal zu essen, wo so ein Abschaum rumlungert.«

»Beruhige dich, Richard«, bat Suzie. »Die Leute starren uns schon an.«

Als sie nach seinem Arm griff, riß er sich los. »Gerade hielt ich in einer High-School einen Vortrag über Drogenmißbrauch. Und das ging gründlich daneben. Daran sind solche geschniegelten Arschlöcher wie Pedro schuld. Die Kids vergöttern dieses Gesindel.« Kalter Schweiß stand ihm auf der Stirn. Aus den Augenwinkeln sah er Salazar aufstehen. »Jetzt kommt er zu uns.«

»Hör mal, Richard, er geht nur zur Toilette. Mach keine Szene.«

Schweigend starrte er Löcher in den großen, kräftig gebauten Mann, der sich arrogant und theatralisch bewegte, mit schwingenden Schultern und Hüften. Während er auf Brandaus Tisch zuschlenderte, schenkte er Suzie ein Lächeln, das lüsternes Interesse und spöttische Verachtung für ihren Begleiter ausdrückte.

»Verdammt, Sie mieser Kerl, worüber lachen Sie?« rief Brandau und sprang auf.

»Richard!« flehte Suzie. »Reg dich ab! Das ist doch unwichtig.« Das Blut stieg ihr in die Wangen, und sie rieb ihre Stirn, als wollte sie sich selber ausradieren.

»Keineswegs. Ich finde, man sollte stadtbekannte Drogendealer aus solchen Lokalen rauswerfen und ihnen den Fraß lieber durch Gitterstäbe hindurchschieben.«

An den Tischen ringsum war es totenstill geworden. Brandau ging zu Salazar, der stocksteif dastand und ihm unverwandt in die Augen schaute. Dann funkelten seine Goldzähne. »Wirklich, ich weiß nicht, wovon Sie reden, mein Freund. Ich bin ein ehrbarer Geschäftsmann – Import und Export.«

»Scheiße!« Brandau beugte sich so nah zu Salazar, daß er dessen Knoblauchatem roch. »Sie verkaufen Dope an Kinder. Damit machen Sie Ihr Geld, *maricón.*«

Salazar lächelte, als würde ihn diese Beleidigung nicht im mindesten stören. »Nun, ich kümmere mich tatsächlich um Kids. Neulich gründete ich eine Mission in meinem Heimatstaat Texas. Dort beherbergen wir viele obdachlose Kinder, geben ihnen was zu essen und halten sie von allen Schwierigkeiten fern. Ich werde bald einen Preis für meine humanitären Aktivitäten erhalten. Hat man Sie schon einmal ausgezeichnet, Agent Brandau?«

Erbost packte Brandau ihn am Kragen. »Zur Hölle mit Ihnen, Sie Schleimbeutel!« Doch er wurde von einem Leibwächter des Dealers weggerissen, der ihm fachkundig den linken Arm auf den Rücken drehte. Brandau stöhnte vor Schmerzen.

»Laß ihn los«, befahl Salazar. »Das ist doch nur ein armseliger, frustrierter Cop.« Sofort gehorchte der kleine, muskulöse Mann, und sein Boß lachte.

»Warten Sie's nur ab, Sie Arschloch, wir kriegen Sie schon noch!« drohte Brandau. Aber seine Stimme klang schwach und keineswegs überzeugend.

Inzwischen war Suzie aufgestanden. »Wir sollten jetzt gehen, Richard.«

»Scheiße! *Er* sollte verschwinden. Nicht wir.«

Aber sie war sichtlich wütend, umklammerte ihre Handtasche und eilte zum Ausgang. Als er ihr notgedrungen folgte, gellte ihm das Gelächter Salazars und seiner Schlägertypen in den Ohren.

22

Im Gegensatz zu den anderen, die gelassen in Zampas' komfortablem Büro saßen, ging Michaels rastlos auf und ab. Schweiß tropfte von seinem Gesicht, trotz der leise surrenden Klimaanlage. Als er zu sprechen begann, spie er die Worte beinahe aus. »Ich glaub's einfach nicht, daß er meinen Befehl mißachtet hat und nach Mexiko gefahren ist. Nach seiner Rückkehr – falls er überhaupt wiederkommt, sollte Agent Walker eine weitere Probezeit absolvieren und offiziell unter Anklage gestellt werden.

Die langen Beine auf die Couch gelegt, schüttelte Calvin Jefferson lachend den Kopf. »He, Mann, wenn Jack zurückkommt, wird man ihm wahrscheinlich eine Tapferkeitsmedaille verleihen.«

»Oder der Präsident belobigt ihn«, ergänzte Valle.

Brandau sog an seiner Pfeife und vermied es, einen ebenso spöttischen Ton anzuschlagen wie seine Kollegen, wenn er auch zustimmend nickte. »Hören Sie, Ted, ich verstehe Ihren Ärger. Jack hat seinen Anweisungen zuwidergehandelt. So was sollte man natürlich nicht unterstützen. Trotzdem – es sieht so aus, als hätte er da unten Erfolg. Den würden wir dringend brauchen. Bald werden sie im Kongreß über die neuen Zuschüsse debattieren. Und da wär's doch sehr erfreulich, wenn unser Chief in einem Drogenkanal stünde, den wir grade vernichtet haben.«

»Letztes Jahr konnten wir sehr viele Gauner festnehmen«, warf Michaels ein.«

»Ja, das ist wahr«, gab Brandau zu. »Aber dieser neue Coup würde zu einem günstigen Zeitpunkt erfolgen. Obwohl ich nicht immer Ihrer Meinung bin, was die Publicity betrifft – dieser Fall könnte unser Image beträchtlich aufpolieren. Und falls Bobs Information stimmt, würden wir auch noch Morales schnappen.«

Valle ließ seine Fingerknöchel knacken. »He, meine Info ist okay. Darauf könnt ihr Gift nehmen. Wollen Sie uns nicht mal eine kleine Atempause gönnen, Michaels?«

Abrupt blieb der Assistenzdirektor stehen und schaute durch Valle hindurch. »Wie jeder in diesem Raum weiß, wird Eduardo Morales wohl kaum am Schauplatz des Deals auftauchen.

»He, niemand behauptet, er würde uns anflehen, wir sollten ihm doch endlich Handschellen verpassen«, entgegnete Calvin Jefferson. »Aber wenn wir ein paar von seinen Leuten einfangen, können wir sein kleines Imperium da unten infiltrieren. Darum geht's doch, oder?«

Michaels schwieg und merkte, daß seine Argumente ebenso lächerlich klangen, wie er aussah. Seufzend nippte Zampas an seiner Cola light und biß in sein riesiges Sandwich. »Ted, wir haben keine andere Wahl, als bei der Operation mitzumachen und Jack nach besten Kräften zu unterstützen. Später können wir ihn immer noch zur Rechenschaft ziehen. Aber bis jetzt scheint alles gut zu klappen.«

Auch darauf blieb Michaels die Antwort schuldig. Er setzte sich und versank während der restlichen Besprechung in einer Art Nebel. Die DEA stand kurz vor dem größten Fang der letzten fünf Jahre, vor der dramatischen Beschlagnahme eines Drogenkanals, die der Organisation höchstes Lob aus Washington einbringen würde. Also gab es nichts mehr zu sagen. Vorerst nichts.

Aber falls ihm sein Spitzel die gewünschte Information lieferte, würde Michaels eine ganze Menge sagen. Und dann mußten ihm die anderen zuhören.

Er nickte oder schüttelte den Kopf, während seine Mitarbeiter genüßlich den Coup planten. Doch in seiner Phantasie sah er andere Ereignisse – einen zusätzlichen Vorteil, auf den er eigentlich nicht gehofft hatte.

Sollte er die entscheidende Information rechtzeitig erhalten, würde er Zampas vielleicht beerben. Zum Teufel mit den Kollegen! Ja, genauso mußte er die Situation sehen. Er hatte versucht, sie zu warnen, und jetzt würde er sein eigenes Schäfchen ins trockene bringen.

*

Um zehn Uhr abends saß ein erschöpfter Michaels vor seinem Faxgerät. Wo blieb das gottverdammte Zeug, das er von seinem Spitzel Vargas in Mexico-City angefordert hatte? Der Mann war überzeugt gewesen, er könnte beschaffen, was Michaels brauchte. Aber man durfte sich nicht einmal auf die besten Spione verlassen.

Andererseits, das war kein gewöhnlicher Coup. Michaels schüttelte den Kopf. Es hatte keinen Sinn mehr, sich darüber aufzuregen. Wahrscheinlich würde die Information heute abend nicht mehr eintreffen.

Mißgelaunt starrte er durch das Fenster auf die funkelnde City von Los Angeles. Von hier oben betrachtet, wirkte die Stadt magisch und einladend. In einem neuen Hotel, ganz in der Nähe, tranken reiche amerikanische Geschäftsmänner Sake, tanzten mit Nutten zu Jazzmusik und wählten eine spezielle Telefonnummer, um Heroin auf ihre Zimmer zu bestellen. Und ein paar Häuserblocks weiter unten an der Straße hausten einige Künstler in einem schicken Loft – um diese Zeit vermutlich high, nach dem Konsum illegaler Drogen.

Ted Michaels seufzte und fühlte sich schrecklich einsam. Was niemand wußte, was er wegen seiner stocksteifen, nervtötenden Persönlichkeit nicht rüberbrachte – im Grunde war ihm alles scheißegal. Aber diese Wirkung erzielte er nicht, und darin lag sein Problem. Wann immer er das Wort ergriff, rief er den Eindruck eines ehrgeizigen Schnösels hervor. Und das stimmt nicht mit seinem wahren Charakter überein.

Für ihn zählte nur die Integrität der Agency. Und er bangte um die Sicherheit der Beamten.

Gewiß, er war ambitioniert, so wie alle anderen. Doch er konnte es nicht so gut mit witzigen Sprüchen übertünchen. Small talk lag ihm nicht.

Und niemand mochte ihn. Daran hatte er sich von Kindesbeinen an gewöhnt. Wäre jemand wie Jack Walker in seiner Position, würden die Leuten ihm zuhören, ganz einfach, weil sie ihn sympathisch fanden. Aber Michaels mußte alles auf einem silbernen Präsentierteller arrangieren, bevor irgend jemand Notiz davon nahm.

Bei Gott, bald würden sie eine Überraschung erleben. Wenn er recht hatte, mußten sie ihm zuhören. Dann würden sie ihn vielleicht nicht mögen, aber wenigstens respektieren.

Zum Teufel, warum meldete sich Vargas nicht? War er selber high, oder bumste er gerade? Hatte er das Zeug oder nicht? Kümmerte er sich überhaupt drum? Oder hieß es wieder mal *mañjana*?

Allmählich lief ihm die Zeit davon. Er dachte wieder an Walker – ein lausiger Cop, aber seltsamerweise der einzige, dem Michaels traute. Zu impulsiv, zu unreif, zu tief in sein Ego und seine jugendliche Rebellion verstrickt – und trotzdem freundlich, intelligent und idiotisch tapfer.

Konnte man ihn auch ehrlich nennen? Davon war Michaels überzeugt, allerdings nicht hundertprozentig. Bei einem spontanen Typ wie Jack bestand immer die Gefahr, daß er sich kaufen ließ, geblendet von Geld oder einem hübschen Mädchen, einem Mädchen wie Charlotte Rae Wingate.

Sicher bumste er mit ihr, und das rechtfertigte er mit dem Argument, daß er sich an Wingate heranmachen mußte. Michaels seufzte wieder. Vielleicht hatte Jack recht. Aber er kannte nicht die ganze Story, und das war sein Problem.

Plötzlich hörte Michaels, wie die Tür hinter ihm aufschwang. Er öffnete die Schreibtischschublade, ergriff seinen Glock-Revolver und drehte sich um. Auf der Schwelle stand eine große Schwarze, einen Besen und einen Mülleimer in den Händen.

»Oh, Lutitia, Sie haben mich erschreckt.«

»Erschreckt? *Sie?*« Lächelnd schüttelte die freundliche Putzfrau den Kopf. »O Mann, ich dachte schon, der Drogenkönig Carlos Guzman hätte sich reingeschlichen.« Beide lachten, dann fragte sie: »Was machen Sie denn hier, so spät am Abend?«

»Ach, ich warte nur auf eine Information aus Mexiko. Aber ich glaube, die werde ich erst morgen bekommen.«

»Mexiko ... Während Sie hier rumhängen, trinken die da unten Tequila und essen Tacos.«

»Ja, ich fürchte, da haben Sie recht. Dann werde ich den Laden mal dichtmachen.«

Lächelnd steckte sie einen kleineren Mülleimer in den größeren. Michaels hängte sein Pistolenhalfter um die Schulter und steckte die Diskette ein. Klar, dachte er, Walker ist okay. Plötzlich wünschte er, daß er ihn informiert hätte. Falls ihm da unten etwas zustieß ...

Unsinn. Niemand wußte irgendwas.

Und wenn doch? Sie wußten soviel. Seit einiger Zeit wurde er verfolgt. Daran zweifelte er nicht. Nicht immer, nicht vom selben Auto. Aber letzten Abend beim Dinner und in der Nacht, wo er Walker nach Hause gefahren hatte, war ihm jemand auf den Fersen gewesen.

Wem durfte er trauen? Er schaute zu Walkers Büro hinüber. Aber es wäre zu gefährlich, dort eine Nachricht zu hinterlassen. Wenn er an den Computer in Walkers Apartment herankame ... Keine schlechte Idee. Er müßte nur einbrechen und das Zeug hinterlassen.

Und wenn Walker nicht zurückkam? Großer Gott, bald würde er Gespenster sehen.

Plötzlich läutete das Telefon. Michaels und Lutitia zuckten zusammen.

»DEA, Michaels.«

»Oh, ich liebe es, wenn Sie so offiziell klingen.« Er setzte sich auf die Schreibtischkante, und die Putzfrau winkte ihm zu. Dann verließ sie das Büro und rollte ihren Abfallwagen vor sich her, mit einer Grazie, die er niemals besitzen würde.

»Wer sind? Was wollen Sie?«

»Ich sitze in meiner Wohnung und schaue mir eine alte Dick-van-Dyke-Show an. Fragen Sie doch, was ich anhabe!« Er spürte, wie ihm das Blut in die Wangen stieg, und die Stimme drängte: »Nur zu! Oder fürchten Sie sich, Agent Michaels?«

»Ich – ah – nun ja ...« Um Himmels willen, sei jetzt ganz cool, ermahnte er sich.

»Sie wollen mich nur necken, nicht wahr, Ted? Geben Sie's doch zu! Es gefällt mir, wenn ein Mann mit mir spielt.«

»Also, was hast du an?« würgte er hervor.

»Meinen winzigen grünen Badeanzug. Denselben wie an jenem Abend, wo wir uns am Pool getroffen haben. Damals dachte ich, er hätte dir gefallen.«

»Sogar sehr.«

»Oh, ich wußte es ja.«

Sein Puls raste. Vor sechs Monaten hatte es angefangen, auf einer Party, die sein Freund Tod, ein Immobilienmakler, in den Hollywood Hills gegeben hatte. Michaels sah den Jungen auf dem Sprungbrett über dem Pool stehen, ein Glas Champagner in der Hand. Unter dem grünen Speedo Suit zeichnete sich ein flacher Bauch ab, und er hatte lange hübsche Beine. Lächelnd warf er das leere Glas dem verblüfften Michaels zu, der es auffing und beobachtete, wie der Junge anmutig ins Wasser hechtete und nur ganz schwache Wellen erzeugte. Als er auftauchte, starrte Michaels ihn an, und in seinem Magen begannen, Schmetterlinge zu flattern. Der Junge kletterte aus dem Bekken, und Michaels gab ihm das Glas.

Dabei berührten sich ihre Finger, und es war wie ein Stromschlag. »Ich bringe Ihnen Champagner«, erbot sich der Junge, und Michaels schaute ihm nach, betrachtete den knackigen Hintern, das weiche blonde Kraushaar an den Beinen.

Trotzdem versuchte er einem Kollisionskurs auszuweichen. Er erkundigte sich nicht einmal nach der Telefonnummer des Jungen und verließ die Party.

Aber es war zu spät. Am nächsten Tag rief er Tod im Büro an, fragte nach der Nummer und erfuhr, Jeffrey habe soeben mit einem älteren Mann Schluß gemacht. Er sei süß und sexy, ein recht erfolgreicher Schwimmer bei der letzten Olympiade.

Zwei Wochen wartete Michaels. In dieser Zeit konnte er kaum essen oder schlafen – geradezu besessen von der Erinnerung an den Jungen auf dem Sprungbrett, an den anmutigen Flug durch die Luft. Schließlich ertrug er es nicht länger. Er rief Jeffrey an und lud ihn in einen Privatclub namens Rey's ein, an der La Cienega.

Ein sehr luxuriöser, sehr privater Club, mit einer exzellenten Speise- und Weinkarte. Doch sie brachten keinen Bissen hinunter. Mühsam schafften sie ein paar Gläser Wein. Bald verließen sie das Etablissement (und das praktisch unberührte Dinner), und der scheue, vorsichtige Michaels legte plötzlich einen Arm um die Schultern des Jungen. Hinter der Straßenecke strich er ihm sogar übers Haar.

Zwei Minuten später saßen sie im Auto. Jeffrey öffnete Michaels' Hosenschlitz und beugte sich hinab.

Trotz dieses wilden, leidenschaftlichen Anfangs waren sie sehr diskret, obwohl Michaels oft die Selbstkontrolle verlor, wenn er nur an seinen Freund dachte. Diese Besessenheit beunruhigte ihn so sehr, daß er die Beziehung beendete, um sich ganz auf seinen Job zu konzentrieren. Denn die Situation in der Agency und der böse Verdacht erforderten seine ungeteilte Aufmerksamkeit.

Wenn er sich auch dagegen wehrte – er vermißte den Jungen schmerzlich.

Vor zwei Tagen hatte er Jeffreys Nummer gewählt, aber nur mit dem Anrufbeantworter gesprochen.

Und jetzt meldete sich Jeffrey, rief ihn hier im Büro an, trieb alberne Spiele. Das war riskant und verrückt. Immer wieder wurden Telefonleitungen angezapft. O Gott, wenn das irgend jemand herausfand ... Aber es beschleunigte Michaels' Herzschlag, und seine Lippen wurden feucht.

Zum Teufel, er hatte es satt, immer nur den zurückhaltenden, umsichtigen Ted Michaels zu spielen. Dieses Risiko weckte seine Lebensgeister. Und das verdankte er Jeffrey.

»Springst du ins Wasser?« fragte er und wußte kaum, was er sagte. In seinen Ohren rauschte das Blut.

»Nein, ich komme gerade vom Schwimmen zurück. Jetzt ziehe ich meine neuen Levi's an und fahre ein bißchen mit dem Auto spazieren.«

»Wohin?«

»Zum Mulholland Drive. Da steige ich aus und warte, bis die Sterne zu funkeln beginnen. Und dann trinke ich Champagner. Das ist doch immer noch legal, nicht wahr, Officer?«

»Du bist wahnsinnig – völlig wahnsinnig.«

»Wieso? Sicher wird's mir Spaß machen. Warum kommst du nicht auch raus und verhaftest mich, Officer? Leg mir doch Handschellen an!« Und dann verstummte der neckische Unterton in Jeffreys Stimme. »Teddy, du hast mir so gefehlt. Ohne dich kann ich nicht schlafen.«

»So geht's mir auch.«

»Treffen wir uns?« flehte Jeffrey eindringlich. »Bitte!«

»Bleib, wo du bist. In dreißig Minuten bin ich da, und wir fahren zusammen.«

»Oh, das wäre wunderbar!« Lächelnd legte Michaels auf. Der Mulholland Drive, Champagner, Sterne. Das paßte nicht zu ihm. Oder doch. Jetzt kam der Ted zum Vorschein, der sich immer hinter dem pingeligen kleinen Bürokraten versteckt hatte. Und damit dieser Ted endlich aus der Versenkung auftauchte, hatte erst ein dreiundzwanzigjähriger Junge kommen müssen.

Er schloß die Schnalle des Schulterhalfters und steckte eine Kopie von der Diskette ein. Einfach irre. Vor wenigen Minuten hatte er sich intensiv auf seine Arbeit konzentriert. Und nun ging er zu einem romantischen Rendezvous mit seinem jungen Liebhaber.

Heller Wahnsinn! Aber er lächelte. Denn dies war das richtige Leben – zwei unglaubliche, verrückte Situationen, die ineinandergriffen. Letzten Endes wird das Leben von Zufällen bestimmt, dachte er. Stets hatte er versucht, Risiken zu minimieren und Zufälle auszuschalten. Doch das war sinnlos, sobald die Leidenschaft siegte.

Großer Gott, was geschah mit ihm? Vielleicht war er dem Streß nicht gewachsen.

Er eilte aus dem Büro, dachte an den Jungen in seinen Levi's, unter den Sternen am Mulholland Drive. Inständig wünschte er, daß er an nichts anderes denken müßte. Aber da war Walker, unten in Mexiko. Den durfte er nicht vergessen. Er hielt inne, erinnerte sich an die Information, an den Plan, eine Nachricht in Jacks Apartment zu hinterlassen. Diese Idee erschien ihm immer noch vernünftig. Er schob das Diskettenpäckchen mit der Aufschrift »Cactus« in seine Brieftasche.

Erst einmal würde er Jeffrey treffen, und dann, zu später Stunde, Walkers kleines Apartment an der Cherokee aufsuchen.

Er lächelte wieder. Vielleicht war das nicht nur ein Abend, der von der Norm abwich, sondern das Debüt eines neuen Menschen, eines lockeren, freundlichen Ted Michaels. Warum nicht?

*

»Möchtest du noch einen Drink?«

»Nein ... Okay, einen allerletzten.« Ted Michaels saß auf einem Felsen über dem Fryman Canyon und betrachtete die funkelnden Lichter im San Fernando Valley. »Was für eine klare Nacht ...«

Neben sich spürte er Jeffreys Nähe, roch sein After-shave. Der Junge legte den Kopf auf Michaels' Schulter. »Heute abend siehst du so müde aus.«

»Das bin ich auch.«

»Tut mir leid. Deine Arbeit muß sehr anstrengend sein.«

»O ja, vor allem jetzt.«

»Natürlich frage ich nicht, warum.«

»Sehr gut. Das könnte ich dir ohnehin nicht erzählen.«

»Natürlich nicht. Aber ich weiß, daß da irgendwelche gefährlichen Dinge passieren.«

»Ja, soviel habe ich dir verraten. Glaub mir, mehr möchtest du gar nicht hören.« Michaels reichte ihm die Champagnerflasche, und der Junge umfaßte lächelnd seine Finger. »Wie heißt es doch in diesen Seifenopern? ›Das ist Wahnsinn‹.«

»Na und? Ich liebe Seifenopern.« Unschuldig grinste Jeffrey, dann nahm er Michaels' Gesicht in beide Hände und küßte ihn auf den Mund.

Als Michaels den Kuß erwiderte, empfand er ein so fremdartiges Glücksgefühl, daß er lachen mußte. »Großartig! Jetzt haben wir eine ganze Magnumflasche getrunken.«

»Stimmt. Aber meine freundlichen Lieferanten sorgen für einen unerschöpflichen Vorrat. Im Auto habe ich noch eine Flasche.«

»Nein, nein. Nicht für mich. Hol dir noch was zu trinken, wenn du willst. Aber ich werde einfach nur hier sitzen und die Lichter von Los Angeles bewundern.«

»Ich wette, ich kann dich umstimmen.« Bevor Jeffrey aufstand, drückte er den Schenkel seines älteren Freundes. Michaels schaute seinem Liebhaber nach, der zum Parkplatz ging, beobachtete den schlanken Körper, den federnden, athletischen Gang.

Und dann erinnerte er sich an Walker. Nein, er durfte keinen Tropfen mehr trinken, sonst würde er's nicht schaffen, ins Apartment einzubrechen.

Plötzlich mußte er wieder lachen. Das würde ihm keine Schwierigkeiten bereiten, weil er ein ausgezeichneter Einbrecher war. In der Agency wußte das kaum jemand. Lang genug hatte er als Undercover-Agent gearbeitet, und es gab keinen tüchtigeren Mann. Zur Hölle mit den anderen ...

Er starrte hinab, sah die Lichter vom Laurel Canyon Boulevard, die sich ins Valley erstreckten. Langsam kroch die lange Autoschlange dahin. Wie schön, dachte er, einfach nur hier zu sitzen, im angenehmen, kühlen Abendwind, und die Füße baumeln zu lassen. Wundervoll. Solche Augenblicke wollte er noch oft erleben. Dies alles durfte nicht an ihm vorbeiziehen, ohne daß er irgend etwas empfand.

Wo steckte Jeffrey? Wo war der Junge, der ihn immer wieder zum Lächeln brachte? Verdammt, wo ...

Seit ein paar Minuten fühlte er sich so müde. Das war gar nicht gut ... Irgendwie mußte er wach bleiben und in Walkers Apartment gelangen. Aber ein bleischweres Gewicht schien ihn niederzudrücken ... Was zum Teufel ...

*

Nachdem Michaels seitwärts gefallen war, kehrte sein Liebhaber zurück, hob ihn behutsam hoch und trug ihn zum Auto. Fast schwerelos lag der Mann auf seinen Armen.

Der Wagenschlag stand schon offen, also mußte er nicht lange herumfummeln. Rasch verfrachtete er den Agenten auf den Beifahrersitz und schloß die Tür. Dann setzte er sich ans Steuer, zog den Schlüssel aus Michaels' Tasche, startete den Motor und verließ den Parkplatz.

Auf dem Mulholland Drive bog er nach rechts und fuhr zu einem anderen Aussichtspunkt hinauf, der etwas höher lag als der Fryman Canyon. Ein kleiner Platz, um diese Jahreszeit von verdorrten braunen Büschen umgeben. Wenn jemand vorbeikam, würde er das Auto am Straßenrand kaum bemerken. Deshalb hatte der Junge diese Stelle ausgesucht. Und weil es keine Leitplanke gab.

Er holte einen Benzinkanister aus dem Gestrüpp hervor und brachte ihn zur Fahrerseite. Dann zog er die Handbremse an, schaltete in den Leerlauf und zerrte den schlafenden Mann hinter das Lenkrad. Rasch überschüttete er ihn mit Benzin.

Ein Kinderspiel, dachte er – bis die Hand des Cops hochschnellte und ihm das Gesicht zerkratzte.

Der Junge sprang zurück und schmetterte den Kanister an Michaels' Kopf.

Stöhnend öffnete Michaels die Augen und richtete sich auf. »Jeff!« murmelte er. »Was ...« Seine Stimme klang sanft, verwirrt und ungläubig.

»Verdammt, ich heiße nicht Jeff.« Noch einmal schlug der Junge zu, und der Agent sank auf den Sitz zurück.

Eine Minute lang wartete der Angreifer, mit flatternden Nerven. Wenn jemand vorbeifuhr ...

Nur mühsam widerstand er der Versuchung, davonzulaufen. Er griff in den Wagen, packte Michaels' Brieftasche. Oh, dafür würde er zweifellos einen netten Bonus bekommen. Er löste die Handbremse, legte den Gang ein, warf ein brennendes Streichholz auf den Boden, dicht neben den bewußtlosen Bullen. Sofort fing das Benzin Feuer. Der Junge trat zurück und versetzte dem Auto einen leichten Stoß. Obwohl der Rand des Abgrunds nur zwanzig Zentimeter entfernt lag, dauerte es eine Weile, bis die Räder ins Rollen kamen. Er spähte durchs Fenster, sah Flammen auf Michaels' Ärmeln lodern. O Gott, er mußte sich beeilen. Der Mann durfte nicht aufwachen.

Aber es war zu spät. Michaels erwachte, sah das Feuer, das

seinen Anzug zerfraß. Mit großen Augen starrte er seinen Liebhaber an. Auf seinen Wangen schienen Tränen zu glänzen, ein grausiger Schrei verzerrte den Mund.

O Gott, laß die Karre davonrollen, dachte der Junge und schob noch einmal an. Michaels' Faust trommelte gegen die Scheibe.

»Jeff!« brüllte er. »Jeff!«

Und der Junge sah, wie Michaels' Haut zu schmelzen begann. Endlich kippte das Auto über den Felsenrand und polterte den Steilhang hinab. Ein gräßlicher Lärm ...

Er schaute hinunter und hörte die Explosion. Dann ging er zu dem Gebüsch, wo er die Harley versteckt hatte, setzte seinen Helm auf, klappte das Visier herab und betätigte den Kickstarter. Als die Maschine aufheulte, stopfte er Michaels' Brieftasche in seinen Ranzen.

Ohne den Flammen noch einen letzten Blick zu gönnen, raste er auf dem Mulholland Drive ostwärts, bog nach rechts, folgte der gewundenen Canyon-Straße, neigte sich fast waagrecht in alle Kurven. Krampfhaft versuchte er, Ted Michaels' brennendes Gesicht aus seiner Phantasie zu verdrängen.

23

Langsam kehrte Jack ins Bewußtsein zurück. Mit seinem rechten Auge stimmte was nicht. Als hätte jemand die Lider zusammengenäht. Verzweifelt versuchte er's zu öffnen, wenigstens einen Spaltbreit, aber da fuhr ein heftiger Schmerz in seine Schläfe hinauf.

Irgend etwas klebte an seiner rechten Wange – ein Insekt schien das Fleisch vom Backenknochen zu saugen, und Jack wollte es wegwischen. Da merkte er, daß seine Hände gefesselt waren. Er biß die Zähne zusammen, holte tief Atem, trotz der stinkenden Luft, und bemühte sich, seine Gedanken zu ordnen.

Das ist kein Insekt, sagte er sich. Aber es fiel ihm schwer, daran zu glauben. Nun bewegte er den Kiefer, und die Schmerzen peinigten ihn auf beiden Seiten.

Allmählich kehrte die Erinnerung zurück. Bevor sie ihn aus der Gasse geschleppt hatten, mußten sie ein paarmal gegen seinen Schädel getreten haben.

»Oh, unser Dornröschen erwacht!« konstatierte Wingates Stimme.

Jack versuchte, den Kopf seitwärts zu drehen, aber das qualvolle Stechen in seinem Nacken hinderte ihn daran. Es gab ohnehin nichts zu sehen. Offenbar lag er in einem stockdunklen Raum. Plötzlich drang ein brennender Lichtstrahl in seine halb geöffneten Augen, und er kniff sie fest zusammen. Jemand stand hinter ihm, zog die Lider hoch, ein Stahlband preßte sich an seine Stirn.

Jetzt konnte er die Augen nicht mehr schließen und sich auch nicht abwenden. Das unerträgliche Licht erschien ihm wie Säure, die auf seine entblößten Nerven floß.

»Alle Scheinwerfer auf Mr. Walker!« rief Wingate.

»Zur Hölle mit Ihnen, alter Fettwanst!« stieß Jack hervor.

»Ah, Sie sind ja noch viel hartgesottener als ein Finnwal. Das gehört wohl zur guten Agentenausbildung. Immer standhaft bleiben, wenn man gefoltert wird, was? Niemals die eiserne Willenskraft und den Kampfgeist verlieren. Das hält einen Mann davon ab, sich mit seinen Peinigern zu identifizieren. Nicht wahr, Jackie?«

Jack schwieg. Es gehörte auch zur Ausbildung, den Bastarden niemals zuzustimmen.

»Fast hätten Sie mir die Suppe versalzen«, fügte Wingate hinzu. »Wissen Sie, diese Mexikaner und Kolumbianer machen nur ganz selten Geschäfte mit Amerikanern. Man muß ihr Vertrauen gewinnen, Baby. Das ist schwierig. Hat mich viel Zeit und Mühe gekostet. Und da kommen Sie und legen mich beinahe rein. Womöglich haben die Jungs Verdacht geschöpft. Erzählen Sie mir die Wahrheit, Jackie. Nur zwischen uns beiden. Dieser Autodiebstahl vor dem Man's Chinese Theater – war der arrangiert oder haben Sie einfach nur beschlossen, die Gunst der Stunde zu nutzen?«

Als Jack zu lachen versuchte, konnte er nur würgen. »Buddy, Sie werden in Ihr kühles Grab sinken, ohne irgendwas zu begreifen.«

»Ooooooh, was für eine garstige Bemerkung! Sie wissen doch, wie gern ich Sie mag. Und ich finde es sogar irgendwie amüsant, daß Sie einen Mann wie mich übers Ohr hauen wollten. Das kommt mir vor wie ein sportlicher Wettkampf. Eins muß ich Ihnen lassen – es war brillant arrangiert. Vor allem die Kerle in Tahoe, die so taten, als hätten sie's auf mich abgesehen ... Das gehörte wohl auch zu dem ganzen Theater, was? Wirklich große Klasse! Und ich wette, das alles ist auf Ihrem Mist gewachsen, denn seien wir doch mal ehrlich – die meisten DEA-Agenten haben genausowenig Phantasie wie ein Pickel auf einem Fliegenarsch. Also war's Ihre Idee, Jackie. Kommen Sie schon! Warum gestehen Sie mir nicht die Wahrheit?«

»Schalten Sie das Licht ab, dann erzähle ich Ihnen alles, was Sie wissen wollen«, erwiderte Jack betont lässig. Aber Wingates spöttischer Wortschwall erschreckte ihn.

Während er in die kleinen Augen schaute, die wie schwarze Bohnen in den Höhlen klebten, überlegte er, ob es vielleicht Buddy gewesen war, der das Drama inszeniert, die ganze Zeit ein falsches Spiel mit ihm getrieben und ihn über den Tisch gezogen hatte. Wingate, unterstützt von seinen Hintermännern ... Zum Beispiel die Typen in Tahoe – konnten sie für Buddy gearbeitet haben? Unglaublich ...

Seine Gedanken überschlugen sich. Sicher, einige Kugeln hatten die Autofenster zertrümmert. Aber niemand war getroffen worden. Falls man erstklassige Infrarot-Zielfernrohre benutzte, riskierte man keine Fehlschüsse.

Und wenn alles eine abgekartete Sache gewesen war – welche Rolle spielte Charlotte Rae? Hatte sie von Anfang Bescheid gewußt? Diese Befürchtung erschien ihm noch unerträglicher als die körperlichen Schmerzen. »Wie haben Sie herausgefunden, wer ich bin?«

»Tut mir leid, alter Junge.« Wingate lächelte, seine Zähne schimmerten grünlich. »Diese Frage müssen *Sie* ins Grab mitnehmen. Aber es freut mich, wie angestrengt Sie drüber nachdenken. Sie haben tatsächlich keine Ahnung, was los ist, nicht wahr?«

Kalte Panik krampfe Jacks Herz zusammen. Wie hatten sie's erfahren?

»Eins würde mich noch interessieren, mein Lieber. Hat's mit Ihrem Telefonanruf geklappt?« Als Jack schwieg, fuhr Wingate fort: »Nun, es ist vollkommen egal, was Sie sagen, weil wir ohnehin davon ausgehen, daß Sie Ihre Kumpel erreicht haben. Angenommen, die Jungs wollen uns morgen nacht festnageln. Aber dann sind wir längst verschwunden – und Sie werden mausetot sein.«

»Machen Sie das verdammte Licht aus!« fauchte Jack. Verzweifelt versuchte er, Zeit zu gewinnen. Aber er war so müde, litt unter furchtbaren Schmerzen, und es fiel ihm unendlich schwer, klar zu denken.

»Oh, ich soll das Licht abschalten, Jackie? Diesen Gefallen würde ich Ihnen liebend gern erweisen, wirklich. Wär's nach mir gegangen, müßten Sie sich nicht mehr damit rumärgern. Dann hätten wir alles vor irgendeinem schäbigen alten Saloon erledigt – mit Schießeisen, im Morgengrauen, wie waschechte *americanos*. Aber unglücklicherweise bin ich nicht der einzige, der da mitmischt. Und Sie haben nun mal das Pech, daß wir im Ausland sind – in einem fremden Land, wo's gewisse Traditionen gibt. Hier hält man sich an eiserne Regeln, wenn man mit Leuten zu tun hat, die zu Gewaltakten und asozialem Verhalten neigen. Verstehen Sie, was ich meine? Übrigens, diese Gesetze sind nicht besonders human.«

Jack gab keine Antwort. Das Licht schien seine Augäpfel zu zerschneiden.

»Trotzdem hab' ich mich aufrichtig bemüht, mit den Jungs zu reden, und ihnen erklärt, früher seien Sie ein guter Freund der Familie gewesen. Wenn Sie Ihnen erzählen, was sie wissen wollen, lassen sie vielleicht Milde walten. Wo Sie doch sowieso schon schlimm genug aussehen, mein Sohn. Schauen Sie doch mal!«

Plötzlich brannte die Lampe schwächer, und Jack sah sich in einem Spiegel, der ihm vors Gesicht gehalten wurde – oder vor eine grausige Fratze seines Gesichts. Die Nase war seitwärts geschoben, das rechte Auge fast zugeschwollen und blutverkrustet, die Oberlippe gespalten. Als er den Mund öffnete, entdeckte er zwei Zahnlücken. Er mußte seine ganze Selbstbeherrschung aufbieten, um nicht laut zu schreien, holte tief Atem und zog sich an jenen dunkeln, sicheren Ort in seinem Innern zurück, der immer noch unverletzt war.

Dann verschwand der Spiegel, das Licht stach ihm wieder in die Augen.

»Ist Ihnen jetzt klar, was ich meine, Jackie? Sie sehen wie hausgemachte Scheiße aus. Aber ich habe unsere Gastgeber in diesem schönen Land gebeten, Sie zu schonen, falls Sie uns gewisse Dinge anvertrauen, zum Beispiel die Namen sämtlicher Petzer – verzeihen Sie, ich meine, die Namen der geheimen Informanten, hier und in Los Angeles.«

»Komisch, die hab' ich alle vergessen«, entgegnete Jack.

»Das war die falsche Antwort«, tadelte Wingate, verpaßte ihm einen Kinnhaken, und ein heftiger Schmerz raste zu Jacks Schläfen hinauf. »Aus einer starken Position heraus kann man am besten verhandeln. Also, ich frage Sie noch einmal. Wie heißen die Informanten?«

»Ficken Sie sich ins Knie.«

»Oh, wie lustig – sehr clever!« bemerkte Buddy und bohrte einen Finger in Jacks rechtes Auge.

Gepeinigt schrie Jack auf und glaubte, der Augapfel würde ihm aus dem Kopf fallen. Noch schlimmer – jetzt gab es keinen Zweifel mehr. Von Anfang an war es eine abgekartete Sache gewesen – mit Charlotte Raes Kooperation. Er erinnerte sich an die Nacht in Malibu, an die blauen und grünen Flecken, die sie ihm gezeigt hatte. Um Himmels willen, die waren doch echt, überlegte er. Oder nicht? Vielleicht Schminke ...

Nein, seine Phantasie ging mit ihm durch. Und wenn die Flecken echt gewesen waren – was dann? Womöglich das Resultat eines perversen kleinen Spiels zwischen Buddy und seiner Frau ... Gefiel es ihr, wenn er sie verprügelte? Brachen sie dabei in wildes Gelächter aus und jubelten, weil es ihnen mühelos gelang, einen blöden Bullen reinzulegen, der sich von seinem Schwanz herumkommandieren ließ? Diese Gedanken quälten ihn noch grausamer als die Schmerzen in seinen Augen und Schläfen, in seinem Kinn. Nun fiel ihm wieder ein, was sein Vater einmal über die Schwäche der Familie Walker gesagt hatte, über das Bedürfnis, den Helden zu mimen, große Szenen zu inszenieren.

Und er war so sicher gewesen, er hätte sie getäuscht, Charlotte Rae für sich gewonnen, den tollsten Coup seines Lebens gelandet. Jetzt stand er vor dem Nichts, und sie konnten mit ihm machen, was sie wollten.

Lachend schüttelte Wingate den Kopf. »Ja, wir haben Sie ganz schön angeschmiert, Jackie. Natürlich sind uns auch ein paar Fehler unterlaufen. Zum Beispiel hätten wir Ihnen nicht erlauben dürfen, Ihre Freunde anzurufen. Das Telefon in der Bar funktionierte nicht, und an die Zelle auf der Straße dachten wir bedauerlicherweise nicht. Sieht so aus, als hätten Sie Ihren Jungs eine ganze Menge erzählt. Aber das läßt sich nicht mehr ändern. Also, geben Sie uns die Liste Ihrer Spitzel in Mexiko und Los Angeles. Dann kommen Sie vielleicht mit halbwegs heiler Haut aus der Sache raus.«

Jetzt war es Jack, der laut auflachte. »Verkaufen Sie das woanders, Buddy. Soll ich etwa glauben, Sie hätten mich nur geschnappt, um mir dann großmütig die Freiheit zu schenken?«

»Wie Sie meinen, mein Freund.«

Jack wappnete sich gegen den nächsten Fausthieb. Doch er spürte keinen. Statt dessen fiel er nach hinten – ein beängstigendes Gefühl, so als hätte man den Boden unter ihm weggezogen. Da merkte er, daß man die obere Hälfte seines Feldbetts hinabgeklappt hatte. Er lag flach auf dem Rücken, an Händen und Füßen gefesselt, und Wingate stand neben ihm.

Zumindest glaubte er, daß es Wingate war. Das Licht schmerzte immer noch in seinen Augen, und er erkannte das Gesicht nicht, nur namenlose, verschwommene, geisterhafte Konturen.

Und nun sah er die Umrisse erhobener Arme, die etwas festhielten. Einen Knüppel? Wieder wartete er vergeblich auf brutale Schläge und beobachtete, wie die Gestalt etwas schüttelte, wie ein Barkeeper, der einen Martini mixte. »Was zum Teufel ...«, begann er.

Jemand anderer kam zu ihm – nein, zwei Personen. Escondero? Marbella? Das vermochte er nicht genau festzustellen. Auch sie umklammerten einen Gegenstand – etwas, das einer langen, dicken Wurst glich, und sie senkten es zu seiner Nase herab. Jetzt sah er, was es war, keine Wurst, sondern ein fest zusammengerolltes, dampfendes Handtuch.

Und der Martini-Shaker? Er näherte sich ebenfalls seinem Gesicht. Aber es war eindeutig *kein* Martini-Shaker. Also keine gemütliche Cocktailstunde ...

Endlich erkannte er den Gegenstand, und das Herz wurde ihm schwer. Eine schlichte, klassische Cola-Flasche. Und Wingate schüttelte sie mit aller Kraft, den Daumen auf der Öffnung. Da wußte Jack ganz genau, was geschehen würde.

»Ah!« rief Wingate. »Jetzt seh' ich's Ihrem hübschen Gesicht an, Jackie. Sie haben die Message begriffen. In solchen Situationen gibt's immer jenen interessanten Moment, wo das Opfer – nämlich Sie – allmählich kapiert, welche Technik angewandt werden soll – nämlich von uns. Manche Leute behaupten, der Augenblick der Wahrheit und das angstvolle Warten auf das Unvermeidliche seien noch schlimmer als die eigentliche Folter. So was glauben natürlich nur tiefschürfende Denker von Ihrem Kaliber. Ein schlichtes Gemüt wie ich würde seelische Qualen jederzeit vorziehen. Wissen Sie, was ich meine? Verraten Sie uns jetzt die Namen? Oder wollen wir rausfinden, ob's mit Cola besser klappt?«

»Zum Teufel mit Ihnen, Sie fettes Stück Scheiße!« stieß Jack zwischen zusammengebissenen Zähnen hervor und preßte den Kopf so fest wie möglich an die Liege.

»Schon wieder die falsche Antwort, Jackie.«

Das Stahlband um Jacks Kopf zog sich noch fester zusammen, und er konnte nicht einmal scheinbaren Widerstand leisten. Entschlossen bekämpfte er seine Panik, indem er sich einredete, sie würden ihn nicht töten, bevor er redete.

Und dann dachte er gar nichts mehr. Die Cola schoß in sein rechtes Nasenloch, die Kohlensäure spritzte in seine Nebenhöhle, so kraftvoll, als käme sie aus einem Feuerwehrschlauch. Plötzlich hörte er irgend jemanden schreien. Das mußte er selber sein. Krampfhaft zuckten seine Gliedmaßen in den strammen Fesseln.

Alles, was zu seiner Nase gehörte, schien in Flammen zu stehen. Da wußte er, daß sie irgendwas in die Flasche geschüttet hatten, wahrscheinlich drei Löffel Cayennepfeffer. Verzweifelt versuchte er, den Mund offenzuhalten, das Zeug auszuspukken, das in seine Kehle und in die Lungen drang. Schon nach wenigen Sekunden war das vergebliche Liebesmüh, weil grobe Hände das glühendheiße zusammengerollte Handtuch auf seine Nase und die Lippen preßten. Da er die brennende Kohlensäure nicht ausspeien konnte, füllte sie seine Lungen.

Nun schob Wingate die Cola-Flasche vom rechten zum linken Nasenloch, die Flüssigkeit explodierte noch einmal. Der Druck des heißen Handtuchs ließ nicht nach, und Jack glaubte, einen tobenden Schimmel zu sehen, der wild nach allen Seiten ausschlug, und in kochendem, brodelndem Wasser zu versinken.

Wie rasend schlug sein Herz. Und die Panik ließ sich nicht mehr bekämpfen. Er ertrank – in diesem gottverlassenen Raum in Juarez. O Gott ... Während die Flüssigkeit in seine Lungen drang, versuchte er, sie herauszuhusten. Aber das Handtuch hielt alles zurück. Und dann erbrach Jack sein Frühstück, würgte und gurgelte, verspürte animalisches Entsetzen – und dann gar nichts mehr.

Aber genau in dem Augenblick, wo er den barmherzigen Tod begrüßte, zogen sie das Handtuch weg. Erfolglos versuchte er sich aufzubäumen, während er die Cola und das Frühstück ausspie. Zwischen einzelnen Krämpfen rang er mühsam nach Luft.

Und irgend jemand – sicher nicht Wingate – war so freundlich, die ganze Bescherung wegzuwischen. Dann legten sie etwas anderes auf sein Gesicht, und zunächst wollte er sich mit letzter Kraft wehren. Doch dann merkte er, daß es eine Sauerstoffmaske war. Reine, klare, kühle Luft ... Und er japste wie ein gestrandeter Fisch.

»Geht's Ihnen jetzt besser, mein Sohn?« Nicht mehr Wingates Stimme. Viel ruhiger und gütiger. Irgendwie hatte er es gewußt. Diese Stimme würde er noch einmal hören. Vater Miguel Herrera.

»Wissen Sie, wer ich bin, mein Sohn?« Sanft berührte der Priester seine Wange, und Jack drehte ruckartig den Kopf zur Seite. Die Stahlbänder waren gelockert worden. Bei dieser Erkenntnis empfand er eine so tiefe Dankbarkeit, daß ihm fast übel wurde. Er fühlte sich wie ein Sterbender, dem man eine große, widerliche rosa Marzipanstange gegeben hatte, und nun verschlang er sie begierig.

Diese sklavische Dankbarkeit mußte er unterdrücken. Doch das gelang ihm nicht, denn die zärtliche Fürsorge, die ihn an einen verständnisvollen Vater erinnerte, nahm kein Ende. Wassertropfen sprühten ihm ins Gesicht.

»Tut Ihnen das gut, mein Sohn?«

Jack konnte nicht sprechen. Hatte man ihm die Zunge herausgeschnitten?

»Mein Freund, Sie haben sich wacker gehalten«, fuhr die freundliche Stimme fort. »Und Ihre Widerstandskraft ist bemerkenswert. In solchen Situationen schreien die meisten Leute viel lauter.«

Jetzt merkte Jack, daß er zu schlucken vermochte, und er bewegte die Zunge im Mund. »Wo ist Wingate?« würgte er hervor.

»Señor Wingate muß sich um andere Dinge kümmern, Jack. Deshalb werde ich mit Ihnen sprechen. Es beunruhigt mich, Sie in diesem Zustand zu sehen.«

»Tatsächlich? Wie rührend ...« Jack hustete die letzten Reste seines Frühstücks und der Cola heraus, dann schnappte er nach Luft.

Behutsam wischte ihm der Priester das Kinn ab, mit einem feuchten Tuch. Jack blinzelte, aber er konnte Herreras Gesicht nicht sehen.

»Allmählich scheinen Sie sich zu erholen, Jack.«

Jack versuchte, einen möglichst scharfen Ton anzuschlagen, brachte aber nur ein halbersticktes Flüstern zustande. »Also soll ich reden?« Seine Kehle fühlte sich an wie versengtes Fleisch. »Warum schalten Sie das Licht nicht aus?«

»Allzu wohl dürfen Sie sich nicht fühlen. Sonst könnten Sie einschlafen.«

Jetzt wurde ein Glas Wasser an Jacks brennende Lippen gehalten, und er spähte zögernd hinein. Irgendeine klare Flüssigkeit ...

»Nur Mineralwasser, Jack. Das wird Sie stärken.«

Nachdem er so krampfhaft erbrochen hatte, schmerzte sein Hals immer noch. Aber er durfte dieses Zeug nicht trinken. Deshalb drehte er den Kopf zur Seite, so weit es das Stahlband erlaubte.

»Falls Sie befürchten, Sie könnten vergiftet werden, Jack – keine Bange. So etwas würde ich Ihnen niemals antun.«

»Das weiß ich, Vater. Weil Sie mich von ganzem Herzen lieben.« Während Jack sprach, hörte er ein Husten zu seiner Rechten und wandte sich in diese Richtung. Schuhleder glänzte, ein spitzer brauner Halbschuh mit Quaste. Zwei Hände packten seinen Kopf von hinten. »Zu spät, Doc Baumgartner. Ich habe Ihre putzigen Nazi-Schuhe schon gesehen. Halten Sie eine hübsche kleine Harpune in der Hand?«

»Sehr eindrucksvoll«, meinte Vater Herrera. »Wie schnell Sie wieder zu Kräften kommen ... Aber Sie überraschen mich, Jack. Alle Leute versicherten mir, Sie seien hochintelligent. Trotzdem scheinen Sie zu glauben, hier würde es nur um Informationen gehen. So ist es nicht. Da steckt viel mehr dahinter. Gestatten Sie mir eine Frage. Verstehen Sie, was es heißt, jemanden zu lieben?«

»Erklären Sie's mir, Vater.« Jacks Stimme klang wie Schmirgelpapier.

Plötzlich schlug ihm der Priester mit dem Handrücken ins Gesicht. Jack spürte einen stechenden Schmerz, Blut rann über sein Kinn.

»Wirklich, Jack, es wäre besser, Sie würden die Frage ernst nehmen. Ich rede nicht über sexuelle Liebe, sondern über die Beziehung zwischen zwei Männern. Nennen Sie's Freundschaft, wenn Sie wollen. Eine Freundschaft, die viel tiefer ging als alles, was Mann und Frau jemals verbinden könnte ... Kennen Sie die Bedeutung einer solchen Freundschaft?«

Diesmal schwieg Jack, und Vater Herrera strich ihm über die Wange, beinahe eine Liebkosung. »Ich spreche mit Ihnen, und ich erwarte eine Antwort.«

»Ja«, erwiderte Jack und gewann den Eindruck, jemand hätte glühendheiße Elektronen an seiner Retina befestigt.

»Ja – weil ich das hören will? Oder weil Sie solche Freundschaften erlebt haben? Sagen Sie die Wahrheit, Jack. Ich merke es immer, wenn man mich belügt.«

»Ja, ja, solche Freundschaften kenne ich.«

»Daran zweifle ich, Jack. Ich fürchte, die Bürger in Ihrem Land – in diesem wundervollen Land, das allen Freiheit und Menschenwürde garantiert – verstehen so eine innige Liebe nicht. Geld, Macht oder Status – das sind ihre einzigen Maßstäbe. Vermutlich empfinden Amerikaner nur dann Liebesgefühle, wenn sie ein Auto kaufen. Alle zwei oder drei Jahre tauschen sie die alte Liebe gegen ein neues, glänzendes Modell ein. Welch ein erbärmliches Volk ...«

»Und Sie beweisen Ihre moralische Überlegenheit, indem Sie uns Drogen verkaufen?« fragte Jack.

»Warum sollten wir das nicht tun?« konterte Vater Herrera mit erhobener Stimme. »Ihr CIA ermutigt uns doch dazu. Jahrelang hat mir Ihre Regierung mein Geld weggenommen. Das sind ganz normale Geschäfte, mein Freund. Sogar ein Teil Ihrer Kollegen steht auf unserer Kundenliste, Jack. Oh, Sie wären verblüfft, wenn ich Namen nennen würde. Gewiß, die DEA dürfte mehr oder weniger clean sein. Na und? Ihre Agency ist nichts weiter als eine armselige zeitgemäße Version des Friedenscorps. Denken Sie doch an die idealistischen Kinder der sechziger Jahre, die in der unglücklichen, unterdrückten Dritten Welt Brücken und Dämme bauten, während Kennedy und der amerikanische CIA die Reformen unterminierte, die diese Kids anstrebten. Genau das ist auch die Position der DEA, Jack. Sie schnappen ein paar dümmere Dealer, und Ihre Regierung und die Geschäftsleute verdienen Milliarden am Drogenhandel. Warum also sollten wir Ihren Landsleuten keine Drogen verkaufen? Auf diese Weise befreien wir unsere Welt, indem wir Ihre infizieren und versklaven. Verstehen Sie?«

»O ja«, bestätigte Jack heiser. »Ihr seid keine Drogenhändler, sondern Befreier.«

»Allerdings. Wie Bolivar oder Zapata.«

Sekundenlang erweckte Herrera den Eindruck, als wolle er weitersprechen. Doch dann entstand eine kurze Pause, und Jack merkte, daß der Priester zuviel ausgeplaudert hatte.

Zapata? Diesen Namen hatte Michaels erwähnt. Aber was mochte das bedeuten? Und worum war es in Herreras Tirade wirklich gegangen? Wenn die Agency so erbärmlich war, was brachte den Geistlichen dann dermaßen in Wut?

Nun räusperte er sich und holte tief Atem. Offenbar versuchte er, seine Emotionen zu bezähmen. »Wir sprechen von Liebe, Jack. Und ich habe einen Menschen geliebt. Mehr als sonst jemanden.« Wieder unterbrach er sich, und Jack glaubte, ein unterdrücktes Schluchzen zu hören. »Ihretwegen ist er tot, mein Sohn«, fügte Herrera hinzu.

»Wer war er?«

Nun herrschte ein langes Schweigen, und plötzlich teilten beide eine seltsame Intimität, in der die Würde des Todes anerkannt wurde – gleichgültig, unter welchen Umständen er erfolgt war.

»Er hieß José Benvenides. Letztes Jahr haben Sie ihn in Tucson erschossen.«

Nun wußte Jack, warum er sich bei der ersten Begegnung mit dem »Priester« so unbehaglich gefühlt hatte. Vater Herrera war Eduardo Morales – höchstpersönlich. Dafür gab es keine Beweise, aber seine Gewißheit bedurfte keiner Logik. Außerdem – wer sonst konnte einen so komplexen Racheplan geschmiedet und die Mittel besessen haben, um ihn durchzuführen?

»Erinnern Sie sich an ihn, Jack?« Morales' Stimme klang ruhig und ehrfürchtig, als spräche er ein Gebet.

»Ja.« Vor seinem geistigen Auge sah Jack wieder Benvenides' Pistole, die auf seinen Kopf zielte. Und er entsann sich seiner festen Überzeugung, daß er bald sterben würde. Er hörte die Waffe klicken, die Ladehemmung – und er sah den Mündungsblitz aus seinem eigenen Glock-Revolver, dessen Kugel Josés Kopf durchbohrte. »Glauben Sie mir, ich wollte ihn nicht töten. Vielleicht ist das wichtig für Sie, Vater.« In diesem letzten Wort schwang ein ironischer Unterton mit. »Zuerst versuchte José auf mich zu schießen, aber seine Pistole ging nicht los. Ich hatte keine andere Wahl.«

»Ist das wahr?«

»O ja.«

»Und Sie denken, das würde eine Rolle spielen?«

»Natürlich.«

Morales nickte. »Sicher sind Sie ein tapferer, ehrenwerter Mann. Aber für mich spielt das überhaupt keine Rolle, Jack. Für mich zählt nur eins – Sie und Ihr cleverer kleiner Boss – wie heißt er doch gleich, Zampas? Sie beide haben José in eine Falle gelockt, zum Narren gehalten und ermordet. Deshalb muß Ihr Leben ein Ende finden.«

Wieder verstummte Morales, und Jack hörte ihn mehrmals tief Luft holen. In diesen Atemzügen lagen Zorn und Trauer – das Gefühl eines schmerzlichen Verlustes, das erst verebben würde, wenn die Rachsucht gestillt war.

Nun erkannte Jack seine hoffnungslose Situation. Er war erledigt, weil es hier nicht um Drogen ging, sondern um eine private Besessenheit, die keine Verhandlungen zuließ.

»Ja, Sie werden sterben, Jack«, bekräftigte Morales. »Aber weil ich Sie ein kleines bißchen mag, dürfen Sie die Todesart selbst wählen. Wenn Sie alle unsere Fragen beantworten, werden Sie wie José sterben, mit einer Kugel im Kopf. Oder Sie schweigen beharrlich und gehen wie ein mieser Spitzel zugrunde.«

Die harte Stimme schien Jacks Seele zu durchschneiden. »Gibt es keine dritte Möglichkeit?« Doch die Worte klangen hohl, auch in seinen eigenen Ohren.

»In der Tat, ich bewundere Ihren Humor, Jack. Und ich frage

mich, wie lange Sie diese Fassade aufrechterhalten können. Vielleicht möchten Sie noch eine Cola?«

»Hurensohn«, flüsterte Jack.

Und dann fielen sie wieder über ihn her. Der Flaschenhals wurde in seine zerbrochen Nase gerammt, sein Schrei verebbte zu einem demütigenden Würgen. Kurz bevor er die Besinnung verlor, überlegte er, ob Charlotte Rae irgendwo im Dunkel saß und alles beobachtete.

*

Als er erwachte, lag er nicht mehr in der Folterkammer, sondern in einem Kaktusgarten. Ringsum ragten gräßliche Gewächse empor, die Skeletten, Kruzifixen und Gehängten mit verzerrten Gesichtern glichen. Und über ihm wölbte sich ein schwarzblauer Himmel – als hätte der Allmächtige ihn mit bloßen Fäusten verprügelt.

Ein hoher Wellblechzaun umgab die Kakteen. Aus Lautsprechern, irgendwo hoch oben, plärrte Mariachi-Musik. Er war an einen Sessel gefesselt, und plötzlich tauchte Wingate auf. »He, willkommen in meiner Welt, Jackie! Solange ich meinen kleinen Garten habe, fühle ich mich überall zu Hause.«

Ein heftiger Schmerz durchfuhr Jacks Hals, und er schnappte nach Luft.

Schwankend beugte sich Buddy zu ihm herab. Offenbar war er betrunken. »Wie schrecklich dumm Sie sind, Walker! Sie und die ganze DEA! Hoffnungslose, armselige Idioten! Der Elefant und die Ameise, Jack. Wir sind der Elefant, Sie sind die kleine gottverdammte Ameise.« Wie ein Rieseninsekt hing Wingates Gesicht über ihm. »Schreien Sie doch, mein Junge! Die Musik wird Ihr Gebrüll übertönen.«

Schweigend starrte Jack ihn an, mit halbgeschlossenen, blutunterlaufenen Augen.

»Schreien Sie Ihr Leid doch in die Nacht hinaus, Jack. Das

tut Ihrer Seele gut. Hier draußen gefällt's mir. Ihnen auch, mein Lieber?«

Jack schaute sich um, neue Angst erfaßte ihn.

»Möchten Sie fliehen, Jackie? Überlegen Sie mal, wie Sie uns dann zu Fall bringen könnten.«

»Zum Teufel mit Ihnen, Wingate. Und mit Morales.«

»Morales?«

»Ja, ich habe ihn erkannt. Wo steckt dieses feige Stück Scheiße?«

»Nun, er ist beschäftigt, weil er andere Arrangements für unseren kleinen Dopeschmuggel trifft. Stellen Sie sich das vor, Jack. Tausend Kilo weißes Heroin. Hundert Riesen pro Kilo. Hundert Millionen Dollar. Davon hätten Sie was abkriegen können. Und das ist erst der Anfang. Mein Freund, wir reden von einem ganz neuen Markt. Jetzt graben wir den Chinesen und anderen Schlitzaugen das Wasser ab. Wir können ein besseres Produkt liefern, für ein Drittel des Preises, den die Chinks verlangen. Ja, die sind erledigt. Wenn Sie uns reingepfuscht hätten, Jackie ... Wow, ein solcher Coup, und Sie wären auf Zampas' Thron gestiegen.«

Verächtlich hob Jack die Brauen.

»Zampas ist doch einer Ihrer Helden, nicht wahr, Jackie? Dieser beschissene kleine Bürokrat ...«

»Halten Sie den Mund, Buddy! Er ist mehr wert als zwanzig Typen von Ihrer Sorte.«

»Oh, immer noch dieser Kampfgeist! Sehr gut. Kennen Sie Ihr Problem, Jack? Sie sind arrogant und autoritär. Und Sie bilden sich ein, Sie würden alles im Handumdrehen schaffen. Ich wette, Sie glauben sogar, meine Lady wäre scharf auf Sie. Oder nein – wahrscheinlich nicht. Nicht mal ein junger Sexprotz wie Sie würde so was glauben, nachdem er ihr auf den Leim gegangen ist.«

Als Wingate zu lachen begann, stemmte sich Jack wütend gegen seine Fesseln.

»Weil Sie jung und topfit sind, meinen Sie wohl, Sie könnten uns mit Ihrem Charme betören. Leider stehen Sie auf der falschen Seite, und da nützt Ihnen der ganze Charme nichts. Um die Wahrheit zu sagen, Jackie, Sie sind viel zu blöd, um irgendwen reinzulegen, schon gar nicht unsereins. He, ich weiß, was Sie jetzt denken. ›Könnte ich bloß abhauen ...‹ Aber das klappt nicht. Der Sensenmann zwinkert Ihnen schon zu. Trotzdem wollen wir uns ausmalen, was passieren würde, wenn Sie uns entkämen. Nur so zum Spaß. Sie laufen zu Ihren Freunden und erzählen, Sie hätten uns des Drogenhandels überführt. Wäre das vor Gericht stichhaltig? Daran zweifle ich. Weil Sie niemals Drogen gesehen haben. Nur einen Tunnel und meinen Billardtisch. Und Vater Herrera? Der hat bei der Zeremonie eine Maske getragen. So wie alle anderen. Und als er hier war, konnten Sie sein Gesicht nicht ausmachen. Aber tun wir mal so, als hätten Sie uns verhaftet und vor Gericht gebracht. Wie würde ich mich verteidigen?« Grinsend hielt Wingate ein paar Polaroids unter Jacks Nase. »Was ist denn das?«

Ein neuer Schock erschütterte Jacks Nervensystem. Charlotte Rae in seinen Armen, während der Liebesnacht in Malibu ... Beschämt und unglücklich schloß er die Augen. Natürlich war ihm der Gedanke durch den Sinn gegangen, im Strandhaus könnten Gefahren lauern. Aber er hatte nicht auf seine innere Stimme gehört, diese Frau zu heiß begehrt, in der Gewißheit, sie würde seine Gefühle erwidern. Um den Helden zu spielen, war er losgestürmt. Und nun wurde er zum Hofnarren gestempelt.

»Verstehen Sie's, Jackie? Ich könnte vor Gericht behaupten, Sie hätten mich nur angeschmiert, um mir meine teure Gattin wegzunehmen. Oh, und dann die Jungs, die Sie in Tahoe niedergeschossen haben ... Inzwischen haben sich meine Leute und Salazars Crew geeinigt. Er ist nicht mehr mein Rivale, und er würde liebend gern im Zeugenstand aussagen, Sie hätten zwei seiner Jungs ermordet, um sich bei mir einzuschmeicheln. Klar, er würde behaupten, alles wäre von der DEA inszeniert worden. Vielleicht erreichen wir sogar, daß Sie wegen Mordes verurteilt werden. Überlegen Sie doch, wie effektvoll das wäre, Jackie! Diese armen Witwen, die vor Gericht bestätigen, Sie hätten die Väter ihrer Babys umgebracht, nur um meine Gunst zu erringen. Traurig, Jackie, wirklich traurig!«

Jacks Kopf sank kraftlos zur Seite. Alles hatte er vermasselt. Eine hoffnungslose Situation ... Er war Wingate ausgeliefert, und es gab nichts mehr zu sagen.

»Aber diese Szene schildere ich nur, weil Sie hier nicht rauskommen, Jackie. Wahrscheinlich begraben wir Sie direkt unter der alten Monstera Deliciosa, meinem Lieblingskaktus. Wirklich, Sie waren so saudumm. Vom ersten Tag an hatten wir Sie am Wickel. Da ich nicht mit dem goldenen Löffel im Mund geboren wurde, mußte ich schon immer schlauer sein als die anderen. Aber ich werde Sie vermissen, Jack. Ja, eine Zeitlang war's tatsächlich amüsant, Ihre kleine Undercover-Show zu beobachten, dieses wilde Säbelrasseln.«

»Nun, Buddy, dann werden wir uns wohl erst in der Hölle wiedersehen.«

»Vermutlich. Jetzt denken Sie erst mal über Vater Herreras großzügiges Angebot nach. Eine Kugel im Kopf oder was Schlimmeres. Vielleicht das Cartagena-Halstuch. Man schneidet Ihre Zunge raus und läßt sie auf Ihre Brust hängen. Und damit Sie vor Schmerzen nicht gleich in Ohnmacht fallen, wird man Ihnen zunächst eine kleine Narkose verpassen. Was wird Charlotte Rae sagen, wenn sie dabei zuschaut?«

Wingate nahm eine Romeo-y-Julieta-Zigarre aus der Tasche, zündete sie an und blies den Rauch in Jacks Gesicht. »So ein armes kleines Arschloch ...« Langsam wandte er sich ab, dann drehte er sich um und drückte die Zigarrenspitze in Jacks Wange. »O ja, Sie werden noch reden, Sie Scheißkerl. Letzten Endes singen sie alle. Vorerst bleiben Sie hier sitzen, Jackie. Treffen Sie Ihre Entscheidung.«

Irgend etwas wurde in Jacks Arm gestochen, und obwohl er dagegen ankämpfte, versank er in blauen Nebelschwaden und dann in bodenloser, geisterhafter Schwärze.

24

In seinem Kopf heulten Ungeheuer. Er sah sich inmitten einer zerstörten Stadt stehen. Überall Schutt und Asche, Ruinen, vom Ruß geschwärzt, eine Mauer mit zerbrochenen Fenstern, wie ein Gesicht, dem man die Augen ausgestochen hatte. Auf den Straßen stürzten sich goldgelb schimmernde Schlangen auf Kinder, die schreiend davonrannten, zum trügerischen Schutz buntgestrichener Türen.

Aber Jack erkannte so deutlich, wie man es nur in einem Traum registrieren konnte, daß es hinter diesen Türen keine Sicherheit gab. Denn in den zerbombten Häusern trieben sich Dämonen herum, viel schlimmer als die goldgelben Schlangen, die durch den Abfall krochen. Innerhalb der bröckelnden Wände warteten die gefährlichsten Monster – Männer. Weiße und Schwarze, Südamerikaner, Chinesen drängten sich auf öligen Bodenbrettern um Injektionsspritzen und Kakteen und große Kisten voller Geld und verlogenen Zungen.

*

Abrupt fuhr er aus dem Schlaf hoch, öffnete ein blutiges Auge und schaute sich im Zimmer um. Mehrere Spiegel reflektierten sein zerschlagenes, geschwollenes Gesicht.

Stöhnend zuckte er zusammen. Nein, das konnte nicht Jack Walker sein, diese Fratze mit den violetten, aufgesprungenen

Lippen. Das rechte Auge, völlig geschlossen und häßlich gedunsen, glich einer grotesken, überreifen Frucht.

Nun war er so gut wie tot, er wußte es. Letzten Endes würde er die Namen aller Spitzel verraten, an die er sich erinnerte. Unter solchen Folterqualen brach jeder zusammen. Damit rechneten Wingate und Vater Herrera. Außerdem hatten sie ihn mit Drogen vollgepumpt, um ihm den Rest seiner Willenskraft zu nehmen. Jetzt ließen sie ihn hier liegen und leiden, so daß er gründlich über die Ereignisse nachdenken konnte – über die Art und Weise, wie er übertölpelt worden war.

Natürlich, sie hatten das Mädchen als Köder benutzt und gewußt, er würde den Autodiebstahl vereiteln. Dann beauftragten sie Charlotte Rae, ihn zu umgarnen, in Tahoe ihre traurige Lebensgeschichte zu erzählen.

Großer Gott, ein Waisenkind! Wie in einem naiven Märchen! Und er hatte ihr alles abgekauft, wegen ihrer prallen Titten und runden Arschbacken und der schmerzlichen Stimme – aber vor allem, weil er dauernd sein Ego befriedigen und den Helden mimen mußte.

So weit waren sie ihm voraus gewesen, daß er in der ersten Zeit gar nicht mitgemischt hatte. Seit José Benvenides Tod mußten sie ihn beobachtet haben, um dann knallhart zuzuschlagen.

Aber wieso kannten sie den Mann, der José erschossen hatte? Auf diese Frage fand Jack keine Antwort. Jetzt spielte es ohnehin keine Rolle mehr. Er war erledigt. Und das verdankte er seiner eigenen Dummheit.

Sein Kopf sank auf die Brust, er atmete tief durch. Dann blickte er sich wieder um. Handschellen fesselten seine Gliedmaßen an den Klapptischt.

Hier kam er nicht raus, es sei denn, er konnte sich den Schlüssel beschaffen. Vermutlich stand ein Wachtposten vor der Tür. Den mußte er irgendwie hereinlocken. Ein Versuch würde sich vielleicht lohnen, ehe sie mit ihren Spritzen und Folterwerkzeugen zurückkehrten.

Ohne lange zu überlegen, begann er zu schreien. Gellendes Gebrüll zerschnitt das Halbdunkel. Vielleicht würde der Wächter hereinkommen, um ihm den Mund zu stopfen, und ihm eine Chance geben.

Aber er hörte nur die Fliegen surren. Niemand betrat das Zimmer.

Nach einer Weile versuchte er es noch einmal, denn er wußte, das Spiel würde irgendwann Wirkung zeigen. Sein Geschrei würde die Leute womöglich so irritieren, daß sie ihn auf der Stelle umbrachten. Dieses Risiko mußte er eingehen.

Und dann schien sein Plan erstaunlicherweise zu gelingen. An der rechten Seite des Raums flog eine Tür auf, aus einem Flur fiel trübes gelbes Licht herein.

Die Tür wurde wieder geschlossen, schnelle Schritte näherten sich.

»Sei still«, befahl eine kühle Stimme. Jack spähte durch sein geschwollenes, blutiges Auge und konnte nicht fassen, wer vor ihm stand – Charlotte Rae Wingate. Spöttisch lächelte sie ihn an und schüttelte den Kopf. »Warum schreist du so?«

»Um das Kind in mir zu kontaktieren«, murmelten seine aufgesprungenen Lippen. Zu seiner eigenen Verblüffung konnte er immer noch scherzen.

»Eins verstehe ich nicht. Für einen Typen, dem immer ein guter Spruch einfällt, hast du verdammt viel Blödsinn gemacht.«

»Ja, vor allem mit dir.«

Sie kam noch näher, berührte seine Lippen, und er zuckte zusammen. »O Jack, du siehst gräßlich aus.«

»Wenn man bedenkt, wie ich mich fühle, sehe ich geradezu großartig aus. Seltsam – gerade hab' ich an dich gedacht und festgestellt, was für eine phantastische Schauspielerin du bist. Ich meine, mir diese Story über deine trostlose Kindheit im Waisenhaus zu verkaufen – das war schon eine stramme Leistung.«

Lächelnd tätschelte sie seinen Kopf. »Weißt du, worauf's dabei ankommt? Man muß möglichst viele Tatsachen einbauen. In meinem Fall stimmte einfach alles. Also mußte ich's nur erzählen und in Selbstmitleid versinken. Realität und Schauspielerei zu gleichen Teilen.«

»Ah, ich verstehe. Und die blauen Flecken? Aus dem Schminkköfferchen?«

»Das ist meine Sache. Jack, du bist wirklich komisch.«

»Was meinst du?«

»Nun, wir beide haben ein Spiel gespielt, du hast verloren, und nun mimst du den Entrüsteten. Als hätte ich dich reingelegt.«

»Hast du's denn nicht getan?« Jack starrte direkt in ihre Augen.

»Doch, vermutlich. Aber was hättest du denn mit mir angestellt, wenn Buddys Deal aufgeflogen wäre? Nun, Agent Walker?« Mit einiger Mühe zuckte er die Schultern. »Im Krieg und in der Liebe ist alles erlaubt«, fügte sie hinzu. Schweigend starrte er sie an, und sie wich seinem Blick aus, schaute zu Boden, dann wieder in sein Gesicht. »War irgendwas von alldem echt, Jack?«

»Echt?«

Sie nickte.

»Ja«, antwortete er. »Ich verlor nicht vollends die Kontrolle. Aber ich mußte unentwegt an dich denken.«

Da lächelte sie wieder. »Mir ging's genauso.«

»Wie das?«

»Nun, ich verdrängte den Gedanken an die Dinge, die dir zustoßen würden, und versuchte zu vergessen, daß du mich anschmieren wolltest. Letzten Endes sind wir beide gleich. Zwei Lügner.«

»Das glaube ich nicht. Ich verkaufe kein Heroin, ich bringe keine Kids um, ich zerstöre keine Familien. Vielleicht hältst du mich für altmodisch. Aber ich finde, auf diesen Unterschied sollte man hinweisen.«

Eine halbe Ewigkeit schien zu verstreichen, während sie ihn wortlos ansah. Dann strich sie behutsam über seine lädierte Wange. »Deine Zärtlichkeit hat mich überrascht, Jack. Natürlich wußte ich, daß das eine oscarreife schauspielerische Darbietung war. Und trotzdem hab' ich's dir abgekauft. Zumindest teilweise. Da draußen in der Wüste versuchte ich sogar, dich zu warnen. Hättest du auf mich gehört, wäre ich mit dir gekommen.«

Seufzend nickte er. »Jetzt ist es zu spät.«

»Viel zu spät. Aber das ist okay. Dafür bin ich Spezialistin – für Dinge, die zu spät geschehen, für das große Bedauern.«

Er lachte leise. »Und ich bin Spezialist für Heldentaten in letzter Minute. Vielleicht sind wir deshalb füreinander bestimmt. Hol mich hier raus.«

Ausdruckslos starrte sie ihn an, und plötzlich verdunkelten sich ihre Augen. Dieser Blick erschreckte ihn. Als hätte sie ihn endgültig aus ihrem Leben verbannt ...

»Charlotte, jetzt mußt du das Richtige tun. Sofort.«

»Hier kommen wir niemals raus«, erwiderte sie und lächelte schwach. »Und wenn sie uns schnappen, werde ich genauso behandelt wie du.« Statt zu antworten, schaute er nur in ihre Augen, und sie flüsterte: »Du hast dir wirklich was aus mir gemacht, nicht wahr?«

»Ja. Und wenn wir deinem Mann entwischt sind, helfe ich dir.«

Sie griff unter ihr schwarzes Cape und zog ein langes Sägemesser mit einem hübschen Stierkopf aus schwarzem Elfenbein am Griff hervor. »Das hab' ich dir mitgebracht.« In ihrer Stimme hallte ätherische Leere wider. »Und das ...« Nun holte sie einen Schlüssel aus ihrer Tasche. »Ich beschloß, mit dir zu reden und herauszufinden, ob irgendwas von alldem echt war. Oder ob ich mich in eine Illusion verliebt hatte. Komisch – ich wußte ganz genau, daß ich nach unserem Gespräch wissen würde, ob ich das Messer benutzen oder dir zur Flucht verhelfen soll.«

»Und wie hast du dich entschieden?«

Sie zuckte die Achseln und lachte ironisch. »Leider war der Test ein Fehlschlag, Jack. Deine Worte klingen aufrichtig. Aber ich weiß noch immer nicht, ob ich dir vertrauen kann.«

»Du glaubst mir nicht, wenn ich dir versichere, du würdest mir sehr viel bedeuten?«

»Eher würde ich's glauben, wenn du mir erzählst, du hättest einen stehen.«

»Daß ich scharf auf dich bin, müßtest du längst gemerkt haben. Aber kommen wir zu einer anderen Tatsache – du bringst mich zum Lachen, und ich kenne sonst niemanden, der das schafft.«

»Ja, das wär's dann.«

»Da ist noch was.«

»Was?«

»Ich glaube, du bist besser als diese Arschlöcher. Letzten Endes werden wir sie festnageln, und dann landest du für die nächsten vierzig Jahre im Knast. Aber jetzt hast du die Wahl. Entweder willst du Buddys Hure bleiben – oder du selber sein. Nun?«

Heller Zorn funkelte in ihren Augen. »Das ist nicht die Wahl, vor die du mich stellst. Vielmehr müßte die Frage lauten: Will ich Buddys Hure oder deine sein?«

»Eins läßt sich nicht mit dem anderen vergleichen, und das weißt du auch.«

Als sie die Klinge an seine Kehle hielt, preßte er den Kopf ans Stahlbett. »Nun habe ich einen Entschluß gefaßt, Jack.«

»Ja?«

»Ich habe entschieden, daß der Test keine Rolle spielt.«

»Nein?«

»Wahrscheinlich werde ich niemals wissen, ob du's ernst meinst, was du zu mir sagst. Und du selber weißt es wohl auch nicht. Vielleicht bist du so ans Lügen gewöhnt, daß du glaubst, du würdest dir was aus mir machen.« Sie kniete nieder und steckte den Schlüssel ins Schloß der Handschelle, die sein rechtes Fußgelenk umgab. »Jack, du bist ein Bastard. Eigentlich verdienst du meine Hilfe gar nicht.«

»Warum tust du's dann?« fragte er und hörte ein Klicken.

»Weil wir alle keine Engel sind. Und wenn ich auf jemanden warte, der meine Hilfe verdient, werde ich eines Tages genauso ein Scheißklumpen sein wie Buddy. Damit kann ich nicht leben.«

Jack schwieg, und das Schloß an seinem anderen Fuß klickte. Auch in seinem Herzen begann es zu klicken, als sich irgend etwas öffnete.

*

Langsam schob Charlotte die Tür auf und spähte in den schwach beleuchteten Flur. »Okay.«

»Und der Wachtposten?«

Sie stieß die Tür noch etwas weiter auf, und er sah Cutty Marbella zusammengesunken in einem Sessel sinken. Der Kopf lag auf der Brust, ein leises Schnarchen erklang. Rasch machte Charlotte die Tür wieder zu.

»Wie hast du ihn drangekriegt?«

»Er sagte, er sei durstig, und ich brachte ihm einen Cuba libre. Fünf Teile dunkler Rum, ein Teil Cola, neun Tuinals. Wenn er aufwacht, wird ihm der Schädel brummen, und zwar ganz gewaltig.«

Jack lachte und spürte, wie sein Gesicht zu zerplatzen drohte. »Großer Gott, bin ich froh, daß du auf meiner Seite stehst ...« Ein heftiger Schmerz durchzuckte seine Rippen, und er stöhnte leise.

»Wirst du's schaffen?«

»Klar. Aber wir brauchen ein Auto. Du fährst, und ich rolle mich im Kofferraum zusammen.«

»Vergiß es!« flüsterte sie. »Der Parkplatz ist weit entfernt –

und alle zehn Schritte ein Wachtposten postiert. Nur ein einziger Weg führt hier raus. Und ich weiß nicht, ob ich dich tragen kann.«

»Darauf wette ich. Doch das müssen wir nicht rausfinden. Irgendwie werden mich meine Beine schon tragen.«

»Hoffentlich. Weil wir den Tunnel benutzen müssen. Den Eingang finden wir in einem Gebäude östlich von hier. Da gibt's eine Gasse, und dort stehen normalerweise zwei sehr große, zwei sehr häßliche Wächter.«

»Bloß zwei? Gegen dich und mich? Das ist ja fast unfair, wie die beiden benachteiligt werden ...« Er hustete, ein elektrisierender Schmerz durchfuhr seinen Brustkorb.

»Viel größere Sorgen bereitet mir die Frage, wer uns am anderen Ende erwartet.«

»Ja, ich weiß, was du meinst. Und ich würde meine Pension für ein Schießeisen geben.«

»Wenn dieser Fall untersucht wird, kriegst du keine Pension. Nimm das trotzdem.« Sie griff unter ihr Cape und zog Jacks Glock-Revolver hervor. Erstaunt lächelte er, als er den kühlen Griff in der Handfläche spürte.

»Jetzt bin ich dir was schuldig.«

»Allerdings, eine ganze Menge.«

Jack holte tief Atem und wankte in den Flur. Nun lag ein beschwerlicher Weg vor ihm. Irgendwann zwischen der Cola-Party und der Zigarre, die Wingate in seine Wange gedrückt hatte, war seine rechte Kniescheibe mißhandelt worden. Er bezweifelte sogar, ob er noch eine rechte Kniescheibe besaß.

»Solltest du dieses Tempo beibehalten, werden wir beide bald noch viel schlimmer aussehen als du jetzt«, meinte Charlotte Rae.

Eigentlich wollte er eine witzige Bemerkung machen, aber vor ein paar Sekunden hatte er seinen ganzen Humor verloren. Es kam ihm so vor, als müßte er einen gigantischen Safe schleppen. Tapfer stützte sie ihn, während sie durch den grauen Flur gingen, zu einer schwarzen Eisentür, die immer weiter zurückzuweichen schien. Seine Lungen, vom Cayennepfeffer malträtiert, brannten wie Feuer, und er fürchtete, seine Sinne würden schwinden.

Als sie die Tür erreichten, lehnte er sich dagegen und schnappte nach Luft.

»Halt durch, Baby!« mahnte Charlotte Rae.

»Okay, führ mich zum nächsten Ereignis«, hustete er, stieß sich von der Tür ab und sank an die Wand.

Plötzlich hörten sie ein scharrendes Geräusch, weiter hinten im Flur. Beide zuckten zusammen, Jack drehte sich um und sah Marbella vom Stuhl gleiten. Lang ausgestreckt blieb er am Boden liegen.

»Wenigstens kann er nicht auf seine Kanone fallen.« Charlotte Rae holte Marbellas Walther PPK aus ihrer Tasche.

»Wie lieb von dir! Aber ich wußte von Anfang an, daß du eine ausgeprägte mütterliche Ader hast.«

*

Draußen herrschte schokoladenbraune Dunkelheit, der Mond versteckte sich hinter dichten Wattewolken. An eine Adobemauer gedrückt, schlichen sie zu einer Gasse.

»Etwa fünfzig Meter weiter unten finden wir unseren praktischen kleinen Billardtisch. Die Wachtposten haben die Fernbedienung. Und die werden sie uns nicht freiwillig geben. Also, was tun wir?« Erwartungsvoll schaute sie Jack an.

Er lehnte keuchend an der Wand. »Verdammt, wenn ich das bloß wüßte!«

»Großartig! Ein Mann voller Ideen!«

»Schon gut, schon gut. Soeben hatte ich einen Geistesblitz. Du wirst begeistert sein.«

»Nun?«

»Du gehst an der Tür vorbei, wackelst mit dem Hintern wie

ein Go-go-Girl, und wenn die Kerle rauskommen und dich bumsen wollen, erschießt du sie.«

Seufzend schüttelte sie den Kopf. »Es wäre wohl besser gewesen, ich hätte deine Handschellen nicht aufgesperrt. Hör mal, Jack, ich kann sie doch nicht einfach umbringen.«

»Warum nicht? Hast du eine plötzliche Aversion gegen Gewalttaten entwickelt?«

»Nein. Aber der Lärm ... Wenn ich schieße, läuft das ganze Camp zusammen.«

Mit einiger Mühe brachte er ein Lächeln zustande. »Hast du keinen Schalldämpfer mitgebracht? Was für eine Rettungsaktion ist das eigentlich?«

»Liebling, du kannst jederzeit umkehren.«

»Gut, dann machen wir was anderes. Sieh zu, daß du sie ablenken kannst, während ich mich von hinten heranpirsche.«

»Paß auf, daß du nicht zusammenklappst! Ich hab' die beiden nämlich gesehen, und die sind gar nicht mein Typ.« Aufmunternd tätschelte sie seine Wange und eilte davon.

Von einem heftigen Schwindelgefühl erfaßt, atmete er tief durch. Dann setzte er sich in Bewegung. Jeder Schritt tat ihm weh, und er hoffte inständig, er würde bei Bewußtsein bleiben. Krampfhaft umschlossen seine Finger den Revolvergriff.

Mit wiegenden Hüften schlenderte Charlotte zur Tür. Gewiß hätte dieser Gang eine Kobra aus ihrem Körbchen locken können.

Nichts passierte, und Jack beobachtete angespannt, wie sie in die Tür spähte. Schließlich räusperte sie sich aufreizend. »Aha-hem!« Eine Frau, die nach Sex hungerte, posierte wollüstig im trüben gelben Lampenschein.

Doch es passierte immer noch nichts. Jack schluckte. Was war da los? Schwule Latino-Wächter?

Dann stolperten zwei Gestalten aus der Tür, die Hände geballt, warfen Charlotte Rae schreiend zu Boden, rissen an ihren Haaren, zerrten an ihren Kleidern. Hinter ihnen tauchten zwei

Wachtposten auf, lachten lauthals, qualmten Zigaretten und tranken Tequila.

Charlotte Rae versuchte aufzustehen, aber die zwei Frauen schlugen sie wieder zu Boden und kreischten auf spanisch: »*Puta!* Hier bist du am falschen Ort, *gringa*-Biest!«

»Willst du uns die Männer wegnehmen? Das werden wir dir schon noch austreiben!«

Ungläubig klappte Jack den Mund auf. Offensichtlich waren die Wächter bereits mit zwei Nutten beschäftigt gewesen. Nun schlugen sie einander auf den Rücken und beobachteten, wie ihre verrückten, betrunkenen Gespielinnen eine Rivalin attakkierten.

»Bringt sie nicht um!« rief ein dicker Mann mit verschlafenen Augen. »Sie sieht ganz gut aus.«

»Damit ist's bald vorbei, Luis, du Schwein!« zischte eine große, rothaarige Nutte und schwang einen Arm hoch, um Charlotte Rae zu schlagen.

Im selben Augenblick hob Jack den Revolver. »Das Spiel ist aus, Ladies.«

Als der dicke Wächter nach seiner Waffe griff, streifte eine Kugel seine Schläfe, und er fiel wie ein Baumstamm um. Da zielte Jack auf den zweiten Mann. »Werfen Sie mal Ihr Schießeisen rüber, mein Freund!«

Die beiden Huren kletterten von Charlotte Rae herunter, lammfromm, die Augen voller Angst.

»Und jetzt geht alle drei rein!« befahl Jack.

Sichtlich verblüfft gehorchten die zwei Frauen und der Wachtposten. Jack zog Charlotte Rae auf die Beine. Nur ihr Gesicht war zerkratzt und die Bluse zerrissen. Ansonsten hatte sie keinen Schaden erlitten.

»Auf was für eine großartige Idee du immer wieder kommst!« bemerkte sie.

»Zumindest in einem Punkt hatte ich recht. Du warst eine Sensation. Hier, nimm die Pistole und halt die drei in Schach, während ich *el gordo* hineinschleife.« Als sie etwas zu schnell nach der Waffe griff, mahnte er: »Nicht schießen!« Dann packte er die dicken Handgelenke des verletzten Mannes.

*

Im Wächterhäuschen fesselte er alle vier mit Telefonkabeln, danach knebelte er sie mit ihren eigenen Strümpfen. »Jetzt müssen wir nur noch die Fernbedienung von diesem gottverdammten Billardtisch finden.«

Aber Charlotte Rae war ihm schon einen Schritt voraus. Lächelnd hielt sie das Gerät hoch. »Das lag hier in der Schreibtischschublade. Buddy hat's drin verstaut, und das konnte ich sehen.«

»Sehr schön. Gehen wir.«

Sie eilten durch das Lagerhaus, vorbei an Kisten mit der Aufschrift »Tampico-Möbel«, zur hinteren Kellertreppe. Wenig später standen sie vor dem Billardtisch. Charlotte Rae betätigte die Fernbedienung, und der Tisch glitt auf seinem hydraulischen Hebewerk fast bis zur Decke empor. Dann dirigierte sie ihn nach rechts.

»Wie im Kino«, meinte Jack bewundernd.

»Ja, ein B-Movie. Buddys alte Lieblingsfernsehserie hieß ›Time Tunnel‹. Um die Wahrheit zu sagen, es gibt einfachere Methoden, Dope zu schmuggeln. Aber Buddy schwärmt nun mal für dieses Science-fiction-Flair.«

»Das verstehe ich, mir gefällt's auch.«

»Und ich würde am liebsten von hier verschwinden, so schnell wie möglich. Los!«

»Können wir die Rolltreppe einschalten?«

»Die ist gestern zusammengebrochen und noch nicht repariert worden. Also müssen wir zu Fuß gehen.«

*

Geduckt wie Zwerge, tappten sie durch den Tunnel, der eins zwanzig breit und ebensohoch war. Jack ging voraus und hielt Charlottes Hand.

»Könnten wir doch wenigstens Licht machen!« klagte sie, »oder wenigstens ein Streichholz anzünden.«

»Das dürfen wir nicht riskieren. Vielleicht würden es die Typen am anderen Ende sehen. Wie weit ist es?«

»Etwa eine Meile. O Gott, ich hasse die Dunkelheit so sehr. Als ich ein Kind war, benahmen wir uns manchmal wie richtige Menschen – ich und die anderen. Wir lachten oder mußten pinkeln, während wir in der Kirche saßen. Dann sperrten uns die Priester im Keller ein, die ganze Nacht, zusammen mit gottverdammten Ratten und Wanzen.«

»In diesem berühmten Waisenhaus?« fragte Jack hintergründig.

»Ja. Zufällig ist dieser Teil meiner Geschichte die reine Wahrheit.«

»Falls wir hier rauskommen, solltest du mir das alles noch einmal erzählen – und die nicht erfundenen Einzelheiten hervorheben.«

»Du zuerst!« Plötzlich blieb sie stehen und drückte seine Hand.

»Stimmt was nicht?«

»Ich muß dir was erklären.«

»Okay.«

»Ein Großteil meiner Geschichte – wie ich meine Mutter besuchte und Buddy kennenlernte – ist wirklich wahr. Und die blauen Flecken waren nicht aufgemalt. Wenn Buddy am Spieltisch verliert, wird er furchtbar wütend. Und er verliert immer. Das läßt er dann an mir aus. Dieses Kasino in Tahoe gehört Morales. Dort hat Buddy ein paar Millionen verspielt. Die ist er ihm immer noch schuldig. Um das Geld zurückzuzahlen, begann er, ein bißchen Koks und Heroin zu stehlen, und das verkaufte er auf eigene Faust. Morales fand es heraus, und er wollte Buddy töten, mich auch.«

»Warum dich?«

»Das gehört zu seiner Weltanschauung. Ich war mit Buddy zusammen, also mußte ich ebenfalls abkratzen. Ein paarmal hielt er uns Kanonen an die Köpfe. Dann schlug er uns vor, bei diesem Täuschungsmanöver mitzumachen, und meinte, auf diese Weise könnten wir unsere Schulden begleichen.«

»Ihr solltet den DEA-Agenten, der seinen Freund erschossen hat, in eine Falle locken und töten?«

Seufzend lehnte sie den Kopf an die Wand. »Jack, ich schwöre dir, ich wußte nicht, was sie mit dir vorhatten. Außerdem erzählten sie mir Geschichten über dich – und Zampas.«

»Zum Beispiel?«

»Daß ihr Dreckskerle seid und uns nur das Handwerk legen wollt, um eure eigenen Geschäfte mit den Asiaten abzuwickeln.«

»Mit euren Rivalen im Heroinhandel. Und das hast du geglaubt?«

Plötzlich begann sie zu weinen, und Jack zog sie in der Finsternis an sich. »Ich hatte solche Angst – und keine Ahnung, was ich glauben sollte. Nur eins wußte ich – was Morales' Gang mit den Leuten machte, die ihn bestahlen. Wochenlang konnte ich nicht schlafen. In dieser Zeit entstanden die meisten meiner blauen Flecken. Buddy verprügelte mich, um sich von seiner eigenen Furcht abzulenken.« Als sie verzweifelt schluchzte, streichelte er ihr Haar.

»Schon gut. Jetzt müssen wir weitergehen.« Sie richtete sich langsam auf, und sie setzten ihren Weg durch das feuchte Dunkel fort.

»Was wird Buddy jetzt unternehmen?« fragte Jack.

»Das kann ich dir nicht sagen. Wärst du gestorben, würde er in sein früheres Leben zurückkehren. Aber nun muß er wahrscheinlich außer Landes fliehen.«

»Wenn Morales ihn nicht vorher tötet.«

»Was er vermutlich tun wird. Er braucht Buddy nicht mehr,

und der könnte ihn hinter Gitter bringen, wenn er ein Abkommen mit der Staatsanwaltschaft trifft.«

Während sie durch das Dunkel eilten, umklammerte sie Jacks Hand. Und obwohl er sie hinter sich herzog, gewann er den Eindruck, sie würde ihm die Kraft geben, seine Schmerzen zu ignorieren. »Eins verstehe ich noch immer nicht. Wieso wußten sie, wer ich bin? Haben sie dir das jemals erzählt?«

»Nein. Glaubst du, die würden mir so was anvertrauen? Hätte ich danach gefragt, wäre ich verprügelt worden. Etwas habe ich allerdings rausgefunden – Morales wollte sich so schnell wie möglich an dir rächen, weil er krank ist.«

»Wie krank?«

»Prostatakrebs. Letztes Jahr war's ziemlich schlimm. Aber jetzt wurde das Wachstum des Tumors gestoppt. Buddy hoffte, Morales würde sterben, damit wir diese ganze Scheiße nicht zu Ende bringen müßten.«

»Nun, das erklärt einiges. Ein kranker Mann ist bereit, eine ganze Menge zu riskieren. Aber daraus geht noch immer nicht hervor, wieso sie wußten, wer ich bin.«

»Ist das so ein großes Geheimnis? Sogar ich weiß, daß du diesen Benvenides in Arizona erschossen hast.«

»Tatsächlich?«

»Im Fernsehen und in den Zeitungen wurde doch darüber berichtet, oder? Sicher hat's auch Morales auf diese Weise erfahren.«

»Das ist es ja.« Jack tastete sich an der Tunnelwand entlang. »In den Medien hat man keine Einzelheiten erwähnt. Meine Tarnung wurde geschützt, und die Öffentlichkeit erfuhr nur, in einem Motel sei ein toter Kolumbianer gefunden worden, von einem Unbekannten erschossen – vermutlich während eines Streits um irgendwelche Drogendeals. Ende der Geschichte.« Eine Zeitlang gingen sie schweigend weiter, dann wandte er sich zu Charlotte Rae. »O Gott, ich habe am falschen Ort gesucht. Michaels. Der muß es sein.«

»Michaels? Wer ist das?«

»Mein Kollege«, erwiderte Jack bitter, »ein Assistenzdirektor. Vor meiner Abreise schärfte er mir ein, ich dürfe auf keinen Fall die mexikanische Grenze überqueren. Vielleicht steht er auf Morales' Lohnliste und bekam plötzlich Gewissensbisse. Ja, das klingt logisch, weil er in der Nacht, wo er mich warnte, betrunken und sentimental war.«

Nun wuchs sein Haß gegen Michaels mit jeder Sekunde. Natürlich, das alles ergab einen Sinn. Der Mann mußte gewußt haben, was mit Jack geschehen würde, sobald er in Mexiko eintraf. Und er nannte sogar den Namen Zapata – ein versteckter Hinweis auf Morales.

Aber warum hatte er seinen Mitarbeiter gewarnt? An Gewissensqualen konnte Jack nicht glauben. Nein, dachte er, während seine Hand über eine schleimige Mauer strich, wahrscheinlich befürchtete Michaels, ich würde in Mexiko überleben, zurückkommen und ihm den Kopf abreißen. Und genau das will ich tun – falls sich eine Gelegenheit ergibt.

»Jack, wir sind da. Gleich da vorn ...«

Er hob den Kopf und sah Licht in der Ferne. »Was werden wir da finden?«

»Eine Leiter, die zum hinteren Teil des Lagerhauses hinaufführt.«

»Warum keine Rolltreppe?«

»Die wurde noch nicht eingebaut.«

»Und die Arbeiter? Die Wachtposten?«

»In der Nacht sind keine Arbeiter da – Wächter wahrscheinlich schon. Eine ganze Menge.«

»Ist deine Kanone geladen?«

»Eine Pfadfinderin ist immer vorbereitet.«

»Ach ja, ich entsinne mich.«

»Hoffentlich. Jack?«

»Ja?«

»Falls ich's nicht schaffe – es war sehr schön mit dir.«

»Vergiß den Quatsch! Wir werden's schaffen. Kann's losgehen?«

»Mhm.«

»Also, wir klettern rauf, steigen in ein Auto und fahren davon. Bald werden wir in Los Angeles eine Margarita trinken und den Sonnenuntergang beobachten.«

»Hört sich verlockend an.«

»Ist es auch. Komm schon, ich bin durstig.«

Noch nie hatte Jack eine längere Leiter gesehen. Mindestens zweihundert Meter. Steil nach oben. Am Ende sah er eine gußeiserne Falltür und während er hinaufkletterte, den Glock-Revolver in der rechten Hand, befürchtete er, sie könnte verschlossen sein.

Dann wären sie erledigt. Schlicht und einfach. Sie hatten keine Möglichkeit, die Tür zu sprengen, und eine Rückkehr auf die mexikanische Seite kam nicht in Frage.

Unter ihm stellte Charlotte Rae die gleichen Überlegungen an. »Wenn die Tür versperrt ist, Jack, klopfen wir an und sagen ihnen, wir seien Zeugen Jehovas.«

Jack stieg höher hinauf, schaute nach unten, und als ihm schwindelte, hielt er sich hastig an einer Sprosse fest.

Endlich erreichten sie das Ende der Leiter. Nur wenige Zentimeter trennten sie von der Freiheit. Er griff nach oben, berührte vorsichtig die Tür, schickte ein stummes Gebet zum Himmel. Hoffentlich war sie nicht verschlossen, hoffentlich trieben sich keine Wachtposten in der Nähe herum.

Er stemmte sich gegen die Tür, und sie ließ sich mühelos öffnen. Gesegnetes nächtliches Dunkel. Rasch kroch er hinaus und schaute sich in der Lagerhalle um. Allmählich gewöhnten sich seine Augen an die Dunkelheit. Halb und halb erwartete er, mehrere Laster zu sehen, bereit zur Abfahrt. Doch sie waren noch nicht eingetroffen.

Und wo steckten die Wachtposten? Vielleicht draußen – das wäre eine Chance. Er griff nach unten und zog Charlotte Rae herauf.

»Da drüben führt eine Tür nach draußen«, flüsterte sie und zeigte auf die andere Seite des großen, finsteren Raums.

»Duck dich! Du mußt wie eine Schlange schleichen.«

»Das fällt mir nicht schwer, Schätzchen.«

Als sie über den Betonboden eilten, zückte Jack den Glock-Revolver. Von draußen fiel Licht herein und beleuchtete die Kisten, die sich an den Wänden stapelten, durch mehrere Gänge geteilt. Einige trugen die Aufschrift »Bambusmöbel«. Waren sie echt, oder hatte man die Hohlräume mit weißem kolumbianischen Heroin vollgestopft? Jetzt fehlte ihm die Zeit, um das zu überprüfen.

Die Köpfe zwischen die Schultern geduckt, erreichten sie eine große leere Fläche in der Mitte des Raums.

»Dieser Mittelgang dort drüben führt zur Tür«, erklärte Charlotte Rae. »Offensichtlich sind die Wächter draußen. Aber manchmal kommen sie rein. Da oben im ersten Stock steht ein Kühlschrank. Dort verwahren sie ihre Drinks. Eine richtige kleine Partyszene.«

Jack entdeckte zwei stählerne Treppenfluchten. Darüber lag ein Büro. Aus dem Fenster drang schwaches orangegelbes Licht. »Da oben könnte jemand sein. Weißt du, wie viele Leute Wache halten?«

»Normalerweise zwei. Aber wenn eine Fracht geliefert wird, sind's vielleicht vier oder fünf.«

»Phantastisch! Und ich nehme an, alle lieben Maschinengewehre?«

»Ausnahmslos.«

»Davon lassen wir uns nicht aufhalten. Du gehst zuerst, und ich gebe dir Deckung.«

»Warum ich? Nein *du* gehst zuerst, und *ich* gebe dir Deckung.«

»Das glaube ich nicht«, flüsterte er.

»Wirklich, ich schieße genausogut wie du. Bisher habe ich nur so getan, als wäre ich hilflos.«

Er blinzelte verblüfft. »Okay, du gehst zuerst. Wenn du den Wachtposten in die Arme läufst, sagst du einfach, Buddy hätte dich hergeschickt. Du sollst ein paar Papiere holen.«

»Klar, und das werden sie mir aufs Wort glauben.«

»Jedenfalls werden sie die Frau vom Boss nicht erschießen.«

»Freundin.«

»Freundin? Hast du nicht behauptet, du wärst mit ihm verheiratet?«

»Auch das gehörte zu unserem grandiosen Täuschungsmanöver. Wir wußten, du würdest seine Frau lieber bumsen als seine Freundin.«

»Großer Gott!« stöhnte er entgeistert. »Und ich habe dich gemocht! Aber jetzt müssen wir erst einmal verschwinden. Sobald du den Korridor erreicht hast, winkst du mir, und ich folge dir.«

»Gut. Aber wenn ich die Jungs treffe, schieß mir nicht in den Hintern, okay?«

»Keine Bange. Dein Hintern gefällt mir so, wie er ist.«

»Schwein.« Sie duckte sich, wartete eine Weile, dann rannte sie über die leere Fläche, und er starrte ihr verdutzt nach.

Stimmte es, was sie soeben gesagt hatte? War es interessanter gewesen, mit Wingates Frau zu bumsen als mit seiner Freundin? Je schlimmer das Tabu, desto größer die Versuchung? Früher hatte er so etwas nie getan. Er haßte Jungs, die anderen ihre Frauen wegschnappten. Aber Buddy war kein Mann, sondern ein Reptil mit menschlicher Haut. In diesem Fall mochte es zutreffen. Vielleicht war ihm die Liebesnacht mit der Frau eines solchen Bastards besonders reizvoll erschienen. Und weil sie's ihm gestanden hatte, bewunderte er sie um so mehr.

Er schaute zum anderen Ende des Raums. Offenbar hatte sie's geschafft. Hinter einem Kistenstapel versteckt, gab sie ihm ein Zeichen. Jack blickte wieder zum Büro hinauf, das immer noch den orangegelben Schein einer fröhlichen Cocktailstunde verbreitete. Womöglich saßen die Wachtposten da drin und tranken Blut mit einem Schuß Rum.

Mühsam hinkte er zur anderen Seite. Nur fünfzig Schritte, die ihm wie hundert Meter vorkamen. Dann stand er neben ihr und rang nach Atem. Seine Knochen fühlten sich an, als wäre das ganze Skelett aus seinem Körper gerissen und von einem Amateur neu zusammengesetzt worden.

»Da vorn ist die Tür«, flüsterte Charlotte Rae.

»Aber die ist versperrt, Señorita«, verkündete eine Stimme hinter ihr.

Jack drehte sich um und starrte in die Mündung eines AK-47-Sturmgewehrs. Oberhalb des Abzugs entdeckte er coole schwarze Knopfaugen und einen Schnurrbart.

»Zum Teufel, was ist los mit Ihnen, Pancho?« fragte Charlotte Rae. »Mr. Wingate hat uns hergeschickt. Wir sollen die Barca-Liegestühle inspizieren. Vielleicht will er einen in sein Privatbüro stellen.«

»Und wie sind Sie reingekommen? Wer ist das?«

»Mit diesem Schlüssel. Während Sie oben in Mr. Wingates Privatbüro saßen und seinen Herradura-Tequila tranken. Übrigens, das ist mein – Assistent.«

»Und wer assistiert ihm?« rief Pancho lachend.

»Nun, ich hatte einen kleinen Unfall«, erklärte Jack. »Bedauerlicherweise prallte ich mit ein paar Dosen Margaritas zusammen. Sicher wissen Sie, wie schnell das gehen kann ...«

»Ja, das weiß er«, bestätigte Charlotte Rae.

Pancho ließ den Gewehrlauf um ein paar Zentimeter sinken. »Brauchen Sie Hilfe? Wo steht Ihr Auto?«

»Draußen. Nein, danke, wir kommen schon selber zurecht.«

Als Pancho mit der Waffe zur Tür wies, flog sie auf, und ein anderer Wächter trat ein. »Soeben kam ein Anruf. Der Amerikaner ...« Als er Jack sah, verstummte er abrupt und feuerte.

Direkt neben Jacks Kopf schlug die Kugel in eine Kiste. Er hob den Glock-Revolver, zielte, schoß den Mann in den Kopf, dann fuhr er herum und traf Pancho in den Hals.

»Nicht schlecht«, meinte Charlotte Rae.

»Ich fürchte, hier sind wir nicht mehr willkommen.« Jack packte ihre Hand, und sie rannten durch den Mittelgang. Um die Tür zu erreichen, mußten sie über den toten Wachtposten steigen.

Vorsichtig spähte Jack in die Nacht hinaus. Natriumdampflampen beleuchteten den Parkplatz. Direkt vor ihm stand ein Lieferwagen. Er drehte sich zu Charlotte Rae um, die in die Tasche des erschossenen Mannes griff und Autoschlüssel hervorzog. »Oh, ich liebe deine Geistesgegenwart.«

»Was tun wir jetzt, Agent Walker?«

»Leider ist mein Vorrat an cleveren Ideen erschöpft. Am besten laufen wir einfach los.«

Sie nickte, drückte seine Hand, und sie rannten über den Schotter.

Nur noch fünf Meter trennten sie vom Lieferwagen, als plötzlich Schüsse krachten. Die erste Kugel traf Charlotte Rae, und Jack hörte sie stöhnen, sah ihre linke Schulter herabsinken. Am liebsten hätte er sich umgedreht und zurückgefeuert. Aber das war sinnlos. Erst einmal mußte er sie in den Wagen verfrachten, in Sicherheit bringen.

Er griff nach ihr, und sie sank an seine Brust, konnte sich kaum auf den Beinen halten. »Fahr weg! Laß mich zurück ...«

»Irrtum, Waisenkind.« Während er sie mit sich zog, schaute er nach hinten. Vom östlichen Ende des Lagerhauses stürmten zwei Wächter auf ihn zu. Kugeln flogen aus ihren Automatikwaffen. Hastig zerrte er Charlotte Rae auf die andere Seite des Lieferwagens. Dann kauerte er sich hinter einen Kotflügel und erwiderte das Feuer.

Den ersten Mann traf er in die Kniescheibe. Eine kirschrote Explosion glühte im Halbdunkel. Schreiend brach der Mann zusammen, und der zweite duckte sich hinter eine Mülltonne. Das verschaffte Jack die Zeit, die er brauchte.

Er kroch auf der Beifahrerseite in das Vehikel und zog Charlotte Rae hinter sich her. Starr blickten ihre verschleierten Augen ins Leere. Sie bewegte sich noch, aber er fürchtete, daß sie schwer verletzt war und womöglich sterben würde. »Der Schlüssel ...«

Kraftlos drückte sie den Schlüssel in seine Hand, und er steckte ihn ins Zündschloß, drehte ihn herum, trat vom Beifahrersitz aus aufs Gaspedal.

Als der Motor aufheulte, rutschte Jack hinters Lenkrad. Ein Geschoß traf seine rechte Schulter. Fast überwältigt von brennenden Schmerzen, verlor er sekundenlang die Kontrolle über den Lieferwagen. Mit knapper Not verhinderte er einen Zusammenprall mit einer Natriumdampflampe.

Jetzt rannten drei weitere Wachtposten auf ihn zu, und er schüttelte den Kopf, um einen Blackout abzuwehren. Dann steuerte er den Lieferwagen zum Highway. »Bleib unten!« mahnte er automatisch, doch das war überflüssig. Charlotte Rae war bereits vom Beifahrersitz gefallen und hatte die Besinnung verloren, den Mund grotesk geöffnet. O Gott, sie ist tot, dachte er und fühlte, wie sein Herz brach.

Kugeln schlugen in die Rückwand des Wagens, eine raste pfeifend ins Fahrerhaus, zerschmetterte die Windschutzscheibe, verwandelte sie in ein Spinnennetz. Nun hatte er keine Wahl, er mußte weiterfahren, obwohl der Schmerz von der Schulter zur Schläfe hinaufdrang und ihm beinahe das Bewußtsein raubte.

Endlich erreichte er den Highway. Aber da die Verfolger in ihre eigenen Autos steigen und ihm nachfahren würden, mußte er ein Versteck finden.

Da vorn im Dunkel, eine schmale Nebenstraße, die bergab führte, zu ein paar Adobehäusern ...

Vielleicht gab es da eine Garage, einen Schlupfwinkel, wo er Charlotte Raes Wunde untersuchen konnte.

Er bog ab, das Vehikel polterte die zerfurchte Straße hinab, das Scheinwerferlicht drohte zu erlöschen. Irgendwie verlor er die Orientierung. Und in der Finsternis ragte etwas empor, das er nur verschwommen ausmachte. Zum Teufel, was war mit seinen Augen los? Unaufhaltsam fiel er in eine bodenlose schwarze Tiefe hinab.

Er kam nicht einmal zu sich, als der Lieferwagen von der Straße abkam, die Böschung hinabstürzte, das hohe Schilf am Ufer des Rio Grande durchbrach und zwischen schönen, einsamen Pyramidenpappeln in Flammen aufging.

25

Es war angenehm, in der Berghöhle zu liegen. Daß er erfrieren würde, störte ihn nicht. Spektakuläre Stalaktiten hingen herab, und das Eis unter seinem Rücken wirkte irgendwie beruhigend.

Vielleicht führt dieser kalte Tod tatsächlich zur ewigen Ruhe, dachte er. Keine Intrigen im Land des immerwährenden Frostes, kein falsches Spiel, keine Tunnels, keine Kakteen – nur unbewegte, vertrauenswürdige Kälte, in der all die Schmerzen erstarren, die Verluste, die verpaßten Chancen ...

Sei's drum. Schließ die Augen, laß dich davontragen vom gnadenvollen Eis ...

Aber irgend etwas irritierte ihn, betastete seinen Körper, drehte seinen Körper herum, fegte den Schnee weg, etwas Warmes, Beharrliches. Er wollte danach schlagen und ihm sagen (was immer es auch war, verdammt noch mal), es solle verschwinden, er würde sehr gern erfrieren, und zwar ungestört.

O Gott, er mochte keine gottverdammten Stimmen hören, nicht in die Welt zurückgezerrt werden, nicht an das Mädchen denken. Wie hieß sie doch gleich? Nein, keine Erinnerungen ... Der gemeinste Trick des Gedächtnisses – man kann sich niemals zwingen, etwas zu vergessen.

Nein, nein, denk nicht an sie. Möge das Eis alles begraben, die Namen, die Gesichter – und die Stimmen zum Schweigen bringen ...

»Jack, Jack, Jack! Wach auf, alter Junge!«

»Fahr zur Hölle.«

»Ah, das ist schon besser. Der Jack, den wir kennen und lieben.«

»Hau ab.«

Lichter, Lichter, Lichter. Wer hatte Stroboskoplampen in die Höhle gebracht? Heiße Scheinwerfer (ein Filmstudio, nicht wahr?) verbrannten den schönen, kühlen, kristallischen, beglükkenden Schnee.

Wende dich ab, kriech tiefer hinein in die weiße Höhle ... Aber die Lichter ließen ihn nicht entkommen ...

»Nun mach endlich diese blauen Augen auf, Jack. Tu uns den Gefallen.«

»C. J.?«

»Wow! Hört euch den Mann an!«

Der tröstliche Schnee schmolz dahin, und Jack spürte einen stechenden Schmerz in der rechten Schulter, als hätte jemand seine Haut mit einer Harpune durchbohrt und vergessen, sie herauszuziehen. Langsam öffnete er die Augen und schaute in Calvin Jeffersons strahlendes Gesicht. »C. J., wo zum Teufel bin ich?«

»Ich glaube, die gütigen Schwestern nennen dieses Haus ›Hospital des barmherzigen Engels‹, und es liegt in El Paso, Texas.«

»Verdammt, ich will nicht in diesem miesen Texas sterben.«

»Du wirst vermutlich gar nicht sterben, Jackie. Kannst du dich bewegen?«

»Keine Ahnung.«

»Nun, du bist ein zäher Bursche. Außer einer Gehirnerschütterung und einem Loch im Arm und einigen gebrochenen Rippen hast du nichts abgekriegt. Vorerst würde ich an deiner Stelle nicht versuchen, den Helden zu spielen. Aber in einer Woche bist du wieder okay. Wie fühlst du dich?«

»Völlig ausgelaugt. Ich kann nicht wach bleiben. Offenbar züchtet irgend jemand Baumwolle in meinem Mund.«

»Das kommt wahrscheinlich von diesen wunderbaren Narkotika, die man in dich reingepumpt hat.«

»Welch eine Ironie ... Wie geht's Charlotte Rae?«

»Als du von ein paar Einheimischen gefunden wurdest, warst du allein, Jack. Sie brachten dich in die Klinik. Behauptest du etwa, das Mädchen sei bei dir gewesen?«

»Ja, sie hat mich da rausgeholt.« Jack versuchte, den Schlaf abzuwehren, aber die Kälte kehrte zurück, in kristallklaren weißen Wogen. Und er glitt wieder davon, in seine Berghöhle. Dort erklang ein seltsamer Gesang. Halb und halb erwartete er, putzige Eiszwerge zu sehen. Beinahe war er schon in die gigantische Gletscherwelt hinübergeglitten. Doch da jagte panisches Entsetzen eine Adrenalinwelle durch seine Adern. Mit seiner ganzen restlichen Kraft umklammerte er Calvins Arm. »C. J.? Du mußt sie finden. Wenn Wingate und Morales sie zwischen die Finger kriegen ... Die würden sie umbringen.«

»Keine Bange, Mann, ich kümmere mich drum.«

»Und da ist noch was, C. J. ...« Wieder drohte die Realität zu entschwinden.

»Ruh dich aus, Jackie. Was immer es auch ist, es kann warten.«

»Nein, die Tunnels. Morales ...«

»Mach dir deshalb keine Sorgen. Vor zwei Tagen haben wir zugeschlagen. Die Kerle waren geflohen, aber sie ließen etwa hundert Pfund kolumbianischen Schnee zurück.«

»Was, sie waren weg?« Jack konnte C. J. kaum verstehen. In seinem Kopf dröhnte es, die Drogen drückten ihn nach unten, als würde irgend jemand einen riesigen Reißverschluß über seinem Scheitel schließen.

»Ja, aber das ist okay. Immerhin konnten wir einen Teilsieg erringen. Wir haben das Dope in Sicherheit gebracht und einen ihrer besten Schmuggelwege blockiert. Und die Fotos von unseren Bonzen prangen in allen Zeitungen. Also reg dich ab, Mann. Ich bin wirklich froh, daß du wieder da bist.«

»Da ist noch was ... Ich kann nicht klar denken ... Michaels ... Wo steckt Michaels?«

»Um Himmels willen, hör endlich auf!«

»Nein, hör zu – Michaels ...«

»... ist tot«, ergänzte C. J.

»Tot?«

»Mausetot. Er fuhr sternhagelvoll über den Mulholland, und dann stürzte er in den Fryman Canyon. Mann, der hatte genug Alkohol im Blut, um eine Bar zu eröffnen.«

»Tot?« flüsterte Jack. Unmöglich. Warum war er gestorben? Michaels war doch ein Spitzel des Rauschgiftrings. Das ergab keinen Sinn ... Mühsam bekämpfte er die Ohnmacht. Aber es überstieg seine Kräfte ...

Und so versank er wieder im tröstlichen, eisigen Schnee.

*

Als er erwachte, rann ein Schauer durch seinen Körper. Immer noch im Halbschlaf, öffnete er die Augen und sah direkt über seinem Kopf einen Ventilator kreisen. Dieses Ding schickte kalte Luft herab. Die schmerzstillenden Medikamente, die seinen Blutkreislauf praktisch auf null reduziert hatten, und der subarktische Wind würden ihn vermutlich in ein Eis am Stiel verwandeln.

In seiner Schulter brannte ein wildes Feuer, sein Kopf drohte zu bersten.

Glücklicherweise war irgendwann während seines Tiefschlafs

eine Krankenschwester erschienen, um ihn zu wecken und noch einmal mit Demerol vollzupumpen. Deshalb verbarg sich das ganze Ausmaß seines Elends immer noch hinter reinem dichten, narkotischen Schleier. Allmählich verstand er, warum manche Leute alles taten, ihre Kinder verkauften und ihre Eltern ermordeten, nur um an das Zeug heranzukommen. Man wurde von allen Schmerzen erlöst, brauchte sich nicht mehr anzustrengen, der Gedanke an irgendwelche Pflichten oder die Familie war belanglos. Nur eins zählte – der Wunsch, dieser kühle, von Schüttelfrost erfüllte Traum möge niemals enden.

Großer Gott, er wollte einfach nur hier liegen und träumen. Doch er wußte, daß er diesem Drang widerstehen und nachdenken mußte, so schwer es ihm auch fallen mochte.

Unmöglich – er versank schon wieder im Halbschlaf ... Nein, er mußte sich zwingen, endlich wach zu bleiben. Langsam richtete er sich auf und schwang die Beine über den Bettrand. Dann schaffte er es irgendwie, die Füße in die Pantoffeln zu schieben, einen Bademantel anzuziehen und in den Flur zu wanken. Er fühlte sich schwindelig, antiseptische Gerüche drehten ihm den Magen um. Plötzlich erinnerte er sich an C. J., der sich über ihn geneigt und irgendwas erzählt hatte. Was? Michaels. Ja, Michaels war tot.

Während er unsicher einen Fuß vor den anderen setzte, entdeckte er den Trinkbrunnen. Sein Mund war trocken wie die Wüste, wo sie ihn fast begraben hätten, und der erste Schluck schockierte sein ganzes Nervensystem. Aber das Wasser weckte ihn, und er lehnte sich an die Wand.

Jetzt fiel ihm alles wieder ein. Charlotte Rae war verschwunden, der Tunnel blockiert, Morales und Wingate hatten die Flucht ergriffen.

Nachdem er noch einmal getrunken hatte, kehrte er zu seinem Zimmer zurück. In seinem Kopf wirbelte alles durcheinander.

»Mr. Walker? Warum sind Sie denn aufgestanden?« fragte

eine Krankenschwester, eine etwa fünfzigjährige Mexikanerin mit freundlichem Gesicht. Jack ging an ihr vorbei und öffnete seine Schranktür. Da hingen neue Sachen, ein T-Shirt, Jeans. Und darunter standen seine eigenen Stiefel. C. J.'s Werk. Lächelnd griff er nach den Levi's. »Mr. Walker, Sie wollen doch nicht im Ernst um Ihre Entlassung ansuchen?«

»Eigentlich nicht. Für diesen Papierkram habe ich keine Zeit. Schicken Sie die Rechnung in mein Büro. DEA-Hauptquartier, Los Angeles, Kalifornien.« Rasch schlüpfte er aus dem Krankenhaushemd und in die Jeans.

»Hören Sie, Mr. Walker, Sie wurden angeschossen und leiden immer noch an den Folgen einer Gehirnerschütterung. Also können Sie nicht einfach weglaufen. Ein Rückfall wäre fatal. Womöglich verlieren Sie die Besinnung, während Sie Auto fahren ...«

»Das ist schon okay. Irgendwie schaff' ich's immer wieder, mich aufzurappeln.«

»Jetzt hole ich erst mal den Doktor.« Sie wandte sich ab, und Jack beeilte sich, das T-Shirt und die Stiefel anzuziehen. Allmählich ließ die Wirkung des Demerols nach, und sein ganzer Körper begann zu schmerzen. Aber er würde sich zusammenreißen.

Auf dem Weg zum Lift merkte er, daß er am Schwesternzimmer vorbeigehen mußte. Sehr ungünstig. Also kehrte er um, fand am Ende des Flurs die Feuertreppe, stieß die Tür auf und begann hinabzusteigen.

Er fühlte sich schwach und schwindelig. Offensichtlich hatte die Schwester recht, jeden Augenblick konnte er die Besinnung verlieren. Während er sich am Stahlgeländer festhielt, nahm er immer drei Stufen auf einmal und am ersten Absatz stürzte er beinahe. Verdammt, er mußte nachdenken. Michaels war in die Sache verwickelt. Soviel stand fest. Oder doch nicht? Ein neuer Gedanke ging ihm durch den Sinn. Vielleicht war Michaels nicht selber beteiligt gewesen, hatte aber gewußt, wer da mitmischte, und versucht, Einzelheiten herauszufinden. Deshalb war er getötet worden.

Jack blieb stehen und rang keuchend nach Atem. Inzwischen hatte er den ersten Stock erreicht. Kalter Schweiß rann über sein Gesicht.

In der Folterkammer hatte Morales irgend etwas Wichtiges gesagt. Aber Jacks Gedächtnis glich einer Masse dichter Wolken mit verschwommenen Gesichtern, die wild ineinanderquollen. Könnte er sie doch zwingen, in geordneten Reihen vorbeizuschweben ...

Er mußte es versuchen. Was verfolgte ihn in seinem Unterbewußtsein? Morales war ein Geschäftsmann, der auf Rache sann. Als er vom Tod seines Freundes José Benvenides gesprochen hatte, war seine Stimme beinahe gebrochen. Offenbar wollte er Jack und die DEA demütigen. Und das alles hing wahrscheinlich mit seiner Krebserkrankung zusammen, die offenbar seinen Geist verwirrte.

Nein, da mußte noch mehr dahinterstecken. Etwas Wichtigeres als persönlicher Rachedurst.

Und dann erinnerte sich Jack an etwas anderes. Dr. Baumgartner, in Mexiko. Dieses Gesicht kannte er – verdammt, wenn er doch einen klaren Gedanken fassen könnte!

Und Zapata. Diesen Namen hatte Michaels erwähnt. In welchem Zusammenhang? Jack vermochte sich nicht zu entsinnen, weitere Wolken glitten vorbei.

Als er im Erdgeschoß ankam, öffnete er die Tür zur Halle. Am anderen Ende des Raums standen die Schwester, mit der er gesprochen hatte, und ein Arzt. Angespannt schauten sie sich um und warteten.

Wenn sie ihn entdeckten und packten, wäre er zu schwach, um sich zu wehren, und sie würden ihn ins Krankenzimmer zurückbringen, um ihn wieder mit Medikamenten vollzupumpen. Er blieb stehen, sah sie hinausgehen, dann kehrten sie zurück, schüttelten die Köpfe und wandten sich zum Lift.

Jetzt mußte er seine Chance nutzen. Er durchquerte die Halle, ging an ungeduldigen Patienten vorbei, die auf die Heimfahrt warteten, an einem uniformierten Sicherheitsbeamten, der ihn aufmerksam zu mustern schien, an einem kleinen Kaktus im Blumentopf. Schaudernd erinnerte er sich an den Kaktusgarten in Mexiko. Dann stieß er die Drehtür auf und trat in die drückende Hitze von El Paso hinaus.

26

Um Mitternacht ging Jack an Bord einer Maschine der Delta Airlines und flog zum LAX. Bis fünfzehn Minuten vor der Landung schlief er rastlos, dann trank er drei Tassen Kaffee, der ihm die geschwollenen Augen öffnete. Wie ein Zombie taumelte er durch die häßliche Ankunftshalle, hinaus ins sanfte Mondlicht von Los Angeles. Während er in einem Taxi zum Büro fuhr, starrte er auf die Bohrtürme neben der La Cienega, und diese öde, seltsame Landschaft erinnerte ihn an das Höllenloch namens Juarez.

In der Hill Street stieg er aus dem Taxi. Während der russische Chauffeur davonfuhr, stand Jack zitternd auf dem Gehsteig und schaute zu den leeren Fenstern des DEA-Hauptquartiers hinauf. Theatralisch glitt eine dichte Wolkenbank vorbei.

Es war eine schöne Nacht. Und die Stille der Innenstadt erschien ihm wie ein Segen. Er holte tief Atem und versuchte, seine Gedanken zu ordnen. Was war ihm entgangen? Irgend etwas Wichtiges – und Michaels hatte davon gewußt. Aber Jack hatte ihm nicht zugehört, eifrig bestrebt, seine Chance zu nutzen.

Was das Mädchen betraf, war er zeitweise verblödet – und Michaels gegenüber viel zu arrogant gewesen. Statt anzunehmen, der Assistenzdirektor wolle ihm die Operation vermasseln, hätte er Wingate am Morgen der Abreise hinhalten und sich genauer über Michaels' Andeutungen informieren sollen.

Aber so was lag ihm nicht. Er war mit ihnen nach Mexiko geflogen – teilweise, weil er befürchtet hatte, sonst würde er ihren Argwohn erregen. Natürlich war das ein einleuchtendes Motiv. Außerdem liebte er solche Aktivitäten, jedes Risiko, das sein Adrenalin anheizte. Und er glaubte, er könnte die Ereignisse am besten steuern, wenn er jenen Punkt erreichte, wo er nicht mehr schauspielerte, sondern sich mit seiner Rolle identifizierte. Dann strahlte er ein Selbstvertrauen und Charisma aus, dem all die Verbrecher und schlechten Schauspieler nicht widerstehen konnten.

Darüber mußte er lachen. Es stimmte. In seinen Sternstunden schien ihm alles zuzufliegen. Noch bevor die Leute den Mund aufmachten, wußte er, was sie sagen würden.

Aber Wingate und Morales hatten den Spieß umgedreht, sein großspuriges Getue und seinen Charme gegen ihn benutzt. Sie spielten mit ihm, beuteten ihn aus, dann warfen sie ihn weg wie ein Stück Dreck – aber nicht, ohne ihm klarzumachen, was für eine lahme Ente er gewesen war. Das verletzte ihn noch schmerzlicher als die gebrochenen Rippen, das zerschlagene Gesicht.

Während er im Lift nach oben fuhr, wurde ihm das ganze Ausmaß dieser Tücke bewußt. Wann immer er besonders witzig oder clever dahergeredet oder etwas getan hatte, um ihre Gunst zu gewinnen, waren sie schlau genug gewesen, um die Schauspielerei zu erkennen und gegen ihn zu verwenden. Schon von Anfang an.

Jack ging durch den Flur des dritten Stocks und sank gegen Michaels' Tür. Aber irgend etwas hatte ihn aus dem Höllenschlund Juarez herausgeführt, etwas in seinem Inneren. Auch das wußte er. Eine Eigenschaft, die er stets bekämpfte. Die Gutmütigkeit, die er aus seiner Seele verbannen mußte, wenn er ein guter Cop sein wollte – das hatte sein Vater oft genug betont.

Sein wahres Ich liebte Charlotte Rae und wollte ihr helfen. Diesen inneren Anstand hatte sie erkannt. Nur deshalb war er entkommen. Sie hatte ihn gerettet, weil sie hinter die Maske des Schauspielers geblickt und etwas gesehen hatte, das er selber verleugnete, dem er mißtraute. Aber sie hatte es aufgespürt und sein Herz berührt.

Und nun war sie verschwunden, vielleicht schwer verletzt oder gar nicht mehr am Leben. Aber es gab noch schlimmere Möglichkeiten. Als er sich vorstellte, wie sich Buddy und Morales rächen könnten, weil sie ihm zur Flucht verholfen hatte, erschauerte er. Der Gedanke, sie könnte in diesem Augenblick gefoltert werden, war unerträglich. Um so schneller mußte er die Wahrheit herausfinden.

*

Eine Zeitlang stand er vor Michaels' Tür. Sie ließ sich mittels einer Zahlen- und Buchstabenkombination öffnen, die man in einen kleinen Computer neben der Klinke eintippen mußte. Natürlich sollten diese persönlichen Codes geheim bleiben, aber Jack kannte Michaels' Kombination schon monatelang. Nach einer durchzechten Nacht war er mit C. J. in den Großrechner der DEA eingedrungen, und sie hatten Michaels' Code enträtselt. Triumphierend malten sie sich aus, wie sie etwaige Skelette aus seinem Schrank holen würden, sollte er einmal versuchen, ihnen ins Handwerk zu pfuschen.

Bis jetzt hatte Jack den Code noch nie benutzt. Nun tippte er ihn ein, sah den winzigen Bildschirm aufleuchten, dann klickte es, und er stieß die Tür auf.

*

Er schaltete Michaels' Computer ein. In der Finsternis leuchteten orangegelbe Zahlen und Buchstaben, ein wildes Durcheinander. »Komm schon«, flüsterte er angespannt. »Erzähl mir was ...«

Dann erschienen plötzlich Worte auf dem Bildschirm: »Akten 11-9 gelöscht. In polizeilichem Gewahrsam. Beschlagnahmt.«

Das hatte er befürchtet. Wenn ein Agent starb – wurden seine Computerdaten gelöscht, normalerweise von seiner Sekretärin, und die Disketten in »polizeilichen Gewahrsam« gegeben. Die Disketten verwahrte man an zwei verschiedenen Orten – im Kellergeschoß des Gebäudes und in einem Lager an der Temple Street.

Plötzlich hatte Jack eine Idee. Er fragte den Computer, wo er nachschauen sollte. »Unbekannt«, lautete die Antwort. Zum »Gewahrsam« hatte er keinen Zugang, und nicht einmal James Bond konnte in den Keller oder ins Lagerhaus einbrechen, ohne alle Alarmanlagen zwischen Los Angeles und Pasadena auszulösen.

Also mußte er Michaels' Sekretärin Diane fragen, wo sich die Daten befanden, und sich dann an den Sicherheitsdienst wenden. Aber das war riskant, denn der Sicherheitsdienst würde Zampas oder Brandau kontaktieren, bevor er Jack grünes Licht gab. Natürlich würden ihm beide Steine in den Weg legen. Sie grollten ihm ohnehin schon, weil er die Anweisungen mißachtet und nach Mexiko geflogen war. Wenn er jetzt zurückkehrte und behauptete, ein DEA-Agent sei nicht astrein gewesen, würden sie ihn wahrscheinlich in eine geschlossene Anstalt stecken.

Trotzdem – er mußte es riskieren. Vielleicht hatte Diane die Disketten noch nicht weggebracht. Im Vorzimmer von Michaels' Büro inspizierte er ihren wohlgeordneten Schreibtisch. Dann setzte er sich in ihren Drehsessel und schaltete die Lampe ein. Der Lichtkegel fiel auf ihr Adreßbuch, und er blätterte darin. Da, ihr Nachname – Gibson, 12855 Moorpark, Studio City. Und die Telefonnummer. Ihre eigene Adresse – in ihrem eigenen Notizbuch.

Dem Himmel sei Dank für das schlechte Gedächtnis des Mädchens, dachte er und wählte die Nummer. Ungeduldig trommelten seine Finger auf die Tischplatte. O Gott, aus dem Hörer dröhnte Musik, ein paar Takte aus Barry Manilows Melodie »Copacabana«, ein Song, der ihm schon immer kalte Schauer über den Rücken gejagt hatte. Endlich begann eine eifrige Stimme zu zwitschern. »Hi, hier ist Diane.«

Zunächst glaubte er, mit einem Anrufbeantworter zu reden. »Diane, hier ist Jack Walker. Ein toller Song.«

»Ja, und das hat eine ganz besondere Bedeutung, Jack. Dieses Wochenende geben Pat und ich eine Party unter dem Motto ›Siebziger Jahre‹. Da wollen wir ›Saturday Night Fever‹ sehen und zu ›Stayin' Alive!‹ tanzen. Aber was rede ich da! Sie liegen doch in einem Krankenhaus in Texas, und ich schwatze und schwatze ...«

»Texas ist schon Vergangenheit, Diane. Jetzt bin ich in Los Angeles, und ich muß Teds Daten sehen. Es ist sehr wichtig.«

»Oh, die Daten ... Also, ich weiß nicht, Jack. Die muß ich doch in Gewahrsam geben.«

»Haben Sie's noch nicht getan?«

»Nein ... Am Freitag wollte ich das erledigen, aber da trafen wir unsere Vorbereitungen für die Party, und – nun ja, die Freizeitanzüge, die wir bestellt hatten, wurden mit schmalem Revers geliefert. Können Sie sich das vorstellen? Und die Plateausohlen waren auch nicht okay. Also mußte ich noch mal zum Kostümverleih fahren ...«

»Hören Sie zu, ich würde mich liebend gern mit Ihnen über Barry White unterhalten, aber es ist dringend. Wo sind die Daten?«

»Da, wo sie immer sind. In seinem Computer.«

»Ah, verschlüsselt ... Unter welchem Code?«

»Jack, Schätzchen, ich weiß nicht, ob ich berechtigt bin ...«

»Sagen Sie mir's, Diane, und dann verkleiden Sie sich in Donna Summer.«

»Also gut. Wahrscheinlich kann ich Ihnen trauen. Sie kannten Ted sehr gut, nicht wahr?«

»O ja. Der Code ...«

»Nun ja, Ted ist tot, Gott sei seiner Seele gnädig. Und das ist mein Lieblingssong. Ich meine, es war ja nur provisorisch. Um Himmels willen, erzählen Sie das niemandem! Die Leute würden glauben, ich wäre unprofessionell.«

»Vielen Dank und keine Bange. Bei mir ist Ihr Geheimnis gut aufgehoben.« Er legte auf und hinkte in Michaels' Büro zurück. Dort tippte er den Code in den Computer. Die Akten tauchten sofort auf.

Entsetzt und ungläubig las er die Liste. Wingate, Morales, Mexiko und Kolumbien wurden nicht erwähnt. Dann dachte er an den inoffiziellen Namen, den er der Operation gegeben hatte, Cactus, und tippte ihn ein. Nichts.

Er versuchte es mit »Zapata«, den Michaels bei jener seltsamen nächtlichen Autofahrt erwähnt hatte. Wieder gähnende Leere.

Eine Stunde lang probierte er alle möglichen Kombinationen, aus, weil er dachte, Michaels könnte den Fall mit einem anderen in Zusammenhang gebracht haben. Nichts. Fluchend schlug er auf die Tastatur.

Und dann kam ihm eine Idee. Falls Michaels von den Kolumbianern bezahlt worden war, hatte er sich's nicht leisten können, den Fall in seinem Bürocomputer zu speichern. Das Material wäre zu diskriminierend gewesen.

Also mußte sich die Information woanders befinden. In seinem Computer, daheim in Encino? Unwahrscheinlich. Sein Mörder würde die Daten gelöscht haben.

Seufzend lehnte sich Jack in Michaels' Sessel zurück, streckte das rechte Bein aus, spürte den stechenden Schmerz im Rückgrat. Seine Schläfen und die Schulter brannten. Wo sollte er nachsehen?

Und dann erinnerte er sich. Michaels Versteck in Big Bear. Wie lautete die Adresse? China Island, Boulder Bay, Big Bear ... Genau. Wenn die Information tatsächlich existierte, würde sie dort zu finden sein.

Er stand auf und schaltete den Computer aus. Während er im Dunkeln stand, quälte ihn eine neue Frage.

Wer wußte, was Michaels gewußt hatte? Wer konnte es wissen? Die Antwort war erstaunlich einfach – nur jemand in der Agency. Womöglich war Michaels gar nicht der Doppelagent gewesen, sondern jemand anders. Brandau, Valle oder – großer Gott, Zampas höchstselbst.

Irgend etwas würde geschehen, etwas Schreckliches. Und er konnte es nur verhindern, wenn er das Problem so schnell wie möglich löste.

Er holte tief Atem, ging zu seinem eigenen Büro, tippte den Code ein, hörte die Tür klicken. Nachdem er die Schreibtischlampe angeknipst hatte, humpelte er zum Mahagonischrank in der Ecke und öffnete das Kombinationsschloß.

In einem der Fächer lag ein Schulterhalfter mit einem .38er Polizeirevolver. Er zog die Waffe heraus und dachte an seinen einundzwanzigsten Geburtstag. Dies war das Geschenk von seinem Vater gewesen. Bisher hatte er ihn nur zweimal benutzt. Ein guter Revolver, der sich goldrichtig in seiner Hand anfühlte.

Er steckte ihn wieder ins Halfter, schlang es um seine Schulter, schloß die Schnalle. Dann nahm er seine Lederjacke vom Haken an der Tür und zog sie an. Sein rechter Arm begann wieder zu schmerzen, und er lehnte sich sekundenlang an die Schreibtischkante. O Gott, er wollte schlafen. Aber dafür fehlte ihm die Zeit. Er schloß den Schrank, schaltete das Licht aus und eilte zur Tür, so schnell ihn die schwachen Beine trugen.

27

Jack bestellte vom DEA-Büro aus ein Taxi, und wunderbarerweise hielt es fünfzehn Minuten später am Straßenrand. Sie fuhren über den leeren Hollywood Freeway, der in den ersten dunklen Morgenstunden gespenstisch wirkte – als hätte jemand eine Bombe auf Los Angeles geworfen, die alle Menschen in Luft aufgelöst und nur die Verkehrsschilder verschont hatte.

Immer wieder zwang er sich zur Konzentration auf sein Problem. Nachdem er durch die Hölle gegangen war, hätte er nur allzu leicht in ein seelisches Tief fallen können. Nun mußte er erst einmal ins Château zurückkehren, ein Sandwich essen, Munition und sein Auto holen, dann würde er nach Big Bear aufbrechen. Die Fahrt dauerte drei Stunden, also würde er sein Ziel um fünf erreichen. Falls er nicht am Steuer einschlief und von einer kurvenreichen Bergstraße abkam. Vielleicht würde er im Dupar's Café eine Thermoskanne, gefüllt mit starkem Kaffee, kaufen.

*

Der Fahrer, ein schweigsamer Iraner, bremste und zeigte auf den Tachometer: dreizehn Dollar, achtundfünfzig Cent. Jack gab ihm einen Zwanziger und drei Dollar Trinkgeld, in der Hoffnung, den Burschen ein bißchen aufzumuntern. Aber der Mann grunzte nur und wandte sich ab. Jack stieg aus, spürte die Morgenkälte und stieg die Eingangstreppe des Châteaus hinauf, während das Taxi davonbrauste.

*

Er verließ den antiquierten Lift, und als er zu seinem Apartment ging, hörte er Schritte hinter der Tür. Rasch zog er die Pistole aus dem Halfter, dann holte er seinen Schlüssel hervor. So leise wie möglich drehte er ihn im Schloß um und stieß mit der Fußspitze die Tür auf. Die Waffe in zweihändiger Schußposition, betrat er die Wohnung. »Wer immer da ist – kommen Sie sofort raus! Ich bin nicht in der Stimmung, Besucher zu empfangen.« Nichts rührte sich. »Ich hab' gesagt – raus, Arschloch!«

»Oh, wie cool das klingt!« erwiderte eine sanfte Stimme. »Aber ich bin immer noch nicht überzeugt. He, ich hab' trotzdem eine Idee. Warum fliegen wir nicht nach Mexiko runter und genießen ein romantisches Wochenende?«

Jack ließ die Hände sinken und schloß die Tür hinter sich. »Mexiko?« wiederholte er lächelnd. »Nein, da passe ich.«

Charlotte Rae saß auf der kastanienroten Couch, seinem einzigen anständigen Möbelstück. Ihr rechter Arm lag in einer Schlinge, auf der Wange hatte sie einen blauen Fleck. Ansonsten sah sie bemerkenswert gut aus.

»Wie zum Teufel bist du hier reingekommen?«

»Also, leicht war's nicht. Aber du hast mir mal diese Adresse gegeben, vor einer Million Jahren. Ich dachte, früher oder später würdest du hier auftauchen. Eigentlich wollte ich aufstehen und dich küssen. Aber dann platzen meine zusammengenähten Wunden womöglich auf, und ich verblute.«

»Ich dachte, du ...«

»Hast du geglaubt, eine kleine Kugel und ein Autounfall würden mich umbringen. Vergiß nicht, ich hab' schon Schlimmeres überlebt. Immerhin war ich beinahe mit Buddy Wingate verheiratet.«

»Verdammt, ich bin so froh, dich zu sehen ...« Er setzte sich zu ihr, legte vorsichtig einen Arm um ihre Schultern und küßte sie.

»O Jack, das war der netteste Kuß, den du mir je gegeben hast.«

»Meinst du?«

»Ja. Weil's der erste war, der hundertprozentig von dir kam.«

Grinsend zerzauste er ihr Haar. »Und wie bist du hier reingekommen?«

»Dieser Jamaikaner Toots Riley freut sich so, weil deine Schwester zu dir gezogen ist. Er macht sich Sorgen um dich, und ich soll dir ausrichten, wenn der Kaiser kommt, würde er ein gutes Wort für dich einlegen, obwohl du ein weißer Teufel bist.«

»O Gott, du lebst!« Ein heißes Glücksgefühl erfüllte sein Herz »Ich liebe dich, und du lebst!«

Als er sie wieder küßte, rollte eine Träne über ihr Gesicht. »Und ich liebe dich auch, du verrückter Kerl.« Behutsam strich sie über seine Wange. »Ich dachte, du wärst erledigt. Nachdem der Laster über die Böschung gestürzt war, kam ich zu mir. Wahrscheinlich weckte mich der Krach. Du warst bewußtlos, und es brannte. Also zog ich dich raus und rannte los, um Hilfe zu holen. Vermutlich war ich im Delirium und blutete ganz schrecklich. Ich fand zwei mexikanische Jungs, die dich ins Krankenhaus brachten. Mich wollten sie auch dabehalten, aber ich lief davon. Weißt du, ich bin nicht besonders scharf aufs Gefängnis. Das können illegale Einwanderer sehr gut verstehen. Großer Gott, was für liebe Leute! Sie brachten mich zu ihrem eigenen Doktor in Juarez. Anfangs hatte ich Angst, der könnte sich als gräßlicher Metzger entpuppen. Aber er war okay. Er holte die Kugel raus, flickte mich zusammen und ließ mich einfach liegen, bis meine Freundin kam.«

»Deine Freundin?«

»Delores Delgado, früher Tänzerin im Finochio's. Eine von den ganz wenigen, die bekommen haben, was sie wollten. Jetzt ist sie mit einem reichen Rancher namens Clyde Randall verheiratet, hat drei Kinder und einen Privatjet. Von früher her war sie mir was schuldig. Ich rief sie an, und sie brachte mich zu dieser Ranch außerhalb von Dallas. Dort sieht's aus wie auf der Ponderosa. Jeden Augenblick erwartete ich, Hoss Cartwright würde um die Ecke wanken.«

Lachend strich er über ihr Haar. »Und warum bist du hier? Du hättest das Land verlassen können.«

»Sogar ein Dummkopf wie du kann das rauskriegen«, erwiderte sie und lächelte ihn an. Das Blut stieg ihm in die Wangen. »O Jack, ich glaube, du errötest wirklich und wahrhaftig.«

»Unsinn, das ist kein Erröten, sondern reine Freude.«

Liebevoll nahmen sie sich in die Arme. Er küßte sie zweimal und malte sich aus, wie es wäre, einfach die Tür zu versperren und die nächsten achtundvierzig Stunden mit ihr im Bett zu verbringen. Aber er mußte sich losreißen.

»Hast du's eilig, Jackie?«

»Ja.«

»Dieser Mann, über den wir im Tunnel sprachen, wie heißt er doch gleich?«

»Michaels. Und er war tatsächlich in die Sache verwickelt. Jetzt ist er tot. Und er hat nie als Spitzel fungiert.«

»Tot? Aber – wer ...?«

»Irgend jemand wollte ihn zum Schweigen bringen. Und ich bin ziemlich sicher, daß ich die bedeutsame Information in seinem Versteck am Big Bear Lake finden werde. Ich wollte nur herkommen, um ein bißchen Proviant und mein Auto zu holen.«

»Großartig!« rief sie lächelnd. »Ich leiste dir Gesellschaft.«

Entschieden schüttelte er den Kopf. »Dafür geht's dir nicht gut genug.«

»Doch. Immerhin konnte ich hierherkommen, oder? Hör mal, ich hab' genug Kodein in mir, um zum Lake Big Bear zu fliegen. Zum erstenmal stehen wir auf derselben Seite, und das werde ich nicht vermasseln. Also komm, verschwenden wir nicht noch mehr Zeit.«

*

Es war immer noch dunkel, als Jack um die letzte Kurve des Highway 18 bog und den Erholungsort Big Bear erreichte.

»Sehr rustikal, aber mit den Bären übertreiben sie's ein bißchen«, meinte Charlotte Rae, während sie die Hauptstraße entlangfuhren, den Big Bear Boulevard.

Trotz seiner Kopfschmerzen lachte Jack. Sie hatte völlig recht. An fast allen Holzhäusern, Läden und Lokalen prangte das Bärenmotiv. Sie entdeckten das Boo Beers Den, das Teddy Bear Restaurant, das Leisure Bear Motel, das Grizzly Manor Café, das Sugar Bear Smorgasbord und das Bear Necessities Health Food.

»Eins mußt du mir versprechen, Jack.«

»Was denn?«

»Daß wir hier nicht sterben werden. Mein Leben war eine einzige schäbige Rotlichtstraße, aber wenigstens nicht niedlich. An einem niedlichen Ort will ich nicht sterben.«

»Okay, ich versprech's«, erwiderte er und drückte ihre Hand.

Sie hielten an einer Tankstelle, dem Big Ottos Pooh Bear Exxon, stiegen aus und redeten mit dem Tankwart, der eine grüne Weste, einen Federhut und flaschengrüne Lederhosen trug. Erst blinzelte er Jack an, dann schenkte er Charlotte Rae ein zahnloses Lächeln, die ihm ein bißchen was von ihrem Oberschenkel zeigte, als sie aus dem Mustang kletterte. »Guten Morgen«, grüßte er.

»Guten Morgen, Sir«, antwortete Jack.

»Ich heiße Otto. Kommen Sie zum Erntedankfest?« erkundigte sich der Mann und steckte einen Benzinschlauch in Jacks Auto.

»Nicht direkt. Wir suchen China Island.«

»Da draußen in der Boulder Bay. Wenn Sie auf der 18 gekommen sind, müssen Sie vorbeigefahren sein. Etwa eine Meile außerhalb der Stadt, zu Ihrer Rechten. Aber Sie brauchen ein Boot, es sei denn, Sie können schwimmen.«

»Sehr witzig. Gibt's keine Fähre oder Brücke?«

»Leider nicht«, entgegnete der Mann lachend. »Sind Sie ein Freund von dem Gentleman, der dort gewohnt hat?«

»Ja. Das war mein Vetter. Ich möchte ein paar Familienerbstücke holen.«

»Oh. Ich habe gehört, daß er tot ist. Zu schade.«

»Sehr traurig. Wie ist er denn zur Insel gekommen?«

»Ich glaube, er hatte ein Ruderboot. Aber ich weiß nicht, ob's noch da ist. Allem Anschein nach wurden ein paar Sachen gestohlen.« Der Mann hängte den Schlauch wieder in die Halterung. »Das macht acht Dollar und dreiundsechzig Cent.«

Jack warf Charlotte Rae einen kurzen Blick zu. »Wann wurde was gestohlen?«

»Erst vor kurzem. In der Nacht. Die Nachbarn erzählten dem Sheriff, in der Hütte habe Licht gebrannt. Als er dort ankam, sah er niemanden. Aber das ganze Haus war auf den Kopf gestellt.«

»Verdammt«, fluchte Jack. Jemand war ihnen zuvorgekommen. Vermutlich hatte man Michaels' Beweismaterial gefunden und vernichtet. »Danke«, sagte er, als der Mann ihm die Kreditkarte zurückgab.

»Was für eine schreckliche Welt«, seufzte Otto. »Heutzutage weiß man nicht mehr, wem man trauen darf.«

*

Jack parkte den Mustang am Rand einer schmalen Nebenstraße an der Boulder Bay und faltete seine Landkarte auseinander. »Offensichtlich liegt China Island auf der anderen Seite dieses Felsens.«

»Wundervoll!« rief Charlotte Rae. »So was Gesundes haben wir seit unserem Picknick in Tahoe nicht mehr unternommen.«

»Erinnere mich nicht dran.«

Lachend legte sie den Kopf an seine Schulter. »Was für ein Spielverderber du bist!« schimpfte sie, aber es klang sehr zärtlich.

Sie ließen das Auto stehen und wanderten eine kurze Sandstraße hinab, zum Ufer des Sees.

»O Gott, ist das schön!« staunte sie. Die Morgensonne spiegelte sich im glasklaren blauen Wasser. Ringsum erhoben sich imposante Felsen, Überlebende aus der Eiszeit. Als Jack zur Südseite des Hafens schaute, entdeckte er die kleine Insel. Otto hatte recht, sie lag fünfzig Meter weit draußen. Michaels' Versteck war eine heruntergekommene, aber hübsche Rotholzhütte im imitierten Mandarinstil und sah aus wie die Hollywood-Version einer Schnapshöhle, die während der zwanziger Jahre in Shanghai gestanden haben könnte. Auf die Vordertür waren überdimensionale chinesische Figuren gemalt.

»Wie charmant«, bemerkte Charlotte Rae. »Dieser Anblick stimmt mich ganz nostalgisch.«

»Wieso?«

»Nun, das Man's Chinese Theater stammt aus der gleichen Architektenschule. Deshalb muß ich an jenen romantischen Tag denken, wo du dein Leben riskiert hast, um meines zu retten.«

»Und es erinnert dich daran, wie clever du mich reingelegt hast.«

»Ja, das auch«, gab sie zu. »Und wie kommen wir da rüber?« Sie zeigte zur linken Seite der Insel, wo das Ruderboot lag.

»Damit fuhren Wingates Jungs rüber, um die Hütte auseinanderzunehmen. Offenbar muß ich mich naß machen. Du bleibst hier.«

»Warum?«

»Wegen deiner Bandagen.«

»Und deine Bandagen? Außerdem werden die Wellen schon nicht über unseren Köpfen zusammenschlagen. Und du brauchst mich da drüben.«

Jack lachte. »Jetzt lerne ich dich richtig kennen. Und irgendwie habe ich das Gefühl, daß du unmöglich bist.«

»Völlig richtig«, erwiderte sie fröhlich und hielt einen Finger ins Wasser. »O Gott, ist das kalt und feucht! Hilf mir, die Levi's auszuziehen.«

»O nein, wenn jemand vorbeikommt und uns sieht ...«

Lächelnd küßte sie seine Wange. »Meine Sachen dürfen nicht naß werden. Sonst hole ich mir den Tod. Und ich rate dir, dein Schießeisen abzunehmen – das Pulver soll doch trocken bleiben, nicht wahr, Cowboy?«

Sie zwinkerte ihm zu, als er ihr seufzend aus den Jeans half. Dann schlüpfte er aus seinem Jackett und öffnete die Schnalle des Schulterhalfters.

Halbnackt stand sie auf dem Felsen. »Wer als letzter reingeht, spielt die Hauptrolle in Buddys nächstem Film!« Mit ihrem unverletzten Arm hob sie die Kleider hoch über den Kopf und watete zitternd in den See. Jack sprang hinter ihr hinein. Im eisigen Wasser fror er bis auf die Knochen, aber es machte ihn wenigstens vollends wach.

Ein paar Minuten später erreichten sie zähneklappernd die Insel und stiegen den Kiesstrand hinauf zu Michaels' Hütte.

»Wie romantisch!« meinte Charlotte Rae und berührte einen tiefhängenden Ahornzweig. »Trocknen wir uns mit den Blättern ab. Und dann führen wir einen Sonnentanz auf, um die Götter zu beschwichtigen.«

»Gute Idee!« Jack rieb mit ein paar Blättern über seine Schultern und zeigte zur Tür, die halb offenstand, mit aufgebrochenem Schloß. »Aber das haben die Götter nicht gemacht.« Obwohl er immer noch naß war, zog er sich an. Den .38er gezückt, stieß er die Tür auf und starrte auf umgestürzte, gemütliche rustikale Möbel. Aus mehreren Kissen war die Füllung herausgerissen.

»Sehr häßlich – typisch Buddy«, meinte Charlotte Rae, als sie ihm in die Hütte folgte.

Vorsichtig gingen sie im Wohnzimmer umher, betrachteten zerbrochene Bilderrahmen, zertrümmertes Geschirr, zerfetzte Bücher. In einer Ecke lagen die Reste eines teuren Rollpults, kurz und klein geschlagen. Michaels' kleine Phantasiewelt – völlig zerstört.

In der Küche sah es so ähnlich aus. Am Boden stapelten sich Töpfe und Pfannen, hastig und ungeschickt war der Herd auseinandergenommen worden. »Schauen wir uns mal oben um«, schlug Jack vor.

Sie stiegen eine Kiefernholztreppe hinauf. In der Mansarde entdeckten sie Michaels' Arbeitszimmer. Deprimiert runzelte Jack die Stirn. Dieser Raum mußte früher sehr hübsch gewesen sein. An den Wänden hatten Navajo-Teppiche gehangen, jetzt häuften sie sich zerknüllt am Boden, zwischen mehreren Familienfotos, aus den Rahmen gerissen. Jack hob eines auf. Erschrocken musterte er einen fröhlichen jungen Michaels, zwischen strahlenden Eltern. Die drei standen vor der Hütte. Einen großen Bastbesen in der Hand, schaute der Junge liebevoll und ehrfürchtig zu seinem Vater auf, der ein Jagdjackett und eine Brille trug.

Neugierig spähte Charlotte Rae über Jacks Schulter. »Ist er das?«

»Das war er.« Jack blickte sich in dem verwüsteten Raum um. Auf dem Schreibtisch stand ein mißhandelter PC.

»Sieht nicht gerade vielversprechend aus, was?« fragte Charlotte Rae.

»Mal abwarten. Was siehst du?«

»Kein besonders anheimelndes Dekor.«

»Du siehst Frust. Die haben alles ruiniert, weil sie wütend waren.«

»Also glaubst du, sie haben nichts gefunden?«

»Vielleicht nicht. Was noch lange nicht heißt, daß wir was finden werden. Aber wir gehen nicht, bevor wir die Hütte gründlich durchsucht haben, okay?«

»Gut, ich nehme mir das Erdgeschoß vor. Übrigens, was suche ich?«

»Wahrscheinlich eine Diskette oder ein Tonband, vielleicht sogar ein Video.«

»Dann weiß ich ja Bescheid.« Lächelnd küßte sie ihn. »Ich liebe es, wenn du professionell wirst, Jack.«

»Hm ...«

»Bist du immer noch sauer, weil ich die erste Runde gewonnen habe? Wenn es dein verletztes männliches Ego tröstet – ich glaube, letzten Endes hast *du* gewonnen.«

»Wie das?«

»Weil ich mich in dich verliebt habe, du Idiot. Falls du's noch nicht bemerkt haben solltest.«

Da erwiderte er ihr Lächeln und küßte sie. »Doch, ich hab's bemerkt«, gestand er, und sie ging tatendurstig nach unten.

*

Anderthalb Stunden später saß Jack zusammengesunken vor dem Computer, zornig und enttäuscht. Sie hatten nichts gefunden. Fluchend brach er einen Bleistift entzwei. »Jetzt müssen wir noch einmal von vorn anfangen«, meinte Charlotte.

»Das weiß ich. Aber ich hab' so ein unangenehmes Gefühl. Was immer passieren wird, es wird bald passieren. Wo zum Teufel kann die Info stecken?« Er schaute sich wieder in der Mansarde um. Hier gab es nichts mehr, wo er nachsehen konnte. Er hatte aus allen Kissen und Matratzen die restliche Füllung gerissen, in alte Flaschen gespäht, Rasiercremedosen zertrümmert, den Fernseher in Michaels' Schlafzimmer zerlegt, alle Bücher durchgeblättert, alle CDs zerbrochen. Auch Charlotte Raes Revier hatte er gründlich durchstöbert. Sie war sehr gewissenhaft vorgegangen – aber ohne Erfolg.

Nun saß er in Michaels' altem Schaukelstuhl und spürte wieder die Schmerzen, in den Rippen, im Kinn. Nichts. Überhaupt nichts.

»Verdammt, ich weiß es doch!« stieß er hervor. »Morales sah sich selbst als Zapata, den großen Befreier, der uns von innen her zerstört. Also muß es einen besonderen Spitzel geben – und noch größere Pläne. Aber ohne Michaels' Daten werden wir's nie herausfinden.« Er holte tief Atem und kämpfte gegen den Schmerz und die Erschöpfung an. In seinem Hals und in den Schläfen pochte es. Er legte den Kopf in den Nacken, ließ ihn kreisen, versuchte die angespannten Muskeln zu lockern. Dabei fiel sein Blick auf einen Rauchdetektor an der Decke. »Du lieber Himmel, schau dir das an!«

Charlotte Rae schaute nach oben. »Ein Rauchdetektor. Na und?«

»Haben wir den aufgemacht?«

»Nein, ich glaube nicht. Aber da würde er doch nichts verstecken. Oder?«

»Das werden wir gleich wissen.« Jack zog einen Stuhl heran, stieg darauf und öffnete die Schnappschlösser, die den Detektor zusammenhielten.

»Nun?« Charlotte Rae hielt seine Beine fest.

»Nichts«, seufzte er. »Oh, zum Teufel, ich war mir so sicher ...«

Jack sah sich um, entdeckte die offene Schranktür. »Großer Gott!«

»Was ist denn los?«

»Siehst du was Komisches? Da drüben im Schrank?«

Charlotte Rae kniff die Augen zusammen. »Nein, nur ... Das ist ja nicht zu fassen! Noch ein Rauchdetektor.«

»Sehr merkwürdig, nicht wahr? Ein Rauchdetektor fürs Arbeitszimmer – und noch einen für den Schrank.« Er sprang vom

Stuhl, zog ihn zum Schrank, stieg wieder hinauf und öffnete den Detektor. Eine Diskette fiel in seine Hand.

*

Seite an Seite saßen sie an Michaels' Schreibtisch. Der Computer war etwas lädiert, als hätte jemand vor lauter Wut mit der Faust draufgeschlagen, aber der Bildschirm und das Diskettenlaufwerk funktionierten noch. Nachdem Jack die Diskette hineingeschoben und das Laufwerk angeklickt hatte, blitzte es viermal, dann erschien das Inhaltsverzeichnis.

Da – Operation Cactus. Die erste Datei lautete »Wingate«, verriet alles über seine Spielschulden, die Connection zu Morales, die Beziehung zu Charlotte Rae.

»Oh, wie nett!« rief sie. »Ich kann's kaum erwarten, alles zu lesen, was sie über mich gespeichert haben.«

»Später.«

Die zweite Datei enthielt zahlreiche Angaben über Morales' kriminelles Imperium – eine faszinierende Lektüre: Die Stützpunkte des Drogenbosses in Deutschland, die anonymen Schweizer Bankkonten, der neue Vorstoß auf den Drogenmarkt mit Heroin, das in Kolumbien produziert wurde. Interessant, aber keine Neuigkeiten.

Um so aufschlußreicher war die dritte Datei namens »Zapata«. Jack öffnete sie, und sein Herz begann wie rasend zu schlagen. Hier fanden sich Informationen über alle Männer, die mit José Benvenides' Tod zu tun hatten, außerdem eine Krankendatei, offensichtlich aus dem Santa Maria Hospital in Kolumbien gestohlen. Morales' Prostatakrebs war vorerst zum Stillstand gekommen. Bestenfalls hatte er noch drei oder vier Jahre zu leben.

Diesem Bericht hatte Michaels einige Notizen hinzugefügt. »Da Morales nicht mehr lange zu leben hat, wird er jedes Risiko eingehen. Er möchte persönlich Rache üben. An wem? An

Walker, wenn meine Vermutung stimmt, und vielleicht an der ganzen DEA. Aber vor allem möchte er die Zukunft sichern, durch seine Organisation Unsterblichkeit gewinnen, alles kontrollieren, seine Feinde eliminieren oder von ihren eigenen Leuten vernichten lassen. Die Möglichkeiten lauten ›Terrorismus‹ oder ›Geheimdienst‹ – ein Mann in der Agency. Und das ergibt einen gewissen Sinn. Im vergangenen Jahr führten wir drei besonders vielversprechende Aktionen durch, aber sie liefen schief. So, als wäre der Feind darauf vorbereitet gewesen. Ich bin überzeugt, daß sich ein Spitzel in der DEA herumtreibt. Und wer? Walker wohl kaum. Aber man kann es nicht ausschließen. Er ist jung, tollkühn und sehr gerissen. Womöglich langweilt er sich. Hat man ihm ein Angebot gemacht? Das kommt mir unwahrscheinlich vor. Oder könnte der Spitzel auf höchster Ebene operieren? Brandau, Valle oder sogar Zampas? Einer ist Morales' Mann, einer muß entlarvt werden. Einer muß Zapata sein. Die Frage ist nur – wie hängt das alles mit meiner Information zusammen, Buddy Wingate und Dr. Hans Becker hätten sich kürzlich in Mexico City getroffen? Das muß ich herausfinden.«

Dies war das Ende der Datei, und Jack flüsterte atemlos: »Hans Becker? O Gott ...«

»Wer ist das?«

»Da bin ich mir nicht sicher. Laß mich was versuchen.« Jack schloß die Datei, klickte Michaels' Festplatte an und tippte seinen eigenen Privatcode ein. Sekunden später erschien das Inhaltsverzeichnis, und Jack öffnete die Datei »NADDIS« – Narcotic and Dangerous Drug Information System. Dann tippte er auf »Dr. Hans Becker – Info und Foto«. Angespannt warteten sie, bis das Bild eines etwa zwanzigjährigen Mannes mit langem Haar und tiefblauen Augen erschien. Jack vergrößerte es, dann überprüfte er den weiteren Inhalt der Datei und las Bekkers Biographie. »Da! Becker wurde 1948 als Joseph Kroeger geboren. Reiche Eltern. In den späten sechziger Jahren studierte er an der Sorbonne. Dr. K. war Aktivist, setzte sich aber für demokratische Reformen ein. Dann wurde seine Freundin Olga Kimmel von einem Polizisten bewußtlos geschlagen, während sie an einer friedlichen Demonstration gegen die Regierung teilnahm. Vorher war sie ein schönes, kluges Mädchen gewesen, nachher vegetierte sie nur mehr dahin. Drei Jahre lang wurde sie von medizinischen Geräten am Leben erhalten, bis jemand mysteriöserweise den Stecker herauszog. Die meisten Leute verdächtigten Kroeger, aber man konnte ihm nichts beweisen. Kurz nach ihrem Begräbnis verschwand er. Und jetzt schau dir das an!« Jack zeigte auf den Bildschirm. »Etwa ein Jahr später beging die Baader-Meinhof-Gruppe mehrere Banküberfälle und entführte einflußreiche Leute. In diesem Kreis wurde auch Dr. Joseph K. gesehen. Angeblich nutzte er seine chemischen Kenntnisse und entwickelte sich zum Sprengstoffexperten. Nun avancierte er zum verbissenen Revolutionär und wollte die Leute vernichten, die er früher zu heilen versucht hatte.«

»Interessant, aber was hat das mit unserem Fall zu tun?«

»Geduld! Einer späteren Information zufolge schloß er sich der Rote-Armee-Fraktion an und änderte seinen Namen in Hans Becker. Und damit endet die Story.« Jack las vor: »›Am 18. August 1985 starb Becker zusammen mit zwei anderen vermutlichen Terroristen bei einer Explosion auf dem West Bank.‹ Und das ist der wichtigste Teil: ›Die Leiche wurde nie gefunden.‹ Jetzt laß mich mal was versuchen.« Er drückte die Escape-Taste, dann wandte er sich zum Laserdrucker, der neben dem Computer auf einem Holztisch stand. Sekunden später war Dr. Hans Beckers Foto ausgedruckt, und Jack betrachtete es aufmerksam. »Gib mir den Bleistift!«

Nachdem Charlotte Rae ihm diesen gereicht hatte, zeichnete er Linien auf Beckers Gesicht, dann Falten um die Augen. »Nein, so klappt's nicht.«

»Hoffentlich mußt du niemals Zeichenunterricht geben, um

deinen Lebensunterhalt zu verdienen«, meinte sie lachend. »Das kann ich besser.« Sie radierte Jacks Linien aus, verlegte das Kinn ein Stück nach oben und straffte es.

»Genau!« rief er. »Wie zum Teufel hast du's gewußt?«

»Du hast versucht, Alterserscheinungen mit plastischer Chirurgie zu kombinieren, nicht wahr? Schätzchen, in der Welt, aus der ich komme, versteht man was davon.«

»Ja, so sieht er aus.«

»Allerdings, Jack.«

»Dr. Hans Becker, der verrückte Bombenleger, ist Buddys guter Freund, Dr. Gunther Baumgartner. Von Anfang an wußte ich, daß ich das Arschloch schon einmal gesehen habe. Sein Fahndungsfoto hing zwanzig Jahre lang überall rum. Nun lautet die Frage – wozu brauchen Buddy und Morales einen Sprengstoffexperten?«

Eine Zeitlang schwieg sie verwirrt, dann flüsterte sie: »O Gott, sie wollen deine Leute in die Luft jagen.«

»Du hast's erfaßt. Und welcher Schauplatz würde sich besser dazu eignen als der Tunnel?«

»Warum der Tunnel?«

»Weil dort eine Pressekonferenz stattfinden soll. Erinnerst du dich an die funktionsunfähige Rolltreppe?«

»Um Himmels willen! Du glaubst, darunter liegt die Bombe?«

»Darauf möchte ich wetten. Welch eine Chance für Morales! Er würde Zampas töten und seinen eigenen Mann an der DEA-Spitze postieren. Deshalb wurde Michaels ermordet. Er stand kurz vor der Lösung des Falls. Wahrscheinlich werden sie eine Semtex-Bombe benutzen, und wenn Zampas vor allen laufenden TV-Kameras in den Tunnel geht, pusten sie ihn weg.«

»Ja, du hast recht. Einmal erzählte mir Buddy, alle Drogendealerkanäle seien vermint, und deshalb überlegen die rivalisierenden Gangs es sich zweimal, bevor sie einander über den

Tisch ziehen. Wenn sie Zampas ermorden, würde es wie ein Unfall aussehen.«

Jack nickte. »Eins muß man Morales lassen – der Plan ist perfekt. Er tötet den Spitzenmann der DEA, der die Verantwortung für José Benvenides' Tod trägt, und hievt seinen Spitzel auf den Thron. Auf diese Weise kann er seine persönliche Rache mit einem brillanten geschäftlichen Schachzug kombinieren. Ich wußte ja, daß er nicht nur von privatem Blutdurst motiviert wird. Falls er seine Absicht verwirklicht, wären wir ihm hilflos ausgeliefert. Und wir könnten ihn nicht einmal anzeigen, weil ich als einziger die Möglichkeit hätte, gegen Buddy und Morales auszusagen. Aber wer wird mir glauben?«

Unglücklich senkte Charlotte Rae den Kopf. »Tut mir leid, Jack. Ich wußte nicht, was das alles bedeutet, und redete mir ein, es sei nur ein Spiel. Ich gegen dich – und niemand würde ernsthaft Schaden nehmen. Andererseits ahnte ich, daß mehr dahintersteckt ... Und ich wünschte, ich hätte mich niemals daran beteiligt.« Sie begann zu weinen, und er drückte sie an sich.

»Schon gut. Vielleicht ist es noch nicht zu spät.« Jack zog sein Handy aus der Tasche, dann zögerte er. Er durfte nicht wagen, seine Bosse im Texasbüro anzurufen. Wenn Morales dort einen Spion eingeschleust hatte, würde der Spitzel das Telefon anzapfen. Deshalb mußte er sich an C. J. wenden.

Als er die Stimme seines Partners hörte, atmete er erleichtert auf. »Calvin Jefferson – höchstselbst.«

»C. J., ich bin's.«

»Jack! Wo zum Teufel bist du? Du wirst fieberhaft gesucht.«

»Macht nichts. Hör zu, ich muß mit Zampas reden.«

»Klar, aber da mußt du dich noch eine Weile gedulden. Er ist in Juarez und im Augenblick telefonisch nicht erreichbar.«

»Hol ihn da raus!« drängte Jack und versuchte, seine Panik zu bekämpfen.

»Was?«

»Hol ihn raus! Sofort!«

»He, weißt du, was du da sagst? Der Medienzirkus ist schon in vollem Gang. Außerdem werden ein paar Senatoren aus Washington erwartet. Um dieses ganze Theater zu stoppen, müßte man eine Atombombe abwerfen.«

»So was Ähnliches wird unseren Jungs blühen. Morales arbeitet mit Hans Becker zusammen. Dafür hab' ich Beweise. Die beiden wollen da unten irgendwas inszenieren. Und da ich Morales' Hang zur Dramatik kenne, wird er sich die Tunnelzeremonie aussuchen.«

»Becker? Der verrückte Bombenleger? Mann, der ist doch tot. Erinnerst du dich nicht?«

»Leider lebt er noch, C. J. Ich sah ihn in Mexiko. Mit Hilfe eines plastischen Chirurgen hat er sich in einen neuen Menschen verwandelt. Und jetzt steckt er mit Morales unter einer Decke. Begreifst du nicht, was das heißt? Zampas soll ermordet werden.«

Nun entstand eine lange Pause, und Jack wußte, daß C. J. über seine Pension nachdachte.

»Hör mal, Jack, wir haben den ganzen verdammten Tunnel dreimal durchsucht. Selbst wenn es stimmt, was du sagst – wir kommen weder an Zampas noch an sonst jemanden ran.«

»Scheiße! Aber diese Gangster kommen an jeden ran. Wenn der Tunnel clean ist, attackieren sie eben ein Auto oder ein Restaurant. Glaub mir, C. J., ich könnte dir noch viel erzählen. Aber nicht am Telefon. Sicher, es wird verdammt peinlich, wenn wir die große Show abblasen. Aber wir haben keine Wahl.«

»Mann, du bringst mich um meine Pension.«

»Also machst du's?«

»Klar.«

»Sehr gut. Heute nachmittag fliege ich runter. Später rufe ich dich noch einmal an und sage dir, wann ich ankomme. Kannst du mich abholen?«

»Oh, natürlich. Wenn ich den Bonzen diese Message ausgerichtet habe, werde ich unentwegt zum Flughafen brausen. Als Taxifahrer.«

Jack lachte. »Wahrscheinlich kriegst du eine Medaille. Bis bald, Partner.«

»Ja, genau das befürchte ich.«

Jack klappte das Handy zusammen.

»Hast du's geschafft?« fragte Charlotte Rae.

»Ich denke schon. Wer immer uns diese Suppe eingebrockt hat, muß seine Spuren hinterlassen haben. Sobald wir Zampas aus Juarez rausgeholt haben, rufe ich meine Informanten an. Die müssen rausfinden, wer mit Buddy und Morales zusammenarbeitet.«

»Erst mal müssen wir die Explosion verhindern.« Charlotte Rae begann wieder zu weinen. »Wenn ich mir vorstelle, daß ich mitgemacht habe – o Gott!«

Besänftigend legte er einen Arm um ihre Schultern. »Du hast dich wacker gehalten. Aber was soll jetzt aus dir werden? Ich muß da runterfliegen.«

»Was aus mir werden soll?« Sie wischte sich die Augen ab und schaute ihn verständnislos an. »Ich begleite dich.«

»Kommt nicht in Frage. Das wäre zu gefährlich.«

»Hör mal, ich möchte rauskriegen, wer dieser Spitzel ist. Dann stelle ich mich der Polizei. Nach allem, was wir zusammen durchgemacht haben, kannst du mich jetzt nicht ausbooten.«

»Schon gut, Partnerin.« Seufzend gab er sich geschlagen. »Wir fliegen nach Texas.«

28

C. J. trug ein hellblaues Hemd, mit roten Papageien bedruckt, wirkte frisch und munter, und beim Anblick seines Lächelns glaubte Jack, er wäre irgendwie heimgekommen.

»O Mann, tut das gut, dich wiederzusehen!« Jack umarmte seinen Partner, während sie die Ankunftshalle des El Paso Airport durchquerten.

»Von dir kann ich das leider nicht behaupten«, erwiderte C. J. grinsend. »Du siehst aus wie ein Zombie aus irgendeinem beschissenen B-Movie. Du lieber Himmel, deine Haut ist ganz grau, wie Hafergrütze und Scheiße. Und wen haben wir denn da?« Lächelnd, aber mißtrauisch wandte er sich zu Charlotte Rae.

»Das ist eine lange Geschichte«, erklärte Jack. »Aber ohne sie würde ich nicht mehr leben. Das steht fest.«

Schweigend lächelte sie, und ihr wurde erst jetzt bewußt, wie still sie während des Flugs gewesen war. Erst jetzt schien sie das ganze Ausmaß der Rolle zu begreifen, die sie bei der Verschwörung gespielt hatte.

Sie nahmen ihr Gepäck vom Förderband und gingen zum Parkplatz hinaus. Angewidert schaute sich Jack in der Wüste um. »Ich hasse dieses verdammte Texas«, fauchte Jack, während sie in C. J.s gemieteten Nova stiegen.

»Ja, ich hab's gehört«, entgegnete C. J. »Und dort, wo wir hinfahren, wird's dir wahrscheinlich auch nicht gefallen.« Nachdem er die Reisetaschen im Kofferraum verstaut hatte, setzte er sich ans Steuer.

»Und wohin geht's?«

»Raus aus der Stadt, etwa fünf Meilen. Da will Zampas dich treffen. Er sagte, ich soll dich hinbringen, sobald du aus der

Maschine gestiegen bist. Und wo wollen wir inzwischen diese Lady parken?«

»Sie kommt mit. Übrigens, sie steht bereits unter Arrest, und wir haben auch gar keine Zeit, um sie irgendwo abzusetzen. Wieso will Zampas mich sehen?«

»Wir haben hier draußen einen neuen Tunnel gefunden. In einer alten Mission kann man runtersteigen. Offensichtlich ist die ganze Gegend ein Netzwerk aus unterirdischen Gängen. Wußten Sie das, Miss Wingate?«

»Nein. Aber es überrascht mich nicht. Morales hält sich immer mehrere Türen offen.«

»Hast du Zampas alles erzählt, C. J.?« fragte Jack, als sie den Parkplatz verließen.

»Ja. Alles, was du mir verraten hast. Und ich habe das Gefühl, da gibt's noch mehr.«

Jack starrte auf die braune Wüste und einsame Kakteen. Unwillkürlich erschauerte er. »In der Agency sitzt ein Spitzel, C. J.«

»Meinst du das ernst?«

»Ja, leider. Michaels war drauf und dran, ihn zu entlarven. Deshalb wurde er ermordet.«

»Da mußt du dich irren, Jack. Für alle unsere Jungs würde ich die Hand ins Feuer legen. Nur diesem Michaels habe ich immer mißtraut.«

»Genauso wie ich. Aber er war's nicht. Sicher, manchmal benahm er sich wie ein Trottel. Doch mit dieser Sache hatte er nichts zu tun.«

»Weißt du, wer's ist, Partner?«

»Nein. Bald werden wir's rauskriegen. Heute abend will ich Zampas über die ganze Geschichte informieren.«

»Gut. Er glaubt nämlich, du wärst völlig übergeschnappt.«

»Mag sein. Trotzdem wird er mir zuhören.«

C. J. nickte, steckte einen Kaugummi in den Mund und trat das Gaspedal durch. Wie eine Rakete schoß das Auto durch die

Wüste, und Jack beobachtete den Schatten des Vehikels, die Staubgloriole, die den fremdartigen Mond umgab.

Dann kam ihm wieder jener unvorstellbare Gedanke. Wenn Zampas selber ein falsches Spiel trieb?

Als Charlotte Rae seine Hand drückte, holte er tief Luft und schloß die Augen. Sie bogen in eine Sandstraße namens Flores Negras, die sich um eine große Düne wand, und in der Ferne sah Jack die Ruinen einer alten spanischen Mission. »Ein seltsamer Ort.«

»Ja, die einstige Mission von Guadalupe«, sagte C. J. »Irgendwo habe ich gelesen, die Leute wären hierhergekommen, um einen wundertätigen Priester aufzusuchen. Zu dem brachten sie ihre kranken Babys und alten Eltern. Er goß Weihwasser auf ihre Köpfe und betete Rosenkränze.«

»Und wie viele wurden gerettet?«

»Vermutlich nicht genug. Ein Mann schleppte seine zwei Kinder hierher, die an Scharlach litten. Der Priester zog seine Show ab, aber die Kinder starben trotzdem. Später kehrte der Daddy zurück, jagte ihm fünf Kugeln in die Brust und verschwand nach Mexiko.«

Sie hielten vor dem halbverfallenen Eingang der Mission, und Jack schaute zum Glockenturm hinauf, der fast unversehrt war.

»Sehr romantisch«, meinte Charlotte Rae.

»Ja, nicht wahr? Ist Zampas da drin?«

»Soviel ich sehe, ist sein Auto nicht hier«, erwiderte C. J. »Offensichtlich verspätet er sich.«

Sie stiegen aus. Zuerst betrat Charlotte Rae die Mission, und C. J. folgte ihnen in einigem Abstand. In der Kirche sahen sie zerbrochene Bänke und einen stark beschädigten Rotholzaltar, an dem ein Gekreuzigter aus Gips hing. Der Figur fehlten beide Arme. Jack und Charlotte gingen hin, und sie berührte Jesus' Füße. »Sehr ausdrucksvoll«, meinte sie, ohne jede Ironie.

»Ja«, bestätigte er und betrachtete die Statue. »Wo ist der Eingang zum Tunnel, C. J.?«

Hinter ihm, in der Kirchentür, klickte ein Revolver. Hastig drehte er sich um und griff nach seiner eigenen Waffe.

»Versuch's nicht, Jack.« Mit toten Augen starrte C. J. ihn an. Dann richtete er die Mündung auf Charlotte Rae. »Treten Sie näher zu Ihrem Freund, Baby. Ich möchte euch zwei beisammen sehen.«

»O Gott!« rief Jack. »Doch nicht du!«

Da senkte C. J. den Blick, und seine Stimme brach. Aber der Glock-Revolver in seiner Hand zitterte nicht. »Tut mir leid, Jack. Das wollte ich nicht.«

»O Mann ...« Jack fühlte sich elend, so als hätte ihm jemand in die verletzten Rippen getreten. »Ich glaub's einfach nicht«, würgte er hervor. »Ausgerechnet du, der beste Bulle, den ich kenne ...«

C. J. räusperte sich, spuckte auf den Boden, und Jack erkannte, daß sein Partner alle Kräfte sammelte, um zu erledigen, was er tun mußte. »Das war ich mal«, entgegnete Jefferson heiser. »Aber was hatte ich davon? Besitze ich ein Haus in diesem gottverdammten Pasadena? Fahre ich ein anständiges Auto? Stehe ich auf der VIP-Liste? Werde ich zu vielen Premieren eingeladen? Und wo zum Teufel sind meine Frau und die Kinder? In Detroit.«

»Ist die Agency dran schuld?« Jack wandte den Kopf zur Seite und schaute die Christusstatue an.

»Allerdings. Die besten Jahre meines Lebens habe ich der beschissenen Agency geopfert – und nichts dafür gekriegt. Die weißen Jungs werden befördert, weil sie ja so smart sind. Aber die Nigger müssen auf der Straße bleiben, weil sie dahin gehören.«

»Komm schon, Mann! Auf der Straße hast du dich immer am liebsten rumgetrieben. Du wolltest nie an einem Schreibtisch hocken.«

»Quatsch! So tat ich nur, weil ich wußte, daß man mich nie an einen Schreibtisch setzen würde. Uns Niggern fehlt's nun mal an Managerqualitäten.«

Jack stand in der Nähe der Statue, aber er wagte nicht, sich zu rühren, weil er Charlotte Rae neben sich spürte. Wenn C. J.s Schuß ihn verfehlte, würde er sie treffen. Er schüttelte den Kopf und mußte die tiefe Trauer, die er empfand, nur geringfügig übertreiben. »Wie lange arbeitest du schon für die Gegenseite, Calvin?«

»Du meinst, wann ich schlau geworden bin? Vor etwa zwei Jahren. Nun laß deine Kanone fallen. Ganz langsam.«

Vorsichtig zog Jack seinen Revolver aus dem Halfter und warf ihn beiseite.

»Warum hast du uns nicht in den Rücken geschossen, Partner?«

»Versuch bloß nicht, mit mir zu verhandeln, Jackie! Ich hab' dieselben Kurse belegt wie du. Erinnerst du dich? Wie ich bereits sagte – ich wollte diese Szene vermeiden. Du solltest nie aus Mexiko rauskommen. Aber jetzt bist du da – und wir können dir nicht erlauben, die Party zu vermasseln. Was Sie betrifft, Miss – tut mir wirklich leid. Sie hätten ihn nicht begleiten dürfen.«

»Klar, es tut Ihnen leid«, entgegnete Charlotte Rae. »Das macht natürlich einen gewaltigen Unterschied.«

»Laß sie gehen, C. J.«, bat Jack. »Sie will einfach nur aussteigen, niemandem was erzählen und verschwinden.«

»Bedauerlicherweise müßt ihr beide verschwinden, Baby.«

»Glaubst du im Ernst, das wird funktionieren? Was für Märchen wirst du Zampas auftischen, wenn du uns abgeknallt hast?« Jack drückte seine Hüfte an Charlotte Rae und hoffte, sie würde verstehen, was er ihr bedeutete – *mach dich bereit*.

»Erst mal erwecke ich einen furchtbar traurigen Eindruck, was mir nicht schwerfallen wird. Und dann erkläre ich, du hättest für Señor Morales gearbeitet. Das fand ich raus, stellte dich zur Rede, und du wolltest mich erschießen. Also hatte ich keine Wahl.«

»Und du bildest dir ein, das wird man dir abnehmen, C. J.?«

»O ja, Jackie. Denk doch an die Beweise. Du warst in Mexiko und wurdest von den bösen Jungs geschnappt. Wunderbarerweise konntest du entkommen, und als wir die Drogendealer festnehmen wollten, hatten sie sich längst aus dem Staub gemacht. Klingt nicht ganz astrein, was? Und dann die Fotos von dir und Lady Godiva. Sieht nicht rosig für dich aus, Jack. Aber du hast es dir selber zuzuschreiben. So ist es nun mal. Sicher, du hältst dich für einen tollen Kerl. In Wirklichkeit bist du einfach nur jung und verdammt mutig. Aber das genügt nicht. Morales und Wingate waren viel schlauer. Darüber solltest du dich nicht kränken. Die waren sogar schlauer als die DEA und das FBI zusammen. Deshalb heimsen sie ein paar Millionen Dollar ein, und wir kriegen nur Hundescheiße.«

Unauffällig rückte Jack näher zum Altar heran, das Kruzifix geriet in seine Reichweite. Ohne getroffen zu werden, konnte er's nicht anfassen, aber ihm blieb nichts anderes übrig. »Das bringst du nicht fertig, C. J.«

»Unsinn! Meinst du, es sei leicht, soweit zu kommen? Das hat Jahre gedauert. Schreckliche Jahre, in denen ich mit ansehen mußte, wie andere Typen große Schlitten und Eigentumswohnungen kauften, wie mein Junge in der Schule Prügel bezog. Wie lange würde er den Crackdealern widerstehen? Jedesmal, wenn ich irgendeinen Kotzbrocken festnahm und ihn wenig später in seinem BMW davonfahren sah, kam ich mir vor wie der letzte Dreck. Schließlich verstand ich die Message. Was wir tun, interessiert niemanden. Wir sind die Opferlämmer, während die Geschäftsleute und Anwälte und Politiker und alle anderen kassieren. Um das zu ertragen, muß man entweder jung und enthusiastisch sein, so wie du, was ich nicht mehr bin, oder eine Art Heiliger. Und du weißt ja, was mit Heiligen passiert. Die werden auf dem Scheiterhaufen verbrannt. So, und jetzt machen wir einen kleinen Ausflug in die Wüste. Im Mondschein. Bewegt euch!«

»Irrtum«, erwiderte Jack. Blitzschnell stieß er Charlotte beiseite. Sie fiel zu Boden, während er das Kruzifix packte und seinem Partner verzweifelt entgegenschleuderte. Da feuerte C. J. zweimal und traf Jacks Brust.

Schreiend vor Schmerzen, stürzte der auf den Altar. Das Kruzifix traf C. J.'s Stirn, Blut quoll aus einer zehn Zentimeter langen Platzwunde. Obwohl er taumelte, blieb er aufrecht stehen, berührte die Verletzung, dann ging er zu Jack.

Inzwischen hatte sich Charlotte Rae auf ein Knie erhoben und starrte C. J.'s Schießeisen an. Er schaute hinab, sah seinen Partner reglos auf dem Rücken liegen, schüttelte den Kopf und wandte sich zu dem Mädchen, das die Hände vors Gesicht schlug. »Verrückter Hurensohn! Der hatte schon immer mehr Mut als Verstand.« Entschlossen zückte er seinen Revolver, um sie zu erschießen.

Jacks rechte Hand hatte unter seinem Brustkorb gesteckt. Nun kam sie zum Vorschein, den Griff des .38ers umklammernd, den ihm sein Vater geschenkt hatte. Die erste Kugel bohrte sich in C. J.s rechte Schulter, die zweite in den Hals.

Mit einem gellenden Schrei sank C. J. auf die Knie, die Waffe entglitt seinen Fingern. Zitternd preßte er die linke Hand auf die blutende Halswunde. »Wieso ...«, murmelte er.

Jack rappelte sich auf und versetzte C. J.s Waffe einen Fußtritt, so daß sie davonrutschte. Jetzt stand Charlotte Rae hinter ihm und rang nach Atem. Er öffnete die Lederjacke und zeigte C. J. seine kugelsichere Kevlar-Weste.

»Du wußtest, daß ich's bin?« fragte C. J. Verblüffung und heftige Schmerzen verschleierten seine Augen.

»Nein. Aber zur Abwechslung wollte ich kein Risiko eingehen. Ich nahm an, hier würde irgendwas Beschissenes passieren. Natürlich dachte ich keine Sekunde lang, *du* könntest dahinterstecken.« C. J. fiel zur Seite, sein Mund war weit geöffnet.

Bedrückt kniete Jack neben ihm nieder und ergriff die große blutige Hand.

»O Jack, ich sah keinen anderen Ausweg. Tut mir leid.«

»Mir auch.« Jacks Brust schien zu brennen, und er fragte sich, ob das am Aufprall der Kugeln lag oder ob sein Herz brach.

»Wirst du's vor meinem Jungen geheimhalten?«

»Ich versuch's. C. J., du mußt mir sagen, wer der große Spitzel ist.«

Langsam rollte eine Träne über Jeffersons Wange. »Gegen diese Leute kannst du nichts machen. Glaub mir, Mann. Die sind überall.«

»Das weiß ich. Aber ich bin immer noch jung und dumm genug, um es zu versuchen. Wer ist es? Valle?«

»Nein. Brandau ... Mann, ich bin schon im Tunnel ... Ich seh' dich nicht mehr ...«

»Und morgen soll die Pressekonferenz stattfinden?«

»Nein, jetzt – um neun. Ich hör' die Welt nicht mehr. He, Baby, was geschieht mit mir?« C. J. umklammerte Jacks Arm. Dann schnappte er nach Luft und starb. Als Jack die Augen seines Partners schloß, berührte Charlotte Rae seine Schulter. »Acht Uhr dreißig.«

Er griff nach ihrer Hand, und sie rannten zum Auto.

29

Während sie durch die überfüllten, schmutzigen Straßen von Juarez rasten, überfuhren sie beinahe einen Mann, der knallbunte Puppen verkaufte. Nur um Haaresbreite verfehlten sie einen geparkten BMW. Jack brauste zu schnell um eine Kurve, geriet auf die falsche Straßenseite, vermied in letzter Sekunde einen Zusammenprall mit einem Bus voller schreiender Fahrgäste. Dann riß er das Lenkrad nach rechts und steuerte den Nova auf die richtige Fahrspur. In seiner Brust spürte er einen stechenden Schmerz. Die Kevlar-Weste hatte zwar C. J.s Kugeln abgehalten, aber nicht das glühendheiße Schießpulver, und nun kam es ihm vor, als wäre ein Konzertflügel auf ihn gefallen. Wenn er Luft holte, verstärkten sich die Qualen, und er fragte sich, ob eine Rippe in seinem rechten Lungenflügel steckte.

Neben ihm saß Charlotte Rae und hielt sich an den Armstützen fest, die Fingerknöchel gespenstisch weiß. »Falls du uns beide umbringst, nachdem ich mein Leben riskiert habe, um dich zu retten, werde ich dir das nie verzeihen.«

»Keine Bange, ich hab' alles unter Kontrolle.«

»Ja, das sehe ich. Und deshalb wirst du jetzt diesen Eiscreme-Schlitten rammen.« Sie fiel zur Seite und hielt sich die Augen zu. »Großer Gott, Jack ...«

»Wie spät ist es?«

»Das sage ich dir nicht. Sonst fährst du noch schneller.«

Mühsam bezwang er seine Panik, bog in die Matero Street und hielt Ausschau nach der Nebengasse. Zwei Häuserblocks weiter vorn zweigte sie ab, mit Nutten vollgestopft. Sie eilten dem Auto entgegen, neigten die geschminkten Gesichter zum Fenster herab.

»Hi, wollt ihr beiden ein bißchen Spaß haben?«

»Wie wär's mit einem flotten Dreier?«

Zwei Mädchen preßten ihre Nasen ans Fenster, und Charlotte kurbelte es herunter. Dann schüttelte sie den Kopf. »Keine Chance, Señoritas. Das ist mein Typ.«

Als Jack Gas gab, sprangen sie beiseite und verfluchten ihn. Wenig später erreichten sie das Tor mit dem Schild »Tampico-Möbel«. Überall parkten TV-Übertragungswagen, von allen regionalen Texas-Sendern. Auch die CBS-Abendnachrichten waren vertreten.

Zwei Soldaten, mit Karabinern bewaffnet, versperrten Jack

und Charlotte Rae den Weg. »Tut mir leid, Sir, im Augenblick hat die Öffentlichkeit keinen Zutritt.«

»Aber ich bin keine Öffentlichkeit.« Jack hielt seinen Ausweis durchs Fenster. »Wie Sie sehen, gehöre ich zur DEA, und das ist ein Notfall. Lassen Sie mich durch.«

Die beiden wechselten einen Blick. »Bedaure, Sir, Sie müssen warten, bis wir die Erlaubnis eingeholt haben.« Langsam wanderte ein Soldat ins Pförtnerhäuschen und griff zum Telefon.

»Wen rufen Sie an?«

»Assistenzdirektor Brandau, Sir. Das ist unsere Order.«

Erschrocken wandte sich Jack zu Charlotte Rae. »Brandau?«

»Ja, Sir.«

Jack schaute auf seine Uhr, und der andere Soldat beobachtete ihn mißtrauisch, die Hand am Gewehr.

Plötzlich öffnete Jack den Wagenschlag, stürzte zu Boden und krallte die Finger in seinen Magen.

»O Gott!« jammerte Charlotte Rae. »Ein Anfall!«

Der Soldat bückte sich instinktiv, um ihm zu helfen, und Jack schlug ihm mit dem Griff des .38ers auf den Schädel. Lautlos brach der Mann zusammen. Ehe der Soldat im Pförtnerhäuschen seinen Karabiner in Anschlag bringen konnte, bedrohte ihn Jack mit dem Revolver. »Schlechte Idee. Hände weg vom Schießeisen!« Sofort gehorchte der Mann, und Jack befahl: »Raus!«

Wütend verließ der Soldat das Pförtnerhäuschen. »Ich fürchte, Sie werden eine Menge Ärger kriegen, Sir.«

»Oh, das weiß er«, versicherte Charlotte Rae.

Jack lief ins Pförtnerhäuschen und riß das Telefon aus der Wand. »Geben Sie mir Ihr Handy.« Widerstrebend erfüllte der Soldat diesen Wunsch. »Und jetzt holen Sie ihn rein. Schnell.« Der Mann ging zum Auto, nahm seinen immer noch bewußtlosen Kameraden auf die Arme und trug ihn ins Pförtnerhäuschen. »Geben Sie mir den Schlüssel!«

Sichtlich erbost legte der Soldat den Mann auf den Boden und händigte Jack den Schlüssel aus.

Rasch schloß Jack die Tür hinter sich und sperrte beide ein. Auf dem Weg zum Möbellager hörte er den Wachtposten gegen das Plexiglas hämmern. »Nicht schlecht, was?« fragte er und lächelte Charlotte Rae an.

»Einfach phantastisch. Die kolumbianischen und mexikanischen Mafiosi haben wir schon am Hals. Den Leuten, mit denen du zusammenarbeitest, können wir natürlich nicht trauen. Also finde ich's einfach großartig, daß wir uns jetzt auch noch mit den United States Marine Corps verfeindet haben.«

*

Die Medien hatten sich im Halbkreis um den Billardtisch versammelt. Während die Presse in den Hintergrund verbannt worden war, rangelten die TV-Kameras um die besten Positionen. Valle hatte durchblicken lassen, diese DEA-Aktion sei sensationell, ein Fall im James-Bond-Stil – Billardtische, die auf geheimnisvolle Weise emporschweben, Tunnels voller Drogen, genau der richtige Stoff für spektakuläre Leitartikel.

In einer Ecke schwatzte Valle, der Leiter des Geheimdienstes, mit den Reportern, und Assistenzdirektor Brandau stand neben Direktor Zampas in der Nähe eines Wandschalters. Offensichtlich inszenierte er die Show. Er lächelte und räusperte sich. »Hallo, Leute, wenn ich um Ihre Aufmerksamkeit bitten dürfte ... Gleich geht's los.«

*

Jack und Charlotte Rae rannten durch das Lager zwischen Möbelkisten hindurch. An der Tür zum Billardsalon trat ihnen ein weiterer kräftig gebauter Soldat entgegen, ein Maschinengewehr in der Hand.

»Gott sei Dank, wir haben Sie gefunden«, rief Jack.

»Was gibt's, Sir?«

»Beim Pförtnerhäuschen fand eine Art Demonstration statt«, erklärte Jack ganz cool. »Jetzt sind beide Wachtposten eingesperrt. In letzter Sekunde kamen meine Frau und ich mit dem Leben davon. Die Leute gießen Benzin über das Häuschen. Und sie zünden Streichhölzer an.«

»Um Himmels willen!« stöhnte der Soldat und rannte durch den Mittelgang zum Ausgang.

»Klasse«, meinte Charlotte Rae.

»Beeil dich!« mahnte Jack, zog seinen .38er aus dem Halfter und stieg die Stahltreppe hinab.

»Wie Sie deutlich sehen«, sagte Assistenzdirektor Brandau und schaute lächelnd in die Öffnung unter dem Billardtisch hinunter, »wird hier nicht nur Billard gespielt.« Ringsum erklang verblüfftes Gemurmel. »Sicher ist es angemessen, wenn unser Direktor zuerst in den Tunnel hinabsteigt«, fuhr Brandau fort, »der Mann, der die Operation Cactus plante, mein Boss und Mentor, George Zampas.«

Von lebhaftem Stimmengewirr begleitet, ging ein grinsender Zampas zur Rolltreppe. Ehe er seinen Fuß auf die erste Stufe setzen konnte, drang eine müde, aber vernehmliche Stimme vom anderen Ende des Raums herüber. »Lassen wir's lieber bleiben, Richard.«

Brandau und alle Reporter drehten sich zu Jack um, der über dem Stahlgeländer der Treppe hing, den entsicherten .38er in der rechten Hand. Hinter ihm stand eine keuchende, sichtlich interessierte Charlotte Rae. Ein paar geistesgegenwärtige Leute richteten ihre Kameras auf Jack, und die Blitzlichter blendeten ihn.

»Walker!« rief Brandau bestürzt, als wäre er soeben aus der beruhigenden Realität in einen bösen Traum geraten.

»Jack, was treibst du denn?« fragte Zampas.

»Nun, ich finde, wir müßten fair sein. Assistenzdirektor

Brandau ist viel zu bescheiden. Jetzt soll er die Früchte seiner Arbeit genießen. Um die Wahrheit zu sagen – die ganze Operation wurde von Assistenzdirektor Brandau geplant. Ein paar seiner Freunde aus der Drogenbranche inszenierten die Operation Cactus, um die DEA in eine komplizierte Falle zu lokken. Und wie jeder raffinierte Betrug soll auch dieser den Gegner demütigen und in Verlegenheit bringen – und gleichzeitig eine fette Beute an Land ziehen. Sie stimmen mir doch zu, Rich?«

Brandaus Gesicht war puterrot geworden, und obwohl er sich bemühte, seine gewohnte Gelassenheit auszustrahlen, stotterte er. »Jack – Sie – Sie sehen schrecklich aus. Wir haben uns alle Sorgen um Sie gemacht. Sicher standen Sie unter einer furchtbaren Anspannung. Und jetzt reden Sie lauter Unsinn.« Als er zu Jack ging, wurde er mit dem .38er bedroht.

»Bleiben Sie lieber, wo Sie sind, Rich.«

Beschwörend wandte sich Brandau zu Zampas, der ihn mißtrauisch musterte. »George, er hat den Verstand verloren. Das sehen Sie doch? Ich meine, um Himmels willen, schauen Sie ihn doch an!«

»Warten wir's ab«, erwiderte Zampas. »Sprich weiter, Jack.«

»Mehr gibt's nicht zu sagen.« In Jacks Kopf drehte sich alles. Was immer auch geschehen mochte, er mußte auf den Beinen bleiben. Mühsam hielt er sich am Geländer fest. »Jedenfalls sind wir Assistenzdirektor Brandau den ersten kleinen Trip in den Tunnel schuldig. Er hat alles arrangiert, nur ihm gebühren die Ruhmeslorbeeren. Los, Rich, starten Sie die Rolltreppe und gehen Sie runter!«

»Das ist einfach verrückt!« protestierte Brandau.

»Runter mit Ihnen, Richard.« Jacks Revolver zielte auf Brandaus Brust. »Sofort!«

In Brandaus Augen flackerte kalte Panik. »Wirklich, er ist verrückt! Das sehen Sie doch alle!«

»Ja, Rich, Sie haben völlig recht!« fauchte Jack. »Ich bin

verrückt. Und jetzt schleppen Sie Ihren Arsch da hinunter, bevor ich abdrücke. George, laß die Rolltreppe laufen!«

Zampas warf ihm einen kurzen Blick zu. Dann ging er zur Wand, drückte auf den Schalter, und die Rolltreppe begann zu summen.

»Gehen Sie, Rich!« befahl Jack und zielte auf Brandaus rechtes Bein. Der Assistenzdirektor starrte ihn an, atemlos vor Zorn und Angst. Dann spähte er in die Öffnung hinab und wich langsam zurück. »Was ist los, Rich? Leiden Sie unter einer Phobie?«

»Schalten Sie das Ding ab!« schrie Brandau. »Ich gehe nicht da runter! Nein!«

Verzweifelt rannte er zur Stahltreppe, und Jack winkte Zampas zu, der die Rolltreppe abschaltete.

Brandau lief die Stufen hinauf. »Aus dem Weg, Walker, oder ich bringe Sie um! Das schwöre ich!« Er stürzte sich auf Jack, der sich zurückneigte und ihn dann mit aller Kraft in die Brust trat. Wie ein verletztes Kind fing Brandau zu kreischen an, taumelte nach hinten und fiel die Treppe hinab. Schweißgebadet und bewußtlos lag er am Boden, während die Kameras surrten.

Nachdem Jack wieder zu Atem gekommen war, nickte er Zampas zu, der sich einen Weg zwischen den erstaunten Reportern bahnte und zu ihm eilte. »Freut mich, daß du's geschafft hast.«

»Schließ den Tunnel. Und schick alle raus.«

»Habt ihr's gehört? Bewegt euch, Leute!« Zampas stieg die Stufen zu Jack hinauf. »Und nun kann ich's kaum erwarten, die ganze Story zu hören.«

»Hätte sie mir nicht geholfen, gäb's keine Story«, erklärte Jack und zeigte mit dem Kopf auf Charlotte.

Verwirrt runzelte Zampas die Stirn. »Wer ...?«

»Die ehemalige Mrs. Wingate.« Als er sich umdrehte, um Charlotte Rae mit Zampas bekannt zu machen, war sie verschwunden. »Verdammt noch mal!«

»Offensichtlich hat deine Spionin die allgemeine Aufregung benutzt, um sich davonzumachen«, meinte Zampas. »Keine Bange, allzuweit kann sie nicht gekommen sein. Wir werden sie schon finden.«

»Damit würde ich nicht rechnen, Boss. Nun sollten wir das pittoreske Mexiko schleunigst verlassen. Und ich werde nie mehr zurückkommen.«

30

Der ehemalige Assistenzdirektor Richard Brandau saß in einer winzigen Zelle im Latuna-Gefängnis, vier Meilen außerhalb von El Paso. O Gott, wie er diese Mauern haßte ... Wenn er nach Texas geflogen war, um Drogenfälle zu bearbeiten, hatte er den Knast mehrmals gesehen und jedesmal seltsame Angstgefühle verspürt. Als hätten ihn böse Ahnungen befallen. Das Gebäude, etwa hundertzwanzig Jahre alt, glich einem gotischen Schloß aus einem Horrorroman. Die Bundespolizei hatte es weiß streichen lassen, um den Einheimischen einen hübscheren Anblick zu bieten. Aber nichts konnte die grausige Realität übertünchen. Von alten Steinen und Adobe eingeschlossen, gewann man den Eindruck, man wäre aus dem zwanzigsten Jahrhundert ausgesperrt worden.

Noch immer konnte er nicht glauben, daß er tatsächlich hier saß. Ein schreckliches Mißverständnis, dachte er immer wieder. Bald werden sie mich rausholen, und dann leite ich die DEA.

Obwohl sich sein Geist weigerte, die Wahrheit zu akzeptieren – sein Körper hatte sich bereits damit abgefunden. Am Rücken spürte er die feuchte Kälte der Kellermauer, die Höllenqualen in seinen Nacken und in die Schläfen sandte.

Schmerzhaft blendete die häßliche Neonlampe, die in einem Drahtgestell an der Decke hing, seine Augen.

Und das Essen, falls man den Fraß so nennen konnte – verschrumpelte Möhren und Rüben, fettes Rindfleisch, grau wie alte, durchweichte Pappe ... An so etwas war Assistenzdirektor Brandau, der sich zum Gourmet entwickelt hatte, nicht mehr gewöhnt. Nur diesen einen Luxus hatte er sich geleistet, in den besten Restaurants gegessen, aber der Versuchung widerstanden, einen neuen Jaguar zu kaufen (damit wollte er sich erst nach Zampas' Tod belohnen, wenn er die West Coast Agency leitete). Ebenso hatte er auf ein neues Haus mit Swimmingpool verzichtet (das strebte er erst in einigen Jahren an), aber bei jeder Gelegenheit üppige Mahlzeiten genossen. Regelmäßig speiste er im Matsuhisa an der La Cienega, wo ein Gourmet-Sushi-Dinner für zwei Personen zweihundert Dollar kostete. Er führte Suzie Chow ins Il Mito im Valley, wo es großartige *penne arrabbiata* gab, und legte lässig fünfundachtzig Dollar für eine Flasche perfekten 83er Medoc hin. Sonntags um acht ging er ins Citrus und freundete sich mit dem grandiosen Koch an, Michel Richard, der beteuerte, er fühle sich geehrt, wenn ein so »bedeutender Polizeibeamter« in seinem Hause verkehre. Ab und zu aß er sogar im Spago und lernte Wolfgang Puck kennen, der ihm drohte, eine »Detektiv-Pizza« mit »mysteriösem Belag« zu kreieren. So gern sich Brandau auch in dieser besonderen Ehre gesonnt hätte, er widerstand der Versuchung, denn er hatte Wingate versprechen müssen, nichts zu unternehmen, was Aufsehen erregen könnte. Und Brandau fürchtete ohnehin schon, daß er einigen Leuten auffiel.

Allmählich entstanden Probleme in seiner Beziehung zu Suzie. Er behauptete, er würde die gastronomischen Abenteuer mit dem Erbe eines reichen Onkels finanzieren, der in Easthampton gelebt hatte. An dieser Story zweifelte die ambitionierte Sexy-Lady nicht, und bald gewöhnte sie sich an die besten Restaurants von Los Angeles. Ebenso wie Brandau. Keiner von beiden wollte die Besuche im Spago aufgeben, wo sie sich in prominenter Gesellschaft zeigten.

Aber er wußte, daß er auf verlorenem Posten stand. Allzu lange durfte er den großen Gourmet nicht mehr spielen, sonst würde irgend jemand Verdacht schöpfen. Als er mit Suzie darüber sprach, war sie furchtbar enttäuscht und redete nicht mehr mit ihm. »Ich dachte, du wärst endlich raus aus dem alten Trott«, murrte sie eines Abends am Telefon. »Aber jetzt landest du wieder im Polizistenclub.«

Diesen Vorwurf konnte er ihr wohl kaum verdenken. Was nützte es, jeden Monat einen üppigen Scheck von Wingate einzuheimsen, wenn er sein ödes Bullendasein fortsetzte?

Er mußte sich daran erinnern, warum er sich auf das alles eingelassen hatte – um Macht auszuüben, um im ganz großen Geld zu schwimmen und einen luxuriösen Ruhestand zu genießen.

Allerdings war er erst zweiundvierzig, und der Gedanke, noch sechs Jahre lang den braven Cop zu spielen, zermürbte ihn. Dieser liebe, nette Kerl, der engagierte Vermittler zwischen gegnerischen Parteien wollte er nicht mehr sein. Er hatte einfach keine Lust, in die verdammten Gemeindezentren zu laufen und schwarzen Priestern zu erklären, wie sie ihre ungebärdigen Schäfchen vom Crack fernhielten. Zum Teufel mit allen, dachte er. Sollten sie doch Crack qualmen, bis ihnen das Gehirn aus den Köpfen floß, und einander erstechen oder niederknallen. Das war ihm scheißegal. Er wollte nur raus, ein Haus in Rom kaufen und sich eine italienische Geliebte leisten, die wie die junge Sophia Loren aussah. Und es lag tatsächlich in seiner Reichweite, denn als Leiter der DEA würde er vier Millionen Dollar pro Jahr kassieren, von Eduardo Morales auf ein Schweizer Nummernkonto einbezahlt.

Und nun war ihm alles vermasselt worden. Er preßte seine Hände an die Schläfen, spürte die Kälte, die durch den Kellerboden in seinen Körper kroch.

Alles hatte so großartig geklappt, bis Michaels aufgetaucht war. Der kleine Schwule begann überall rumzustöbern und die Spitzenleute in der Agency zu überprüfen. Früher oder später hätte er seine Beziehungen und seinen Status ausgenutzt, um sich Brandaus Visa- und Mastercard-Rechnungen genauer anzuschauen.

Hätte er doch nur bar bezahlt, so wie's ihm nahegelegt worden war! Dann müßte er sich keine Sorgen machen. Aber auch dieses Problem hing mit Suzie zusammen. »Laß es doch auf deine Mastercard setzen, dann kannst du's von der Steuer absetzen, Rich!« sagte sie immer wieder. Und er erfand irgendwelche lahmen Ausreden, warum er lieber bar bezahlte. Zum Beispiel: »Früher war ich ein armer Junge, Suzie, und deshalb trage ich mein Geld gern bei mir.«

»Wie neurotisch, Richard!« lautete die Antwort. »Jetzt bist du nicht mehr arm, sondern ein erfolgreicher Mann, und so solltest du dich auch benehmen – nicht wie ein kleiner Gangster, der mit seiner dicken Brieftasche angibt.«

Wenn sie geahnt hätte, daß sie mit dieser Bemerkung den Nagel auf den Kopf traf ...

Also benutzte er seine Kreditkarten und redete sich ein, alles sei okay, niemand würde ihn verdächtigen. Wenigstens traf er in diesen schicken Lokalen keine anderen Agenten. Sollte jemand mißtrauisch werden, konnte er ihm die Geschichte von der Erbschaft auftischen.

Aber Michaels stellte beharrlich seine Nachforschungen an, und so mußten sie ihn beseitigen. Und dann der grandiose Plan, Jack zu töten und Zampas in die Luft zu jagen ... Einfach brillant.

Die Bombe lag unter der Rolltreppe, in neun Meter Tiefe. Natürlich würde die DEA den Tunnel am Vorabend checken. Dazu benutzten sie guttrainierte Hunde, zwei schöne Labradors, die jeden Quadratzentimeter nach Sprengstoff absuchten. Diese

Tiere waren echte Profis, viel effektiver als Minensuchgeräte. Und sie hatten nur ein einziges Problem – sie konnten keine Semtex-Bomben erschnüffeln. Diese Plastikbombe – mit einer solchen hatte man die Pan Am 103 gesprengt – war unterhalb der Rolltreppe an einer Flüssigkristallanzeige angeschlossen und mit einer Countdownuhr versehen. Um Punkt 21 Uhr sollte George Zampas in den Tunnel hinabgehen, in tausend Stücke gerissen werden, und Richard Brandau würde zu seinem Nachfolger avancieren – zum Direktor der West Coast DEA.

Natürlich würde am nächsten Tag ein schockierter, bestürzter Brandau verlangen, der Meuchelmörder des edelmütigen Direktors müsse gefunden werden. Aber man würde nichts beweisen können. Eine Bombe war explodiert, die Spürhunde hatten sie übersehen. So was passierte nun mal. Wie jedermann wußte, stellten viele Drogendealer Fallen in ihren Tunnels, um Rivalen zu entmutigen. Unglücklicherweise war die DEA in diese eine Falle getappt – eine grauenhafte Tragödie.

Bei den Ermittlungen würde nichts herauskommen. Die United States konnten es sich ohnehin nicht leisten, allzuviel Staub aufzuwirbeln. Jedesmal, wenn FBI- oder DEA-Agenten ins Ausland geschickt wurden, beschuldigte man sie der Brutalität. Die Liberalen schrien Zeter und Mordio und warfen den Amerikanern vor, die Vietnam-Phase wiederzubeleben. Und da sich das neue NAFTA-Abkommen in einer prekären Situation befand, wollte niemand Wellen schlagen.

Nein, man würde Direktor Zampas' Killer niemals schnappen und zur Tagesordnung übergehen. Natürlich sollte sich einiges ändern. Direktor Richard Brandau würde Morales helfen, neue Drogenkanäle zu etablieren. Nun war es an der Zeit, Fortschritte zu erzielen. Es gab so viele neue Ideen, und eine schien besondere Erfolge zu versprechen. Man wandelte das Heroin in eine chemische Zusammensetzung um, mit der man Autos lackieren konnte. Sobald die Vehikel in den US-Staaten eintrafen, wurden sie in eine chemische Fabrik gebracht und einer Spezialbehandlung unterzogen, und – presto – das Heroin tauchte wieder auf. Stärker und tödlicher denn je. Und noch lukrativer.

O Gott, alles hatte phantastisch funktioniert, bis der verdammte Walker entkommen war – mit der Hilfe von Wingates Nutte. Unglaublich – nachdem sie ihn die ganze Zeit planmäßig angeschmiert hatte ...

Irgendwie hatte der Kerl zwei und zwei zusammengezählt und sogar C. J. ausgeschaltet, Brandaus Trumpf im Ärmel. Ungeheuerlich!

An diesem Tag hätte die Thronbesteigung stattfinden sollen. Statt dessen fror er in einer Einzelzelle im Latuna Castle, im kältesten Höllenloch von Texas, und bekam kaum Luft.

Plötzlich knarrte die Zellentür und schwang auf. Er drehte sich um, erwartete seinen Anwalt zu sehen. Aber es war Walker, der hereinschlenderte. »Hi, Rich! Gemütlich haben Sie's hier.«

»Zum Teufel mit Ihnen, Walker!«

»Wie reden Sie denn mit mir?« tadelte Jack lächelnd. »Das sieht Ihnen gar nicht ähnlich. Wo Sie doch immer so ein freundlicher, gutmütiger Pfeifenraucher waren.«

»Ich habe Ihnen nichts zu sagen, Walker. Falls Sie was über mich wissen wollen, sprechen Sie mit meinem Anwalt.«

»Welch ein kluger Mann! Ja, Sie waren schon immer viel schlauer als wir alle. Und beinahe hätten Sie's geschafft. Um die Wahrheit zu gestehen, es war reines Glück, daß ich mit dem Leben davonkam. Eigentlich müßte ich jetzt in der mexikanischen Wüste liegen und einen Kaktus namens Monstera Deliciosa von unten betrachten.«

Brandau schwieg, aber sein Blick verriet, daß er denselben Standpunkt vertrat. O ja, man hätte Jack unter der mexikanischen Sonne verscharren sollen, an fünf verschiedenen Stellen.

»Aber was mir an Gehirnmasse fehlt«, fügte Jack hinzu,

»mache ich mit meiner Lebenslust wett – und mit der jugendlichen Begeisterung, in die mich mein Job versetzt.«

»Was soll das heißen?« Brandau wandte sich ab und starrte die Steinmauer an.

»Wenn ich auch nicht so clever bin wie Sie – ich nehme den Job ernst. Gewisse Dinge sind mir heilig, und ich hasse Cops, die sich auf die falsche Seite schlagen. Ihre Beweggründe interessieren mich nicht, Rich – ich hasse Sie. Weil Sie unseren Berufsstand vergiften. Nach meiner Ansicht müßte man Sie gnadenlos bestrafen. Übrigens, die Folter hat mir keinen Spaß gemacht. Dafür werden Sie bezahlen, Rich. Und ich will mich persönlich darum kümmern.«

Erschrocken starrte Brandau ihn an. »Sie sind verrückt! Mit alldem hatte ich nichts zu tun.«

»Doch, ich denke schon. Sie wußten Bescheid und ließen den Dingen ihren Lauf. Und da Ihre Spießgesellen nicht hier sind, muß ich mich mit Ihnen begnügen.«

»Sie kleiner Scheißkerl, was können Sie schon tun?«

Jack trat in Brandaus Gesicht, die Oberlippe platzte auf. »Nun, das war immerhin ein Anfang.«

Schwankend erhob sich Brandau auf die Knie und berührte seinen Mund. In seinen Augen lag unverhohlene Panik, und er fürchtete, er würde in seinen Sträflingsanzug pinkeln. »Walker, Sie sind völlig ausgeflippt. Vor Gericht werden wir Sie zu Hackfleisch verarbeiten.«

»Daran zweifle ich. Niemand weiß, daß ich hier bin. Und wenn Sie's erwähnen, streite ich's einfach ab. Stehen Sie jetzt auf, Kumpel. Was halten Sie von einem fairen Kampf?«

Brandau kroch davon und versuchte, in der Wand zu verschwinden. »Nein, ich kämpfe nicht mit Ihnen.«

»Wie schade! Da ich so blöd bin, muß ich zu so primitiven Methoden wie physischer Gewalt greifen.« Jack zerrte Brandau auf die Beine, schlug ihn dreimal ins Gesicht, dann ließ er ihn fallen.

»Hören Sie auf! O Gott, hören Sie auf!«

»Okay, Sie haben recht. Es ist wirklich nicht amüsant, einen Kerl zusammenzuschlagen, der sich nicht wehren kann.«

»Arschloch!« Brandau wischte seine Nase mit einem Papiertaschentuch ab, das Jack ihm zugeworfen hatte.

»Im Grunde bin ich ein weichherziger Bursche«, erklärte Jack und beugte sich zu seinem ehemaligen Boss hinab. »Aber die Jungs, die mit Ihnen diese Nacht verbringen werden – oh, die sind gar nicht nett. Denen gefällt es sogar, wenn ein Typ wie Sie, ein Ex-Bulle, nicht zurückschlägt. Dann macht's ihnen weniger Mühe, ihre Initialen auf seiner Brust einzugravieren.«

»Wovon reden Sie?« Brandau versuchte, in ruhigem Ton zu sprechen. Trotzdem klang seine Stimme schrill und atemlos.

»Haben Sie's nicht gehört?« Jack richtete sich auf. »Angesichts Ihrer phantastischen Connections hätte ich geschworen, Sie wüßten es schon. Hier gibt's nicht allzu viele Einzelzellen, und letzte Nacht hat das FBI einen Serienmörder geschnappt. Der brachte in El Paso mehrere Nutten um. Ein großer Fang. Natürlich fürchten die Cops, er könnte aus dem Gefängnis fliehen. Deshalb stecken sie ihn in diese Zelle. Und Sie werden bei ein paar anderen schweren Jungs untergebracht. Selbstverständlich verschweigt ihnen das FBI, daß Sie früher ein Cop waren. Sonst könnte Ihnen womöglich was zustoßen. Also kriegen Sie Ihre Tarnung – aber die wird Ihnen unglücklicherweise nicht viel nützen.«

»Warum nicht? Was meinen Sie?«

»Warum nicht?« Jack trat näher zu Brandau, der zitternd in einer Ecke kauerte. »Weil Ihre Tarnung auffliegen wird, wenn Sie mir nicht erzählen, wo Buddy Wingate gerade steckt. Dann wird jeder Insasse vom Latuna erfahren, was Sie sind. Vermutlich wird man Sie zum Punchingball umfunktionieren. Und einige Jungs sind gar nicht nett im Bett. Ich meine, nur wenige gehören zur Kategorie des neuen sensitiven Manns.«

»Verdammt, Sie bluffen, Walker! Niemand wird mich hier rausholen.«

»Ja, ich dachte mir schon, daß Sie das sagen würden.« Jack griff in seine Gesäßtasche, zog ein paar Papiere hervor und ließ sie zu Boden flattern.

Hastig griff Brandau danach, starrte sie an, und sein Gesicht verzerrte sich vor Angst. »Was zum Teufel ... Das ist eine Anweisung vom Bundesgericht.«

»Um die Wahrheit zu gestehen – ich glaube, Zampas hätte mit dem Richter reden können. Aber Sie wissen ja, wie diese Griechen sind – sehr sentimental. Beinahe gewinnt man den Eindruck, sie gehörten in ein anderes, primitiveres Jahrhundert. Die bilden sich doch tatsächlich ein, alle Menschen auf dieser Welt müßten Loyalität oder Freundschaft ernst nehmen. Und nun denkt George, Sie hätten ihn persönlich verraten. Natürlich versuchte ich, ihm klarzumachen, Sie wären ihm keineswegs feindlich gesinnt und nur an Ihrer eigenen Karriere interessiert. Aber da stieß ich auf taube Ohren. Er will Sie mit aller Macht hier drinlassen. Und nicht einmal die cleversten Rechtsverdreher können Sie rausholen.«

»O Jesus Christus ...« Die Papiere glitten aus Brandaus Fingern. »Aber Sie werden mich doch nicht enttarnen, Jack?«

»Falls Sie sich zufällig an Buddy Wingates derzeitige Adresse erinnern ...«

»Die kenne ich nicht. Wirklich nicht ...«

»Jammerschade.« Jack hob die gerichtliche Anweisung auf, steckte sie ein und lächelte grausam.

»Ich schwöre es!«

»Oh, Sie schwören es. Dagegen bin ich machtlos. Viel Spaß in Ihrem neuen Heim, Rich! Ich wette, heute nacht werden Sie sich vor Annäherungsversuchen kaum retten können.« Mit diesen Worten wandte sich Jack ab und ging zur Tür.

»Warten Sie, Walker ...«

»Ja, Rich?«

»Gerade ist mir was eingefallen. Wingate erwähnte irgendeinen Schlupfwinkel in Mexiko, nicht weit von Puerto Vallarta entfernt. Ob er jetzt dort ist, weiß ich nicht. Aber ich erinnere mich an einen Teil der Adresse. Coronado Street. Am Strand.«

»Mehr können Sie mir nicht erzählen?«

»Nein. Er sagte nur, das Haus sei in shocking Pink gestrichen, weil das Hillary Clintons Lieblingsfarbe ist. Und wenn der Präsident ihn nach Washington beruft, will er Bill und Hillary dorthin einladen, übers Wochenende. Er meinte, sie würde begeistert sein.«

Darüber mußte Jack lachen, und sogar Brandau brachte ein schwaches Grinsen zustande.

»Danke, Rich. Übrigens, regen Sie sich ab. Sie bleiben ohnehin hier.«

»Was? Aber die gerichtliche Anweisung ...«

»Die habe ich selber ausgefüllt. Ein blöder Trick, was?«

»Sie Hurensohn! Sie mieser Bastard!«

»Bis später, Boß.« Jack klopfte an die Tür, und ein Wärter ließ ihn hinaus. Während er den Flur entlangging, hörte er Brandau fluchen und gegen die Gitterstäbe hämmern.

31

Jack sah einen alten Mann mit weißem Bart auf der staubigen Straße dahinwandern, neben einem Esel und drei Kindern. Unter einem azurblauen Himmel, zwischen schwankenden Palmen erschienen ihm die vier Gestalten wie eine Vision aus jener schlichteren Welt, die in Puerto Vallarta existiert hatte, bevor die Amerikaner gekommen waren. Bevor's die großen Häuser an der Küste gegeben hatte, die Fitneßcenter, Tennislehrer und Muskel-Freaks, die privaten Hubschrauberlandeplätze vor den Villen und Discos voller Metalfans mit langen, fettigen Haaren und Schmollmündern, die Autotelefons und piekfeinen, überteuerten Restaurants.

Bevor Buddy Wingate in seine Casa de Pink auf dem Sechzig-Quadratkilometer-Grundstück gezogen war.

Jack trat auf die Bremse und beobachtete, wie sich der alte Mann Zeit ließ, ehe er mit seinen Begleitern zur Seite trat.

Nett von euch, dachte Jack, als er vorbeifuhr.

*

Vom Strand aus sah er das monströse rosa Gebäude, etwa fünfzig Meter weiter unten an der Straße. Er stieg aus dem Auto und schlug die Tür zu. Erleichtert seufzte er auf, nachdem er dieser Todesfalle entronnen war.

Der einst mitternachtsblaue, verbeulte Malibu funktionierte nur, wenn man ihm sehr gut zuredete. Am letzten Abend hatte Jack eine Gebrauchtwagenhandlung in Long Beach aufgesucht und dreihundert Dollar dafür bezahlt. Der Verkäufer versicherte, das Auto sei einmal überaus liebevoll von einem phantastischen Burschen namens Dwight Jones betreut worden, einem loyalen, langjährigen Mitglied von Robert Schullers Crystal Cathedral. Nur einmal die Woche habe Dwight den Wagen benutzt, um nach Garden Grove zu fahren und am Gottesdienst teilzunehmen. Daran zweifelte Jack, denn auf der Fahrt zur Küste hatte das Kühlwasser des Malibu zweimal gekocht. Er war nicht einmal überrascht gewesen, als er festgestellt hatte, daß der Motor von Kleiderbügeldraht und altem grünen Kaugummi zusammengehalten wurde. Sehr liebevoll, dachte er, öffnete den Kofferraum und nahm vier Dynamitkapseln heraus, die mit einer Infrarotuhr verbunden waren.

Vorsichtig legte er das Päckchen neben die verbogene hintere Stoßstange, dann griff er nach einem Kassettenrecorder und zwei tragbaren Bose-Lautsprechern. Schließlich nahm er ein

Handy und den fünf Zentimeter langen Zünder aus der Tasche seiner blauen Nylonwindjacke.

Als er sich umschaute, sah er nur ein paar Möwen, die einen toten Krebs bearbeiteten. Offensichtlich amüsierten sie sich, und er haßte es, sie zu stören. Andererseits waren die Vögel ziemlich fett und konnten ein bißchen Bewegung gebrauchen.

Jack inspizierte den Sony-Digitalrecorder und vergewisserte sich, daß der Auslöser auf acht Uhr eingestellt war. Dann rief er die Polizei an.

»Policia. Buenos Dias.«

»*Buenos Dias,* Sie Glückspilz«, sagte Jack.

*

Während er im anderthalb Meter hohen Riedgras vor Buddys Festung stand, sah er, daß die Coronado Street gar keine richtige Straße war, sondern nur ein Sandstreifen, der sich zwischen den Dünen verlor. Ein schönes Fleckchen Erde – das muß man Buddy lassen, dachte er und richtete den Infrarotauslöser in die Richtung seines Autos. Sobald er auf den Knopf gedrückt hatte, warf er sich bäuchlings in den Sand.

Eine Sekunde später explodierte der Malibu in einem großen Feuerball und verwandelte sich in ein unförmiges Wrack. Und fünf Sekunden nach der Explosion begann der Recorder zu laufen und verbreitete den Krach eines knatternden Maschinengewehrfeuers, gellende Männerstimmen, die Strategien auf spanisch und englisch austauschten. Jack hörte eine Weile zu und schnappte einige Anweisungen auf. »Wir attackieren auf der Westseite.« – »Wenn sich die Bastarde nicht ergeben, bringt sie um!«

Sehr effektiv und sehr laut. Genau richtig. Dieses Band hatte er selber zusammengeschnitten, aus einzelnen Teilen seiner Lieblingskriegsfilme »Das dreckige Dutzend« und »Alamo«. Eigentlich hatte er befürchtet, man würde die Worte aus der

Ferne nicht verstehen, vermischt mit dem Echo der Explosion und dem knisternden Lärm des Feuers. Aber alles war deutlich zu hören – die Flammen, das Kriegsgeschrei, die ratternden Maschinengewehre, die Detonation der Handgranaten, das Gebrüll der Verletzten und Sterbenden, das Kreischen der Leute, die im Fieberwahn phantasierten.

Jack nahm sich vor, den Bose-Leuten einen Fanbrief zu schreiben. Wirklich, erstklassige Lautsprecher ...

Dann schaute er auf seine Uhr und zählte die Sekunden. Zehn, neun, acht, sieben ... Bei sechs öffnete sich Wingates schmiedeeisernes, rosa gestrichenes Gartentor. Mit quietschenden Reifen schossen zwei schwarze Mercedes-Limousinen aus der Zufahrt, rasten in die Richtung des Feuers und Geschnatters.

Offenbar saßen in jedem Auto drei Kerle. Und die Miene des ersten Fahrers sagte alles – er hatte eine Scheißangst. Mit gutem Grund, überlegte Jack und blickte zum schmiedeeisernen Tor. In der Eile hatten die Leibwächter vergessen, es wieder zu schließen. Großartig! Sein Rücken und das Bein schmerzten immer noch, und eine Klettertour über die drei Meter hohe Mauer wäre höchst unangenehm gewesen.

*

Das riesige Haus war von einem unvermeidlichen Kaktusgarten umgeben. Während Jack hindurchschlich, erinnerte er sich an Wingates Vortrag über Kakteen. Mutationen und Überlebenskünstler, hatte Buddy erklärt. So wie er selbst. Und das stimmte. Er glich eher einem Kaktus als einem Menschen.

Aber sogar der zäheste Kaktus geht irgendwann mal ein.

Jack näherte sich der überdimensionalen Veranda, die das ganze monströse, mit rosa Stuck verzierte Haus umgab. Wie ein Ferienhotel, dachte er, zog seinen .38er aus dem Halfter und stieg die Stufen hinauf. Dann stieß er die Tür auf und betrat eine riesige, mit dunklem Holz getäfelte Halle. Mexikanische und indianische Motive. Cowboybilder an der Wand gegenüber, edle Pferde mit traurigen Augen, rosarote Sonnenuntergänge – sehr romantisch. Aber kein Buddy.

Als Jack ins Eßzimmer gehen wollte, hörte er Schritte im Obergeschoß. Rasch änderte er seinen Kurs und kroch die breite Treppe hinauf, an die Wand gedrückt, mit entsicherter Waffe.

Halb und halb erwartete er, Buddy würde die Stufen herabstürmen und wild um sich feuern. Immerhin hatte er alles vorausgesehen, was Jack unternehmen würde. Warum nicht auch diese Aktion?

Aber Buddy tauchte nicht auf. Als Jack den Treppenabsatz erreichte, hörte er eine Stimme, die aus einer Tür weiter unten am Flur drang. Um Himmels willen, da sang jemand.

Angespannt blieb er stehen und lauschte. Wingate sang, mit hoher sanfter Stimme. »Auf einer Straße in Laredo sah ich einen jungen Cowboy, gehüllt in ein weißes Leinentuch, kalt wie Eis ...«

Ein Schauer rann über Jacks Rücken. Irgendwas stimmte hier nicht. Wie auch immer, es gab kein Zurück mehr. Er eilte den Flur entlang, beide Hände um den Pistolengriff gekrallt.

An der Tür angekommen, preßte er sich an die Wand, holte tief Atem, zählte bis drei, dann trat er die Tür auf und sprang hindurch.

Buddy Wingate stand vor einem großen Spiegel, in engen Levi's, die seinen Bauch betonten, und probierte einen schwarzen Cowboyhut. Als er Jack in der glänzenden Scheibe sah, ließ er den Hut fallen und drehte sich um. Obwohl er noch dicker geworden war, strotzten die muskulösen Arme, die Wurstfinger und die Handgelenke vor Kraft wie eh und je. »Jack!« rief er verblüfft. »Was führt Sie hierher, Partner?«

»Nun, ich dachte, es wäre an der Zeit, unsere Bekanntschaft zu erneuern«, erwiderte Jack, ging auf ihn zu und schaute sich um.

»Hier, eine gute Idee! Und diesmal wird der verdammte Mega-Narr Morales keinen Keil zwischen uns treiben. Macht's Ihnen was aus, wenn ich mir einen Morgenmantel anziehe?« Er zeigte auf eine rotseidene Robe, die über dem riesigen spanischen Bett mit anderthalb Meter hohen Kopf- und Fußteilen lag. Ohne ihn aus den Augen zu lassen, griff Jack danach, vergewisserte sich, daß keine Waffe in den Taschen steckte, und warf ihm den Morgenmantel zu. Schwungvoll drapierte Buddy ihn um die breiten Schultern und lächelte Jack an. »Sie glauben, ich mache Witze. Aber ich hab' Sie immer gemocht, Jakkie. Wirklich, Sie haben eine Menge Mumm in den Eiern.«

»Ja, und weil Sie die zusammenquetschen konnten, gefiel's Ihnen ganz besonders.«

Wingate lachte anerkennend. »Auch das mag ich – Sie sind erstaunlich schlagfertig. Morales hielt Sie immer für dumm. Aber ich wußte es besser. Zum Beispiel das Ablenkungsmanöver, das Sie gerade da draußen inszeniert haben. Die Explosion und dieses bedrohliche Geschwätz. Um die Wahrheit zu gestehen, ich hatte eine Heidenangst. Und diesen Cowboyhut wollte ich nur aufsetzen, um würdevoll in den Tod zu gehen. Im Ernst, ich dachte: Nun, wenn Morales' Jungs über mich herfallen – soll ich wie Davy Crockett sterben, der Santa Anna bis zum letzten Atemzug bekämpft hat, oder mach' ich's wie Nero und beschaff' mir eine Natter?«

»Der falsche Kaiser. Das war Kleopatra. Nero schlitzte sich den Bauch auf.«

»Ooooh«, stöhnte Wingate. »Dann muß er ein halbes Schlitzauge gewesen sein. Nein, ich würde eher zu dieser alterprobten Methode neigen – Kanone im Mund. Wenn ich auch nicht weiß, ob ich's fertiggebracht hätte. Jedenfalls wollte ich warten, bis die Kerle in den Garten gestürmt wären, bevor ich die endgültige Entscheidung traf.«

»Niemals klein beigeben, bevor man das Weiße in ihren Augen sieht.«

»So ähnlich, ja. Nun, was Besseres kann man nicht erwarten, wenn man mit einem Irren wie Morales zusammenarbeitet. Die ganze Zeit sagte ich ihm, das sei Wahnsinn. Aber Eduardo kultiviert seine Besessenheit geradezu. Was für ein selbstsüchtiger Macker!«

»Allerdings. Er gab sich große Mühe und opferte sogar seinen hübschen kleinen Geldkanal.«

»Typisch Eduardo. Wie Sie bereits festgestellt haben, legt er großen Wert auf Dramatik. Nur die totale Demütigung kann ihn befriedigen. Uns beiden mag das verrückt erscheinen, aber er hatte seine Gründe. Wissen Sie, wen Sie in Tucson getötet haben?«

»Seinen Freund, José Benvenides.«

»Klar, so hieß er. Doch er war viel mehr als nur ein Freund. Sehen Sie, der Junge mußte den Namen seiner Mutter annehmen, Benvenides, weil Eduardo mit einer anderen verheiratet war. Jack, mein Junge, Sie hatten die Ehre, Eduardo Morales' einzigen Sohn zu erschießen.«

Leise pfiff Jack vor sich hin. »Jetzt paßt alles zusammen.«

»Nicht wahr? Und weil Eduardo an Prostatakrebs leidet, wird er kein Kind mehr zeugen. Eigentlich war dem alten Knaben alles scheißegal. Aber der Tod dieses Jungen brachte ihn fast um. He, sogar ich versteh' das. Wenn ein Mann jemanden verliert, den er liebt, kann es ihm das Herz brechen.«

Mit erhobener Pistole ging Jack auf Wingate zu. »Wieso wissen Sie das?«

Buddys rundes Gesicht erbleichte. »Moment mal! Behaupten Sie etwa, ich hätte Charlotte Rae nicht geliebt?«

»Und vor lauter Liebe haben Sie das Mädchen grün und blau geschlagen?«

»Oh, ersparen Sie mir diesen humanitären Scheiß! Die konnte gar nicht genug Prügel kriegen. Wenn ich sie nicht ab und zu verdrosch, schmollte sie und behauptete, ich würde sie nicht mehr mögen.«

»Also haben Sie ihr einen Gefallen getan, wenn Sie über sie hergefallen sind?«

»So was kann ein Mann wie Sie nicht begreifen. Wir standen uns sehr nahe, und sie würde noch leben, wenn sie Ihnen nicht zur Flucht verholfen hätte.«

Lächelnd schüttelte Jack den Kopf. »Wieso glauben Sie, sie wäre nicht mehr am Leben?«

Wingate blinzelte, seine Kinnlade klappte nach unten. »Als sie das Lagerhaus verließ, wurde sie erschossen. Meine Jungs haben doch gesehen, wie sie zusammengebrochen ist.«

»Offensichtlich hat man Sie belogen. Sie ist genauso lebendig wie wir beide.«

»Wo steckt sie, Jackie? Ich muß es wissen.«

»An einem Ort, wo sie vor Ihnen sicher ist. Und jetzt wird's höchste Zeit, Buddy. Ich habe diese kleine Unterhaltung mit Ihnen sehr genossen, aber nun müssen wir schleunigst von hier verschwinden, bevor Ihre Jungs zurückkommen. Los!«

»Also, ich weiß nicht recht«, erwiderte Wingate grinsend. »Nein, ich habe keine Lust.«

»Bewegen Sie sich, oder Sie sind ein toter Mann!« drohte Jack, den Finger am Abzug.

Seufzend schüttelte Wingate den Kopf. »Sie sind ein cleverer Bursche, Jackie, aber immer einen Takt hinter dem Schlagzeuger.«

Als Jack beobachtete, wie Buddy an ihm vorbeispähte, wandte er den Kopf ein wenig zur Seite. Aus den Augenwinkeln sah er jemanden hinter sich stehen.

»Lassen Sie die Waffe fallen, Mr. Walker! Ganz vorsichtig, Partner.«

Diese tiefe, heisere Stimme hatte Jack schon einmal gehört. Er drehte sich um und erblickte den alten Cowboystar, Canyon Cane, der seinen .45er Colt auf ihn richtete.

»Machen Sie keinen Unsinn, mein Junge, oder ich knalle Sie ab – aus reiner Gewohnheit.«

Daran zweifelte Jack nicht. Er ließ seinen .38er zu Boden fallen, und Buddy Wingate hob ihn lächelnd auf. »Gute Arbeit, Canyon.«

»Was treibt er hier, Mr. Wingate?« fragte Canyon.

»Nur ein frustrierter Staatsdiener.« Buddy rammte das Schießeisen zwischen Jacks Rippen. »Warum gehen wir nicht auf den Balkon, Walker?«

Die Mündung bohrte sich noch tiefer in Jacks Seite. Langsam traten sie auf den Balkon hinaus. Canyon Cane senkte seinen Colt und folgte ihnen.

Als sie draußen ankamen, bemerkte Jack die tiefe Stille, die auch Wingate nicht entging. »Inzwischen müssen meine Jungs Ihre kleine Komödie durchschaut haben, Jack. Bald werden sie zurückkommen, und ich muß ein bißchen improvisieren. Am besten erzähle ich ihnen, Sie hätten dieses Ablenkungsmanöver arrangiert, um hier einzubrechen und mich auszurauben. Also war ich gezwungen, Sie von diesem Balkon runterzupusten. Fassungslos werde ich dastehen und auf Ihren reglosen Körper im Kaktusgarten hinabstarren. Wie klingt das?«

»Blöd! Niemand, der älter als fünf ist, wird Ihnen das abkaufen.«

»Klar, ich weiß ja, wie gerissen Sie sind.« Buddy stieß ihn zum Geländer. »Aber so verzweifelt haben Sie noch nie dreingeschaut.« Wingate brach in schallendes Gelächter aus und hielt die Pistole unter Jacks Kinn. »Gucken Sie sich mal das Meer da drüben an, den Strand, die Möwen! So was nennt man eine Perspektive, Sie Arschloch. Und das ist der eigentliche Unterschied zwischen uns beiden. Ich sehe Perspektiven – und Sie nicht. Sicher, Sie sind smart und schrecken vor keinem Risiko zurück. Das gebe ich unumwunden zu. Aber Sie haben keine Visionen, mein Sohn. Sie sind genauso wie diese armen primitiven Scheißer, mit denen ich in Little Rock aufwuchs, die immer nur den nächsten Drink sahen, den nächsten Tanz. Nur der alte Buddy konnte das ganze verdammte Rodeo sehen. Deshalb werden Sie jetzt sterben, während ich mein Lasso schwinge und die Stiere einfange. Und wie ich hinzufügen darf – wenn Sie mir nicht mehr im Weg stehen, gibt es keinen Grund, warum Charlotte nicht nach Hause kommen sollte, wo sie hingehört.«

»Keinen Grund?« fragte Jack gedehnt. »Wollen Sie wieder Ihre Fäuste benutzen – oder diesmal Ihre Stiefel?«

Buddy drosch ihm den Revolverlauf auf den Mund, und Jacks Kopf zuckte nach hinten, die Oberlippe sprang auf. »Dummes Arschloch! Sie wird mich immer lieben.«

»Irrtum, Charlotte Rae haßt Sie. Was glauben Sie wohl, wie ich dieses rosa Märchenschloß gefunden habe? Sie hat mir verraten, wo ich Sie finden würde.«

Schockiert runzelte Buddy die Stirn, und ausnahmsweise fehlten ihm die Worte. Als hätte ihm jemand die Zunge herausgerissen. Es dauerte eine Weile, bis er entgegnete: »O nein, das ist eine Lüge. Jemand anders hat's Ihnen erzählt. Niemals würde sie mich hintergehen. Nach allem, was ich für sie getan habe! Für dieses Mädchen war ich wie ein – ein Vater.«

»Da täuschen Sie sich. Charlotte konnte es gar nicht erwarten, Sie über den Tisch zu ziehen, Sie verdammter Zwerg.«

Dunkelrot stieg das Blut in Buddys Wangen. »Jetzt habe ich wirklich keine Lust mehr, noch länger mit Ihnen zu quatschen, Sie Bastard. Wohin soll ich schießen? In die Schläfe, unters Kinn? Sagen Sie's mir, Sie blödes Stück Scheiße!«

»Regen Sie sich nicht unnötig auf, Buddy. Jetzt ist es aus mit Ihnen.«

Wingate wandte sich grinsend zu Canyon Cane, der die Szene verwirrt beobachtete. »Hören Sie, was der alte Jack behauptet, Canyon? Daß es aus mit mir ist. Glauben Sie das?«

Plötzlich krachten Schüsse am Strand, vermischt mit schrillem Geschrei. Wingate spitzte die Ohren und schaute nach unten. Aber ein dichtes Palmenwäldchen versperrte ihm die Sicht. »Was ist das?«

»Nur die ortsansässige Polizei«, erklärte Jack. »Ich rief die Leute an und erzählte, hier hätten ein paar miese Amerikaner ein Auto in die Luft gejagt und nun würden sie all die wunderbaren mexikanischen Drogen klauen. Da waren sie sehr böse. Ich glaube nicht, daß sie Ihre Jungs besonders respektvoll behandeln werden. Und wenn sie mit ihnen fertig sind, kommen sie hierher und schnappen Sie, Buddy.«

Nun meldete sich Canyon Cane zu Wort. »Mr. Wingate, ich will wissen, was hier vorgeht. Und ich möchte nicht in irgendwelche Schwierigkeiten geraten.«

»Halten Sie den Mund, Canyon!« befahl Buddy. »Da gibt's keine Schwierigkeiten. Wir erschießen diesen Einbrecher und sagen den Bullen, er hätte mich bestehlen wollen.«

»Aber das wird man nicht glauben, Canyon«, warnte Jack. »Die würden mich als DEA-Beamten identifizieren, und Sie müßten für den Rest Ihres Lebens hinter Gittern verbringen, wegen Beihilfe zum Mord. Statt eine neue Filmkarriere zu starten, werden Sie in San Quentin Spaghetti essen.«

»DEA?« wiederholte Canyon. »Davon haben Sie nichts erwähnt, Mr. Wingate.«

»Nehmen Sie diesen Scheiß etwa ernst, Canyon?« fauchte Buddy. »Dieser Mann ist schlicht und einfach ein Drogendealer. Nun knallen Sie ihn endlich ab. Ich hab's satt, mir sein Geschwätz anzuhören.«

»Mr. Wingate, das kann ich nicht.«

Erbost starrte Wingate den alten Mann an. »Reden Sie keinen Quatsch! Eins müssen Sie bedenken, Cowboy. Ohne mich sind Sie nur ein heruntergekommener Hustensirup-Junkie, der in dieser Thrifty-Eiscremebude herumhing, als ich ihn fand.«

Interessiert beobachtete Jack, wie ein stahlharter Glanz in Canyons Augen zurückkehrte. »Sprechen Sie nicht so mit mir, Sir.«

»Oh, ich sage genau das, was mir paßt, alter Knabe«, erwiderte Wingate. »Hier drehen wir keine Republic-Pictures-Serie, hören Sie? Das ist die reale Welt, die ich verdammt noch mal beherrsche. Los, erschießen Sie das Arschloch!«

»Nein.«

»Zum Teufel mit Ihnen, Sie armselige Schnapsdrossel ...«

Ungläubig blinzelte Jack, als der alte Cowboy den .45er Colt hob. Canyon Cane kniff die Augen bedrohlich zusammen, so wie in zahllosen Cowboy-Epen, und beinahe erreichte er sein Ziel. Aber Wingate war dreißig Jahre jünger und hatte seine Waffe bereits auf Canyons müdes altes Herz gerichtet. Die Explosion klang wie ein Peitschenknall, Rauch quoll aus der Mündung, und Canyon sank auf die Knie, krallte seine Hände in die Brust – wie so viele böse Kerle samstag nachmittags im Kino, vor einer halben Ewigkeit.

Nur ein paar Sekunden lang ließ sich Jack von der dramatischen Szene fesseln. Dann nutzte er seine letzte Chance.

Buddy fuhr herum, wollte ihm eine Kugel in den Kopf jagen. Aber Jack sprang vor und packte die Waffe. Trotzdem feuerte Wingate, und das Geschoß streifte Jacks Schläfe. Statt ihn zu überwältigen, brachte der Schmerz sein Adrenalin in Wallung. Ein Boxhieb traf Buddys Gesicht und schleuderte ihn gegen die Adobe-Brüstung des Balkons. Wieder versuchte er zu zielen, aber Jack schlug ihm die Pistole aus den Händen. Doch diese Bewegung kam ihn teuer zu stehen. Er hatte seine Deckung vernachlässigt. Deshalb trat Wingate ihm zwischen die Beine, jagte heiße Schmerzwellen durch Jacks Beine und Bauch.

Kraftlos fiel er auf ein Knie, und Wingate bearbeitete ihn mit beiden Fäusten. Jack spürte, wie seine Sinne zu schwinden drohten. Verzweifelt rammte er seine Handkante gegen die Kniescheibe des Gegners, und Buddy taumelte schreiend nach hinten. Sofort sprang Jack auf, aber da fiel Wingate erneut über ihn her, umfaßte seinen Hals und drängte ihn zur Balustrade. »Jetzt werden Sie sterben, Jack. Endlich, Sie beschissener Bulle!«

Jacks Kopf drohte zu explodieren. Mit allerletzter Kraft schlang er seine Finger ineinander, schmetterte sie auf Wingates Handgelenk und befreite sich von dem mörderischen Griff. Dann versetzte er der Kehle seines Widersachers einen Handkantenschlag.

Würgend stolperte Buddy nach hinten, und Jack wollte ihn erneut angreifen. Aber er schaffte es nicht, stand keuchend und hilflos neben der Balkonbrüstung. Um Himmels willen, beweg dich, sagte er sich. Doch seine Muskeln gehorchten ihm nicht mehr.

Als Wingate sich von dem Handkantenschlag erholt hatte und kreischend heransprang, konnte Jack sich nur ducken, so tief wie möglich.

Plötzlich hing Buddys schwerer Körper über ihm, wie ein halbes Rind auf der Schulter eines Metzgers. Jack nahm die letzten Reste seiner Energie zusammen, richtete sich auf, schüttelte Buddy ab, schleuderte ihn über die Balustrade.

Als er sich umdrehte, sah er Buddy Wingate unter dem strahlendblauen mexikanischen Himmel hinabfliegen, in den Kaktusgarten. Das Gesicht prallte gegen ein gigantisches Gewächs mit langen Stacheln, die sich in die Wangen bohrten, in die Brust, in den Bauch. Ein paar Sekunden lang strampelten die kurzen, stämmigen Beine. Und dann rührte sich Buddy Wingate nicht mehr – zum ersten Mal, seit Jack ihn kannte.

32

Zampas saß seiner Frau gegenüber, in der hintersten Nische des Union Pacific Railroad Car, trank seinen Whiskey und erwiderte ihren Blick. Seufzend schüttelte sie den Kopf. »O ja, ich weiß was für ein Tag das ist, George.«

»Tatsächlich?«

»Allerdings. In deinem Gesicht lese ich dieses schäbige Mitleid. So schaut nur jemand drein, der beschlossen hat, seiner Frau den Laufpaß zu geben, und bereits die ersten Regungen einer zärtlichen Nostalgie verspürt. Du sitzt da und denkst: Eigentlich war sie immer anständig, und wir haben ein paar schöne Jahre miteinander verbracht. Es war gar nicht so übel. Bald wird sie's auch so sehen und sich freundschaftlich an mich erinnern ... Aber das ist ein gewaltiger Irrtum. Von jetzt an hasse ich dich, du Bastard.« Sie begann zu weinen, und Zampas strich über ihre Hand, die sie ihm entziehen würde. Doch er hielt sie fest. »Laß mich los!«

»Nein. Kommt nicht in Frage.«

»Hör auf mit diesem Unsinn! Mach dich wenigstens nicht über mich lustig!«

»Ronni, ich liebe dich, und ich möchte alles zwischen uns in Ordnung bringen.« Er betrachtete ihre grünen Augen, die Sorgenfalten.

»Das meinst du nicht ernst«, flüsterte sie.

»Doch, glaub mir.«

»Und – Jane?«

Er nippte an seinem Drink. »Da war nichts. Es ging nicht um Jane, sondern um meinen Job, und alles mußte geheim bleiben. Monatelang wollte ich's nicht wahrhaben, doch dann mußte ich's akzeptieren – wir hatten einen Spitzel in der Agency. Zu viele Operationen liefen schief. Also gab es keine andere Möglichkeit. Ich ließ Michaels, Valle und Brandau beschatten. Nur einer von den dreien konnte es sein. Offen gestanden, ich hatte auf den Falschen getippt.«

Das Kinn in die Hände gestützt, beugte sie sich interessiert vor, in ihrer direkten Art. Ein Gefühl heißer Liebe erfaßte ihn. »Wen hast du verdächtigt?«

»Bob Valle. Er war wütend, weil er nicht befördert wurde, und er erregte meinen Argwohn, weil er auf seinen letzten Posten in Kolumbien zurückversetzt werden wollte. Deshalb gewann ich den Eindruck, er würde mit seiner Entlarvung rechnen. Im Ausland konnte er auf seine diplomatische Immunität pochen, falls wir versucht hätten, ihn festzunehmen. Aber wie sich herausstellte, ist er okay. In ein paar Jahren möchte er nach Europa übersiedeln, und in der Zwischenzeit werden wir ihn mit größeren Aufgaben betrauen – jetzt, wo Brandau ausgefallen ist.«

Lächelnd drückte sie seine Hand. Dann runzelte sie bekümmert die Stirn. »Richard Brandau – unglaublich. Er kam mir immer so integer vor.«

»Mir auch. Trotzdem trieb er ein falsches Spiel mit uns und zog sogar Calvin Jefferson auf seine Seite. Im Citrus inszenierte er eine kleine Konfrontation mit Pedro Salazar, um uns Sand in die Augen zu streuen. Sicher wäre ihm der große Coup geglückt, hätte Jack Walker nicht eingegriffen.«

Zum ersten Mal nach langer Zeit lachte Ronni. »Jack ist völlig verrückt, aber ich mag ihn.«

»Ja, mir ist er genauso ans Herz gewachsen. Obwohl mir dieser ausgeflippte Bastard eines Tages noch so zusetzen wird, daß mich der Schlag trifft.«

»Also hast du ein paar Spione beauftragt, deine eigenen Leute zu beobachten?«

»Ja. Und es hat mir überhaupt nichts genützt.«

»Seltsam – in den letzten Wochen hatte ich das Gefühl, jemand würde mich verfolgen.«

Grinsend tätschelte er Ronnis Arm. »Klar, du wurdest beschützt. Ich fürchtete nämlich, der Doppelagent könnte eine Verzweiflungstat begehen, wenn er merkt, daß er bald auffliegen würde. Das war unnötig, aber wenn's um dich geht, neige ich zu übertriebener Vorsicht.«

»Und ich habe dich beschuldigt ... O Gott, ich hielt das alles für eine typisch männliche Midlife-crisis. Wahrscheinlich war's meine eigene.« Sie lächelte verlegen. »Nicht, daß mich mein

Alter stören würde, Darling. Aber ich fürchte, du findest mich nicht attraktiv, und das ertrage ich nicht ...« Schnüffelnd wischte sie über ihre tränennasse Wange.

Zampas lächelte. »Deshalb mußt du dir keine Sorgen machen. Ehrlich gesagt, in diesem Augenblick regst du mich ziemlich an.«

Als sein Fuß unter dem Tisch über ihr schlankes Bein glitt, errötete sie. »Gehen wir?«

»Okay. Am liebsten würde ich's schon im Auto mit dir treiben.«

Beide lachten, und auf dem Weg zur Tür legte er einen kraftvollen Arm um Ronnis schlanke Taille. Eng aneinandergeschmiegt, durchquerten sie das schummrige Lokal und traten auf die Straße hinaus.

33

Zwei Monate später

Eine heftige Bö wehte Steppenhexen über den Highway 16. Jack steuerte seinen Mustang die staubige Straße entlang. Als er an einer roten Ampel hielt, beobachtete er zwei Mexikanerinnen, die sich gegen den Wind stemmten.

Als er ein Schild mit der Aufschrift »Las Virgines, New Mexico, Pop. 1493« entdeckte, grinste er. Typisch Charlotte Rae, ihn hierherzubestellen ... Die Ampel wechselte auf Grün, ein Flugblatt flog gegen die Windschutzscheibe, und er griff aus dem Fenster, um es festzuhalten. Die Annonce einer Klinik für ganzheitliche Gesundheit. Dem Werbetext zufolge stand ein *curandero* oder Wunderdoktor rund um die Uhr zur Verfügung, um den Patienten »spirituelle Wege« zu zeigen. Verschiedene Aloepflanzen wurden als »heilsame Kakteen« bezeichnet.

Lächelnd zerknüllte er das Flugblatt und warf es durchs Fenster in eine Mülltonne. Vor fünf Tagen, bei seinem Telefonat mit Charlotte Rae, hatte er zum erstenmal von dieser Gegend gehört. Er erklärte sich bereit, sie hier zu treffen, hoch oben in den San Cristobal Mountains, stellte einige Nachforschungen an und fand heraus, daß Las Virgines als »Wunderstadt« galt.

Wie ein Reiseführer verkündete, gab es hier eine Krebsklinik namens Malobar Hostel und einen Brunnen im Zentrum, wo die Einheimischen regelmäßig Jesus Christus' Spiegelbild sahen. Außerdem wohnten hier einige Maler und Schriftsteller, die aus Los Angeles geflohen waren, in eine Künstlerkolonie.

Die Wunderstadt, dachte er und lenkte den Mustang in eine Parklücke. Zumindest ein Wunder mußte er Las Virgines zugestehen – Charlotte Rae und Jack Walker lebten immer noch. Er stieg drei Stufen zu einem altmodischen Western-Holzsteg empor und ging durch die Schwingtür des Coyote Cafés. Hinter einer dunklen, antiken Mahagonitheke stand ein Navajo-Barkeeper, der einen Pferdeschwanz trug. An die Bar gelehnt, schüttelten zwei alte Indianer abwechselnd einen Würfel aus einem Lederbecher und grunzten, um einander die Punktezahl mitzuteilen.

Jack ging in den Hintergrund des Lokals. Nachdem er Platz genommen hatte, kam eine junge Indianerin an seinen Tisch, und er bestellte Herradura-Tequila. Dann lehnte er sich zurück und wartete.

Was würde Zampas sagen, wenn er wüßte, daß Jack seine Ferien mit einem Flüchtling verbrachte? Falls man das herausfand, könnte man ihn anklagen. Immerhin wurde sie von der Polizei gesucht.

Plötzlich spürte er eine Hand, die seine Wange von hinten berührte, drehte sich erschrocken um und zog beinahe seine Pistole. Doch da nahm sie ihm gegenüber auf einem Stuhl aus

Hartholz Platz. Ihr Anblick verwirrte ihn. Statt der langen blonden Locken ein brünetter Kurzhaarschnitt, keine dicke Schminke, nicht einmal Lippenstift ...

»Hi, Jack.«

»Hi«, antwortete er – unfähig, seine Überraschung zu verbergen.

»Sehe ich so gräßlich aus?«

»Nein. Großartig.«

Sie lächelte schüchtern. »Oh, das klingt beinahe so, als würdest du's ernst meinen. Aber du warst schon immer ein guter Lügner.«

»Unsinn, ich lüge nicht. Du hast mich nur verblüfft.«

»Bis zu deiner Ankunft hab' ich mich auf der Damentoilette versteckt.« Sie zeigte in einen Flur, rechts hinter Jack.

»Hast du befürchtet, ich würde jemanden mitbringen?«

»Vielleicht.«

»Und ich dachte, dieses Mißtrauen hätten wir überwunden.«

Lächelnd griff sie nach seiner Hand. »Das würde ich gern glauben. Andererseits bist du immer noch ein Bulle.«

Er drückte ihre schmalen Finger. Dann trat die Indianerin an den Tisch, und Charlotte Rae bestellte Tequila.

»Wo warst du?« fragte er.

»Ständig auf Achse. Seit ich dich verlassen habe, werde ich von Alpträumen geplagt. Nacht für Nacht erscheint mir ein Mädchen, das in der Wüste verscharrt wurde und sich durch Sand und Kakteen kämpft ... Jedesmal, wenn sie die Sterne sieht und die Nachtluft riecht, versinkt sie wieder in der Erde.«

Sein Nackenhaar sträubte sich, und er wischte eine Träne von ihrer Wange. »Es ist vorbei – Buddy lebt nicht mehr.«

»Das las ich in der Zeitung. Hast du ihn getötet?«

»Nein, er fiel vom Balkon. Nun ja, möglicherweise hab' ich ein bißchen nachgeholfen.«

Sie lächelte und holte tief Atem. »Eigentlich müßte ich mich erleichtert fühlen. Aber das kann ich nicht ... Morales ist immer noch frei. Und solange er glaubt, ich würde gegen ihn aussagen, bin ich in Gefahr.«

Beruhigend streichelte er ihre Hand und nippte an seinem Tequila. »Keine Bange. Meinen Informationen zufolge ist er nach Europa geflohen. Außerdem leidet er an Krebs im Endstadium. Damit dürfte er vollauf beschäftigt sein.«

»Immerhin ein Lichtblick ...«, seufzte sie. »Trotzdem will ich mich versteckt halten. Was ist denn mit deinem hochgeschätzten Kollegen passiert?«

»Meinst du Brandau? Oh, der hat eine Singstimme entwikkelt, die auf jeder Opernbühne brillieren würde. Mit seiner Hilfe können wir einen Großteil von Morales' Imperium auseinandernehmen.«

Danach herrschte peinliches Schweigen, bis Charlotte Rae verständnisvoll lächelte. »Nur zu, Jack, spuck's aus. Ich weiß, du mußt deine Pflicht erfüllen.«

»Okay. Deine Zeugenaussage wäre sehr wichtig für mich und würde uns eine Menge Arbeit abnehmen.«

»Und wenn ich mich weigere?«

»Du könntest vorgeladen werden.«

»Klar, aber erst mal müssen sie mich finden.«

»Das stimmt.«

»Falls ich mit dir in Verbindung bleibe – wirst du der Polizei verraten, wo ich bin?«

»Nun, vielleicht vergesse ich deine Adresse. Was Straßennamen angeht, hatte ich schon immer ein lausiges Gedächtnis.«

Sie griff wieder nach seiner Hand, und er spürte die Leidenschaft, die zwischen ihnen vibrierte. »Würdest du mir zuliebe den Mund halten?«

»Um die Wahrheit zu gestehen – wir haben auch ohne deine Aussage genug Beweise«, erwiderte er grinsend.

»Wieso soll ich dann aus dem Untergrund auftauchen?«

»Du paßt einfach nicht in unser Zeugenschutzprogramm. Wenn ich mir vorstelle, du würdest irgendwo in Kansas leben ...«

»... und Mais enthülsen und zur Farmervereinsversammlung gehen? Klingt aufregend. Natürlich wärst du bei mir und würdest in deinem blauen Overall einen John-Deere-Traktor steuern.«

Jack nickte und nahm einen Schluck Tequila. »Eines Tages ... Hört sich gar nicht so übel an. Wohin möchtest du gehen, Charlotte? Wie wirst du leben?«

Lächelnd berührte sie seine Wange. »Wo immer ich will. Und ich werde auf eigenen Füßen stehen. Das verdanke ich dir. Nachdem ich dich kennengelernt habe, werde ich mich nie wieder mit Typen wie Buddy Wingate abgeben.«

»Sehr gut.« Er legte ein paar Münzen auf den Tisch. Hand in Hand verließen sie das Coyote.

*

Draußen heulte der Wind. Knarrend schwang das Schild des Cafés hin und her.

»Einen Monat bleibe ich noch hier«, erklärte Charlotte Rae, als sie zu einer Seitengasse gingen. »Anfangs hatte ich Angst, so ganz allein. Aber dann hörte ich was.«

»So? Was denn?«

»Etwas jenseits der alltäglichen Geräusche – das Flüstern meiner inneren Stimme.«

»Und was sagt sie?« fragte Jack und preßte sie an sich.

»Das weiß ich noch nicht. Früher hab' ich ihr nie zugehört. Also spricht sie verschlüsselt.«

»Ich wette, du kannst die Message dechiffrieren.«

»Wenn wir uns das nächste Mal sehen, erzähl' ich's dir.«

»Wann?«

Mutwillig lächelte sie ihn an. »Auch das weiß ich nicht. Jedenfalls bald.«

»Ja – bald«, bestätigte er und erwiderte das Lächeln.

Sie blieben neben einem blauen Jaguar stehen, der hinter der Straßenecke parkte. »Jetzt muß ich losfahren, Jack.«

»Was für ein phantastisches Auto! Hat dir das deine Freundin in Dallas geschenkt?«

»Nein – Buddy. Aber er wußte nichts davon.«

Jack lachte. »Laß mich raten. Während du mit ihm zusammen warst, hast du dir ein bißchen Geld geliehen.«

»Sicher, nur eine dumme Gans hält es mit so einem Kerl aus. Aber ich bin nicht völlig verblödet.« Sie öffnete die Tür des Jaguar.

Ehe sie einsteigen konnte, hielt Jack sie am Arm fest. »Nur noch eins – ich kenne nicht einmal deinen richtigen Namen.«

»Charlotte Rae Quintana.«

»Quintana«, wiederholte er. »Das gefällt mir.« Verwirrt schüttelte er den Kopf, die Augen voller Sehnsucht.

»Was beunruhigt dich denn, Jack?«

»Etwas, das wir miteinander teilen. Nicht Sex ... Ich kann's nicht erklären.«

»Nein? Ich vielleicht schon. Womöglich hängt's damit zusammen, daß wir beide verwaist sind.«

Bei diesen Worten schien sich irgendwas in seinem Innern zu befreien, und er erkannte es sofort – auf seltsame Weise war das die Wahrheit. Er umfaßte Charlotte Raes Handgelenk, zog sie an sich, und sie schlang die Arme um seinen Hals.

Nach einem langen Kuß ließen sie sich widerstrebend los.

»Auf Wiedersehen, Jack. Irgendwann rufe ich dich an.«

»Damit rechne ich.«

Als sie in den Jaguar stieg, versuchte er nicht mehr, sie zurückzuhalten. Sie startete den Motor. Ein paar Sekunden lang schauten sie sich in die Augen, dann löste sie die Handbremse und fuhr davon.

Nachdenklich kehrte er zu seinem Mustang zurück und vermißte sie bereits. Charlotte Rae Quintana – wie wunderbar dieser Name klang ... Er setzte sich ans Steuer, starrte in die Staubwolken. Jetzt wußte er, daß er sie liebte. Sie war seine zweite Hälfte. Er drehte den Zündschlüssel um, lenkte den Wagen langsam die Straße hinab und wünschte, er könnte ihr folgen und sie bitten, bei ihm zu bleiben. Tag und Nacht würde er sie beschützen. Doch das kam nicht in Frage. Sie mußte tun, was sie für richtig hielt, und sich dafür die Zeit nehmen, die sie brauchte. In diesem Punkt glich sie ihm.

Irgendwann würden sie zueinanderfinden. Wenn sie beide dazu bereit waren.

Während er über die kurvenreiche Straße nach Santa Fé zurückfuhr, malte er sich aus, wie sie Seite an Seite einen schmalen, dunklen Weg entlangwanderten, zwischen gierigen Kaktusstacheln – furchtsam und aufgeregt. Aber beide hofften wider besseres Wissen, am Ende der Wüste einen kühlen blauen Teich zu finden.

Band 12656

Richard Woodley
Volcano

Los Angeles brennt - und nirgendwo bist du in Sicherheit

Los Angeles - für viele ist das die sonnenverwöhnte Metropole von Glanz und Glamour, für andere die Stadt alles vernichtender Erdbeben, Feuerstürme und Überschwemmungen. Doch niemand ist auf den Alptraum gefaßt, der dann Wirklichkeit wird: Mitten in L.A. reißt die Erde auf, und ein Vulkan speit Gesteinsbrocken und brodelnd heiße Lava aus.
In panischem Entsetzen fliehen die Menschen, doch es gibt kein Entrinnen vor dem rotglühenden Strom des Todes, der sich durch die Stadt schiebt, in U-Bahn-Schächte fließt und Wolkenkratzer umschließt. Der Leiter des Katastrophenschutzes Mike Roark und die attraktive Seismologin Amy Barnes sind die einzigen, die einen kühlen Kopf bewahren. In ihrer Hand liegt es, die Urgewalt der Natur zu besiegen oder Los Angeles dem Verderben zu überlassen…

Band 12670

Konsalik

Der Herr der zerstörten Seelen

In den Fängen einer skrupellosen Sekte

„Du magst Dich meine Mutter nennen, aber mit meiner Seele und meinem Herzen und allem, was ich bin, hast Du nie etwas zu tun gehabt...“
So steht es in dem Abschiedsbrief, den Dorothea Folkert bei ihrer Heimkehr vorfindet. Ihre Tochter Kati ist verschwunden. Dorothea macht sich auf die Suche nach ihr, und je mehr sie über das Leben erfährt, das Kati bisher geführt hat, um so größer wird ihre Angst. Die Spur führt nach Schloß Schönberg, Sitz einer internationalen Sekte, die sich „Gottes Welt“ nennt.
Gottes Welt? Eine Welt hinter elektronisch gesicherten Mauern, von glühenden Fanatikern beherrscht, eine Welt, aus der es kein Zurück gibt. Aber Dorothea Folkert nimmt den Kampf auf...

BASTEI LÜBBE